首屆國家圖書獎[illegible]

首届向全國推薦優秀古籍整理圖書

小倉山房詩文集

一

〔清〕袁枚 著
周本淳 標校

上海古籍出版社

圖書在版編目(CIP)數據

小倉山房詩文集/(清)袁枚著；周本淳標校.
—上海：上海古籍出版社，1988.4(2019.11重印)
(中國古典文學叢書)
ISBN978-7-5325-0187-8

Ⅰ.小… Ⅱ.①袁…②周… Ⅲ.①古典詩歌-作品集-中國-清代②古典散文-作品集-中國-清代 Ⅳ.I214.92

中國版本圖書館CIP數據核字(2006)第020227號

中國古典文學叢書
小倉山房詩文集
(全四册)
[清]袁 枚 著
周本淳 標 校
上海世紀出版股份有限公司
上 海 古 籍 出 版 社 出版、發行
(上海瑞金二路272號 郵政編碼200020)
(1)網址: www.guji.com.cn
(2)E-mail: gujil@guji.com.cn
(3)易文網網址: www.ewen.co
新華書店上海發行所發行經銷 上海展强印刷有限公司印刷
開本850×1156 1/32 印張71.25 插頁21 字數1,336,000
1988年1月第1版 2019年11月第8次印刷
印數：8,051—9,150
ISBN978-7-5325-0187-8
I·75 平裝定價: 248.00元
如有質量問題，請與承印公司聯系
電話：021-66366565

袁枚畫像

（據《清代學者像傳》複製）

袁明府枚

袁枚頓首

子修世兄足下四月中家人

從杭州歸接

手書知安好為慰僕病中

作明後年重宴瓊林鹿鳴

詩各十章豫支年壽蒼〻

袁枚手跡

（據《昭代名人尺牘》複製）

前言

一

清代經康熙、雍正兩朝的慘澹經營，生產發展，民殷物阜，人才亦因之輩出，至乾隆朝號稱極盛。文士之中，享年之高，享名之大，交游之廣闊，生活之優豫，恐怕沒有一個能比得上袁枚的。

袁枚字子才，號簡齋，晚又號隨園老人。浙江錢塘縣（今杭州市）人。生于康熙五十五年（一七一六）三月初二日（公曆三月二十四日），卒于嘉慶二年（一七九七）十一月十七日（公曆十二月四日）。祖父袁錡、父親袁濱、叔父袁鴻都長期在外地做幕僚。袁枚出生時家住杭州大樹巷，七歲遷居葵巷，十七歲又遷，都是租賃而居。

袁枚天資聰慧，七歲受大學、論語於史中，並學作詩文，在隨園詩話中錄有他九歲時所作律詩的幾聯。他的一位寡居的姑母又經常給他講稗官野史，大大開拓了眼界，啓發了思路，豐富了知識。十二歲中了秀才（遺囑說十三歲，爲誤記，詩文多處可證），在當時被看成神童。十五歲補廩，十八歲浙江總督程元章送他入萬松書院肄業。他既學八股文，又學古文詩賦，用心不專，「四戰秋闈，自不愜意」。（與備之秀才第二書）當時他叔父袁鴻在廣西巡撫金鉷幕中，乾隆元年（一七三六），祖母請人帶他到了叔父那兒謀尋出路。叔父帶他去見金鉷，金鉷面試銅鼓賦，他操筆立就，文彩斐然，金鉷大加賞識，留他在衙門裏住了三個月。正值朝廷徵博學鴻詞，這種科目本來專爲網羅海內久負時望的老師宿儒的。金鉷却專札保舉二十一歲的袁枚，並且送一百二十金「遣人護送至京」。（遺囑）這一年應考的近二百人，袁枚年紀最輕。雖然沒有考中，但名聲却傳開了。在京師處館一年，專攻八股文。乾隆三年（一七三八）中式順天鄉試。次年中二甲第五名進士，選翰林院庶吉士，旋告假回杭州完婚。這是袁枚青年最得意的時期。

但好景不長，袁枚因習淸書不合格，三年散館，揀發江南做知縣。驟從翰林淸貴改授知縣，一般人都認爲大不幸，袁枚也不免牢騷。但他家世幕僚，父親精于律例，他決心做一個循吏，有所作爲。先後在溧水、江浦、沭陽、江寧四縣一共六年，成績卓著。初任溧水，父親怕他年輕不會治事，化裝到溧水探聽，羣衆都稱讚是「大好官」，父親才高高興興地去縣衙看兒子。沭陽是多災地區，袁枚盡心救災修水利，指導讀書人作文作詩，官聲很好。今天還有他當年手植的藤槐爲紀念。袁枚還總結做州縣官的經驗寫成一卷州縣心書，被許多地方官借做參考。

當時尹繼善任兩江總督，是袁枚的座師，他很欣賞袁的才能，保薦袁枚做高郵知州，部駁不准，適老母患病，乞養歸山。這是袁枚第一次辭官。過了三年，乾隆十七年（一七五二）赴陝西，未及一年，父親死了，他回家守制，同時上書請求終養。乾隆十九年（一七五四）他三十九歲，部裏批准了他的要求，從此就結束仕宦生涯。

袁枚在江寧知縣任上花三百金買了隋織造的廢棄了的隋園，稍加整理，改名隨園。辭官以後，優遊園中，以作詩賦自娛。他憑藉翰林的聲望，詩文的才華，加上隨園的景色，廣交名流，上至達官貴介，下至各行各業，「四方士至江南，必造隨園投詩文，幾無虛日。君園館花竹水石，幽深靜麗，至櫺檻器具，皆精好，所以待賓客者甚盛。與人留連不倦，見人善，稱之不容口。後進少年詩文一言之美，君必能舉其詞爲人誦焉」。（姚鼐墓誌銘）影響也就越來越大。「隨園詩文集上自朝廷公卿，下至市井負販，皆知貴重之。海外琉球有來求其書者。君仕雖不顯，而世謂百餘年來，極山水之樂，獲文章之名，蓋未有及君也」。（姚鼐墓誌銘）

隨園的興建，交游的招待，都需要經費。袁枚除官俸節餘外，主要靠賣文和達官貴人的餽贈。一篇傳志有酬至千金者。同時他又善于理財，所以到死前家產積果至三萬金，一般文士是不可想象的。

袁枚母親享年九十四歲，袁枚六十三歲時，母親才去世。當時袁枚最大的心事是沒有子嗣，六十歲時，過繼弟弟之子阿通，六十三歲終于生了阿遲。此後他除了和友朋應酬外，一年有半年出游。揚州、蘇州、杭州、黃山、廬山等距離不太遠的地方自不必說，還南到廣州、海南、桂林，東南到福建武夷。浙江天台他就游了三次，最後一次已經年過八十。姚鼐說他「足跡造東南山水佳處皆遍」，是一點也不誇張的。八十二歲，死于痢疾。

二

我自挂冠來，著述窮晨昏。于詩兼唐宋，于文極漢秦。六經多創解，百氏有討論。八十一家

中，頗樹一幟新。（送嵇拙修）

袁枚自詡著述「頗樹一幟新」，拿他和同時的讀書人比較，他確實有他獨特的世界觀和生活愛好。誠如李憲喬在隨園詩贊裏所說，袁枚有點「伴今無徒，儕古少類」。他自述：「孔鄭門前不掉頭，程朱席上懶勾留。」（遣興）當時考據之學風靡士林，他公開鄙而不爲。（可參答惠定宇書、答定宇第二書、與程蕺園書等）而袁枚自稱「六經多創解」亦非瞎吹。試讀其答李穆堂先生論禮書、策秀才文五道、論語解四篇，就可了然于胸中。高談性命，標榜程、朱，那時和科舉制度血肉相聯，袁枚却爲文痛詆所謂講學之風。（見與是仲明書、代潘學士答雷翠庭祭酒書等）逃禪佞佛，也是文人「雅尚」，彭尺木力勸袁枚信佛，袁枚和他反復辯論，認爲「佛者九流之一家耳」，不足崇信。（見答彭尺木進士書、再答彭尺木進士書）

士大夫心雖好貨，總是口恥言錢，袁枚却自稱：「解愛長卿色，亦營陶朱財。」（秋夜雜詩）他不但不諱言好財，而且從財貨來探索時代的升降：「余讀左氏，不禁嘆曰：世運盛衰，其以財貨爲升降乎？」（讀左傳國策）對男女之情，袁枚公開宣揚「袁子好味好色」。（所好軒記）上司批評他爲縣令在風情方面不够檢點，他上書強調男女之情人之大欲，不必多管。（上台觀察書）沈德潛不選王次回的疑雨集中詩，他寫信批評：「孔子不删鄭、衛之詩而先生獨删次回之詩，不已過乎！」（再與沈大宗伯書）程魚門勸他删掉詩集中的風情之作，他不以爲然，以爲詩經裏也不乏這些內容。

長期以來，人們把性和情看成對立的，主張窒欲以明性。袁枚却主張「人欲當處，即是天理」。（再答彭尺木進士書）在書復性書後一文裏，他大談卽情求性的主張，認爲情欲是合理的，並因此推而至于論政論人。他認爲凡是過分矯情，不顧人情的自然要求，流弊將難以估計。這在儉戒、嚴敵、清說等文中都有發揮。他十四歲寫的郭巨論就極力抨擊郭巨埋兒的虛僞。他認爲凡是聖賢豪傑忠臣義士都是非常重視情的。胡銓請斬王倫秦檜等封事傳誦千古，因此而被流放過海，仍然正義凜然。當他被赦回時，却與一個黎族女妓戀戀不捨。爲此朱熹曾慨嘆說：「十年泛海一身輕，歸對黎渦卻有情。世上無如人欲險，幾人到此誤平生！」不少人也認爲這是白璧微瑕。袁枚在讀胡忠簡公傳裏對此事大力翻案，認爲請誅秦檜和愛黎倩正是胡銓的一貫過人處。並且進而推論：「從古忠臣孝子，但知有情，不知有名。」可見在袁枚的世界觀中情字的重要。封建社會男女授受不親，袁枚却廣收女弟子，不顧物議，還刻女弟子詩來大加宣揚。

總的來看，袁枚提倡情欲的合理性，反對清教徒式的修養，公開承認自己好味好色好貨，這在當時很有點衝決封建禮教的大防而要求個性解放的味道。這種思想情趣可能和那時資本主義商品經濟的萌發有關。但袁枚畢竟是封建社會靠科舉進身的知識分子，他的一切言行，必須從孔子那兒找護符，他說：「樂自尋孔顏，學不拘漢宋。」（七十生日作）「問我歸心向何處，三分周孔二分莊。」（山居絕句）以孔子的言行做保護傘而力圖衝破當時封建倫理（特別是宋、明理學所宣揚的種種扼殺人性的枷鎖）的束縛，來滿足情欲方面的要求，這是袁枚世界觀、人生觀的核心部分，對他的創作尤其是詩歌，影響非常深。

三

袁枚、蔣士銓、趙翼並稱乾隆三大家，蔣和趙又公認袁枚爲第一，兩家的詩集都請袁枚作敍。在袁枚前的王士禛倡神韻說，領袖詩壇幾十年。和袁枚同科進士而年紀大幾十歲的沈德潛提倡格律說，和門人一起選唐、宋、清等詩別裁爲天下倡。王、沈都居高位，而袁枚雖以卑官早退爲詩倡性靈以和沈對抗，却天下風從，四方投隨園的詩逾萬首。袁枚的隨園詩話十分之九的內容是表揚同時的特別是沒有名望的詩人的佳篇雋句。因此，隨園在詩方面的影響越來越大，上至達官貴人，下至市井負販以及外國使臣爭求隨園之詩。可見袁枚的詩作和作詩的主張吸引力之大。

袁枚對自己的詩是頗爲自負的：「僕詩兼衆體，而下筆標新，似可代雄。」（答程魚門）他所謂下筆標新就是提倡寫性靈，要有眞性情，眞感受，不必講境界的大小，格調的高下。他認爲寫詩要有天才，他說：「詩不成于人而成于其人之天。其人之天有詩，脫口能吟；其人之天無詩，雖吟而不如其無吟。」（何南園詩序）他認爲：「吟詩骨與神仙骨，一樣天生換總難。」（換骨戲）

要標新，就不要依傍前人的門戶、家數，袁枚說：「提筆先須問性情，風裁休劃宋元明。」（答曾南邨論詩）「我道古人文，宜讀不宜做。」（讀書）他提出，只有寫眞情實感，詩才有生氣，「品畫先神韻，論詩重性情。蛟龍生氣盡，不如鼠橫行」。（品畫）

袁枚雖然如此重視天才，但也十分重視學殖功力。他天分很高，讀書却很用功。他自述廿一歲借了王際華手抄昌黎集久假不歸，詩學因之大進。他看到太守案上有他的少作，就取回來修改，並且感歎說：「花因早採香猶薄，琴是初彈手尚生。」（見太守案上抄枚文字……）他勉勵弟弟：「暫時染指休言味，終日淘沙自得金。」（書香巖詩後）他一方面強調「靈犀一點是吾師」，同時又「一詩千改始心安」。（遣興）袁枚一直寫詩到老，還勸人「莫嫌海角天涯遠，但肯摇鞭有到時」。（新正十一日還山）隨園詩話裏有幾段話，可以和以上所述互參：

子臣弟孝，做得到便是聖人；行止坐臥，說得着便是好詩。（補遺卷五）

後之人未有不學古人而能爲詩者也。然而善學者得魚忘筌；不善學者刻舟求劍。（卷二）

人閒居時，不可一刻無古人；落筆時，不可一刻有古人。平居有古人，而學力方深；落筆無古人，而精神始出。（卷十）

詩如射也，一題到手，如射之有鵠，能者一箭中，不能者千百箭不能中。……其中不中，不離「天分學力」四字。孟子曰：「其至爾力，其中非爾力。」至是學力，中是天分。（補遺卷六）

袁枚既聰慧過人，又讀破萬卷，他寫詩「縱才力所至，世人心所欲出不能達者，悉爲達之。士多倣其體」。（姚鼐墓誌銘）袁枚自稱「詩備衆體」，其中包括兩方面意思，一是說體裁多樣，一是題材豐富。他說：

考據之學，離詩最遠，然詩中恰有考據題目，如石鼓歌、鐵券行之類，不得不徵文考典，以侈侈隆富爲貴。但須一氣呵成，有議論波瀾方妙，不可銖積寸累徒作算博士也。其詩大概用七古方

袁枚認爲詩應以言情爲主,只有眞情才易動人而且經久不忘。他說:

詩家兩題,不過「寫景言情」四字。我道景雖好,一過目而已忘;情果眞時,往來于心而不釋。孔子所云「興觀羣怨」四字,惟言情者居其三。若寫景,則不過「可以觀」一句而已。(隨園詩話補遺卷十)

這可以幫助我們理解「詩備衆體」的含意。

稱。(隨園詩話補遺卷二)

袁枚今存詩將近七千首,其中大部分爲送往迎來傷離悼死之作。當日得名,主要靠這類作品。其中也不乏激動人心的深沉之作。如哭童二樹等。他的一些雜感或詠史的小詩如馬嵬、雞等作,命意新穎,善作翻案,給人以淸新雋永之感,堪稱絕唱。

今天看來,袁枚詩最値得重視的有兩方面:一是早年關心民生疾苦諸作,如沭陽雜興、苦災行、捕蝗曲、沭陽移知江寧、俗吏篇、徵漕歎、南漕歎、捕蝗歌等。這些詩幾于一字一淚,直紹漢、魏樂府和杜甫、白居易等人的傳統而有他的時地特徵。這正是作者一顆循吏之心視民如傷的反映。其中俗吏篇痛快淋漓地訴說了縣官的苦悶,較之高適的「拜迎官長心欲碎,鞭撻黎庶令人悲」的名句生動細緻得多。隨着生活的變化,這類作品在集中愈益稀少。晚年的端州大水行、貴人出巡歌雖題材相近,而沉鬱之氣不及早年。其次,袁枚沉溺于山水嬉游,祖國江山的奇麗,被詩人攝入篇中,形諸筆端,如得江山之助,幾于前無古人。他廿一歲寫的同金十一沛恩游棲霞寺望桂林諸山,刻露奔放,可見當時作者潛心昌黎的痕跡。中年所作爲王壽峯題問天圖倣玉川子，才力縱橫，直逼盧仝的險怪詩風。晚年縱游東南山水，妙作如林，如登華頂作歌、到石梁觀瀑布、觀大龍湫作歌，模山範水而以詼詭奇橫出之，令人神王，不由使人想起他在隨園詩話中所說：

詩雖奇偉，而不能揉磨入細，未免粗才；詩雖幽俊，而不能展拓開張，終窘邊幅。有作用人，放之則彌六合，收之則斂方寸。巨刃摩天，金針刺繡，一以貫之者也。（卷三）

若作七古長篇、五言百韻，即以禪喻，自當天魔獻舞，花雨彌空。雖造八萬四千寶塔，不爲多也。又何能一羊一象顯渡河挂角之小神通哉？總在相題行事，能放能收，方稱作手。（卷八）

陶淵明寫過自祭文和擬輓歌詩，被人稱爲曠達。袁枚因爲相信胡文炳說他七十六歲該死的話，就預先做自輓詩，並且廣泛徵求朋友預寄輓詩屬和，姚鼐等都寫了。到了除夕未死，又寫除夕告存詩，這類詩題也算是別開生面。

但是袁枚以好色自豪，詩中也強調風情，有許多「尋春」的內容。直到六十多歲，朋友勸他不要再如此，他還強辯說：「若道風情老無分，斜陽不合照桃花。」這反映他生活的放縱，是不足爲訓的。

四

袁枚稱自己「好韓、柳亦爲徐、庾」，（答友人某論文書）對自己的文章也頗爲自負，認爲超過清初三大家侯方域、魏禧、汪琬。他說自己「幼饒奇氣，喜于論議」，（答程魚門）一點也不誇張。集中的郭巨論、高帝論都是十四歲的作品。又如劉後主可比齊桓論、魏徵論、張良有儒者氣象論、駁唐鑑李德裕論、姚崇宋璟論等，都能自圓其說，力破成見。袁穀芳在小倉山房文集後敍裏稱讚袁枚的議論文說：

> 蓋嘗論文章之道有三：曰理學之文，曰經濟之文，曰辭章之文。所謂理學者，非皮傅儒先空談性命，亦非綴輯訓故注疏之瑣瑣者相考證已也。其所謂經濟，又不得以浮誕無實坐而言不克起而行者當之。至于辭章，則亦必有物有序，而誇富麗矜淹博者不與焉。予觀古今以來，其有兼三者而一之之人乎？無有也。乃今讀先生之集而知其爲信能兼之者矣。

袁穀芳的話雖有溢美，但強調隨園之文不悖孔、孟之道，而又能跳出當時漢學、宋學的窠臼，還是符合實際的。

袁枚對詩和文的看法既有同處又有差異。他認爲：

> 嘗謂千古文章傳眞不傳僞，故曰詩言志，又曰修辭立其誠。然而傳巧不傳拙，故曰情欲信，辭欲巧，又曰神也者妙萬物而爲言。古之名家鮮不由此。（錢嶼沙先生詩序）

> 然君有所餘于詩之外，故能有所立于詩之中。（蔣心餘藏園稿序）

> 枚讀書六十年，知人論世，嘗謂韓、柳、歐、蘇俱非託空文以自見者。惟其有所餘于文之外，故能有所立于文之中。（與平瑤海書）

在要「眞實」，要有「生活修養」（有餘于外），要注意技巧，這些方面，詩文是一致的。但文又有它的特殊性。「欲奏雅者先絕俗，欲復古者先拒今。」（與孫俌之秀才書）強調古，這和論詩截然不同。姚鼐說他：「古文、四六體，皆能自發其思，通乎古法。」可見袁枚的文是和他論文的觀點一致的。

袁枚對于古文很強調于古有據。文集前的「古文凡例」、若干篇文章後的「自記」，在在足以證明。

我們就袁枚的幾百篇文章大體分爲議論、碑誌傳紀和抒情三類略加評論：

一、議論之文。袁穀芳所說的三者都屬于這一類。除了前面已涉及者外，袁枚精于吏治，洞察民隱，因此論述及此，有理有據，可信可行。文章則氣勢浩瀚而說理縝密，有賈誼、陸贄、蘇軾之風。如上兩江制府請停資送流民書、上陳撫軍辨保甲狀、覆兩江制府策公問興革事宜書、上兩江制府黄太保書、答門生王禮圻問作令書等等。

二、碑誌傳紀之文。這類文章在文集中是最精彩的部分之一，好像那個時代人物的畫卷。如對達官貴人岳鍾琪、鄂爾泰、尹繼善、陳鵬年、李衛這些顯赫一時的人物，袁枚盡可能選擇一些生動的細節來描寫。如寫陳鵬年江寧繫獄時，李丞必欲置之死事；于成龍擒魚壳事等，使人如臨其境。寫這些人，袁枚在取材上力求生動細緻，而于立意處不得不歸美皇上，因此他寫到另外一些無官無祿的人就更渾灑自如。如弈棋天才范西屏、名醫徐靈胎、名廚王小余、奇士周少霞和活着出葬享受親朋路祭的汪塈庵等等，無不選取典型事例，運以生花妙筆，使人物躍然紙上。更爲重要的，袁枚寫一些州縣小官，既表現自己心目中的循吏，又暗中鞭撻上級大吏的顢頇。如人所熟知的魯亮儕，代人受冤的楊鏡村，受知府壓抑氣憤而死的李晴江，堅決反對取媚上官的諸羅令朱山，制服紅毛大軍的印光任，不畏強禦的張郎湖，幕府奇才潘荆山等等。今日讀之，猶如見其人，如聞其聲。而書麻城獄事一文寫盡枉濫之害，文中所述總督邁柱之剛愎遂非，生員楊同範之陰狠狡詐，廣濟試用縣令高仁傑之嚴刑逼供以圖迎合上官俾早日得轉正等等情事令人髮指。抒發了袁枚對吏治窳敗的憤慨。袁枚在寫這類文章時，刻意師法司馬遷、韓愈、柳宗元等人。如寫于成龍傳，詳寫了魚殼事，而于傳後說：

江寧人傳公魚殼事甚著。考澤州相公、毛稚黃兩傳皆無之，故別立一傳，不使文人釣奇獨病太史公云。

至于書馬僧則尤爲奇特。廚者王小余傳頗有柳宗元梓人傳的氣息，而石大夫傳則爲游戲筆墨欲與昌黎毛穎傳爭奇鬭勝。他的駢體文也寫得氣勢雄渾，直追六朝。姚鼐謂袁枚文章「通乎古法」，隨處可以證明。但袁枚文章也充滿了自己的時代氣息，並不是機械地模倣。

三、抒情之文。袁枚的抒情文，如祭文之類，寫得感情極其深摯。如人所習知的祭妹文，用韓愈祭十二郎文的至親不文的原則，不用韻，不雕琢，只就日常瑣事着筆，自然感人。祭程元衡文、祭陶西圃文、祭蔣一瓢文、韓甥哀詞等等，讀之無不催人淚下。而一些詩文集的序裏也飽含傷逝悼往之情，有它的獨到之處。

袁枚的文章在當時影響也很大。胥繩武寫詩誇讚說：

不爲韓柳不歐蘇，眞氣行間辟萬夫。所說盡如人意事，此才豈但近時無？掃除理障言皆物，
游戲文心唾亦珠。喜是名山藏未得，傳抄今已遍寰區。
聲名在世任推排，自擅千秋著述才。天爲斯文留此老，我思親炙待將來。風迴海上波爭立，

春到人間花怒開。比擬先生一枝筆，迂儒秃管枉成堆。（隨園詩話補遺卷六）
於此可見一斑。

五

袁枚著作等身，除詩文集外，隨園詩話、隨園瑣記、隨園尺牘和子不語等，影響都很大，刻本也很多。袁枚官沭陽令時縣衙有兩棵大柳樹，袁枚曾以雙柳軒名齋，在江寧任上，有人刻他早期的作品叫雙柳軒集。後來袁枚悔其少作，在六十歲編定詩文時，只存少數篇章。他六十歲時自編詩文集，詩集編年共二十四卷，文集分體二十四卷，駢文稱外集，七卷，也分體。到了七十五歲，因爲相信術士胡文炳「壽至七十六」的預言，所以又補編一次詩文集，都增加到三十二卷，（文集個別地方有修改）外集八卷。七十六歲到臨終，詩集增至三十七卷外加補遺二卷，文集增至三十五卷，外集仍爲八卷。詩文集除隨園自刻本外，各地多有翻刻。

這次校點，詩集、文集以乾隆隨園刊三十二卷本爲底本。詩集部分，據嘉慶詩集單刻本校補，並校以嘉慶刊詩文合集本；文集部分，據嘉慶刊詩文合集本校補，並校以乾隆文集單刻二十四卷本。外集以嘉慶刊詩文合集本爲底本，校以乾隆初刻詩文集外集七卷本及嘉慶鶴壽山堂刻石韞玉袁文箋正。凡明顯誤字及避諱字徑行改正，不出校。

袁枚被人稱爲「通天神狐」，博極羣書，驅使簡策，出神入化。自愧讀書太少，孤陋寡聞，標點錯漏之處，尚祈海內博雅，匡所不逮。集中用典用事，亦時有錯訛，其中外集部分，石韞玉已頗多發明，今一仍其舊，不加匡正，希讀者鑒諒。

周本淳

一九八三年八月于淮陰

目録

卷二　古今體詩五十四首

卷三 古今體詩九十八首

卷四 古今體詩八十四首

卷五　古今體詩一百二首

卷六 古今體詩七十二首

卷七 古今體詩九十首

卷八 古今體詩一百四十九首

卷九　古今體詩七十二首

卷十 古今體詩一百二十五首

卷十一 古今體詩九十四首

卷十二　古今體詩三十一首

卷十三 古今體詩一百二首

卷十四　古今體詩七十二首

卷十五　古今體詩一百五十二首

卷十六　古今體詩一百二首

卷十七 古今體詩一百三十三首

卷十八　古今體詩五十六首

卷十九 古今體詩九十二首

卷二十 古今體詩一百三十五首

卷二十一　古今體詩七十首

卷二十二　古今體詩六十一首

卷二十三 古今體詩七十九首

卷二十四　古今體詩一百二十首

卷二十五　古今體詩一百九十首

卷二十六　古今體詩二百七首

卷二十七 古今體詩一百十八首

卷二十八 古今體詩二百十九首

卷二十九 古今體詩一百一首

卷三十　古今體詩二百三十四首

卷三十二 古今體詩一百八十七首

卷三十三 古今體詩一百一首

卷三十四　古今體詩一百三十首

卷三十五　古今體詩五十六首

卷三十六 古今體詩二百三十四首

卷三十七 古今體詩一百三十七首

小倉山房詩集補遺

卷一　古今體詩一百一十九首

卷二 古今體詩九十四首

小倉山房文集

卷三 神道碑

卷四 墓志

卷五　墓志

卷六　傳

卷十　序

卷十一　序跋

卷十二 記

卷十三 記

卷十四 祭文哀詞誄

卷十五 書

卷十六　書

卷十七　書

卷十八 書

卷十九 書

卷二十 論

卷二十一 論議

卷二十二　說辨疑

卷二十三　書後

卷二十四　銘策問解

小倉山房續文集

卷二十五　賦神道碑墓志

卷二十六　墓志

卷二十七　傳行狀書事

卷二十八 序跋

卷二十九 記祭文

卷三十 書書後

卷三十一

卷三十二

卷三十三

卷三十四

卷三十五

小倉山房外集

卷之一　表序

卷之二　序

卷之三　序祭文

卷之四　書

卷之五　啓疏

卷之六　碑墓志

卷之七　補遺

卷之八 補遺

小倉山房詩集

序

薛起鳳

爾雅疏云：序者，序述此經之旨也。隨園先生論詩之旨，一見于集中答歸愚宗伯書，再見于續詩品三十二首。凡古人所未道者，業已自道之，無俟再爲序述。第按其所編，始弱冠，終花甲，四十年之行藏交際，具在於斯，可當康成年表讀矣。晚年境愈高，才愈斂，欲删去少年、落花、殘雪諸作。起鳳爭曰：「孤松蒼於冬，時花繁於春，各有其時，不可廢也。」先生曰：「諾。」已乃並存之。

横山弟子薛起鳳序。

讀隨園詩題辭

蔣士銓

我讀隨園詩，古多作者我不知。古今只此筆數枝，怪哉公以一手持。意所欲到筆注之，筆所未到意孳孳。好風搖曳春雲姿，雷雨捲空分疾遲。神仙龍虎雜怒嬉，幽禽古木山四圍。水光瀋瀋花垂垂，境界起滅微乎微。難達之情息息吹，難狀之景歷歷追。我忽歡喜忽傷悲，忽叫忽躍忽嗟咨。口權目量心是非，我身傀儡詩牽絲。問我不知旁人疑，如沐酥酪潤膚肌，如飲醇醲沁肝脾，如禮杖拂迴愚癡，如受砭刺起瘵疲。海嶽幽奧林泉奇，氣象入筆皆可窺。高才博學嚴矩規，心兵意匠極艱危。歸諸自然出淋漓。公曰我詩無常師，取長棄短各有宜，傾瀝精液擲毛皮，取友求益吾無私。先生天才重倫彝，至情感人皆涕洟。每值死生當別離，由片言至千萬詞。不少不多相授施，魂銷腸斷噫歔欷。聖賢萬古情若斯，否則其言傳者希。我詩感公加鍼錐，凡我所短攻弗遺。剛濟以柔戒恣睢，裁縮鍛鍊歸鑪錘。請事斯語曷敢違，公懼弗傳誰庶幾。索報懇懇命點嗤，壯健無疾求良醫。調和血氣愼葠蓍，敢妄攻補促尪羸！卌載所作手芟夷，美人對鏡修容儀，釵裙佩帶生光輝。玉工懷璧精磨治，白圭瑩潔除瑕疵。淺深功力年可推，江河發源無所虧，及放四海寧竭衰！況公遺榮樂巖扉，忠孝所溢詩書滋。後進我幸生同時，願寫副本藏屜簏。千秋歲月堂堂馳，讀公詩者如何思！

館後學蔣士銓題。

讀隨園詩題辭

趙翼

其人與筆兩風流，紅粉青山伴白頭。作宦不曾逾十載，及身早自定千秋。羣兒漫撼蚍蜉樹，此老能翻鸚鵡洲。相對不禁慚飯顆，杜陵詩句只牢愁。

舒卷閑雲在絳霄，平生出處亦超超。曾遊閬苑輕三島，愛住金陵爲六朝。富貴豈如閒有味，聰明也要福能消。不須伯道愁無子，此集人間已不祧。

只擬才華豔，誰知鍛鍊深。殺人無寸鐵，惜墨抵兼金。古鬼忽然泣，生龍不可擒。挑燈重相對，想見妙明心。

館後學趙翼題。

讀隨園詩題辭

李憲喬

憶自數歲入鄉校，即聞世有才子姓袁字子才。漢廷峙揚馬，梁園豔鄒枚。斯人一出文選廢，蕭統若在須别裁。比長游都下，結交海内英，益得才翁之才與其行。二十作文賦，徵在鴻儒班。一舉擢高第，供奉玉皇前。每出一篇奏，已被中外萬口傳。若非河滿張承吉，即是洞簫王子淵。鵾羽苦羈縛，三載辭金殿。驥足稍欲施，四任宰江縣。江左形勝天下偉，古來名士此中半。臨江酹酒弔桓王，開國英雄同弱冠。三十未及强，拂衣賦歸歟。金陵有遺愛，遂僦金陵居。犀首不好飲，虞卿還著書。燕許兩秃翁，鞠蹷歛手謝不如。更以其暇劚奇石，選妙妓，闢華軒，跌宕詞賦，闐咽管絃。遂使當代鉅公貴人，下逮傭豎併婦孺，無不知大江以南有隨園。喬也陋已極，未及身作隨園客。一官投嶺嶠，所見生獰語啁哳。或傳才翁名，謂是古人今莫得。忽驚將軍自天下，如郭令公出回紇。中丞爲予言，子才詩中霸，子往試與語，庶免爲驅嚇。碧虚洞與棲霞連，一見握手如舊歡。自言行年七十走萬里，相得無如吾子賢。朝遊共躡白雲屩，夕歸同泛明月船。岸人笑讙爭指似，采石江上看謫仙。我詩槎枒多苦語，誰其好之茹不吐。才翁一呼四座驚，此至誠通愈及甫。比疏詎所當、交驚亦差樂。平明來取別，將往觀衡嶽。中路寄我詩，已據衡嶽之磅礴。噫嘻戲，才翁之才如天風，人籟雖工那得同？惟有隨園歎未到，要使姓名先署隨園中。

隨園詩贊

李憲喬

曠矣先生，侔今無徒，儕古少類。達如劉伯倫，而不好飲；逸如嵇叔夜，而不好音樂；習靜如王摩詰，而不好佛；恬退如賀季眞，而不好道；以名教是非自任如韓退之，而不好儒；志鄙王戎，而不諱好財；性異阮咸，而不辭好色。詼奇俶儻，疑龍疑蛇；播之爲文，天焰地葩。或謂是太白之精所化，而爲文章之宗耶？或謂是歲星所寓，而爲滑稽之雄耶？吾莫能測之而盡其形容也。

後學李憲喬題。

小倉山房詩集卷一 丙辰丁巳

錢唐江懷古

江上錢王舊蹟多，我來重唱百年歌。勸王妙選三千弩，不射江潮射汴河。

釣臺

夜泊釣臺旁，客星如月大。想見嚴子陵，投竿在此坐。朝隨漁翁嬉，暮陪至尊臥。爲念故人重，轉覺天子輕。偶展榻上足，乃驚天上星。

書子陵祠堂

士各有志在，投贈須良時。乃欲臣老子，張眼發狂癡。巢由效孤忠，唐堯何能知！當時西漢衰，士氣一何卑。四十二萬人，尊莽稱巍巍。先生隱蘆中，惻然心腸悲。故人作天子，臣請爲伯夷。甘與子同夢，伸脚踏紫微。贈子以不拜，王丹吐微詞。將軍有揖客，衞青賢可思。何況赤伏符，可無王者師？雲臺麟鳳旁，漁者張一旗。果然東漢風，名節爭扶持。

相助爲理處，於後乃見之。我留壁間墨，當贈先生詩。

羅昭諫墓

遠望鼉江氣寂寥，江東遺塚草蕭蕭。三生金榜無名字。一卷唐詩殿本朝。照壁紅紗曾志寵，隔簾嬌女罷吹簫。傷心枉進英雄計，花醉華堂淚未消。

臨安懷古

曾把江潮當敵攻，三千強弩水聲中。霸才越國追勾踐，家法河西倣竇融。宰樹重重封錦繡，宮花緩緩送春風。誰知苦創東周局，留與平王避犬戎！

吳桓王廟

擲戟神亭一笑分，英雄名號尙郎君。南來劍奪中原色，獵罷龍驚草上雲。自覺風流夸二壻，有誰旗鼓鬬三軍？千年願獻鐃歌曲，帳下還愁子布聞。

琵琶亭

孤亭月落九江秋，彈過琵琶水尙愁。今日蘆花笑詞客，不曾老大已飄流。

謝太傅祠

一笑翩然載酒行，東山女妓亦蒼生。能支江左偏安局，難遣中年以後情。花下殘棋兒破敵，燈前老淚客彈箏。荒祠隔葉黃鸝語，猶似當初絲竹聲。

夜渡彭蠡風浪大作

半夜顚風欺客過，奪取孤舟當箕簸。桅折羣驚大纛崩，燈昏不辨何艙破。騎虎由來勢莫停，駕鰲且向西南征。滿眼黃泉不見路，呿噏但聞龍蛇聲。青蘆颯颯灣而止，長老大呼吾生矣！拍拍羣鷗扶浪起，彼此相看面如紙。衣裳都付宓妃洗，一身之外水而已。編詩不編前甲子，墮地重生從此始。

野行

野行逐流水，花裏得茅廬。中有龐眉叟，旁堆數卷書。衣冠非漢魏，妻子半樵漁。拱手詢名姓，無言指太虛。

看山

看山有所得，日暮聊爲詩。舟子多曳足，村歌以答之。江湖發天籟，秋光亦平分。我歌船頭月，爾歌船尾雲。

浯溪碑

夷吾雖歸辱社稷，射姑來朝無貶詞。從日撫軍守監國，古來冢嗣良如斯。宋儒不明春秋義，題浯溪碑多刺譏。當時明皇躍馬去，五更昏黑西川馳。若非靈武張位號，九州不見天皇旗。望賢宫前重返蹕，黄袍手著如嬰兒。一辭一畀見眞性，此際慈孝天皆知。玉眞公主具尊酒，上皇父老相娛嬉。監奴攬權豔妻惑，從此兩宫生猜疑。君子原情論大義，事有後累無前非。魯公忠孝立人極，金石腕力尤淋漓。先拜新君心抃舞，後望南内空凄其。書罷大唐中興一頌刻山石，再書請朝上皇一表鋪丹墀。

長沙謁賈誼祠

江口瞻遺廟，長沙最少年。才雖王者佐，運是漢家天。屈子堪同調，相如敢比肩？虚無宣室問，卑濕楚江遷。道大功臣忌，心孤鵩鳥憐。三湘知數盡，七國悟機先。飄泊傷靈化，穠華委逝川。綠蘿蟠敗壁，飢鼠拱殘筵。神鬼眞無狀，風雲合有緣。長懷夫子哲，轉憶孝文賢。遇合終如此，功名更惘然。我來剛弱冠，流涕返吳船。

巴陵道中

洞庭西去女郎祠，來慰行人有畫眉。山縣城荒關店早，戍樓燈遠泊船遲。方言莫辨思重譯，異鳥無名愧學詩。難得篙工解人意，每開窗處對花枝。

旅懷

欲采芙蓉贈楚狂，幾番漁笛聽滄浪。洞庭霜淺橘全綠，湘浦雨深荷暗香。行色喜逢秋八月，家書孤負雁千行。無端側耳隣船泊，有個人音似故鄉。

書倉頡廟

黃帝上天不識字，玉皇大笑人間俗。特遣倉公來造作，電光熒熒開四目。遠采龍魚篆，近取蝌蚪行。一畫生枝葉，六書加偏旁。可以記名姓，通九州，三才萬象相咨諏。天公賜粟萬萬石，厥功猶未酬。千鬼何事哭啾啾？上古無黎丘，疑是三王五帝之靈爽相悲愁。倉公不知故，賤子請致詞：行公之道享公福，古今惟有尼山師，與公初意無相違。其餘竊經冒聖紛紛者，坑之不足蔽其辜，而乃辟睨兩廡犧牲乎？摩騰借此來中華，侏儷梵偈盈百車。學仙誤仙書，白骨如撐麻。此外深文刀筆萬萬條，張湯趙禹日喧譁。官禮亡新室，血流誣武王。元凶講孝經，妖僧造明堂。董侯強解事，皇羲五十章。穿鎧大將軍，腕脫校書郎。蠹魚食盡三萬字，上天不如蜻蜓翔。腐儒識之無，公然搔首怨彼蒼。我自與公有瓜葛，亦復咿唔如蚊蝱。不能腰鐮田中，騎馬沙場。三升墨水非瓊漿，他日餓死分所當。故鬼哭未已，新鬼淚沾裳。功過不相掩，請公自思量。公如肯補過，請公南面坐，周公右，孔公左，始皇在旁手把火。刪除六經質諸聖，黜陟百家來問我。朝不必多書，野不必多儒。拔兔一毛利天下，欽明文思追唐虞。再拜奠椒酒，臣言是與否？倉公頷之不開口，但見神鴉鬼馬雲中各點首。

萍鄉紀事

遠望碧桃盛，不知何家村。停舟搴裳往，頗聞書聲喧。柴門數學子，列坐何彬彬。聞有江南客，欣然喜動顔。各將文章來，願聞所未聞。爲之小講解，圍坐點頭頻。歸各具雞黍，手自擎瓦尊。父兄荷鋤歸，亦來覘佳賓。但勸客小住，不知天黃昏。我乃行役者，風中不定身。告以勢難留，紛然淚滿巾。攀衣送登船，姓名僉云云。後會知難期，前途君自珍。感茲醇朴意，如逢羲軒民。方知古桃源，依然在人間。但恨無緣留，回頭空白雲。

同金十一沛恩遊棲霞寺望桂林諸山

奇山不入中原界，走入窮邊才逞怪。桂林天小青山大，山山都立青天外。我來六月遊棲霞，天風拂面吹霜花。一輪白日忽不見，高空都被芙蓉遮。山腰有洞五里許，秉火直入衝烏鴉。怪石成形千百種，見人欲動爭谽谺。萬古不知風雨色，一羣仙鼠依爲家。出穴登高望衆山，茫茫雲海墜眼前。疑是盤古死後不肯化，頭目手足骨節相鉤連。又疑女媧氏，一日七十有二變，青紅隱現隨雲烟。蚩尤噴妖霧，尸羅袒右肩。猛士植竿髮，鬼母戲青蓮。我知混沌以前乾坤毁，水沙激盪風輪顚。山川人物鎔在一爐內，精靈騰踔有萬千，彼此游戲相愛憐。忽然剛風一吹化爲石，清氣既散濁氣堅。至今欲活不得，欲去不能，只得奇形詭狀蹲人間。不然造化縱有千手眼，亦難一一施雕鐫。而況唐突眞宰豈無罪，何以耿耿羣飛欲刺天？金臺公子酌我酒，聽我狂言呼否否。更指奇峯印證之，出入白雲亂招手。幾陣南風吹落日，騎馬同歸醉兀兀。我本天涯萬里人，愁心忽挂西斜月。

薦鴻詞北上辭别桂林中丞

萬里投知己，千秋見偉人。掃門才授贄，倒屣已迎賓。弱冠終軍小，憐才鮑叔眞。牛心先賜啖，馬骨倍精神。一卷文章獻，千回諷誦頻。百僚參謁處，八座散衙辰。譽我如夸寶，稱詩似數珍。人聲齊諾諾，公口尙津津。詔舉通經士，慚非珥筆臣。毅然標姓氏，直自奏楓宸。計吏爭供具，材官盡捧輪。辦裝錢絡繹，祖餞酒温醇。石重鼇難戴，風高草易春。未開花獨賞，久屈蠖應伸。多感雲霞契，能增骨肉親。窮途來阮籍，有叔愛蘇秦。叔健磬以公故，加刮目焉。桂嶺三秋月，長安一路塵。拜辭先洒淚，圖報屢看身。夫子宫墻遠，男兒事業新。遙聞西域國，獨角貢麒麟。

别常寧　叔家青衣

六千里外一奴星，送我依依遠出城。知己那須分貴賤，窮途容易感心情。灕江此後何年到，别淚臨岐爲汝傾。但聽郎君消息好，早持僮約赴神京。

黄鶴樓

萬里青天月，三更黃鶴樓。湘簾才手捲，漢水拍天流。山影如爭渡，漁歌半入秋。深宵無鐵笛，空自泊孤舟。

過洞庭

秋老一峯晴，巴船過洞庭。水搖天地白，山入混茫青。雲氣飛篷背，霜花落雁翎。今朝吟不得，窗外有龍聽。

題柳毅祠

風鬟雨帶藕絲裙，素手傳箋寄暮雲。世上女兒多誤嫁，諸龍休惱洞庭君。

漢江遇風

風急蒲帆葉葉張，蘆花飛雪打瀟湘。似盛漢水湖猶小，欲上君山浪太狂。行役自來多涉險，少年何事便離鄉！黃昏漸喜驚濤定，遠遠漁歌唱夕陽。

途中見薦章感而有作

一紙封章薦禰衡，秋風八月動行旌。三朝曠典儒林重，二十華年海內驚。粵嶺懷人丹桂影，瀟湘聽雨竹枝聲。疏中溢美吾尤愧，道有奇才應運生。

赤壁

一面東風百萬軍，當年此處定三分。漢家火德終燒賊，池上蛟龍竟得雲。江水自流秋渺渺，漁燈猶照荻紛紛。我來不共吹簫客，烏鵲寒聲靜夜聞。

峴山

浮生幾載青山酒，名士常爲萬古愁。雙淚偶揮羊太傅，一碑如補晉春秋。樓傳黃鶴仙何在？珮解明珠水自流。今日敬兒天下滿，襄陽片石若爲留？

銅雀臺

停車欲訪魏遺宮，銅雀荒涼片瓦空。生對河山常感慨，死猶歌舞是英雄。君王氣盡高臺酒，兒女春殘甲帳風。七十五來神恍惚，西陵可與茂陵同？

殿上歸來履幾雙，三分天下更分香。一家樂府商聲老，八尺燈帷鄴水涼。疑冢尚存兵法意，招魂只用美人粧。傳心曾許諸姬嫁，老去將軍話竟忘。

題張睢陽廟壁

刀上蛾眉喚奈何，將軍隣境尚笙歌。殘兵獨障全淮水，壯士同揮落日戈。六射鬚眉渾不動，一城人肉已無多。而今雀鼠空啼竄，暮雨靈旗冷薜蘿。

大梁弔信陵君

魏王沉醉美人起，羅袖無聲符取矣。父仇已報國仇未，妾請將符授公子。翩翩公子玉手擘，深宮箭漏傳三更。侯生迎來指而笑，彼執椎者須同行。晉鄙嚄唶未張口，撲殺此獠如屠狗。壁上高懸救趙旗，精兵八萬邯鄲走。坐中忽失白頭人，淋漓血作送行酒。更有布衣魯仲連，揭來大笑平原君。一聲帝秦便蹈海，海水欲立奔秦軍。秦軍退避五十里，咸陽虎狠心欲死。美人壯士兼清流，一齊來與秦爲仇。秦宮縱有鈞天樂，不如且歌秦女休。魏王醉眼終朦朧，至死不愛將軍功。醇酒婦人卽東海，甘心一蹈眞英雄。吁嗟乎！君不見，高皇赤龍只解罵，騎馬墳前悚然下； 又不見，張耳滅秦封王聲赫赫，原是郎君門下客。

牛口谷

一旅中原振鼓鼙，夏王仁義偃王齊。空爭孤注黃河北，不解連環太華西。牛口谷深天意在，虎牢關失陣雲低。英雄回首書生計，夜夜青山杜宇啼。

博浪城

眞人采藥走蓬萊，博浪沙連望海臺。九鼎尙沉三戶起，六王纔畢一椎來。黃金宮闕神仙遠，白璧光陰山鬼催。此日西風如力士，當車還擊布幃開。

澶淵

路出澶河水最清，當年照影見親征。滿朝白面三遷議，一角黃旗萬歲聲。金幣無多民已困，燕雲不取禍終生。行人立馬秋風裏，懊惱孱王早罷兵。

過鄴下弔高神武

唱罷陰山勅勒歌，英雄涕淚老來多。生持魏武朝天笏，死授條侯殺賊戈。六鎮華夷傳露布，九龍風雨聚瀍河。祇今尚有清流月，曾照高王萬馬過。

白馬驛

清風不斷霧不生，清流不斷國不傾。千年古驛黄河邊，鬼過猶作嗚珂聲。當時嘲賊朝門寫，三千詩人骨一把。已聞裵甫惱青蟲，更見朱三來白馬。迂哉裴十四，觥觥矜門第。三百年唐交與誰，猶說太常卿不置。崔裴物望冠中朝，甘爲官家受一刀。半夜鵂梟啄孤鳳，彗星三丈風蕭蕭。君不見，太原樓下美人啼，一片凝脂刀上飛，時來阿父監軍寵，運去傾城名士悲。又不見，鑿笏司空圖，請兵羅昭諫，從古詩人報國心，不曾一識君王面。

銅駝街

洛陽銅駝昂首坐，愁容似見晉宫破。晉宫天子美少年，敦詩說禮人稱賢。一局殘碁難着手，宫寢紛紛胡騎走。柘弓銀研舊交情，猶着青衣唤行酒。椒房窈窕劉貴嬪，往來兩受君王恩。軹道早知誅孺子，劍門悔不作公孫。人將隱慝尤司馬，我道善淫報者寡。吳蜀降王富貴終，此例分明天不假。君不見商臣盜跖終天年，冒頓當時且配天。

北魏帝移宮處

佛貍子孫土運終，魚羊食人來九龍。抱獅帝子顏如玉，垂衣班朔明光宮。臣澄獻酒陛下聖，忽然三拳狗脚朕。此人又似不相容，請別六宮無所恨。握璽親辭白玉床，美人泣下空斷腸。三千花枝帶紅雨，一齊灑向黃衣裳。中有窈窕李賢妃，掩泣請歌曹王詩：願王加餐保玉體，願王永享黃髮期。明知此別難相見，長歌且作須臾戀。新朝司馬在旁催，不送君王出寢殿。碧海青天白日斜，生生世世帝王家。剛送故君低忍淚，便迎新主強簪花。吁嗟乎！如虎如龍未十年，又見灣頭乞小憐。

景泰陵

兩帝當年一曲闌，西山稾葬草漫漫。目夷守國才何大，叔武迎君事本難。金鎖門高星象動，玉連環小淚珠乾。阿兄南内如嫌冷，五國城中雪更寒。

易水懷古

燕丹買匕首，欲揕秦王腰。仁義非不佳，急則治其標。一時田光輩，輕死如鴻毛。荆卿慷慨行，祖餞風蕭蕭。長虹貫白日，虎狠氣不驕。可惜咸陽宫，殺人先露刀。股血空淋漓，祖龍竟脱逃。魂歸易水旁，化作陰風號。至今白衣冠，慘慘時一遭。時來槖囊重，運去阿房焦。歎息諸英雄，不如一趙高。

同一百九十三人試博學鴻詞于保和殿下時班中無弱冠者諸王公都來疑年口號以對

襴衫青入九重天，岳牧科慚員半千。末坐竟陪燒尾宴，遲來猶領大官錢。時鴻博未試者俱恩給月俸。書完黄紙三千牘，身到紅塵二十年。家是南朝舊臨汝，敢將才語向人傳。

游仙曲

子晉驂鸞太少年，吹笙未敢望神仙。爲看雞犬飛昇後，轉把芙蓉笑向天。
同著青裙拜木公，鈞天酒散駕飛龍。黄金梯滑行難上，重渡銀河水一重。
一雙珠履躡飛霞，三變玄雲日未斜。聽説天門傳玉旨，春寒留住早開花。

駿馬行

房星下天馬出世，萬怪藏形虎豹避。爲負河圖獻聖人，呼風遠自流沙至。駒齒未落才先老，四獄三途馳遠道。顧影常空冀北羣，圖形只覺金門好。孫陽一見驚權奇，貢之天閑夸駃騠。黄金議買價難定，白眼相看馭者誰？躑躅長安猶未去，青天月照麒麟步。兩耳難禁晝角鳴，一餐苦記施恩處。天子文明駕六龍，不愁神駿不遭逢。只愁噴玉瑤池返，仍化龍形入海中。

哭侍御王星望先生

憐才剩有幾人存？又送靈旗出郭門。八十慈親扶白骨，一羣稚子哭黄昏。官窮不信能添病，身賤從來易感恩。忍向襄陽見華屋，山河回首亦消魂！

送張鷺洲御史巡臺灣

戒外荷蘭國，開疆自本朝。四圍城是海，終日耳聞潮。彈壓須驄馬，威稜借皂雕。諫書留玉陛，飛蓋出虹橋。鼓角龍聽避，妖星劍照消。甲光秋萬里，刀影雪千條。古跡無唐漢，奇功有管蕭。風和知浪靜，弦緩使弓調。筆洗扶桑月，花低螺女簫。裴寧資陸賈，人自愛班超。虎節三關重，瓜期兩載遙。安邊應努力，莫負侍中貂。

荆卿里

水邊歌罷酒千行，生戴吾頭入虎狼。力盡自堪酬太子，魂歸何忍見田光？英雄祖餞當年淚，過客衣冠此日霜。匕首無靈公莫恨，亂山終古刺咸陽。

黃金臺

東海泱泱大風猛，燕王積怨何時逞？築臺願招英雄人，黃金之高與天等。臺未築時如無人，臺既築時人紛紛。不知公等竟安在？劇辛樂毅來成羣。殘兵一隊山東走，頃刻齊亡如反手。回問當年豪舉心，果然值得黃金否？於今蔓草縈臺綠，千年壯士尋臺哭。爲道昭王今便存，不報仇時臺不築。

舉京兆

信當喜極翻愁誤，物到難求得尚疑。一日姓名京兆舉，十年涕淚桂花知。泥金挂壁春來早，賀客遮門月去遲。想見故園燈火夕，老親望眼正穿時。

呈座主鄧遜齋先生

忝列長名榜，恭逢鄧仲華。師年二十七。寧王私謁少，陸氏一莊夸。海闊魚燒尾，天高月墜花。龍駒雖泛駕，今日出公家。

怕聽

采芹時節我垂髫，五暴龍門尾後焦。怕聽旁人夸早貴，已輸十八賈登朝。

船上卧月作

無心推篷看，不意與月見。欣然卧以觀，清光懸一片。白雲如覆被，人面漸貼鏡。相對久忘言，吾亦見吾性。

小倉山房詩集卷二 己未至辛酉

釋褐

學著宮袍體未安，藍衫轉覺脫時難。呼僮好向空箱疊，留作他年故舊看。

臚唱

一聲臚唱九天聞，最是三珠樹出羣。我愧牧之名第五，也隨太史看祥雲。

宴罷瓊林有所思，曲江風裏立多時。杏花一色春如海，他日凌霄那幾枝？

瓊林曲

三月長安桃李春，一條軟繡天街新。漢朝覆試端門日，唐代題名雁塔辰。官柳慣迎新貴馬，杏花偏拂少年人。幾隊霓裳行簇簇，瓊林苑裏春波綠。未燿頭銜七尺光，已辭墨水三升辱。舊僕重談上學時，新知各寫同年錄。此時意氣似雷顛，此際連鑣渺列仙。雕幰翠娥崔豸載，牙牌金字李珙鐫。明知過眼原如夢，爭奈當場欲上天。天家待士有恩光，高唱三雍賜六漿。湯餅紅綾色奪月，御廚瓊粒影浮霜。鳥和仙樂碧簫脆，露滴玉缸天酒香。不到月宮遊，那識嫦娥好？不奪錦標歸，誰信驪龍巧？寄語燈窗苦志人，人生此處來宜早。歸時兩鬢不簪花，簾幙低遮油壁車。糟糠未娶恰曾聘，莫悞朝官選婿家。

入翰林

弱水蓬山路幾重？今朝身到蕊珠宮。尙無秘省書教讀，已見名箋字不同。斑管潤生紅藥雨，錦袍香散玉堂風。國恩豈是文章報，況復文章尙未工！

乞假歸娶留別諸同年

還鄉非耀錦衣鮮，爲賦房中樂一篇。慚愧少年貧裏過，玉堂春在洞房先。

暫辭鴛鷺舊班行，且逐簫聲引鳳皇。忙殺蘭臺一枝筆，半修眉史半催粧。

兒時釣弋武林城，此去書窗月尙明。只恐香閨纓絡動，轉疑鈴索響西淸。

多感羣仙送暮雲，眞珠密字贈紛紛。明年定步花磚早，代聽雞鳴有細君。

到家

遠望蓬門樹彩竿，舉家相見問平安。同欣閬苑榮歸早，尙説長安得信難。壁上泥金經雨淡，窗前梅柳帶春寒。嬌癡小妹憐兄貴，教把宮袍著與看。

催粧

春明池上綠衣郞，曾被紅裙看欲狂。今日月宮眞個到，金蓮圍住合歡床。荆釵徽綫布裙紅，自檢青箱有愧容。只好告身親手寫，替卿端正紫泥封。

題果亭小照

紅蕉翻虛廊，碧苔覆陰地。濛濛圓景沉，淡淡孤霞繼。幽人倚文石，沖襟託遐寄。旁侍水精奴，左立鸞臺婢。各抱綠綺琴，含情如有睇。竹涼月影生，蓮動水香至。爲問秋正淸，金絲可彈未？

隴上作

憶昔童孫小，曾蒙大母憐。勝衣先取抱，弱冠尙同眠。髻影紅燈下，書聲白髮前。倚嬌頻索果，逃學免施鞭。敬奉先生饌，親裝稚子綿。掌珠眞護惜，軒鶴望騰騫。行樂常扶背，看花屢撫肩。親隣驚寵極，姊妹妒恩偏。玉陛臚傳夕，秋風榜發天。望兒終有日，道我見無年。渺渺言猶在，悠悠歲幾遷。果然宮錦服，來拜墓門烟。返哺心雖急，含飴夢已捐。恩難酬白骨，淚可到黃泉。宿草翻殘照，秋山泣杜鵑。今宵華表月，莫向隴頭圓。

題蔣元葵進士藏書樓

傳家何者多爲貴？數士之富以書對。三間高樓如水涼，得書一卷樓皆香。我友蔣元葵，聚書書如雲。連名未請宰相署，四庫已作蘭臺分。常言聚書如鬭寶，嫏嬛所有安可少？牛弘數五尼，聞之最懊惱。莫使淹中稷下有人來，舉手未翻先了了。我言藏書如藏嬌，毋使韓女怨曠空病腰。與其橫陳高庋手不觸，不如世充沉水秦皇燒。物在天地間，有散亦有聚。惟有書藏胸臆間，鬼難風災吹不去。我不願騎赤鯉登天門，但願化作白蟫遊此處。君聞且笑且點頭，手書金筌招客遊。不讀崔儦五千卷，莫登弘景三層樓。

哭德山公

公姓金，諱鉷，巡撫廣西，入都爲司寇，被劾挂冠。歿後，授河南布政使。枚弱冠受知薦鴻博入都，事載文集神道碑。

都門秋色滿靈旗，易水風寒石獸危。海內正人朝野惜，平生知己古今悲。村荒軟碧餘烟柳，星折中台看尾箕。銅柱功名銀管筆，襄陽還有峴山碑。

一紙黃麻照日開，千年白骨已蒿萊。朝廷不信陽城死，河北空傳寇準來。臣力盡時無別恨，君恩深處有餘哀。西山九曲峯前水，嗚咽墳頭日幾回。

萬里呈身一少年，公然表薦九重天。方欣賈誼登前席，遽作羊曇哭逝川。雪夜宮袍親手賜，桂林詩句向人傳。而今回首都成夢，問字無由到九泉！

送裘叔度同年歸覲

長安十月朔風勁，我昔假歸君乃更。玉堂官冷不厭寒，有意欲與冰雪競。憶昔詞科報罷餘，相逢市上各躊躇。遲我十年骰子選，與君一旦天門趨。笑余聱牙習蝌斗，略解婁羅偏上口。說怪羣驚鬼董狐，圍棋共飽李毒手。阿兄五月茂州來，酣嬉夜夜傾醇酒。釵挂臣衣宋玉留，帽加瓶上元孚走。長安百貨日沸騰，每逢廟市月八九。天地燦爛聲嗷嘈，爾我蹴踏混儕偶。手招廉賈喝牢盆，目眩黃鐘嗟瓦缶。阜陽女兒名采玉，當筵一曲歌楊柳。今日臨邛負弩迎，可還杜牧尋春否？西江曾記當年來，廬山落日金盤開。將軍老樹色黯黯，仙人石洞光皚皚。君行寒月歸已晚，河僵石瘦梅應胎。明年花發臨江渡，畫眉聲裏來時路。

有妻宛爾香聰默，有母皤然板輿護。宮錦朝縈淡蕩烟，玉鞭晚浥淋漓露。莫遣吾曹鄙吝生，空歌叔度來何暮。

許賓穆閣學以弔喪被劾南歸

素車縱弔張常侍，道廣何傷陳仲弓！一日蜉蝣撼大樹，百年長劍挂崆峒。江湖歲月君恩重，宦海波濤士論公。惆悵送行春正半，落花消息雨聲中。

贈歌者許雲亭

皮絃金柱小琵琶，上巳浮橋阿子家。引得周郎屢回顧，長安春在一枝花。霓裳曾已列仙班，天上重來解珮環。應是玉皇憐絶藝，特留一闋在人間。

秋夕偕元敬符訪董浦編修

早秋日落涼風發，車行轆轆隨驢脚。主人開門一笑迎，官冷身閒衫不著。日暮難得屠門肉，相逢暫食公孫粥。主人聚書如聚米，望來兩眼清如水。老樹高涵露氣中，微燈淡照空牀裏。回頭同憶兩年前，黍栗堆盤雪滿肩。於今重入延秋宅，溽暑風輕蟲在壁。翰林譏論更瀾翻，公子新詩轉清絕。柝聲四起心茫然，披衣起行各欲還。出門重與故人約，莫教秋月空嬋娟。

送虞山少宰從駕熱河

秋氣肅肅邊塞來，草枯萬里鷹眼開。君王射獵順時令，從臣應須文武材。我師早歲參機密，氣作祥雲心捧日。侍郎古稱執戟官，吏部世推大手筆。詔書昨下明光宮，姓名首列行圍中。牙旗錯落關山道，羽衛飄飆閶闔風。本朝幅員邁前古，熱河早闢天王土。百花匝地錦成堆，六月空山霜倒舞。大軍畢集車煌煌，千山萬山獵火光。健兒擊獸如擊賊，將軍挽弓爭挽強。平沙列幕風雲壯，二十八宿羅貂帳。大荒浩浩麒麟來，飛毛洒雪三千丈。我師眉目秀若神，色映塞外生清春。筆光直掩陸渾火，博物能知貳負臣。左射騶虞右貍首，再拜賡歌祈萬壽。天子親爲插彤弓，竦矢千條鬯一卣。長河日落秋風起，寶劍光寒射眸子。北望燕山似斷雲，茫茫一氣清如水。歸來輜重各紛紛，掃盡欃槍見碧氛。起家不愧輕車尉，執法無嫌神策軍。賜第平臺高列屋，開筵把酒看黃菊。後堂絃管應許聞，樂府新歌出塞曲。

吴崑田金質夫裘叔度夏日小集露臺得雨字

青陽裁辭春，赤熚方孕暑。朅來蓬萊仙，共作鶯花主。宵雅既肄三，象戲或格五。子玉勿過荣，茅容但炊黍。兩兩露臺登，飄飄風裳舉。簾影飛綠波，酒面點紅雨。密樹入雲生，飛禽出烟語。佳期勿言歸，月色淡如許。

送劉斯和翰林改官山右

唐時開元輕外職，班生內行如登仙。未幾祐甫作員外，乞爲別駕心怡然。朝臣俸薄難自給，方鎮入相稱罷權。歙州刺史嫌降晚，護軍初入心悁悁。豈知官制無今古，或淸或要難周全。翰林百篇史不載，循吏一事民能傳。河東天子股肱郡，有詔置吏需名賢。翰林劉君初入覲，命駕五馬驅蒲鞭。君拜表辭臣母老，請歌華黍歸弄田。爲我冷官壯顔色，求者不得君眞偏。枳棘暫教棲鸞鳳，風霜正値飛鷹鸇。此行強飯莫強酒，從來割錦如割鮮。官趣官拜皆官耳，尊卑于我無懵焉。歐公勸人讀文案，儒者存心愼勉旃。君從赤緊報課最，鵬摶依舊升雲天。但笑弘農太守入都日，莫教我輩傳觀一大錢。

少年行

春花不紅不如草，少年不美不如老。誰家玉貌馬上郎，狹路相逢都道好。金貂之冠紫綺裘，起家身襲富平侯。與余握手銅龍樓，衣香一過三年留。阿兄侍中郎，阿弟都護府，果然才調兼文武。華堂隸事一百六，郊外射虎九十五。公孫丞相殿上來，得邀一語心顏開。星河沉沉夜漏緊，貪看月明不肯寢。強拉金吾開九門，一杯酒寄相思人。吁嗟乎！男兒結客女嫁夫，只有江東孫伯符。

代少年答

結客只結孫伯符，買奴只買馮子都。男兒作健貴年少，安用草玄吃吃楊大夫？承君贈我詩，報君知己恩。三千疋絹裁百褌，八百里駮供一飧，猶覺寸心耿耿難具言。聞君歸娶婦，送君西南走。珍珠挂車頭，珊瑚絡馬首。忽把金鞭指君口，逢人但道李元忠，海內英雄都置酒。更有書數行，憑君傳四方。四方有人願相見，先取菱花自照面。

爲保井公題搖鞭圖

廣陵城中花十里，龍樓鳳閣參天起。婆羅爭舞踏搖娘，琵琶唱斷安公子。公子烟花最擅場，起家三十侍中郎。羊侃箏人夸爪甲，夏王車馬鬬重搁。東方日出烏啼早，美人爭試絲桐好。漏水能知夜短長，海棠留得春多少？白馬紫游韁，來遊大路旁。初看小垂手，再彈陌上桑。聽來天上回波樂，誰是吳兒木石腸！一聲鞭響垂楊處，人如蝴蝶花邊去。不聞小海扣歌舷，但見斜陽滿高樹。豪竹哀絲盡不歡，請君少駐再盤桓。誰知望斷樓頭婦，西北浮雲總不還。

鼠嚙戲作

二十九夜，鼠嚙於床。氣矜之隆，視人若亡。予奮執之，空拳怒張。銜枚用兵，弗驚其走。突如其來，一鼠在手。或曰放焉，相鼠有齒，鋌而走險，急則噬子。予貪弗釋，將搤其尻。果然拒捕，齕指血漂。陣傷而退，鼠乃脫逃。嗟予小子，拒諫自雄。爲惡不卒，爲善不終。刼昏乘黑，侮懦避凶。適可而止，奚至技窮！戲爲歌詩，以儆厥躬。

宋徽宗玉璽歌 有序

鄭殿揚得玉璽二：一曰「大觀珍瑑」，刻最深，玉粹白微滯，疑蝕于火，依今尺博一寸五分。一曰「秘府珍玩」，刻稍淺，沁如碎瘢，博一寸七分。俱螭龍紐。按宋史大觀二年，帝御大慶殿受八寶云云。然則二璽之爲徽宗無疑也。不能得，不能忘，付之一歌。

鄭君古之符璽郎，珍玩珍瑑家獨藏。朱文深入半寸許，螭龍蟠紐牙鬚張。通天犀劃太華雪，碧桃紅洒麻姑霜。千金難倣今刀鑿，一見如逢古帝王。憶昔道君全盛日，金裝玉軸紛捃摭。銅篆親成博古圖，法書聚作大觀帖。黃楊春滿絳霄宮，花鳥餘閒召玉工。牙牌親遞劉妃手，畫譜新翻艮嶽風。澄心堂紙眞珠絹，都在雙螭品定中。一朝兵掃汴城灰，帝去冰天璽不隨。紅羅裹罷三重盝，秋月寒生八寶輝。可憐玉石無情物，不念官家手澤垂。於今流落眼前過，千金難買愁無那。仙籙烟消寶篆存，燈檠土朽冬青大。幾度摩挲意倍憐，宣和遺事想當年。勝逢白髮深宮女，同說紅羊小刼天。

題金正希先生畫達摩圖

正希先生發清興，雲藍剪紙如圓鏡。畫作達摩面壁形，高坐枯龜呼不應。泥金鉤髮畫尾拳，側筆裁衣蟬翼勁。人疑道子以墨戲，或道無功將佛佞。以指喻馬隔兩塵，援儒入墨殊非稱。誰知先生畫佛卽畫心，直是誠通非貌敬。事惟詣極方參玄，思不出神難入聖。當其爲文慘淡時，天外心歸功未竟。顏淵專精能坐忘，維摩憔悴常示病。絕無意想結空花，那有風泉攪淸聽？眉毫禿盡腸欲流，三才萬象同參證。較彼蒲團枯坐人，禪理文心果誰勝？寫靜者相示衆人，教用思功先練性。碧山烟去月才明，秋水風停波自定。文人學佛卽升天，才子談禪多上乘。我爲增題墨數行，勝補雲堂一聲磬。

春寒

重裘逢二月，袖手步芳林。殘雪有餘色，百花無競心。踏青苔影薄，禁火客愁深。傾耳碧溪畔，黃鸝遲好音。

漫訝楊花落，誰知是雪飛。窺欄蝴蝶靜，出郭酒人稀。寒食名原稱，東風力太微。殘冬如未了，難着五銖衣。

嘉靖四年酒

世間老物無不有，嘉靖四年一罌酒。罌面泥封字數行，光祿中丞人某某。罌高三尺酒一尺，逃盡酒魂存酒魄。想見當年議禮時，爛醉鈞天無醒客。膩如膠漆丹如霞，香氣能開十里花。酒人欲飲不敢飲，未染一指先千嗟。我最畏飲勇忽賈，僊僊願逐化人舞。三杯吞盡兩朝春，心腹腎腸一齊古。

新燕篇

涎涎燕，年年二月來相見。雙足能傳塞上書，紅襟還帶前年綫。前年人去漁陽道，今日烏啼白門曉。同是天涯飄泊身，滿屋落花泥不掃。燕語何喃喃，一雙訴畫梁：曾棲執戟明光殿，曾伴邯鄲大道倡。幾處空牀憐蕩子，幾番故國弔斜陽。飛來飛去流年度，惟有君家貧似故。竹聲時遇捲簾人，山色自青春雨路。燕兮燕兮休啄矢，主人與汝長居此。莫嫌茅屋兩三間，且學烏生八九子。

西施

吳王亡國爲傾城，越女如花受重名。妾自承恩人報怨，捧心常覺不分明。笙歌剛送采蓮舟，重捲珠簾倚畫樓。生就蛾眉翻更好，美人只合一生愁。

文君

宵行事學君王后，識曲心同漢武皇。含淚自尋封禪草，遺書翻亂女兒箱。

二喬

國亡家破名公女，同嫁英雄美少年。絕色易逢佳偶少，聽他夫壻自家憐。

吳絳仙

家家竹葉引羊車，一個仙娥管蠹魚。可惜竟無書諫獵，六宮枉喚女相如。

潘妃

玉釵生自㖊楞伽，尼子歸來步步花。爭不荊條加苦手，教人好好作官家。

張麗華

景陽門外一聲鐘，喚起宮娥夢正濃。底事軍中書告急，亂堆床下不開封。

結綺樓邊花怨春，青溪栅上月傷神。可憐褒姐逢君子，都是周南傳裏人。

孫夫人

刀光如雪洞房秋，信有人間作婿愁。燭影搖紅郎半醉，合歡床上夢荆州。

玉環

五百袈裟回向寺，一枝玉尺有前因。緣何四海風塵日，錯怪楊家善女人。

可惜雲容出地遲，不將矙語訴人知。唐書新舊分明在，那有金錢洗祿兒？

王才人

花明柳暗出宮門，玉貌時時類至尊。笑語百官休誤認，天容英武妾温存。

身逐寒雲落葉飛，三千宮女淚沾衣。山陵風雪黄昏雨，髣髴珠袍從獵歸。

小周后

芳草萋萋故國秋，江南烟雨十三樓。夢中忘記家山破，猶與君王並輦遊。

流珠一曲記何曾，命婦班中恨不勝。輸與娥皇先去好，柔儀殿上望昭陵。

上官婉兒

論定詩人兩首詩，簪花人作大宗師。至今頭白衡文者，若個聰明似女兒？

意有所得輒書數句

已來卽爲無，未來或爲有。欲知古人事，便如昨日酒。一日復一日，流光何匆匆。幸而天下人，光陰與我同。

形爲萬卷累，亦非達士懷。不聞古神仙，識字居蓬萊。書堆三萬卷，轉使我意乖。束之良可惜，讀之不能該。吾欲法祖龍，一舉爲灰埃。終日仰屋梁，不樂胡爲哉！

燕王有名馬，在廐四十載。忽然騎不前，敵國果先敗。王命圖馬形，圖成而馬死。馬意名已留，可以沒吾齒。嗚呼士君子，彼馬尙如此！

落筆不經意，動乃成蘇韓。將文用韻耳，揮霍非所難。須知此兩賢，騷壇別樹旛。白象或可羈，朱絲未容彈。畢竟詩人詩，刻苦鏤心肝。

題錢璵沙編修峯青草堂圖

秘書遺裔訪湘靈，手帶離騷過洞庭。漢水瀦含三楚白，君山分作幾船青。風謠到處書斑竹，烟景歸來上畫屏。此日草堂秋似雪，雲璈蕭瑟共誰聽？

小倉山房詩集卷三 壬戌癸亥

散館紀恩

九陛啓明光，羣才集庶常。詔趨新御殿，例改舊朝房。舊例散館在吏部朝房，改入明光殿，自壬戌始。旭日初升海，雞人已報霜。韻書宮內下，題紙額前黃。六醴雕胡飯，三危玉女漿。監臨上柱國，環侍羽林郎。簾捲君王出，風高黼座涼。問名占奏對，賜坐習賡颺。跪近天三尺，詩呈稿半張。奉旨先呈草稿。鐃歌夸競病，傒語訓宮商。曳白愁張奭，揮毫賞謝莊。自憐同象翟，無分賦長楊。時習國書。苦譯隄官曲，空書靈寶章。龍筋標萬字，鳥篆闢千行。更有神仙侶，來飄雞舌香。微詞嘲陛楯，薄罰警條狼。弱水風將引，鈞天夢尚長。回頭成小謫，銀漢隔紅墻。

改官白下留別諸同年

三年春夢玉堂空，珂馬蕭蕭落葉中。生本粗才甘外吏，去猶忍淚爲諸公。紅蘭委露天無意，黃鵠摩霜夜有風。莫向河梁頻握手，古來溝水尚西東。

頃刻人天隔兩塵，難從宦海問前因。夕陽自照平臺樹，修竹誰栽小苑春。五月琴裝催下吏，一時酒盞遍騷人。相看行李無他物，賸有蓬山雪滿身。

青溪幾曲近家居，天許安仁奉板輿。此去好修循吏傳，當年枉讀上清書。三生弱水緣何淺，一宿空桑戀有餘。手折芙蓉下人世，不知人世竟何如？

繞袖爐烟拂未消，征衫還帶五雲飄。江山轉眼離雙闕，風物從頭問六朝。報國文章公等在，出都僮僕馬蹄驕。他時烟雨琴河外，遠聽鈞天碧玉簫。

神山引 康熙十五年事

楊生泛海海風作，千船萬船水中落。楊生抱得一桴浮，閉眼憑他駭浪流。日暮風停桴泊島，上有神山兩字好。金碧參差屋數間，分明玉指彈冰絃。花裏雲鬟驚有客，風中琴響漸闌珊。一人玉貌來相見，說住瓊州說姓晏。喜遇崔盧中表親，速張王母瑤池讌。夫人手整曉霞粧，道是兒姑第十娘。先詢阿母顏何似，再問眉窗樹可長。不仗蛟螭翻海水，那能骨肉會龍荒！山前山後教生到，烟草芬芳花月妙。生言歸去挈家來，姑母姑夫但微笑。取出青琴彼此彈，天風拂拂海漫漫。新成一曲雲仙謫，聽去雖難學不難。夜深珠露涼風竹，兩美雙雙樓上宿。只留小玉伴銀燈，未免偷桃學方朔。忽呼粉蝶婢名。聲如惱，驚去雙趺奔悄悄。聽得仙姑苦勸聲，塵心已動緣須了。不如折與小桃花，隨他春向人間老。明朝相見臉先紅，只說歸心一夜濃。仙郎餞別丹三粒，仙女親題信一封。豈不相留情款款，其如人世太匆匆！解下湘裙覆船上，道兒此去應無恙。萬頃琉璃六幅風，蓬萊不忍回頭望。漸漸鄉音入耳聞，迢迢清水變紅塵。滿城親故無多在，已過韶光十六春。衰年大母方愁疾，因由說罷同嗚咽。有婿攜妻採藥行，那知此日人天隔？細看裙是嫁時衣，一片香風捲雪飛。錢家生長初笄女，才說婚姻便相許。迎來果似舊娉婷，苦問三生記不清。偶然彈到雲仙謫，涕淚千行尚怕聽。

良鄉霧

不雨征鞍濕，方知霧裏行。曉花難辨色，溪水但聞聲。對面人千里，終朝天五更。前程原似夢，何必太分明！

次日霧更大

連宵駝背錦模糊，寫出洪荒一幅圖。此際羣仙高處看，可知下界有人無？

隴西將軍歌

袁子改官江南行，路逢將軍徐國英。將軍自言隴西住，陰山月黑磨刀處。磨刀殺敵不殺仇，對天呵氣生金秋。少年恥作掾功曹，青海橫行亂舞刀。身披白鎧逢雷鬭，手擊黃獐帶血燒。高麗犯順莫離支，有詔將軍夜出師。其時大雪天三更，雪花打甲鏗有聲。刀光色白火光紅，齊射戎王甲帳中。白骨掃盡髑髏臺，箭聲響振武安宮。殺氣隨身化作霧，插花唱過陰山東。歸來萬馬齊昂首，戴著兜鍪殿上走。常呼凌統欲操戈，不拜蕭曹空使酒。鋃鐺鐵鎖九天聞，將軍獄吏果誰尊？餘生宛轉君恩重，猶念山河鐵券文。老兵慷慨一何怒，王侯陰喝不敢訴。平生出血幾石餘，背上箭瘢三百處。陰雨金瘡痛未消，新軍已換霍嫖姚。於今流落江湖場，蕭蕭鬢髮漸老蒼。灞水有人呵李廣，燉煌無檄召陳湯。當年麾下僧騰客，列爵紛紛半鼎食。賜宴公然肉拌貂，搏戰何曾手打賊？吁嗟乎，將軍言畢我心死，君不見長槍大戟猶如此！

顏郎

顏郎未老董公超，彼此疑年話紫霄。雀弁有光明玉殿，宮花無色比金貂。情知禁臠偏縈手，肯帶椒風送出朝。他日消魂赤墀下，仙雲一朵隔王喬。

登泰山

不登泰山高，那知天下小。一朝到此間，登臨敢不早！土人結繩爲木籃，令我偃臥同春蠶。兩夫負之走若蟹，橫行直上聲喃喃。初入萬仙樓，旋登水簾洞。衆峯似兒孫，羅列爭相送。側側曲徑蟠長蛇，垂垂鐵索懸枯杈。一重白雲一重水，蕩搖千片萬片芙蓉花。丹梯碧磴轉不已，突然絕壁摩空起。其下澗壑深，其上天門啓。來時徑路雲已封，惟有忍死直上虛無中。後人頭接前人踵，徑寸草壓千尺松。不愁不到蓬萊宮，但愁輕軀細骨不足當天風。欲知齊魯形如何，幾叢蝸角攢蜂窩。一條黃水似衣帶，穿破世界通銀河。只恨天上酒杯少，不信世間人民多。九州下聽聲悄然，混茫一氣遙無端。脚底葉飛高鳥背，眼前海走胸懷間。始知蒼蒼非正色，不然何以俯看黃土如青天。道人引我禮嶽皇，瓊樓絳宇何輝煌！聖朝盛德不封禪，相如閒殺無文章。七十二代金泥玉檢半沙土，使我懷古心悲傷。下山匆匆愁日墮，紅塵回首真無那。不見金輪捧出扶桑來，但見峯頭壓月銀盤大。

落花

江南有客惜年華，三月憑闌日易斜。春在東風原是夢，生非薄命不爲花。仙雲影散留香雨，故國臺空賸館娃。從古傾城好顏色，幾枝零落在天涯。

也曾開向鳳皇池，去住無心鳥不知。掃逕適當風定後，卷簾可惜客來時。肯教香氣隨波盡，尚戀春光墜地遲。莫訝旁人憐玉骨，此身原在最高枝。

風雨瀟瀟春滿林，翠波簾幙影沉沉。淸華曾荷東皇寵，飄泊原非上帝心。舊日黃鸝渾欲別，天涯綠葉半成陰。榮衰花是尋常事，轉爲韶光恨不禁。

小樓一夜聽潺潺，十二瑤臺解珮環。有力尚能含細雨，無言獨自下春山。空將西子沉吳沼，誰贖文姬返漢關？且莫啼烟兼泣露，問渠何事到人間。

不受深閨兒女憐，自開自落自年年。青天飛處還疑蝶，素月明時欲化烟。空谷半枝隨影墮，闌干一角受風偏。佳人已換三生骨，拾得花鈿更黯然。

后土難埋一瓣香，風前零落曉霞粧。丹心枉自塡溝壑，素手曾經捧太陽。疎雨半樓人意懶，殘紅三月馬頭忙。莫嫌上苑遮留少，宰相由來鐵石腸。

似欲翻身入翠微，一番烟雨寸心違。粗枝大葉無人賞，落月啼烏有夢歸。垂釣絲輕飄水面，踏青風小上春衣。勸君好認瑤臺去，十二湘簾莫亂飛。

玉顏如此竟泥中，爭怪騷人唱惱公？茵溷無心隨上下，尹邢避面各西東。已含雲雨還三峽，猶抱琵琶泣六宮。花總一般千樣落，人間何處問清風？

不妨身世竟離羣，開滿香心已十分。小院來遲烟寂寂，深春坐久雪紛紛。人間歌舞消清晝，天上神仙葬白雲。飄落洞庭波欲冷，一枝玉笛弔湘君。

裁紅暈碧意蹉跎，子野聞歌喚奈何。早發瓊林驚海內，倦開江國厭風波。漢宮裙解留仙少，梁苑粧成墮馬多。天女亭亭無賴甚，苦將清影試維摩。

金光瑤草兩三莖，吹落紅塵我亦驚。讓路忍將香雪踏，開窗權當美人迎。蛛絲力弱留難住，羊角風狂數不清。昨夜月明誰唱別，可憐費盡子規聲！

紅燈張罷酒杯殘，不照笙歌月亦寒。此去竟成千古恨，好春還待一年看。金鈴繫處隄防苦，玉匣開時笑語難。擬囑司風賢令史，也同修竹報平安。

剪綵隋宮事莫論，天涯極目總消魂。旗亭酒醒風千里，牧笛歌回水一村。遊子相逢終是別，美人有壽已無恩。流年幾度殘春裏，潮落空江葉打門。

升沉何必感雲泥，到眼風光剪不齊。愛惜每防鶯翅動，飄零只恨粉墻低。高唐神女朝雲散，故國河山杜宇啼。最是半生惆悵處，曲闌東畔畫堂西。

怕過山村更水橋，休論鳳泊與鸞飄。容顏未老心先謝，雨露雖輕淚不消。小住色憑芳草借，長眠魂讓酒人招。司勳最是傷春客，腸斷烟江咽暮潮。

明妃曲

明駝一羣角數聲，漢家宮女昭君行。六宮送別淚如雨，怨入民間小兒女。昭君上馬鞍，手取琵琶彈。生來絕色原難畫，影落黃河自愛看。詔書殷勤選容質，傳到龍庭轉幽咽。侍女濃熏甲帳香，傾城遠掃天山雪。橫波滿臉向名王，手拂穹廬作洞房。生長內家風味慣，酒酣時作漢宮粧。從今甥舅息干戈，塞上呼韓日請和。寄言侍寢昭陽者：同報君恩若個多？

抵金陵

黃金埋老變烟霞，一片長江六帝家。天意兩回南渡馬，秋痕滿地故宮花。荆襄形勢上游遠，輦轂規模大道斜。我是荒傖來弔古，手揮羽扇問年華。

登臨不盡古今情，無數青山入郡城。才子合從三楚謫，美人愁向六朝生。身非氏族難爲客，地有皇都易得名。八尺闌干多少恨，新亭秋老月空明。

天印庵小住

香案蓬山遠，巾車冷廟留。一燈僧館閉，雙耳草蟲秋。對佛言難發，撩人雨未休。窗前紅濕處，萬點海棠幽。

捧檄知何處，飛花且聽風。人來雙闕北，家在五湖東。離恨秋天重，霜痕月夜空。蕭郎未三十，不敢怨途窮。

莫愁湖

澹澹春山小小舟，一湖水氣濕粧樓。六朝南北風流甚，天子無愁妓莫愁。

雨花臺

三十六重天，天花墮可憐。飄來石城雨，散作壽陽烟。衰草蒲團影，斜陽羯磨禪。梁皇偏有價，百萬贖身錢。

謁長吏畢歸而作詩

初持手版應官去，大府巍巍各識荆。問到出身人盡惜，行來公禮我猶生。書銜筆慣字難小，學跪膝忙時有聲。晚脱皂衣歸邸舍，玉堂回首不勝情。歐公貶夷陵，欣然無不可。船載集賢書，夢摇金殿鎖。偶參轉運庭，傴僂趨而左。黯然神始傷，縣令乃是我。

自溧水移知江浦留别送者

秣陵關外動征塵，滿耳驪歌夾路陳。琴爲風移彈别調，鳥因枝穩戀殘春。來秋麥草應無恙，他日兒童盡故人。只恐任延年尚少，可能官不累斯民！

從江浦移知沭陽秀才李應熊成元等送余渡江淹留彌日贈之以詩

彈罷成連海上琴，諸君打槳尚追尋。想緣絳帳情難割，直覺長江水不深。秋老蒹葭重倚玉，春歸桃李更關心。他年古戍黄河北，好折梅花寄遠音。

兒寬

帝後兒寬第七車，金門簪筆晚風餘。幾番奏事君王喜，惹得張湯又讀書。

沭陽雜興八首

誰言作令少公餘，沭地眞堪奉板輿。四季種花官荷鍤，六房如水吏抄書。草冠世襲諸生服，瓦屋人驚豪士居。廉吏不須封鮓去，馮驩久已食無魚。

白草黄沙一望寛，最繁華處是三關。綠抽野蛹都名繭，土作荒城又當山。風動黑營吹馬角，有黑軍營，元人屯兵所。月明東海唱刀環。朱提數挺田千頃，爲少如弓水數灣。

傳柑鄭驛本寥寥，迎送高軒頗折腰。紅葉影馱驢背遠，黄河聲傍馬頭驕。浮天水失東西路，入境蝗如早晚潮。莫怪衣冠文物少，科名人已隔三朝。

放衙烏雀滿羣過，地界萊夷語更訛。女子絕無當戶織，輿人愛唱使君歌。民經歉歲飄流少，牘爲前官久病多。十載花封烟浪裏，可無遺恨六塘河？六塘河成，屢遭水患。

恩詔頒來歲幾通，沿門點口日匆匆。催科莫愧居官拙，租稅原如上古風。時停徵八年。入手俸錢供幕府，關心米價問江東。可堪爛額焦頭處，瓠子堤成六月中。

欲傚羅池闢草萊，簿書束束手親裁。買將桑種貽蠶婦，自製文章教秀才。胥吏盡如寵下養，使君偏自日邊來。可人唯有新番果，花似雞冠一路開。

學作蠅書小姓名，恥騎羸馬說官清。棉花雨後開成雪，麥草春來綠進城。獄豈得情寧結早，判防多悞每刑輕。公堂常作書堂坐，坐到無人一鳥鳴。

古有吾家宰沭陽，（漢袁安爲陰平長。）瓣香相隔幾千霜。簿書我自煩諸葛，公禮人休格范滂。麥後籃筐忙野地，官歸兒女助燈光。（野人拾麥者，有遺秉滯穗之風；照官夜歸者，有鄉爲田燭之禮。）憑他鄉校參差論，沈括還應祀此鄉。（沈存中鑿九渠十八堰，猶存。）

苦災行 （六月廿一日作，二十三日得雨。）

沭陽八年災，往歲尤爲酷。我適涖此邦，一望徒陵谷。田廬化爲沼，春燕巢林木。泛濫有魚頭，澎亨無豕腹。百死猶可忍，餓死苦不速。野狗銜髑髏，骨瘦亦無肉。自恨作父母，不願生耳目。賴有皇帝仁，施粮更賚粥。飢口三十萬，鴻恩無不沐。望此一月賑，早作千回卜。攜筐及老幼，守候合宗族。恩愛如夫妻，爭粮相搏逐。奪取未到懷，擔起還愁覆。有賑尚如此，無賑作何局？爲一校算之，恍然眉欲蹙。小口米七升，大口斗五六。將度期月餘，日食無一掬。國帑已千萬，再加苦不足。紓國更紓民，束手難營度。寧死不爲寇，猶賴皇恩渥。豈無冒濫譏，終爲百姓福。只期今歲麥，得雨早成熟。千瘡百孔間，元氣稍周續。旱魃竟爲災，秋陽永相暴。春禾山下焦，夏麥土中縮。聞雷妒彼縣，望雲生我屋。水去旱復至，陰陽太慘毒。父母殺子孫，胡不悔生育？萬物本天地，胡爲窮殺戮？人心尚悔禍，天道應剝復。下吏或當誅，百姓有何惡？取我瓣香來，朝夕向天祝。上念堯舜仁，下念父老哭。急命行雨龍，及早施霢霂。雖已無麥禾，猶可救穜稑。貧家何所言，雨水卽雨穀；富家何所言，得雨如得玉。永誌喜雨亭，稽首謝天祿。屋角通十藥，本大雅隰桑篇，馬融長笛賦、庾信和張侍中述懷亦因之。

春歸

春留三月動征程，從此炎涼逐漸生。一夜落花飛似雪，莫嫌來去不分明。

苦瘴

沭陽邊東海，海氣與人競。流散爲毒風，往往中者病。我瘡春乍痊，秋深乃復更。拘攣及百骸，痛楚儼灰釘。所爲多掣肘，欲坐如扣脛。蒼蠅去復來，疑我有羶行。憶昔齊侯痁，疥疾原相應。當此苦災地，水旱殊未竟。滿目尚瘡痍，我身胡獨淨？脂膏寧自煎，疴癢還相證。醫師爲我言，君疾無憂怲。治瘡如治蠹，藥力須嚴正。初投苦瞑眩，繼乃樂安靜。雄黃太陽精，蒼耳神仙性。元氣壯吾中，百邪孰敢勝？且喜簿校勞，借此獲幽興。支離慕古翁，癩疾悲賢聖。轉仄繞臥榻，呻吟對燈檠。秋月照瘢痂，點點亦孤映。

偶成

不戴華陽自製冠，蛾眉獨畫要誰看？學書未就求人苦，佳句雙存割愛難。宦後始知貧賤好，瘦來頓覺早秋寒。眼前有路名山去，願向盧敖借釣竿。

淮上中秋對月

長淮波冷碧雲殘，皎皎當空白玉盤。四海共傳斯夕好，八年不在故鄉看。銀河有影秋心老，仙露無聲雁背寒。建業風情京國夢，一時和酒上眉端。

聞同年裘叔度沈歸愚廷試高等驟遷學士喜賦一章

蓬山何必悵離羣，日下征鴻信屢聞。殿上幾回歌白雪，詩人俱已到青雲。玉堂氣類關心切，宦海烟波逐漸分。莫道錦袍容易奪，諸公遭際聖明君。

借病

嫌忙翻愛病，借病好吟詩。細雨苔三徑，春愁笛一枝。日長衙放早，官懶吏來遲。看見閒中物，遊絲及地時。

署中感興

日飲黃河一尺冰，宦情風景兩難勝。民驕已似衰年子，官苦原同受戒僧。半局棋聲催客雁，滿庭秋影瀹書燈。爾來悟得孫登語，慚愧人前百不能。

捕蝗曲

亟捕蝗，亟捕蝗，沭陽已作三年荒。水荒猶有稻，蝗荒將無粱。焚以桑柴火，買以柳葉筐。兒童敲竹枝，老叟圍山岡。風吹縣官面似漆，太陽赫赫燒衣裳。折枝探觳慮損德，惟有殺汝爲吉祥。我聞苛政猛于虎，蠹吏虐于蝗；又聞劉昆賢令蝗不入，劉澄剪穢蝗爲殃。爾今蠕蠕聲觸草，得毋邑宰非循良？擊土鼓，祀神蝗，椒漿奠兮歌琅琅。紫烟爲我凌蒼蒼，皇天好生萬物仰，蛇頭蝎尾何猖狂！霹靂一聲龍不起，反使九十九子相扶將。狠如狠，貪如羊，如虎而翼兮，如雲之南翔。安得今冬雪花大如席，入土三尺俱消亡？毋若長平一坑四十萬，腥聞于天徒慘傷。蝗兮蝗兮去此鄉，東海之外兮草茫茫，無爾仇兮爾樂何央？毋餐民之苗葉兮，寧食吾之肺腸。

赴贛榆鞫獄道出海州

出郭輕裝一馬馱，朔風寒月滿瀰河。怕聽前路烟村少，喜說吾邦麥草多。海氣作雲微慘澹，天心釀雪強溫和。此行爲折于公獄，暫別其如父老何！

次日雪

雪珠夜半響平沙，傍曉銀泥壓帽斜。四面涼雲風剪水，一痕春色手拈花。孤行自覺鬚眉淡，遠望深知道路賒。頻把玉鞭催馬背，籌燈帘影酒人家。

片片冰梨壓滿箱，馬頭何處不花光。窮簷乍脫黃綿襖，冷宦初來白玉堂。野店昏燈連土竈，驅人愁笛唱青羌。張綱此夕埋輪早，官吏何分上下床！

百里肩輿坐莫支，亂沙歷落打窗時。濕來誰進先生履，望處難褰刺史帷。世味儘從流水得，宦情應有冷雲知。瓣香默祝緣何事，願得明年麥兩岐。

留鬚

翰林三年官三縣，髯奴未敢登吾面。忽忽韶華二十九，春風髭芽生滿口。圓頭相視漸模糊，持鏡明朝失故吾。情知回首傷年少，不敢删除丧丈夫。賽師嬌兒笑且譁，口邊何處來烏鴉？蒙茸只可亂狐服，談論何曾蔽齒牙！從古紅顔難自保，臨風默默傷懷抱。君不見，瑶臺七十二神仙，畢竟人夸子晉好。

迎大府歸戲作

望見旌麾拜下風，幾回入廐苦修容。一聲長柄葫蘆問，了却江東陸士龍。蹣跚兩足跪難禁，笑倚彭排獨自吟。儘鑄温韜金搭膝，可能償得此時心？

韓偓

别殿離宫話寂寥，冬郎飄泊晚唐朝。君恩不共春燈燼，殘燭深封一萬條。

除夕泊淮上

誰家爆竹響霜篷，似爲行人報歲終。萬種春歸燈影外，一年事盡水聲中。分開新舊雞先唱，獨對關山燭不紅。此夕光陰倍珍重，長隄親數漏丁東。

徵漕歎

沭陽漕無倉，水次在宿阜。去縣百餘里，官民兩奔走。富者車馬馱，貧者簷笆負。展轉稍愆期，鞭笞隨其後。北風萬里來，臘雪三尺厚。泥塗行不前，老幼足相蹂。今歲旱魃災，產穀半稂莠。粟圓而薄糠，零星他郡購。未來苦無穀，有穀苦難受。撿穀如撿珠，重疊須舂臼。粒碎聒相喧，色雜哤相詬。嗟哉我窮民，歷歷數卯酉！來時一石餘，簸完盈一斗。天雨不開倉，小住日八九。攜來行李資，不足餬其口。官怒呼吏來，命杖撾吏首。收穀爾太苛，爾命胡能壽？諸吏跪且言：公毋罪某某。旗丁古門匠，習俗久相狃。米色稍不齊，叱吏如畜狗。大府命監收，所來亦朦瞍。委阿無定詞，調停兩掣肘。此時收太寬，臨時安所咎？縣官笑且言：爾毋強分剖。我從通州來，斛糧萬萬籔。糠沙半相和，俱已蒙上取。我食翰林俸，陳陳盡紅朽。何得此旗丁，需索爲利藪？言畢旗丁至，猙獰貌粗醜。視米噤無言，仰面棃欲嗾。我因思吏言，此事誠然有。更有持斛者，有意與苦手。播弄作浮萍，掃除恃箕帚。長官察吏嚴，雙人二五偶。披羊裘而釣，誰不識嚴叟？衆吏迎以入，勞金兼酹酒。

此金此酒來，毋乃非民否？縣官自語心：爾已爲民母，寧受旗丁嗔，毋使民守久；寧失邏者心，毋使喪所守。持此徵漕歎，願以告我后。

沭人有饋白鶴者署中養豢失所作詩謝鶴

主人齪齪守僻縣，養鶴羞與鶴相見。呼鶴前來向鶴言，此間不合汝乘軒。汝本昂昂海上來，如何舞罷飛塵埃。飢驅縱奪螻蟻食，高步豈無羣雞猜？崑崙西，玄圃右，鳳皇與汝都有舊。勸汝梳翎一躡霞，不共蘇躭翔碧落，也隨處士看梅花。鶴不能言但戢翼，長叫一聲洞庭笛。鶴聲上天月下天，照見主人愁不眠。

從古

從古求賢貴拔茅，素門平進有英豪。勛名可惜黄丞相，一紙殷勤薦史高。

懷人詩

裘五丰神玉樣清，三年同聽後堂箏。一朝雲海分翔後，讓爾金鰲頂上行。裘叔度。

幾回攜酒上雞壇，忽向芙蓉鏡裏看。讀到洛陽封禪議，褚生何敢笑兒寬？莊容可。

同居華屋夾清潭，同唱青陽十九章。范悅詩篇褚欣筆，從來三絕在錢塘。金質夫。

確士先生七十餘，自删詩稿號歸愚。青鞋布韈金階上，天子親呼老秘書。沈確士。

曾插宮花下紫宸，太初肅肅見精神。圍棋若鬭羊玄保，不作同年第二人。涂京伯。

崑田愛客近時無，稻蟹年年召酒徒。家有詩人高適在，可曾酬唱到征夫？吳鄭公，高山寓其家。

秦公畏與酒檮杌，倘席惟聞取箸忙。我亦自憐無墨者，結隣同住肉林傍。秦健之。

徐髯舌本善微詞，別有風情倘直遲。農部可能容此老，眉山書法半山詩。徐孟端。

巨山清瘦如碧鸛，五月向人猶著綿。司風令史卷簾報，見客多時病欲眠。程巨山。

五石烟螺一日空，金釭銜璧照西東。問君生就豪華性，可記清河上谷翁？楊峙塘。

年少通書有賈嘉，蕭齋春在紫藤花。雅遊怎怪偕君好，公瑾同年一月差。徐駿雨。

蔣君年少人中龍，目光不定心豪雄。干將莫邪虞缺折，我有數言贈李邕。蔣靜存。

新婚初卸鳳皇車，打槳來聞軋軋鴉。天際眞人好風調，北窗跂脚鼓琵琶。陸賓之。

龍性由來馴孰能？孤桐百尺氣稜嶒。但教菡萏芙蓉臉，瘦殺秋風張季鷹。胡稚威。

長卿蘊藉偏憐我，款款更殘話獨長。今夜月明孤客燕，踏燈何處訪徐娘？陳長卿，有客燕圖。

南青愛人如老嫗，初入翰林殊栩栩。平時著述千萬言，臨別贈我無一語。姚南青。

年年乞食向歌姬，鴻乙無端又改之。兩中副車才不偶，一痕眉畫十年遲。姚念慈新字改之，上吳少司馬書云：十年老女，猶畫蛾眉。

蔣四平明入王府，衣冠時樣頗楚楚。出城下馬宿我家，秋樹根頭更論古。蔣用庵。

三十新婚老阮脩，糟丘不築築菟裘。四絃高唱梅花落，惹得離人萬種愁。申笏山，送行四章冠一時。

吾三意氣顛如雷，姓名久被羣公推。昨日別我心不樂，拇戰忽輸三百杯。楊吾三。

劉秩堪當曳落河，簪花新到鳳皇坡。昭君出後班姬入，從古佳人避面多。楊二思。

侍兒未必解靈光，不可何須說李陽。遮莫敬通風力好，龍欄觸手動彈章。儲梅夫。

興霸戲爲雙戟舞，奉先夸中一枝叉。半生出入醉何處？薛下姦人六萬家。曹麟書。

白虎尊中酒未消，鳳皇聲本重丹霄。好栽屈軼堯庭草，莫種園中合口椒。沈椒園。

歲星游戲住人間，時爲閑情惱阿環。不掃窗塵先畫字，偶支手板亦看山。張南華先輩。

儒林眞似丈人稀，誓不成名娶不歸。五十四年蕭寺老，終身一曲雉朝飛。蘧雲墀，七十未婚。

身領蓬萊第二清，朱琴絃斷月三更。鰥魚自把金箱管，繫鑰時聞環珮聲。錢嶼沙。

朝雲早備密雲龍，隸事堪聽百六公。千幅魚箋書欲滿，一聲銅鉢韻初終。周蘭坡先輩。

今之劉三唐李賀，同作少年慚我大。蓬萊夜夜海水翻，願公暫作蛟龍臥。劉映榆。

光庭之口麟之手，安成之食臨汝飾。誰人得似張公子？桃葉桃根自迎接。張東園。

元木將詩當至親，苦吟終日遏行雲。上公門第笙歌滿，可有閒人一聽君？周元木，館訥公家。

小倉山房詩集卷四　甲子乙丑

就聘南閩舟中作

海氣衝人愁未已，江風吹我出愁城。滿船秋色渾無賴，一路衣冠漸有情。遠岸潮平帆影直，中天月墮酒旗明。短篷穩臥潼陽吏，不向前途道姓名。

到江口

金川門外駐蘭橈，枕上誰家紫竹簫？兩度秋光來白下，一生風味愛南朝。銀砂落日無王氣，血戰餘聲有怒潮。滿眼琳宮好雲物，蘆花剪雪正千條。

紅墻蕭寺小門開，片片斜陽落葉哀。海色夜涼雙鴈[illegible]，江心人靜一燈來。風搖逆水青天動，鐘打空山白浪迴。擬挾金尊吹玉笛，高歌先上鳳皇臺。

入閩

仙樂嘹嘈沸綺筵，滿街宮錦曉風天。紅裙莫訝簾官少，道挂朝衣已六年。

敢云眼似光明燭，且喜心如不動帆。帶入闈中示同伴，當時落第淚痕衫。

分校

沉沉棘院華堂開，戰酣萬蟻鱗甲來。主司峨冠南面坐，簾官梯几東西排。一十八人眼如漆，一十八枝筆植鐵。硃字迷離照眼紅，疑是諸生心上血。披砂撿金金未收，暗中默禱心中求。榜後但聞舉子怨，此時誰識簾官愁！百鳥叢中一鶚見，再拜親標某官薦。朱衣可得點頭無，偷眼還看主司面。孫山以外雖漫漫，我誓加墨心才安。紅勒欲下不輕下，訓誨還當子弟看。可惜一卷文超羣，五經紛綸井大春。主司搖手道額滿，怪我推輓何殷勤！明知額滿例難破，額內似渠有幾個？獄底生將寶劍埋，掌中空見明珠過。吁嗟乎！科名有命文無功，君不見李方叔、蘇文忠！

與商寶意司馬宿王禹言太史齋中臨别奉贈

鸞飄鳳泊一千年，流水行雲意洒然。但使人間喚生佛，勝教天上作頑仙。烏衣巷裏解鳴珂，月下彈箏燈下歌。半榻梅花同日別，一官偏惱兩人多。新將錦石擣流黃，應索瑯琊繡裲襠。寄語青溪張好好，好風果屬往來商。公納秦淮張姬，故調之。

千行水調入秋雲，一卷文傳記錦裙。欲使青蓮低首拜，南朝只有謝將軍。

三更風卷紫羅紗，春雨盈盈損蠟花。爲我當年惆悵事，自敲檀板撥琵琶。

蓬海升沉話寂寥，江州司馬莫蕭騷。詩人都到青雲頂，誰領湖山訪六朝？

殘雪

捲簾殘雪望無窮，世事方知色卽空。萬片落花何處去，數聲流水一年終。陰陽爐炭思玄化，冷淡生涯怕熱中。逐漸闌珊誰護惜？爲渠容易惱春風。

一夕天風洗素粧，六宮粉黛減容光。早教醞釀成霖雨，敢爲飄流怨太陽！湘水自沉青玉案，山人還戀白衣裳。遼城鶴去無多日，收拾蓬萊萬斛霜。

北斗離離柄指春，散花天女尚留痕。心虛解脫汙泥累，身隱能全日月恩。江上一簑誰把釣？酒家雙屐自關門。蹇驢此際詩情好，半在山橋半水村。

一別青天路已遙，江山容得幾瓊瑤。敢橫要路招人掃，且學輕冰著雨消。去有後先分冷暖，住無高下任飄搖。輸他柳絮顛狂甚，轉得因風上九霄。

風前無計挽神仙，目極齊州九點烟。涓滴暗添春水色，數峯留到夕陽天。人來銀海初分界，鳥踏龍沙漸有邊。惆悵玉鈎斜畔路，年年羽化泣嬋娟。

連日開窗白渺漫，今朝紅出小闌干。風前粉蝶分飛易，笛裏梅花不落難。素女歸時春半夜，玉山頹處日三竿。幽人擬踏層冰去，六月峨嵋頂上看。

相看心跡喜雙清，家本蓬萊舊玉京。已逐樓臺生厚薄，尙嫌黑白太分明。瓊漿早識來時路，膏雨常留去後名。記得水精簾下事，梁園回首不勝情。

哭季父健磐公

瀟湘秋色粤江烟，拜别西堂夜雨天。遠隔風沙家萬里，亂傳生死信三年。蓮花幕底黄金盡，桂樹山頭白骨懸。慟哭寒雲虛設位，東山小謝倍悽然。

送三妹于歸如皋

好扶花影上雕輪，珍重高堂最愛身。一日尊前分手足，十年門內失詩人。同騎竹馬憐卿小，略贈荆釵笑我貧。惆悵官羈難遠送，大雷書寄莫嫌頻。

哭蔣靜存編修

文場誰復拔螢弧，楚些空招宋大夫。九陌花開同立馬，五更春好忽啼烏。琴書零落空堂冷，兒女參差小鳳孤。分手河梁才幾日，音塵渺渺隔黃壚。

春蘭秋菊自英華，走馬千年白日斜。死解玄言王輔嗣，生能經世賈長沙。塵封玉署如椽筆，霜冷官家賜葛紗。和上消夏詩，賜葛二疋。多少詞臣盡回首，一時愁對上林花！

明知路十原難老，爭奈山松悵失羣。一榜少年今剩我，九原才子又添君。荀郎阿鶩春誰嫁？稚子南州路隔雲。遙寄清商三調曲，聲高要使彼蒼聞。

即景

牙籤雜與簿書排，欲索新詩每悞開。搖蕩風簾花萬點，一庭梅雨帶秋來。

李昌谷有馬詩二十一首余倣之作劍詩

不試千秋寶，高懸萬物驚。羞隨健兒去，斬刺立功名。

太乙下龍堂，閶門匹練光。六州爭聚鐵，難鑄雪肝腸。

斷柄蝕胡沙，長梢鋸鐵叉。陰晴頭欲現，新舊血交花。

白走一條烟，三更風滿天。生王頭不貴，何必煉神仙！

爾欲吳王我，魚盤殺氣多。誰知劉節度，飛電繞身過？

棄擲莓苔裏，光能射斗牛。當作犂耙用，神鋒讓曲鉤。

徒報嚴仲仇，不濟荆卿事。笑指雷公爐，純鉤識羞未？

似雪消塵念，如松耐歲寒。摩挲日三五，當作美人看。

耳熱悲歌處，平生最憶君。橫磨十萬口，交付與朱雲。

永斷不平事，甘心死匣中。世間諸將老，若箇識雌雄？

小隊逐黃麞，琅琊鐵裲襠。君王懷老物，臣是舊干將。

爪髮爇淋漓，猿公雜嘯啼。但求名器就，誰解惜夫妻？

玉勒騎飛馬，金刀挂在身。坐來無一語，知是報仇人。

海角飛殘月，空堂作亂波。南山北山處，被髮有人磨。

事急方求子，洪爐不煉銅。夫人小匕首，誤認作青龍。

半夜孤燈坐，空梁一頭墮。笑問姜伯約，膽可如升大？

聖鐵含灰古，焦銅帶血新。鑄時頻禱祝，切莫賜忠臣。

氣走蛟龍窟，心爭日月光。文章奇絶處，人道太鋒鋩。材大難爲售，高鳴笑爾勞。中原千萬戶，個個用鉛刀。傾城求一見，想見古時尊。縱使無情鐵，能教不報恩！虜平歸塞早，雪大上天遲。棄擲風塵裏，猶能斬亂絲。開匣秋風起，藏身片語無。方知至神物，舒卷任風胡。

放歌三首

萬物化灰泥，灰泥畢竟有。灰泥日積地日高，青天摩挲應在手。歲華去我如飛烟，我思其誤在從前。盤古力爭不肯老，至今美色人人好。十二萬年天壽短，羲和持鞭不肯緩。開闢以前安可知，我恨不得親見之。願持竹一竿，下搜黄頌後，上搜青雲端。地盡天窮搜不止，此竹削成天外史。

子有衣裳須曳婁，子有車馬須馳驅。英雄百事百不理，朝朝暮暮歌山樞。君不見，軒轅黄帝上天時，當時萬物爭相隨。黄帝哀號不開口，留下人間一杯酒。

沭陽移知江寧別吏民於黄河岸上

五步一杯酒，十步一折柳。使君乘車行，吏民攀車走。父老泣且言：使君無他奇，虎不渡河蝗亦飛，只有小大獄，十日無留遺。胥吏泣且言：使君無他好，不察淵魚矜苛廉，不容抱牘施姦巧；每日放衙歸，無事關門早。我聞此言感知己，兩年自負如斯耳。斜陽策馬一回頭，哭聲漸遠河聲流。

交印

前印欣已交，後印喜未至。分明宰官身，而無宰官事。人生此最樂，一刻千金貴。賓朋間何闊，張飲置歌吹。我亦愛游閒，往來屏車騎。朝尋鍾阜烟，暮拾橫塘翠。除道哂要章，微行訪稗季。青衫有時濕，赤棒無人避。櫪馬暫脱銜，籠禽偶展翅。汲汲常顧景，絅絅無所畏。小大莫從公，老子妨人戲。

上元許令同官甚歡薦剌亳州而部選建寧司馬例不能留情不能已故有是詩

十里秦淮楊柳灘，驪歌新唱小長干。三還好事聞方喜，五月同寅別轉難。江上秋聲催鼓角，車邊旗物漸斑斕。遙知一片西湖月，又被詩人馬上看。

初聞海外借班超，更說參軍薦鮑昭。分野未容星兩照，書銜應綰綬雙條。一州斗大朝聽鼓，五嶺盤空暮射鵰。此去鰲江定回首，子規聲裏別南朝。

官稱司馬便多情，落日青山載酒行。嶺樹秋高雙旆遠，妻孥累少一帆輕。風琴野鶴君行李，錦字花箋我姓名。安得將心寄楊柳，依依送到越王城。

書戒石　宋高宗戒石四語太簡，衍爲六章。

戒爾縣尹，爾亦生民。服官而仕，於民獨親。朝食其地，暮稅其人。曰：由我生死，由我富貧。垂髫戴白，爛其盈門。靜言思之，如之何勿仁！

唐虞既遠，象刑不作。周官既亡，府胥無祿。承符手力，眈眈虎目。官能用吏，吏如手足。吏能用官，官爲荼毒。制之有道，豈曰笞朴？

其道維何？太阿在己。衡定物呈，水平浪止。不察淵魚，但除蠆尾。初或毀之，繼而自喜。彼君子兮，惠我隣里。吾儕小人，殺人有禮。

莫高爾門，門閉則昏。莫多爾符，符出吏呼。莫厭訟堂，吾將以爲房。莫畏絲棼，非德莫如勤。不自以爲聰，終無大聲。常自覺其廉，滿面沾沾。

立政勿異，求名勿專。虎不渡河，古稱偶然。兩稅無差，撫字賴焉。五聽得宜，教化在焉。八頌扇和，六筦崇厚。仁在義先，理居情後。何以寫心？單父鳴琴。無以爲家，河陽種花。莞爾而笑，前有桑麻。民既信我，無所不可。我既愛民，民皆子孫。淮陽召耶？官爵大矣。桐鄉祀耶？死遺愛矣。

于蔿于

元德秀歌于東都，其詞不傳，余爲補之。

五鳳樓前，日重輪兮；惟天之近，使我民與天言兮。一解。相彼嘉禾，陳陳于倉；宛彼柔絲，龍袞纁裳。農夫之耒，蠶女之筐。何圖今日，得見君王。二解。東都沃地，石田則有；東家豐年，西隣或不。君所到兮，臣所告兮，未可以爲概兮。臣親自炊薪，而誰煬其竈兮！三解。供張奢儉，可以觀臣；風尙貞淫，可以觀民。勿徵壤奠，而爻閭相見；勿飲瑤池，而卷阿賦詩。九乾之和，萬邦之歌。四解。弘農得寶，石綠空靑。大笠侈袖，高唱娉婷。臣乃病夫，以心爲聲。未移二龢，願慶三登。敬命樂工，聯袂而賡。上達四聰，天聽和平。五解。

府中趨

巍巍天門開，朝賀有常期。沉沉長官府，晨趨無已時。東帶候雞唱，腰笏事奔馳。衆人已宛在，後至顏忸怩。坐守鼓角鳴，音響止復吹。名紙如梵夾，作字蒼蠅黴。起居稱萬福，願得尊者知。尊者方欠申，起問夜何其。司閽有酒氣，傳入猶狐疑。息氣坐寒廨，閉口忍徂飢。音旨忽然下，大旱得雲霓。材官麾以肱，鳥散而雲歸。出門看白日，頹陽已熹微。明日戒更早，後日將毋遲。國事耶？民瘼耶？將軍者約耶？

出東門

出東門，有客從西來。客不西來，東門之車奔如雷。待來而不來，客怒作色相疑猜。一解。芻三十車，禾三十車。隸人湼廁，械窾與俱。罔或不供，汝則罪有餘。二解。得斝求壺，捉雞索鳧。匪壺鳧之爲取，取汝所無。三解。門前水渾，門內水淸。淸以爲名，其貌獰獰。大官昂首坐，小吏圈豚行。四解。天陰雨淒淒，長跪大道左。學鴨自呼名，兩頰紅似火。指向蔡興宗，此中正是我。五解。欲臥強之食，欲食強之飢。非所喜而笑，非所怒而笞。腰膝不自持，而況法令爲！六解。呑爾不搖牙，咀爾不擊齒。乃公喉有聲，萬口一齊止。愛之則生，逆之死。長跪啓乃公：識一丁字，何如挽兩石弓？七解。

俗吏篇

勸食升米把酒止，古來作吏俗而已。矧我作吏赤緊全，請言其俗一覼然。三年沒階趨下風，九轉丹成拜跪工。金雞初鳴出門去，夕陽來下牛羊同。有時供具應四方，縫人染人兼酒漿；有時迎謁跪道左，掀公于淖猶衮裳。祝融不許子同夢，新宫半夜鬱攸光。捕蝗那管汝暍死，劉虞露冕橫秋陽。衣服學爲成慶畫，參軍來從屋漏旁。周官三百六十職，佛經萬刼千災殃，頃刻教汝一身當。大府文深日怒嗔，小吏文巧舞殺人。鼓吹一部肉雷響，鐵鎖千行環珮喧。高坐腰輿織路途，居家日日别妻孥。豬肝久食客無聊，重叠書來請絶交。有時切切私自語，明日出門無所去。里保催公速下鄉，死人橫陳三兩處。

火災行

七日融風吹不止，鳥聲嘻嘻呼滿市。縣官此身如沙禽，中夜時時驚欲起。出門四顧心慘裂，天地爛如黄金色。文武一色皆戎粧，奔前滅火如滅賊。金陵太守氣尤雄，獨領一隊當先鋒。出沒黑烟人不見，但聞促水聲朦朧。水龍百道橫空射，倒卷黄河向天瀉。蚩尤妖霧青山崩，黑蓮烝土白石化。須臾半空飛霹靂，赭瓦頹垣如擲戟。不聞知命避巖墻，但見橫屍委道旁。春風雨潐新焦土，夜月霜淒古戰場。我聞爲政無近名，水懦火烈調其平。行火所焮表火道，書其焚室寬其征。此外姝姝皆小惠，禁民夜作徒紛更。從來心如焚，不必額盡爛。果然曲突有周防，何至衣冠坐塗炭？白日青天莫放懷，朽株枯木能爲難。

捕蝗歌

蟈氏燒牡鞠，本屬衰周文。螟螣付炎火，諸氓自祈神。豈有爲后稷，一手一足勤。劉蘭不捕蝗，其歲乃大穰。劉澄剪蟲穢，民乃呼災殃。如何姚元之，作俑爲官常？當時猶可，今日殺我。蟲子如烟，符急如火。監司節鎮浩呼洶，文武擐臂趨如風。頃刻赤地三十里，小民畏官勝畏蟲。東之丁男調向西，丁男不足佐以妻。古從三軍六十免，今搏羽孽全家啼。舊麥未斂穧，新秧栽未齊。舍己而芸人，墨翟猶嗟咨。民若此，官何如？但見酒漿廚傳紛追呼。東阿大夫通苞苴，不然何以全名譽。捕盜不善波及隣，捕蟲不善殃全村。爲兒理髮加以髡，心豈不愛終非恩。捕蝗問蝗果滅否，蝗言不雨捕更有。君不見，蕭曹孳孳得民和，柳州大書郭橐駝。督郵來往蝗更多，香山早有捕蝗歌。

南漕歎 與沭漕不同，故加「南」字別之。

握粟鋤粟十月征，大車小車軋軋鳴。雲連萬畝兩遞運，李斯如鼠倉中行。倉氏庾氏聲嘈嘈，搜粟都尉意氣豪。利之所在天亦忌，大官防縣如防妖。牽驢磨麥矐其目，憎鳥竊脂縶其足。黃紙朝來刮升斗，朱符夕下封官斛。待暴日擊重門柝，不管龔黃與魯卓。水流汾澮其道壅，萬弊雜出仍無窮。或需精鑿強揚播，兩三醹作千回春。或借一閧分先後，富者收早貧磨礱。或書官符訛多寡，塗鴉難辨斗檢封。傔人別奏來重重，伍符尺籍生蠛蠓。共飲倉中一勺水，頃刻白粲成青銅。可憐鄉氓牛樸魯，小人容易爲沙蟲。明徵法錢人所見，暗教折帛何所終！物不揣本齊其末，事方在北求諸東。我欲大聲呼大吏，胡不早辨賢與忠！古人信人不信法，將欲治彼先治躬。捐除文網道以德，如水沃雪草偃風。持其大體去已甚，官和民樂聲雍雍。吁嗟乎！君不見人肝代米古所記，察察爲明，安得劉弘十女壻？

優孟謠

我優也，言無郵。貪吏而可爲兮，孰知其由？廉吏而不可爲兮，子毋人尤。子不見，損下益上，土可成丘；勿畜勿流，水難爲溝。物猶如此，人寧獨不？重爲告曰：子惠恤我，我其收乎！誰之不如，而勿求乎！嗚呼叔孫，無待後人，子其休乎！

甲子過金陵汪生濬川受業學詩今年生來索題其扇

朔風暮黑吏歸縣，殘燈叩閤門生見。見時袍袖盡詩箋，長吟不覺三千遍。自言踏雪願來遊，擘錦燒蘭足解愁。往歲江淹遊白下，今朝羊曼尹揚州。揚州歌舞舊繁華，月榭風臺處處花。團扇願公書數字，管教新譜續琵琶。感君語，爲君歌，歌詞淒惋通銀河。三月風花春管領，一把玉骨官消磨。棄置當年何復道，秦淮竹笛聲聲好。美人淸夢冷如冰，詞客零星稀似草。枯樹江南庾信哀，桃花潭水汪倫老。取我瑤琴鼓再行，酒酣月落江天曉。

俟東門卸江寧貳尹事行且就去不能無詩

石城把手證前因，一障乘邊又怨春。才子官卑原寫意，酒徒緣少更傷神。文章各領江山氣，鸞鳳同爲飄泊身。此去旗亭休緩緩，天留淸雪等詩人。

勸農歌

白門城外好秧田，梅雨初晴六月天。識字農夫勸農去，竹枝歌當水衡錢。
勸農莫放鋤柄空，勸農莫嗤積穀翁。東家稻熟早芟草，西家豆稀懶打蟲。
男女行行莫亂行，邨南邨北幾莊荒。今年添入新絲價，男樹瓜華女種桑。
布穀聲聲鳥語譁，一池鼓吹有鳴蛙。同來騶騎閒無事，齊放紅旗拾豆花。
神雀休銜稻一枝，深秋九月有佳期。黃雲滿地倉箱響，是我來開笑口時。
阡陌高低曲折通，車聲回轉落花風。倒持竹笛不歸去，看殺斜陽小牧童。

峯凝暮靄水拖藍，完得官租夢亦甘。世世青山綠雲裏，好風好雨住江南。

哭李方伯 公諱學裕，事見文集墓志。

江城吹滿紙錢烟，父老銜哀罷管絃。誰料五旬官二品，別來三日事千年！平生羽扇蛟龍匣，故國靈旗雨雪天。家在太行山色裏，幾時酹酒墓門前？

不禁雙眼淚滂沱，回首龍門喚奈何！鮑叔已亡知我少，于公雖去活人多。殘燈娓娓生前夢，宦海悠悠世上波。彈指滄桑三萬日，衣冠琴鶴盡山河。

答曾南邨論詩

提筆先須問性情，風裁休劃宋元明。八音分列宮商韻，一代都存雅頌聲。秋月氣清千處好，化工才大百花生。憐予官退詩偏進，雖不能軍好論兵。

館娃

館娃遺趾訪春行，一霎飛花兩眼驚。豈有金仙能抗手，果然我輩竟虛生。都梁香近名誰識，巫峽雲過影尚淸。獨宿蕭郎作羈客，晚烟疏雨闔閭城。

願持

願持一語告同官，莫笑蒲鞭道太寬。辦事人多解事少，愛民心易治民難。

春日初長散衙甚早喜而作詩

槐花春暖滿衙青，不著烏靴上訟庭。牒少卷無三寸厚，心虛判許萬人聽。紛紛雀角風將息，漸漸蒲鞭響亦停。笑問功曹諸事畢，手籠詩草下西廳。

小倉山房詩集卷五 丙寅至戊辰

春柳

已讓梅花一著先，倘傳芳訊早春天。驟開青眼如相識，拋得黃金便少年。十里遠遮江店小，半生閒抱酒旗眠。東皇有意相憐惜，莫使橫陳大道邊。

牽雲曳雪滿關河，如此纏綿奈客何！學舞幾時才長大，倚闌終日作嬌波。春閨離恨風前遠，故國斜陽笛裏多。自笑青袍人照舊，那堪重唱掫兒歌。

靈和殿裏舊心情，移種江南百感生。腰折難禁春雨重，花高易惹晚風驚。也知上苑長離別，不管何人且送迎。聽說輕狂聽惱懶，亂梳頭髮過清明。

裊裊鵝黃帖地柔，鞦韆扶影出墻頭。受風身比羣花活，照水眉生滿鏡愁。古渡有誰嘶白馬，酒家無處不青樓。千條萬緒情難盡，舞到黃昏倘未休。

秦淮小集座有歌郎上元許令目懾之郎亟引去余迂許憐郎而調以詩

五月蟠桃花事新，衆仙同日咏宜春。傳呼驚聽劉安到，口斥嫦娥避寡人。
金燈紅照柳千行，風動珠簾鳥忽翔。惆悵秦淮花兩岸，南河春色北河霜。

秦淮雜詩

春愁原屬杜司勳，況復繁華領白門。六代雲山一河水，爭禁人到不消魂？
金縷飄殘玉樹終，流珠人去采雲空。只留幾點漁陽鼓，打出燈船面面紅。
放衙時節蔣山青，看捲紅旗出訟庭。傳語前騶莫呵殿，沿河方愛管絃聽。
無緣打槳送春潮，有意搴帷認板橋。深夜風停街柝靜，隔墻還有一枝簫。
楊枝婀娜竹枝柔，百囀流鶯唱未休。高寫零丁招客賞，淸商幾部屬蘇州。
春風無力酒旗低，十幅湘簾一剪齊。遮莫游魚吹雪上，琵琶聲急水亭西。
家家脂粉墜殘紅，無數眉痕學遠峯。水爲情多流不去，秋來處處長夫容。
丁福王元態各淸，康郎風調更橫生。使君便是羣芳譜，能與凡花辨小名。

鷹師霍霍意氣粗，諸王啞啞白頸烏。前船丹珠歌小海，後船青溪載小姑。
籠袖驕民隊隊過，茶坊到處喚廝波。貪花風雨偏來往，半是齋娘半浪婆。
幾番邀笛坐胡床，消受青奴一味涼。擬奏尊官乞恩假，河陽潘令種花忙。
都知錄事局全差，且向東京記夢華。一語殷勤勸楊柳，惜春人去莫飛花。

宿陶紅樓隱寺題壁

層樓高閣倚雲開，舊識禪堂老辨才。寺爲迎官將徑掃，我因呈佛帶詩來。馱經白馬西廊繫，照壁紅燈小吏催。一局殘棋一窗月，招僧同賭菊花杯。

踰月再至見江孝廉和章喜疊前韻

蕭寺重遊笑口開，多情江令費詩才。偶將鴻爪留痕在，不料牙琴渡海來。殿角燈孤僧影小，江山秋早磬聲催。兔葵燕麥應憐我，前度劉郎又舉杯。

冬月又至則和章盈壁矣再疊前韻

野花開盡筆花開，小雅才兼大雅才。三度絃歌傾耳聽，一村珠玉上墻來。僧知避俗門多閑，人不能吟鳥亦催。我願大行鄉飲禮，偏酬詞客一金杯。

雨過

雨過罷焚香，梅花落印床。原非棲枳棘，爭敢薄淮陽？有志爲民母，無心學吏商。只嫌空鹿鹿，方寸舊都荒。

輓施曼郎 有序

蕪湖秀才施曼郎，有衞玠之稱，工詩愛潔。讀余春柳詩，屢寄聲道意，病不果來。死後，其友秦澗泉索詩以弔。

江南才子淚如絲，來說瓊林損一枝。金谷未窺潘岳貌，秋墳已唱鮑家詩。梅花愛好春風去，黄卷無靈白骨知。惆悵山松歌薤露，不同歡笑只同悲。

冬日往揚州阻風永濟寺贈默默上人

入門修竹倚雲栽，小脫朝衫坐綠苔。石幕勢吞高殿起，江帆影射畫堂開。阻風莫悵前程緩，失路方能福地來。喜對高僧頭似雪，月明同上講經臺。

揚州回泊燕子磯登亭望雪

來回剛十日，船到正江晴。望雪還登嶺，貪閒未入城。寒花侵月魄，凍雨入春聲。且傍荒灘宿，孤鴻替打更。

不到千峯上，安知萬象空？高山頭既白，殘臘歲將終。絕頂荒亭雪，孤身四面風。憑闌心忽動，月起大江中。

漂母祠

千金一飯尋常事，不肯模糊是此心。我受人恩曾報否？荒祠一過一沾襟。

感懷四首

江城宿霧曉陰陰，偷得閒身病屢侵。萬古少圓唯月色，四時多恨是春心。少年好景風前憶，花底斜陽雨後尋。二十詞臣三十吏，名場容易感升沉。

三春何處不烟沙，兩眼能看幾片花？愁對青雲生白髮，且將紅粉當丹砂。一官奔走空皮骨，萬事艱難閱歲華。惆悵輸他貴公子，五更沉醉阿儂家。

黃鸝遙對酒杯歌，似報江南又綠波。照我忽驚新月白，回頭唯覺古人多。花無菊婢秋將近，面有髯奴老漸磨。九十日春春不少，可憐人自要蹉跎。

斷無名士不蕭騷，騎馬年年上板橋。笛裏江山懷故國，酒邊風雨送春潮。花開官署枝枝倦，鶯過清明日日嬌。安得新蒲爲彩筆，儘書心事一條條。

迎春

迎春莫怪春難見，好處從來過後知。隔歲梅花報芳信，倚門楊柳望歸期。無邊暖漏聲聲促，有脚青旗步步移。料得東皇非長吏，不應嫌我出郊遲。

送春

驪歌樹上子規聲，報道東皇出郡城。久住似嫌芳草老，輕裝不帶落花行。從今時節都無味，留贈雲山尚有情。早識相逢遽相別，當初翻悔下車迎。

詠史

武帝英雄主，叱咤動八荒。旌旗十八萬，遺恥雪高皇。馬來大宛國，頭懸南越王。秋風歌一曲，援筆能文章。汲黯老匹夫，山東一木強。作令便爲恥，積薪語更剛。勸請先斬臣，批鱗相抵當。當時竟殺汝，如鼠投沸湯。不冠而見之，於帝更何傷。帝終不出此，容黯老淮陽。吾嘗掩書卷，此處長思量。

儒者桓君山，彈琴天子側。偶見宋公來，慚顏深踧踖。君王愛泛聲，一彈奚足責。亡何爭讖書，叩頭竟流血。所論豈不臧？天子惡其直。毋乃意狎之，將威脅琴客。始悟宋大夫，自重立臣則。

公孫帝西蜀，馬援來叩門。爲設舊交位，不忘主與賓。過車必磬折，贈衣周寒温。援乃退而笑，子陽妄自尊。後世有蕭韶，且忘斷袖恩。士遜託心期，終招顏竣嗔。人貴如輪回，都忘前世因。長拜井底蛙，公然古之人。

子房非正士，可傳惟一椎。自見黃石公，陰險靡不爲。爲韓非其心，滅韓皆其計。不肯立六國，韓宗遂隕地。野雉幸辟陽，夫妻義已絶。立賢不立長，殷周有成迹。胡爲召四皓，爲之張羽翼？老人見厚幣，來如飛鳥捷。龍準木強人，傷哉爲所劫！長陵骨未寒，殺子及其妾。北門奪軍時，四皓骨已朽。借使木未拱，能安劉氏否？報韓既不成，報漢復何有？所以子辟彊，竟請諸呂王。誰能爲此謀？貽謀自子房。

東漢恥機權，君子多硜硜。悲哉陳與竇，謀疏功不成！其時涼州反，有人頌孝經。意欲口打賊，賊聞笑不勝。雖無補國家，尙未遠人情。一變至南宋，佛行而儒名。希哲學主靜，人死不聞聲。魏公敗符離，自夸心學精。殺人三十萬，於心不曾驚。似此稱理學，何處托生靈？嗚呼孔與孟，九泉涕沾纓！

地道本無成，女子從夫多。妲己賜周公，螽斯或可歌。高熲何么麽，掩面學太公。可憐青溪栅，夭桃啼春風。狎客既已赦，美人胡獨誅？毋乃拒晉王，逢迎獨孤歟？不格君心非，宣華卽麗華。終日對阿雲，閧聲時滿家。

臺城懷古二十四韻

五代干戈際，蕭梁最不同。秀才成帝業，名士有英雄。武自騎兵擅，文能金海通。雍州西伯起，白下永明終。勸進書隨例，臨軒道獨隆。瘡痍扶士女，禮樂薦蒼穹。口勅疏經義，腰圍損聖躬。新聲十篇雅，宮體一家風。妖夢中原入，禪心玉座空。嚴關矜鐵牡，茀矢喪銀童。少海光先掩，牟珠照忽窮。長戈椿魏闕，短脚犯重瞳。豈忘沉溪竹，偏頒鍛鐵工！傾葵陽獻土，射日早彎弓。婚僞求王謝，繩眞縛老公。江聲搖戰鼓，文物變沙蟲。佛看君王餓，花迎野獸紅。天威雖鎭定，日角已疲癃。主父無殘轂，橋山有殯宮。捨身歸小豎，殘局泣湘東。法會斜陽外，臺城衰草中。紙鳶迷信息，棟樹減青葱。松影蒼崖古，經聲杜宇恫。唐朝八丞相，疑是報神功！

董賢玉印歌

董侯夜醉麒麟殿，漢王傳璽不傳印。璽墜千年印獨存，傳觀猶帶桃花暈。雙螭戌削陰文裂，衛將軍董字堪識。想見郎官美麗時，人面玉顏如一色。郎官傳漏殿上行，顧盼能使椒風清。高皇天下一笑與，乃祖轉愧銅山輕。並后匹嫡一身兼，三十六宮難爲情。大賢居位美如許，孔光俯伏單于舞。莫道和柔侍禁中，亦頗知賢薦何武。一朝龍去鼎湖天，頓首東廂狀可憐。熏香傳粉人歸矣，露眼嘶聲賊儼然。傳呼收印印早交，委命豈待金吾刀！絕勝漢家老寡婦，兩手握璽徒忉忉。漢朝家法良草草，外戚横行母后老。不容舊寵戲金丸，翻許新皇鑄剛卯。摩君玉璽不勝情，憐君福過使災生。當時用印誅賊莽，未必書傳佞倖名！

題嚴子陵像

一領羊裘水氣寒，自來自去白雲灘。教陪天子同眠易，要改狂奴舊態難。星宿張皇乾象動，君臣彼此故人看。千秋欲解還山意，只問江頭老釣竿。

古銀杏爲火所焚

半夜木鳴天忽曙，空山無人火在樹。槎枒散作金黃雲，九天灰落烟紛紛。黑風迸裂空心血，枝枝葉葉飛晴雪。孤根一氣共死生，倒燒直下三千尺。上焚碧落星辰散，下熏無極黃泉熱。天地焦枯會有時，人力難施空歎息。憶昔當年種六朝，曾同春薦佐含桃。摩挲嬪御青絲絡，披拂將軍白玉縧。亡何歲月如流電，到眼齊梁人不見。斡排元氣更千年，獨立江風當一面。人間用材不用長，八尺九尺皆棟梁。敗槫鉛刀易斲削，白檀上手多觸傷。爾形倔強撑宇宙，自合棄置來僧房。雲雷坎壈遲變化，魂魄光明怒太陽。一朝炫耀脫骨去，勝入竈下當柴桑。啞啞烏鵲休愴神，巢焚廈傾理所存。君不見，老僧躑躅樹下悲，遮雲護日今爲誰？

丈洲

身非鳧雁水爲家，日日輕篷傍浅沙。蘆荻也知官吏到，隨風吹送滿船花。水國灘荒頃刻生，暫時弓尺欠分明。長官作奏須珍重，賦入司農鐵鑄成。

舟中畏風

鎮日舟中眼倦開，雪花脈脈上輕苔。東窗閉後西窗啓，猶喜風無兩面來。

晚坐

晚坐碧波上，飄然白練裙。月高沙鳥語，烟盡水天分。洲荻響成雨，漁燈紅入雲。更深尤可喜，官鼓斷知聞。

閒遣

瘦脚白翎老鷺鷥，對人飛入梅花枝。大江浮天月皎皎，小舟繫樹風絲絲。開窗好在有山處，上馬正逢無雨時。野行十日幽趣熟，胥吏學官偷咏詩。

洲上寄同官許南臺 時亦有丈洲之役

雙騶鎮日白門東，芳草催人上短篷。一夜江雲如墨色，知君同在浪花中。

好詩難與官同作，新俸常愁鶴要分。此日烟檣沙鳥外，吟聲過盡楚天雲。

莫把江租增册上，恐教柴價長城中。東南民力今何似，不進盈餘是聖衷。

盈盈一水路悠悠，君在南洲我北洲。可有新詩來作答？只題花葉付中流。

嚴助

嚴助當年上大夫，張湯小吏沒階趨。今朝湯貴看嚴拜，勉強人前手一扶。

哭鄂文端公

朔風寒雨九衢昏，神化丹青失重臣。薄海盡傳遺疏稿，不才曾是受知人。魂依大袷歸清廟，星冷長河換早春。十載回天兼捧日，詔書哀悼莫嫌頻。

當年遭際遇先皇，曠古恩榮話最長。如朕親臨朝出塞，爲卿眠食夜焚香。訏謨語密青蒲煖，顧命身孤玉几涼。怎怪報恩心力盡，旁人聽也淚沾裳。

魏公風節晚香深，病革頻邀玉輦臨。五岳祈年明主意，九原薦士老臣心。邊疆功過青天在，改土歸流事由公始。將相榮華碧水沉。他日近郊三百戶，看人編作宰官箴。

宮門扶杖立雲端，嘆息才人向百官。我已江南逐升斗，公偏東閣費盤餐。華堂下拜千年別，綠野招魂一水寒。從此青琴愁獨抱，天涯白雪向誰彈？詩集單刻本、嘉慶本注云：「公賜餞小紅團。」

偶見

柳絮風吹上樹枝，桃花風送落清池。升沉好像春風意，及問春風風不知。

王孟亭飲判花軒以几上漢璧分韻得花字

一雙拱璧來誰家，淒淒古血生陰花。無心傲世去圭角，有光照人如雲霞。匹夫手冷白玉墮，公子春歸明月斜。惆悵漢庭好皮幣，十三陵寢空烟沙。

奏擢高郵牧部議不果

青鳥含來鶴料符，王喬未許脫雙鳧。謫仙自愛稱郎好，不願銜書下大夫。

乾隆丁巳余落魄長安金陵人田古農見而奇之哀其飢渴沽酒爲勞未十年余宰金陵古農已爲異物求其子孫以詩告墓

欲報長安一飯恩，破墻流落小兒孫。難忘往日窮途淚，不洗青衫舊酒痕。萍水再逢風不偶，山河如夢客消魂。重泉此際應知我，玉笛親吹到墓門。

哭侯夷門

天心最仁厚，往往薄騷人。不朽千年筆，難延一命身。題襟追弱冠，攬轡共江濱。高咏招魂些，英華秋復春。

凶問三秋到，歌章滿歷殘。典型還自在，風調向誰看！壯歲死生速，奇才科第難。高山流水曲，寂寞九原彈。

客死皐橋地，梁鴻好遠遊。百年千里外，一笑五更頭。大壽文章在，微官宰相羞。知君天問熟，醉寫玉皇樓。

萬丈天台路，何年白骨歸？老妻交印信，稚子典朝衣。黃葉秋江冷，青蠅弔客稀。詩魂逐明月，應繞石梁飛。

與熊滌齋先生夜話浦雲堂

每聞前輩談風月，似聽劉郎咏泰娘。君恨過時儂恨晚，一齊幽咽淚千行。

哭莊觀察 諱亨陽，福建人。

平生不讀宋儒書，見到先生信我粗。二月春風淮海有，一枝蓍草孔陵無。道高轉覺人情近，星少方知月色孤。遙望銘旌徒洒淚，招魂難覓九天巫。

郊行

郊行便覺少風塵，況復秋光景物新。禾黍迷離胥吏影，米鹽瑣屑宰官身。山中判事書花葉，樹下停車聚野人。一路銅駝同石馬，不知何代物橫陳。

宿栖隱寺題壁

五年栖隱寺，一過一題墻。舊墨都陳迹，新秋又晚涼。壓燈多背雨，風草不留霜。諸佛應余笑，緣多是此床。

四野氛何惡，三春麥不收。縱教勤撫字，難免有飄流。遏糴非荒政，開倉是本謀。欣聞輸楚粟，早晚到江頭。

初得隨園王孟亭沈補蘿商寶意載酒爲賀得園字

野徑初聞僕從喧，小倉溪上酒盈尊。暫時邀主先爲客，異日將官易此園。菉竹倚窗如有待，青山入座總忘言。諸公莫笑柴桑陋，剛稱淵明五柳門。

考志書知園基即謝公墩李白悅謝家青山欲終焉而不果即此處也

人好土亦好，一墩屬謝公。青蓮悅其景，慨然思送終。舒王爭其名，欲住愁雷同。我領石城尹，頗有晉人風。偶寫買山券，竟與此墩逢。疑是謝公靈，相貽冥漠中。地美懼不稱，景闊欣難窮。將假烟巒勢，重增亭臺功。死則李白妒，住乃安石恫。蒼生如予何，大笑東山東！

上尹制府

風雲盪天地，會合良不偶。賤子區區名，半世出公手。公勳塞海內，公望端朝右。在昔事先皇，十年無寸醜。劍消青海戎，筆醉天山酒。兩度督江南，歡走男若婦。王道周人情，虛懷兼師友。行路必行寬，取材常取厚。鳳鳴羣鳥息，月出星辰走。心行天一周，名極地九有。大可鼓洪鈞，細不遺部婁。經緯繞萬象，寸衷豁白晝。神力易刻劃，化工難雕鏤。酉蠻思摳衣，仇怨亦低首。南面諸貂蟬，問有此人否？憶昔明光宮，賦詩獻元后。李邕罵輕薄，劉蕡幾不取。公時眼如箕，遺珠光獨剖。未幾公西巡，癡龍遂不守。謫向海天災，荒村少雞狗。公命移金陵，聲名文物藪。參軍非蠻語，僕射如父母。公餘尚文章，一月輒八九。使公常在朝，我豈逐升斗。我若官長安，隨公反不久。恩始復恩終，前定如壓紐。屈指諸門生，親炙輸袁某。蕭然不繫舟，春春自花柳。月落梧影霜，雨灑碧池藕。散髻斜插簪，飄然一詩叟。愛我如愛玉，調護驅蒙垢。能養才不才，竟免口戕口。欲酬國士知，請兹小人缶。報公白玉盤，公家富且阜；報公桃李花，公門種成畝；不如志聖賢，立身事不苟。陸贄附鄴侯，永永垂不朽。

上李觀察 諱永標

大道直如弦，弱者不能到。人人堯舜資，伊誰窮堂奧？大勇惟先生，立身何逍峭。奉心爲嚴師，粹然徵玉貌。衣除缺衵名，饌斥邪蒿號。過人不履影，守津必據要。有如秋隼翔，碧空發淸嘯。回薄萬象低，日月供凌暴。又如執雕虎，焦原肆騰踔。雄入九軍中，孤身寥大麓。窺其精進力，有境靡不造。東南萬艘糧，何足當公漕。此職雖區區，此心亦稍稍。委積察盈虛，度支調息耗。孤燭秉牙籌，清風除鶴料。令嚴雀鼠逃，弊絕胥吏弔。酷嗜孟軻語，寡欲絕所好。特草孔融書，薦禰夸年少。公爲光明燭，普天無不照；我爲螢末光，有得亦相告。祇憐手板忙，主簿猶祭竈。娖娖學苛廉，嘐嘐慕古調。元象雖產菌，革爻未變豹。賴公矜寵之，辟呫時見詔。龍門仰李膺，月旦荷許劭。時聞張鏡談，不敢顔彪叫。微奏得賞音，羣憂發孤笑。今夕復何夕，霜葉紅于燒。晝敍未騰煇，月儀方減朓。坐久肱敢横，言合頭屢掉。受公瓊瑤投，未敢鹵莽報。願同白首歸，羽翼聖人教。

春日郊行

二月郊行最有情，青山帶雨畫清明。雜花香自空中至，野草根從舊處生。小鳥啼烟催布穀，老牛牽犢學春耕。勞勞官走江城北，爭怪長絛日送迎。

秋夜與故人同宿作

余與同年曾南村、黄笠潭改翰林爲令，官江南六年。丁卯九月，二公校秋闈畢，來宿署中。時南村已遷廣德，而余刺秦郵之信，部議不果。

一簾秋捲月光寒，滿座燈痕當水看。州郡久煩梁敬叔，弟兄重醉小長干。文昌星動蘭臺聚，舊雨談深桂燭殘。三十四人徵士頌，幾回欲賦又闌珊。

上下江分易別離，春花同落不同飛。頭銜卽席微微判，香案前生事事非。數到科名吾輩老，認來僮僕舊人稀。一州斗大談何易，可奈停年格又違！尹公一奏，許已三年。

元旦後二日過牛首宿藂雲樓

新歲看山色，官閒似我稀。呼僧掃塵榻，對佛解朝衣。倦鳥先人宿，寒花學雪飛。菩提龍樹下，久坐竟忘歸。

一樹梅含蕚，三更香滿天。溪聲忙雨後，峯影立燈前。且飽伊蒲饌，同參玉板禪。九州人事隔，醒夢總悠然。

次日阻雨題壁

雨如留客再題詩，一夜潺湲夢覺時。揭帳冷雲當面墜，隔花疏磬上樓遲。烟飄佛座諸天濕，寒甚堯年老鶴知。我已無家似僧舍，迎春何必與春期。初七日，邑中候余迎春，余眷屬已南歸矣。

小住二十韻

小住姑蘇地，羅敷託比隣。三星明玉杵，一顧識針神。媞媞東廂步，盈盈半額顰。豪犀蟬鬢膩，寶唾石華勻。錦雨凄通德，金鋪鎖阿甄。尋芳千蛺蝶，索乳兩麒麟。抵鵲明珠怨，隨鴉采鳳嗔。故雄名自在，新特意初申。孔雀深憐尾，楊花怕失身。褰簾窺宋玉，捧手上莊辛。骨比香桃瘦，心同麴蘖春。已徵帷廟夢，甘受織蒲貧。淚滴將離酒，香熏所贈巾。匏瓜失良匹，火棗乞天姻。鄭重連珠諾，叮嚀拾翠人。紫泥封口穩，黃蠟寄書頻。閬苑雲無路，支機石有津。鶴飛千里羽，車轉九迴輪。子貢三挑日，丁娘十索辰。氤氳尋大使，好夢只求眞。

婕妤怨

班姬入漢家，容顏如朝霞。不嫻歌舞彈淸瑟，不著褻衣忘浣紗。漢家天子愛傾城，一顧蛾眉兩目成。三星錦帳金鐶召，九殿風花鳳輦行。妾心宛轉奉聖躬，禁寒惜暖啼春風。妾執金鍼勸手爪，燈窗繡出鴛央好。方期白首侍昭陽，不道青蠅點素粧。誰家母不三投杼？何處天常六月霜？知道君心石不轉，未免人疑護妾短。悔受恩波碧海深，翻嫌紈扇秋風綬。長信宮中聖母居，妾身長願掃庭除。紅顏榮落朝看鏡，隔院笙歌夜校書。夢見君王淚滿巾，黃金無力買長門。只願至尊千萬歲，趙家姊妹永承恩。

一卷

一卷青燈兩鬢絲，高吟子季別山詩。圖官已類昇天佛，閱世誰憐折臂醫！春夢五更初醒後，南方三十早衰時。也知充隱非吾事，偷得閒身老或遲。

仁廟遭逢蘇子美，漢文矜寵賈長沙。兩人成就終如許，萬古風雲更可嗟！雪裏豈無含翠草，春深原有未開花。笑摩腰帶從容記，幾個金龜在酒家。

心似彈棋局未平，嗇夫中有鄭康成。八年縣譜談何易，一卷讒書著不清。午命慣遭磨蝎累，宦情都付子規聲。回頭尚剩桃花米，且去江東作步兵。

津陽門外賣車欄，不盡淩烟興已闌。都會自來迎送地，龔黃可是應酬官！情知風利船何泊，且喜花飛露未乾。試看永明春正好，神仙早掛竹皮冠。

挂冠

柳折青條花折枝，挂冠偏與少年期。香風太早春應惜，好日猶長起未遲。出處敢云追往哲，耕桑也是報明時。歸心濃後官箴少，除却林泉總不思。

曳紫拖靑笑蛤魚，年年戶限最難居。未能閉閣常思過，且乞還山再讀書。楊素無兒供灑掃，潘安有母奉花輿。一灣春水千竿竹，容得詩人住草廬。

樂府空歌臣馬良，十年不召老淮陽。籠中野鶴少高唳，籬外寒花多久香。指膝自憐曾汝負，飲泉終竟是誰狂！愛他嶺上孤雲意，含雨空歸作小涼。

吹笛江頭換葛巾，出山明月入山春。陽城下下催科考，汲黯年年疾病身。書外本無長戀物，世間儘有耐官人。若邪溪水雲門寺，久待爰絲日飲醇。

次吉山菴壁上韻 有序

故人侯夷門死後兩月，余遊吉山菴，見壁上題句，瀨水陳秀才和之，以侯還官溧陽爲感，蓋俱在夷門未死時也。嘻，秀才以聚散興悲，而余以死生誌恨，其情又當何如！

惆悵茅菴隔歲遊，蕭蕭雲物認淸幽。山中題壁人何在？江上孤桐樹又秋。方擬故園尋宿草，不期此處卽西州。浮生落葉年年恨，寒月無情獨下樓。

江行風雨

高灘敲木繫船迴，萬里荒荒白浪開。雨脚大於烏鵲陣，風聲狂似虎狼來。沙崩水挾蘆花走，吏散官招野鳥陪。三尺布帆行未得，漫言人是濟川才。

不寐

夢不分明醉不醒，春風料峭我伶俜。孤篷打徧蘆花岸，一夜江聲帶雨聽。

許南臺席上咏三十六梅花研

玉皇昨夜蓬萊宴，三十六宮春不見。化作梅花下世間，一拳怪石開生面。許公得之喜不勝，終朝張飲招賓朋。澆花只須墨一升，頃刻寒香上管城。

洲上寄南臺

冰斷水聲聞，孤舟酒不醺。風吹寒日瘦，沙截大江分。白鷺悄無語，梅花淡似君。相思心正切，一雁下南雲。

冬月送尹宮保入覲

十月霜風響玉珂，尙書應詔走關河。心如遊子冬温切，事爲蒼生面奏多。六出花隨鞭影動，九重天聽履聲過。遙知吉甫趨朝日，剛和彤廷瑞雪歌。

暫拋簿領看烟霞，題滿青山便到家。高嶺早含初出日，古梅香重隔朝花。賀循寵賜三公服，黄霸恩乘一丈車。不待河清公已笑，前村知有好桑麻。

廿載封疆依舊貧，行囊只帶一家春。貢篚草草無方物，薦表拳拳有善人。公論自多留鼎鼐，私心還望轉車塵。老臣耐得征途冷，原是冰霜閱歷身。

宿海會寺題壁

江城逢春日，縣官愛下鄉。處處花草生，時時春風香。銅井診死人，促我車馬忙。我時受卑濕，兩足頗患瘡。笑爲民父母，痛癢眞親嘗。出城九十里，一宿無所將。晚投海會寺，敗草鋪繩床。青苔古殿冷，梅灰脫疏梁。我與三尊佛，彼此同燈光。逢逢粥鼓起，齋鴿紛回翔。我時有所思，美人天一方。（吳下有所迎。）欲臥愁不寐，欲坐神轉傷。且磨紅絲硯，塗僧白石墻。上言陽春景，下言遊子腸。純灰再丹堊，此字毋消亡。永留鴻爪跡，異日紀行藏。

送尹宮保移督廣州

台星移照五羊城，頃刻慈雲萬里行。自有謝安江左重，恐無嚴武雪山輕。黃花香晚秋容淡，紅葉霜乾驛路清。兩度南邦迓生佛，者番情勝往年情。

百粵清風手護持，越王臺上柳如絲。調停瑤性難馴處，珍重蠻烟乍到時。莽莽江聲催鬢髮，荒荒海氣動旌旗。尚書病起應消渴，剛好冰盤進荔枝。

觀察番禺舊日恩，廿年重接玉車塵。風花轉眼非南國，屬吏從頭問故人。世上本無常照月，天邊還有再來春。平生聽說西湖好，此去公才試畫輪。公以得過杭州見西湖爲喜。

唱徹新詩大小東，臣心遙映佛桑紅。鬱林石認雙旌色，合浦珠還一夜風。玳瑁齋時民氣靜，珊瑚網處士林空。輸他花裏羅浮蝶，飛傍軍門得見公。

多蒙青眼盼袁安，薦表千行墨未乾。依倚半生眞我幸，挽回一命教公難。豐城已掘光仍掩，朽木重雕望正寬。此日成連琴忽斷，萬層海水自波瀾。

陽關一曲月西斜，彈指何年侍絳紗。生更難逢韓太尉，知而不遇賈長沙。宦途黑漆三春夢，故國青山兩鬢華。幸有文書抽手版，尋公容易到天涯。

前詩書就紙猶未終憶己未廷試詩題因風想玉珂枚賦得云聲疑來禁苑人似隔天河大司馬甘公嫌語涉不莊幾遭駁放公力爭良久始得入選追念微名所自餘感迭增續書一首

宜春小殿鳳樓東，學賦清平調未工。琴獻已成焦尾斷，風高重轉落花紅。追思往事疑天上，再説前期似夢中。唱到劉敞知己賦，海波易盡曲難終。

古意

霍將軍，年十八，帶刀上殿穿羅襪。鵔鸃冠上水精珠，繡珊從從永巷趣。手挾金丸彈落日，口含雞舌説兵書。漢家烽火交河北，紛紛老將多飄沒。不是深宮蹴踘人，難消天子憂邊色。元戎首領出都門，饅軜新裁穩稱身。雙瞳涼入天山雪，一劍橫磨瀚海雲。花門小箭試雕弓，射落天狼下碧空。甌脱塵沙如掃電，龍庭草木盡驚風。捷書夜向甘泉報，單于面縛臨洮道。胡婦從旁更有情，胭脂畫得將軍貌。策勳太廟好威儀，朱鷺青陽幾度吹。君王親解黃金甲，翁主爭調白玉卮。風雲色傍衣冠動，日月光從掌上移。閨中少婦曉霞粧，聽唱刀環喜欲狂。鐫金刻石歸青海，吹竹彈絲進洞房。爲郎手撲兜鍪土，一陣餘寒塞上霜。明朝有詔頒宮女，片片桃花能解語。半是宮粧半外粧，甲兵洗盡巫山雨。

浴

浴罷憑欄立，高雲掩夕陽。不知何處雨，微覺此間涼。

解組歸隨園

櫪馬負千鈞，長鞭挾以走。一旦放華山，此身爲我有。當年疏大夫，棄官歸田畝。餞送兩無言，開懷但飲酒。照見碧流中，面目如前否？滿園都有山，滿山都有書。一一位置定，先生賦歸歟。兒童送我行，香烟滿路隅。我乃顧之笑，浮名亦空虛。祇喜無愧怍，進退頗寬如。仰視天地間，飛鳥亦徐徐。

又作六言三章

六載元嘉政滿，五株楊柳花低。田饒黃鵠舉矣，陶潛歸去來兮。朱邑桐鄉待祀，堯山員俶怡情。要試官聲去後，權爲此地蒼生。

故土非忘西子，諸袁本重南朝。讀到傳名眞隱，先人手似相招。袁淑著眞隱傳。

示送行吏民

我聞蕭嵩乞歸日，正是明皇寵渥時。道待陛下厭臣日，臣且懼罪何敢辭！又聞韋公垂明訓，年不必老須知機。當時組解作游戲，青鬢往采商山芝。我今一紙乞歸養，吏民驚駭相攀追；愛公留公公不可，請問兩語公答之。公之上游方倚重，受寵不覺寧非癡！公之年紀三十三，春行秋令何蕭衰！我聞此言不能答一詞，但指蕭公韋公是我師。兩公隔我已千載，每每行事長相思。當今人才車斗量，三公九職交相治。苟與一官人人辦，非某不可聞有誰。登山臨水少年事，果然衰老將焉歸？三十休官人道早，五更出夢吾嫌遲。雲歸雲出亦偶爾，必問所以雲不知。猶恐汝曹昧此意，布露所畜書一詩。

寄雅撫軍

古臣扶皇極，其道有兩宗。大者治本源，啓沃始君衷。赤水驅玄象，探珠出蛟宮。從此鼓萬化，一氣如春風。其次任經畫，禮樂兼兵農。一事受調停，一物多蘇融。活國如魏相，救時如姚崇。稽之文仲語，不愧稱立功。此言何所得，我得于明公。我從蘇州來，拜公瞻儀容。公本皇家冑，腰帶垂雙紅。燒殘一寸燭，所談殊未終。上言陳堯禹，下言籌兵戎。慷然念東南，米貴安所窮！年年買如珠，不論歉與豐。雖云戶口增，開闢亦十重。毋乃積貯策，所謀實未工。古穀積閭閻，今穀積倉中。閭閻婦女樂，倉中雀鼠空。糴者十之三，糴時豐轉凶。譬如身血脈，節節須流通。約束阻抑之，不免生疽癰。其他財賦類，參茶鹽鐵銅。轉輸于乾坤，道皆與米同。大哉明公言，可以陳蒼穹。方今大江南，民氣亦已瘁。天子甚神聖，將責賢者躬。聞公姓名來，笑聲起兒童。願公行所言，事業垂豐隆。豈無爲之難，古人重愚忠。補救得尺寸，雨露皆殷濃。賤子引疾去，不獲親帡幪。有如漢明妃，臨別才相逢，感激知己意，讀書東山東。高堂白髮在，歸心時忡忡。猶爲一倉穀，新官多磨礱。欲飛身無翼，欲步手無筇。白雲渺在天，夢見龍門桐。桐高三百尺，枝葉覆雕蟲。此蟲無所求，願歸采芙蓉。江湖皮骨老，再來佐夔龍。

寄辰方伯 諱垣

櫪馬不受羈，空山躭孤往。難忘伯樂顧，中夜發長想。當今求賢詔，纁組不停訪。惟有夫子來，天心獨上仰。胸涵水鏡明，氣肅烟霄爽。牙籌策輓輸，龜刀定梟鏹。我初謁崇階，問名獲曲奬。側耳詢治理，傾衿納忠讜。偏于沒階趨，許其伸骯髒。時逢老母疾，飢童欲歸饟。公意大躊躇，留書凡三上。自慚鉛刀藏，尙邀神劍賞；更悲弱草去，不受春風養。惻惻鳥辭懷，依依兒脫襁。事已箭離弦，情猶珠墜掌。于我良悠悠，而公獨怏怏。同道自有朋，君子原非黨。殘臘走杭州，宛轉謝函丈。公命郎君見，玉質何開朗！能爲學窠書，歐褚工摹倣。德盛一家榮，政和萬民享。舊尹還白門，方春理雙槳。爲善哭子皮，登龍感任昉。古劍雙龍掘，孤琴七絃響。欲報知己恩，橫術何廣廣！

莊容可少司馬督學金陵招飲公廨即席有贈

蠟燭當筵似有情，照人舊雨倍分明。雲泥脈脈公然定，鬒鬢鬑鬑相對生。滿席風寒秋有影，一天霜重雁無聲。劇談只覺懷難盡，已是歸來月二更。

韋綬 有序

偶閱談薈載唐宋詞臣恩幸事，疑其不實。後又見他書載蜀主王建過禮翰林，人尤之，蜀主曰：「我昔直禁軍，見唐天子待翰林之厚，雖朋友不如也。我不過萬分之一耳。」審是，則談薈所言，容或有之矣。爲紀以詩。

天子臨門酒未消，西清酣寢月輪高。醒來陡覺春寒薄，身上韋妃蜀纈袍。

王珪

有詔傳宣到玉堂，翰林踏月見君王。宮娥磨就三升墨，一朵珠花字一行。

宋祁

閙呼小宋是宮鴉，天賜蓬山一片花。人不風流空富貴，兩行紅燭狀元家。

小倉山房詩集卷六　己巳

歸家即事

初四出官署，二十整行裝。三十抵烏鎮，初一入錢塘。錢塘到家近，心急路轉長。離鄉忘鄉音，入耳翻傖張。閽者問名姓，小犬吠籬旁。主人不復顧，直趨上中堂。阿姊扶阿父，老妻扶阿娘。衆面一齊向，雜語聲滿房。阿母向我言，爲兒道家常。我老多疾病，且喜無所妨。不如汝之父，秩膳口頗強。自汝出門後，諸親如水涼。三妹抱琵琶，悔嫁東家王。四妹壻遠遊，季蘭尸祭忙。汝嬸自粵歸，祀竈無黃羊。舅家風淒淒，滿屋堆靈床。告汝各甘苦，便汝相扶將。阿母言且行，手自羅酒漿。阿父爲我言，望兒穿眼眶。昨得一口信，道汝頗周詳。初四出官署，二十整行裝。三十抵烏鎮，初一入錢塘。新官初攝篆，米穀猶在倉。三斛與四斛，廩人未收量。汝今雖歸家，何能長居鄉！汝食大官俸，我得屋東廂。汝仰視櫨栱，千金寧低昂。荷花三十里，蔭柏復沿塘。金丸小木奴，冉冉自垂黃。老人手所植，待兒歸來嘗。我將行赴園，有人牽衣裳。一妾抱女至，牙牙拜爺旁。佯怒告訴爺，索乳頗強梁。一妾作低語，外婦宿庚桑。君毋忘萱蒯，專心戀姬姜。老妻笑啞啞，打開雙青箱。

謂當獲金珠，而乃空文章。阿母欲我息，吹去蠟燭光。明日大母墳，長跪奠殽觴。孫兒十八歲，懷抱猶在床。今兒得官歸，古墓生白楊。嗚呼蒼天恨，此恨何時忘！後日走西湖，帶雨觀湯湯。我行周四嶽，畢竟此無雙。悠悠笑語過，忽忽燈節忙。此身不自持，呼僕買舟航。阿母留兒子，一日如千場。勸兒加餐飯，爲兒備餱糧。家園筍似玉，手烘加飴糖。春茶四十挺，片片梅花香。阿父不受拜，但指鬢邊霜。妻妾無所言，含淚不成粧。惟問幾時歸，君歸我可望。阿姊出簾拜，甥兒要同行。叔母亦唧唧，阿品交與兄。兩郎俱年少，初生別離腸。親朋來一送，軟語都未遑。蕭蕭北門關，行李搖夕陽。慈烏哺復去，脊令聚復翔。鴛鴦折荷葉，織女望河梁。浮雲爲鬱結，驪駒爲徬徨。人生天地間，哀樂殊未央！

正月十七夜

滿窗月色滿池烟，千點寒鴉一客眠。夢裏忽驚蝴蝶影，梅花飛過枕函邊。

寄程魚門

淮南有桂樹，秋花含春姿。生長斥鹵地，馨香交始知。翩翩一黃鳥，歲歲長相思。稻粱不自謀，經營託所司。相知日以深，相看日以希。此樹不落葉，此鳥無卑栖。所以歲寒時，寸心兩不移。

去年秋風發，拾得雲中書。書中三千字，字字珊瑚珠。珊瑚七尺長，朝夕生奇光。旁人勸我售，佳人勸我藏。豈不惜顔色，恐爲物所傷。感激佳人意，涕泣沾衣裳。

西江魏公子，海上彈青琴。可惜太通脱，揮盡千黄金。殘臘渡空江，賤子病扶床。程生亦復至，病者喜欲狂。呼兒羅酒饌，大笑傾千觴。我病君莫慮，病欲隨官去。將攬君子衣，告君罷官趣。梅花今又開，君子在何處。

阿兄將出山，阿弟守故紙。弟也爲科名，兄也志千里。兄弟各有心，蛟龍分路起。其旁有鄙人，長笑不能止。觀我十年來，此味如斯矣。賈生王佐才，年少拖金紫。禮樂與明堂，揮霍滿牙齒。遭遇漢文君，慟哭長沙水。破鏡飛上天，不能照妻子。寶劍變犂鉏，家家得耘耔。

綿莊窮六經，賢者識其大。紛綸井大春，意聖沈不害。跪起何舒遲，遺蛇其冠帶。太矜舒雁容，致招蜀犬怪。忽受虚弦驚，無故出居外。六石青蠅矢，竟爲儒生戒。君書致諄諄，居閒求郭解。我將腼合懽，騎驛使愉快。儒林與文苑，古無鴻溝界。一史偶作俑，千秋竟分派。我雖韓柳才，敢不殷陸愛！我雖孔明賢，敢不簡雍拜！爲渠思者三，子毋言之再。

哀樂不能已，然後考鼓鐘。性情得其眞，歌詩乃雍雍。後儒失所傳，淫窪鳴秋蟲。昨吟吾子詩，音與漢魏同。宮商一再彈，流水滿絲桐。願子崇景光，大雅扶國風。三徵統未絕，羣雅道方隆。結交得古人，空山誓始終。

君看白雲飛，知我此間好。但恨巢與由，此身不肯老。今年陰雨多，江上秋來早。且喜得秋涼，又恐傷芳草。芳草日以傷，故人日以少。臨風寄遠章，落葉滿懷抱。

宿蘇州蔣氏復園題贈主人

白門新挂竹皮冠，爲愛梅花不作官。今日名園偏晚到，萬株香雪點燈看。
爲儂安放竹床邊，剛在花明柳暗天。侵曉主人尋不見，早同鷗鳥立寒烟。
春雨瀟瀟滴滿階，春宵夢短眼頻開。銀燈紅淡竹窗響，半夜月明仙鶴來。
縹帶橫陳萬卷餘，嫏嬛小犬鎭相於。人生只合君家住，借得青山又借書。
碧檻紅闌屈曲成，海棠含雨近淸明。半池雪霽水微綠，坐看野塘春草生。
亭孤容易夕陽斜，寶塔金泥射落霞。每到細烟生水上，晚烏啼出隔墻花。
青山顏色主人恩，相別能教不斷魂！水竹風情花世界，恰曾消受幾黃昏。

四月四日龔愚溪移尊隨園得招字

柴門那得有人敲，隱者除非酒可招。山裏送春剛四夕，柳邊垂綠正千條。空堂棋罷微聞雨，遠樹鶯啼半入簫。君若再來休問日，今年無刻不逍遥！

後五日談沈兩門生來置酒得種字

殘春孤花危，新晴遊人勇。送酒遇劉弘，分題得江總。眷兹朱陽節，登彼綠雲壟。蓮舟朝淺揭，雲壘夜深捧。蝶行小草搖，日落羣霞擁。簾影只三人，鳥聲恰萬種。呼僮撤金燈，月華如水湧。

十九日梅坡招孟亭南臺再集得觀字

有酒我不飲，無酒我不歡。不如招酒人，痛飲使我觀。王郎知此意，淸晨擔杯盤。諸客從而後，來泛杯湖船。幽花隨春開，好香隨風傳。有月便歸去，無雨且盤桓。問我飲不飲，存杯聽自然。所以主人翁，自號稱隨園。

讀書二首

掩卷吾亦足，開卷吾乃憂。卷長白日短，如蟻觀山丘。秉燭達夜旦，讀十記一不。更愁千載後，書多將何休。吾欲爲神仙，向天乞春秋。不願玉液餐，不願蓬萊遊。人間有字處，讀盡吾無求。

我道古人文，宜讀不宜倣。讀則將彼來，倣乃以我往。面異斯爲人，心異斯爲文。橫空一赤幟，始足張吾軍。

隨園雜興

官非與生俱，長乃遊王路。此味既已嘗，可以反吾素。看花人欲歸，何必待春暮。白雲遊空天，來去亦無故。

喜怒不緣事，偶然心所生。升沉亦非命，偶然遇所成。讀書無所得，放卷起復行。能到竹林下，自有春水聲。

客敲柴門響，主人在夢中。驚起索布襪，遺失草堂東。夜亦無所想，夢見竹樹長。客若遊我園，赤脚送君往。

造屋不嫌少，開池不嫌多。屋少不遮山，池多不妨荷。遊魚長一尺，白日跳淸波。知我愛荷花，未敢張網羅。

花自帶春來，春不帶花去；雲自共水流，水不留雲住。我欲問其故，無人有高樹。樹下閉思量，春與雲歸處。

耳目口鼻心，偶然爲我有。有而拘攣之，此物爲誰守？心爲身之主，身乃心之友。以主奉嘉賓，陶然飲一斗。

經史與子集，分爲書四支。亭軒與樓閣，四處安置之。各放硯一具，各安筆數枝。早起頮沐後，隨吾足所宜。周流於其間，陶然十二時。

聞我書聲息，四面老農來。壯者負犂鋤，衰者穿麻鞋。嬉者戴篷累，勞者擔薪柴。邀我大樹下，懷抱一齊開。今年苦風雨，良苗猶未栽。聞公讀書聲，毋乃舉茂才？愛其性眞誠，發言如嬰孩。各贈一杯酒，縱橫臥莓苔。

好鳥不知名，翩然四山至。村人來我前，往往有酒氣。我有舊門生，送酒月三四。花下開酒觴，觴畢作棋戲。一杯醉扶床，一局敗塗地。蕭蕭新竹枝，似有扶我意。扶起謝東山，一笑吾猶未。

君莫笑樓高，樓高固亦好。君來十里外，我已見了了。君來莫乘車，車聲驚我鳥；君來莫騎馬，馬口食我草；君來毋清晨，山人怕起早；君來毋日暮，日暮百花老。當年隨大夫，對山初作屋。亭榭招雲烟，杯觴明華燭。父老爲我言，此公殊不俗。拱手竟貽誰，何由知是僕。迢迢三十年，重來理花竹。隨之時義大，園名不改卜。以我今日歡，尋公往日樂。逝者如斯夫，古今同一局。我後更何人，問山山不告。

送許南臺入都

鍾山有良鳥，羽翼無孤翔。金陵有同官，臨去亦雙雙。同君官石城，同君家古杭。兩同何足喜，所喜同心腸。君心多落寞，我心多疎狂。大家抱寸心，皎如明月光。相聚不覺樂，相離各自傷。彈指四年中，歲月同奔忙。江頭迎大官，舟楫相扶將。朔望府中趨，車馬偕煌煌。我愛臨汝飾，君亦盛衣裳；我求鍾繇玦，君亦佩琳琅；我歌郢中詞，君亦能文章。渠眉大毷圭，爭買盛金箱。隨園十六韻，句句能鏗鏘。我來多日午，君來多夕陽。輿夫不待命，亦遽升高堂。皂隸知坐久，鼾聲官署旁。家僮如兒女，紛紛羅酒漿。梨園子弟來，歌舞邯鄲倡。紅箋親戒速，擊鼓椎肥羊。後湖七八月，載酒水中央。使我兩襟袖，至今荷花香。阿時貌如玉，君家六歲郎。倭髻出拜我，喚我妻作娘。阿娘雖南歸，愛兒不能忘。今春我歸家，娘問兒可長。前年才扶膝，今年當扶床。從前贈文葆，未必還收藏。今將寄錦袍，稱身須裁量。請君記此情，此情豈官場？爲君歌此曲，此曲尤悲涼。自我乞病歸，君興竟頽唐。起視世間事，亦復歌迷陽。吏部文書來，工部催君行。鼓吹吹君車，明駝馱君裝。我初心歡喜，須臾又慘傷。前此二馬逐，日落已三商。後此相逢期，海水眞茫茫。今夕置斗酒，黄鸝鳴枯楊。欲行且未行，强君進一觴。願得兩弟兄，延齡各千霜。天南地北時，德音永相望。

與家弟香亭陸甥豫庭居隨園倣昌黎符讀書城南詩作二首勸其所學

示香亭

我昔見弟時，弟才離襁褓。弟今見我時，弟年如我小。兄爲西湖魚，弟爲粤西鳥。相去萬里餘，相别十年杳。兄弟記從前，大家難了了。我叔滯異鄉，半生伴瑤僚。娶妻得繆家，家口忽繚繞。黄籍忘故鄉，白頭尤懊惱。傷哉就木年，六十不爲老。上有慈孀悲，下有諸孤藐。我弟難自存，全家歸悄悄。木葉自返根，海水多入島。不恨歸太忙，但恨歸不早。我父喜弟歸，焚香告祖考；我母喜弟歸，傾盤堆梨棗；我妻喜弟歸，公然學作嫂。消息傳賓朋，聚觀集隣媪。弟性既温和，弟顔亦美好。執筆學爲文，頗亦知頭腦。我家雖式微，氏族非小草。高祖槐眉公，烏臺稱矯矯。傳家無夠囊，斫荻存衲襖。此事汝未聞，此語汝宜曉。勉旃光前徽，典籍窮搜討。辭浮理易疏，境曲心能造。阿兄既辭官，分俸時愧少。常恐嬸在家，菽水未必飽。欲慰白髮親，須立青雲表。矧兹讀書地，幽趣頗飄渺。楊柳何依依，竹竿亦嫋嫋。對景生天機，隨心發匠巧。阿兄區區心，焚香向天禱。

示豫庭

我攜甥出門，我姊向我拜。我姊胡拜爲，託汝情無奈。汝食不愁飢，汝衣不愁敗。所愁汝讀書，十年不通泰。爾學舅可教，爾文舅莫代。文字爾未佳，舅如負姊債。爾父名秀才，中年困疾瘵。初作淳于贅，繼乃出居外。我姊事其夫，夜不解衣帶。藥餌兼楄柎，裙釵無遺賣。汝父氣奄奄，呼姊申遺誡：我有兩孤兒，庶者居其大。屬豬才扶床，屬兎未能話。諒難自成立，惟爾弟是賴。我姊聞此言，肝腸摧以壞。麻衣白若霜，抱汝來廳廨。我時遊京師，廚竈苦湫隘。人窮恩易衰，米貴親誰丐。我姊燈熒熒，手爪自凋憊。對汝父遺像，悲泣聲流噶。未幾我作令，家計稍可耐。爲汝延經師，望汝早釋菜。忽忽十九年，冠禮行將屆。汝熟一寸書，我心何愉快；汝隨羣兒戲，我齒時嚓齘。教汝如教兒，親親竟難殺。

記汝喚阿登，幼時殊可愛。酷似劉牢之，雙瞳良足怪。長乃質稍鈍，學力愼毋懈。精衞塡海波，愚公移泰岱。老夫慣諄諄，君子應夬夬。人生尺寸名，會須及親在。況汝白髮親，春暉豈可再！

赴淮作渡江吟四首

一聲篙入江，萬象化爲水。喜無塵埃侵，但把明月洗。彈琴咏先王，浩浩一千里。前望去者船，虛無不見底。後望來者船，次第出烟裏。茫茫來去者，俱爲風所使。僕也豈其然，吾行亦吾止。窗寒秋正清，燈定潮不起。舟行吾不憂，舟泊吾更喜。夕陽不見人，歌入蘆花矣。

五更江上起，落月金盤光。青天虛無聲，寒篷微有霜。四海同一魂，大夢酣茫茫。而我當此時，萬感回中腸。青雲懷北闕，白髮思高堂。百年會有期，行役殊未央。瞻彼江湖闊，知我道路長。聞此蟋蟀鳴，能無遲暮傷！北斗爲我愁，駐柄頹西荒。玄鳥爲我悲，孤飛三兩行。偃息再入戶，餘温猶在牀。我身應我愛，嘆息加衣裳。

日落黃天蕩，懷古思英雄。南宋韓蘄王，於此觀軍容。金兵南下時，旌旗耀白虹。韓王八千人，扼之於江中。紅顏擊金鼓，白浪生刀鋒。坐見楚師熸，六軍爲沙蟲。要以三大事，兀朮語已窮。二聖有精魂，頃刻慈寧宮。惜哉少周防，烟火燒飛篷。遂使隻輪返，恢復無全功。韓公從此悟，萬事愼所終。所以岳家死，公竟如神龍。策蹇西湖濱，醉倒東南峯。舉手天地動，放手烟霎空。朝爲大將材，暮作漁樵翁。

昔年尹宮保，奏我牧秦郵。吏部議阻之，勳格相覊留。我今過此邦，一望無田疇。適逢黄水決，赤子生魚頭。使我果牧此，何以佐一籌！慨念今黄河，勢合淮汴流。祇因資轉漕，約束爲疽疣。人自奪水地，水不與人仇。河身日以高，河防日以周。縱舒一朝患，難免千年憂。何不決使導，慨然棄數州。損所治河費，用爲徙民謀。更置遞運倉，改小運糧舟。水淺過船易，敵淮事可休。路寬趨海捷，泛濫病可瘳。此語雖驚衆，此理良或優。安得陳明堂，幷告東諸侯。

江中看月作

江風送月海門東，人到江心月正中。萬里魚龍爭照影，一船雞犬欲騰空。帆如雲氣吹將滅，燈近銀河色不紅。如此宵征信奇絶，三更三點水精宮。

到淮遊程蕁江晚甘園作

淮水能招隱，江風送我來。故人今夕會，叢桂小山開。出拜兒孫大，登盤棗栗堆。洪崖肩一拍，先要看蓬萊。

小艇一篷孤，家僮兩兩扶。三山風漸引，四面地全無。高樹涼冠帶，斜陽煖酒壺。水亭終日坐，身欲化菰蘆。

山餺響黃葉，空林似有人。摘花香滿手，倚石露沾巾。橋斷能通客，墻低好送春。飛飛風外蝶，與我鬬閒身。

辟疆園自好，恰稱主人翁。圖畫芭蕉雪，笙歌玉笛風。張燈千樹上，開卷萬花中。莫畏烟波闊，青山護此躬。蕁江有家難。

舊墨題餐勝，新詩別海棠。黃金填大夢，白髮老名場。螢影豆棚出，山容屋角藏。歸來重置酒，夜坐話滄桑。

不見程南陂比部投詩而歸

門外青苔滿，知君正避人。科名兩淮重，絲竹一生春。過路袁臨汝，高眠鄭子眞。相思不相訪，風葉滿前津。

理桂

偶然兩眼明，看見桂上蛛。蛛絲如羅網，蒙密窮根株。桂也花將開，憂疑心不舒。我心疾如仇，不及呼園夫。持竿自搜剔，桂意始潛蘇。桂離我不遠，種在書窗東。我非忘桂者，桂死猶癡聾。不見蟲爲災，翻疑桂不材。感激眼前事，使我中心哀。

芟竹

竹性不耐雜，志在干青雲。蒙茸依附者，都非賢子孫。腰鐮爲芟除，萬綠一齊立。明月穿林來，淸風有路入。始知爲政者，姑息本非好。不見古干將，殺人爲人寶。

裘叔度宮詹祭禹陵過杭値余引疾歸里相見有贈

六橋烟柳古杭州，聽唱皇華躍紫騮。望氣早知天使至，抽身剛伴故人遊。八年風雨燈前夢，一片銀河笛裏秋。今日狂奴狂減未？問公何事尙搖頭。

中朝典禮重儒林，許握牙璋作越吟。太史茫茫窺禹穴，詩人步步入山陰。雷門鐘鼓秋風急，古殿龍蛇水氣深。倘過苧蘿花色好，大夫莫動五湖心。

櫻桃街北掖門東，帝里燈花幾度紅。殘客有時腸九轉，新宮無譜曲三終。高冠嶽嶽君全改，滿面鬑鬑我忽同。睹記蓬山多少事，輕雲已過月明中。

宮詹珍重鬢如絲，曾有封章海內知。才爲患多偏見少，官因遷早轉嫌遲。君以編修遷宮詹五年矣。班荊江館逢新雁，折柳天涯愛舊枝。八表停雲公莫忘，江東士遜有心期。

贈朱端士先生

雍正壬子興岷歲，我年十七君古稀。試於有司僉中雋，得而復失同歔欷。君如孔融忘己老，爲羣拜紀甘如飴。我如鄭莊忘己少，與大父行相攀追。華堂稱觴衆賓集，命我製序夸文詞。黃金爲泥書屏錦，公然上坐傾瓊卮。家有女孫欲許字，蹇修十輩縱橫馳。事雖未果情足感，目光如月將人窺。別來忽忽十九載，我今解組重披幃。君喜走出笑不止，滿頭插遍商山芝。彼此握手認良久，同驚面目微參差。蒼松在山屹不動，看雲出去看雲歸。其時梅雨天溽暑，荷花深紅開滿池。跪獻一尊知己酒，沾於君唇快我脾。人生惟有貧時恩，如鼇戴石蠶含絲。喬公太牢徐君劍，彼皆冥報非生貽。難得高年還待我，一一出處親見之。倘恨不能澤六合，副君當初遠大期。姑且日拜丈人側，如以芥子酬須彌。

宿白土不寐

野店臥秋夜，滿床如水生。萬重心事集，半點壁燈清。欲起慮驚衆，無聊且數更。一層窗紙白，第五次雞鳴。

寄香亭

歸鞭東指日斜曛，記得山僧送出雲。園在建康家在浙，心如瑞麥兩歧分。山頭一帶新栽竹，我最關心夢見之。喜汝昨宵家信到，爲言雨後活千枝。一家薪水尋常事，莫損男兒瀟洒懷。五月新絲三月穀，是儂草草已安排。臥醒寒梅紙帳中，可曾佳句贈西風。水亭秋月涼如雪，濇到書燈讀未終。

遣懷

南山紫鳳凰，光華耀流虹。生餐玉山禾，不食塵翳蟲。垂頭大海外，有情烟霄中。側聞唐堯廷，后夔能敲鏞。爛然隨百獸，來觀天子風。所過千枳棘，化爲雙梧桐。忽然思王母，高飛扶桑東。來時金翅耀，去時風雲空。百鳥向南望，萬古青濛濛。

唐時有李叟，行善夫妻偕。朝供千夫膳，暮設八關齋。精修二十年，果然天門開。峨峨金甲神，稱天問所懷：念汝良苦志，償汝所由來。貴可金張位，富可猗頓財。憑汝擇於斯，天將爲安排。叟乃再拜言，均非臣所欲。臣好在讀書，臣志在行樂。堂前羅牙簽，屋後多水竹。掃地靜焚香，侍者顏如玉。如此了一生，雖死臣亦足。金神搖手笑：汝乃大癡矣。此是神仙福，上界重無比。不比富與貴，擾擾匆匆耳。十洲三島仙，賜者能有幾！汝再修三生，來請玉皇旨。

孫郎年十七，手揮江東戈。玄裳披金甲，豺狼俱盪磨。百姓震威名，魂魄生驚波。忽見美少年，談笑春風和。秋毫不曾犯，遠邇相謳歌。襲許迎天子，頃刻取山河。人云太輕身，王業終蹉跎。我道命存焉，成敗難詆呵。漢高七十二，中箭何其多！蕭王最持重，亦復困滹沱。嘆息復嘆息，英雄如天何。

一日不再晨，一過無留步。茫茫大化中，萬類如風度。君宜醉與癡，但度毋回顧。前顧春夢長，後顧夕陽暮。未來或爲新，已來卽爲故。我本青蓮花，偶爲陰陽誤。

步山下偶作

把卷閒行水竹居，孤花紅剩晚春餘。輕風剛値吟殘處，替我吹翻一頁書。

寄孟亭太守

大雅千年事，江湖各有名。是誰堪領袖，屈指數先生。灼灼崔岐叔，鏗鏗楊子行。襄帷曾守郡，剗草竟歸耕。臨況星將曙，欽遲月盡更。分攜甘谷水，同酌碧雲英。祖約談何劇，唐都道已成。志書勞檢校，史筆最縱橫。潔可同靈憲，嚴堪比論衡。體裁雷共駁，書義鬼同爭。古柏根盤大，流鶯口舌輕。修江寧志被謗。風懷歸酒德，蘭藻入秋聲。遺妾捐家累，編詩住石城。花枝終日把，棋子徹宵鳴。官罷心纔壯，才難意始傾。高文無敵手，吾道有交情。賤子歸鄉里，西風卷客旌。孤琴彈漸少，歧路夢頻驚。八表停雲遠，三山落照明。不知文社裏，又進幾回觥？

寒夜

寒夜讀書忘却眠，錦衾香燼爐無烟。美人含怒奪燈去，問郎知是幾更天。

好作古文苦無題目尋春輒不如意戲題一首

有筆無題每自嗔，黃金何處買陽春？論文頗似昇平將，娶妾常如下第人。

三月二十四日偕門生王梅坡舍弟香亭陸甥豫庭遊淸涼山逢白下諸君子有修禊之事爲余置別席於南窗醉後大書僧壁

王郎王郎隨我走，樓復一樓看花柳。謂是空山少人跡，忽逢衣冠七八九。念我江城舊長官，殷勤呼僮來送酒。此酒竟同天上雨，隨風吹來飛入口。一杯初酌風乍吹，兩杯再酌風吹久。我弟我甥衣裳單，面栗膚僵時縮肘。我生不飲今畏寒，亦復捧杯不放手。南窗大開殊有意，天送長江作酒斗。梧桐葉葉招風旛，綠竹枝枝掃雲帚。萬家閭閻浮碧空，晚來一片烟光剖。嘆息人生會合緣，一酬一酢都非偶。護世城中美譜天，靈山會上前生友。我與諸公定有因，敢說民爹與民母。只憐不速醉昏昏，忘恰主人姓某某。且題僧壁志高情，不管塗鴉字粗醜。出門更笑問酒人，明年此日還來否？

偕香亭豫庭登永慶寺塔有作

一層兩層風力猛，欲落不落三人影。三人如蟻轉磨盤，塔高如天竟無頂。身不登高眼不明，江山歷歷似圍屏。何須僧借蒼龍杖，天馬空行自一生。

小倉山房詩集卷七 庚午辛未

輓副憲趙學齋先生

詩集單刻本、嘉慶本注云：「名大鯨，杭州人。」

日斜庚子歲匆匆，星隕湖山半夜風。直道一生形顧影，文章四海水朝東。烏臺人去黃封在，紫府仙歸絳帳空。爭奈九原難瞑目，庭萱百歲淚猶紅。

手把山陽笛一枝，素車入哭酒盈卮。還家已在聞哀後，知己終思未遇時。老屋半間無宿草，招魂滿壁有殘詩。滄桑細與郎君說，涼雨黃昏鬢欲絲。枚送王卿華詩一聯云：「風懷似我能憐我，客路逢君又別君。」公逢人誦之。

慰廣文虞東皐以老被劾

從古廣文先生官不飽，鎮日盤堆苜蓿草。先生時愁苜蓿清，苜蓿還嫌先生老。先生獵纓而坐嘆且吁，將使搏熊逐麋鬭力乎？若然甚矣吾衰也，否則伏生轅固方登車。我道君毋憂，麥禾各有秋。君不見迦陵宰相公同年，身拖紫綬歸黃泉；又不見孟亭太守公同官，方挂角巾尋古歡。貴者先亡賤者在，閒中歲月君須愛。種成桃李滿人間，收得桑榆歸物外。

先生聞之大喜酣千鍾，自署城南老秃翁。放手劃成岣嶁字，開懷吹出黄農風。忽聞天子南巡詔，白頭又照烟波笑。想作飛熊學太公，廣張三千六百釣。先生將獻詩。

題張憶娘簪花圖 幷序

康熙初，蘇州倡張憶娘色藝冠時，好事者蔣繡谷爲寫簪花圖，一時名宿尤西堂、汪退谷、惠紅豆諸公題裓襬裙褶幾滿。亡何，圖被盗，迹之，在揚州巨賈家。繡谷子盤猗以他畫贖還。余至蘇州，事隔五十餘年，開卷如生，惜無留墨處矣。爲五絶署之紙尾。

百首詩題張憶娘，古人比我更清狂。青衫紅袖都零落，但見眞珠字數行。

五十年前舊舞衣，丹青留住彩雲飛。開圖且自簪花笑，不管人間萬事非。

想見風華一坐傾，清絲流管唱新聲。國初諸老鍾情甚，袖角裙邊半姓名。

身後揚州又往還，芳魂應唱念家山。蘭亭肯換崔徽畫，贖得文姬返漢關。

當日開元全盛時，三千宮女教坊司。繁華逝水春無恨，只恨遲生杜牧之。

姑蘇臥病

一床高臥闔閭城，五月黄梅聽雨聲。楚客心孤應有病，吳宮人住豈無情。風多樹影當窗弄，夜短燈花到曉明。肯放襟懷肯行樂，中年已見雪千莖。

病中謝薛一瓢

先生七十顏沃若，日剪青松調白鶴。開口便成天上書，下手不用人間藥。口嚼紅霞學輕舉，興來筆落如風雨。枕秘高呼黃石公，劍光飛上白猿女。年年賣藥厭韓康，老得青山一畝莊。白版數行辭官府，赤脚騎鯨下大荒。故人忽罹二豎災，水火欲殺商丘開。先生笑謂雙痲鞋，爲他破例入城來。十指據床扶我起，投以木瓜而已矣。命以木瓜代茶。嘶下輕甌夢似雲，覺來兩眼清如水。先生大笑出門語，君病既除吾亦去。一船明月一釣竿，明日烟波不知處。

謝吳令魏濬川問病

故人旌節駐三吳，肯辱高軒爲病夫。隔歲雲泥分吏隱，對床心跡共江湖。鴻飛碧海烟波淡，雨過黃梅木葉粗。更有閒情談玉石，問君曾得水蒼無？

老將行

黑䝗將軍騎白馬，年年獨獵陰山下。拔劍時同霹靂爭，揮鞭慣把旋風打。手中鬭地一千里，麾下偏裨半金紫。刮骨堂前召伎歌，論功殿上揮拳起。酒氣時熏甲帳中，名王擒出烟塵裏。于今蕭蕭兩鬢霜，日餌雲母彈清商。朝廷數遣問邊事，素書幾卷存金箱。朝聽禪白社，暮種瓜青門。圖形不去湼面痕，血甲血裳示子孫。

已涼

已涼天氣病初消，小市長陵宛轉橋。裝罷金星風送月，魚山神女降弦超。旗亭畫壁唱新詩，重託王昌寄柳枝。滿架豆棚秋有露，藕花風裏說相思。官奴未敢呼卿字，團扇終須記曲名。聽說張星天上住，七條絃上鳳凰聲。

臨行

臨行偏唱懊儂歌，惹得檀郎臉亦波。爲費黃金還費淚，喫虛無奈是情何。

橫塘懷古

橫塘花落吳宮晚，西施心痛紅顏損。身受吳恩報越仇，憐渠春夢如何穩。韓王進美人，疏秦乃益彰。西施情脈脈，或者爲同鄉。子胥白頭諫刺刺，吳王英雄笑不答，抱著西施更練甲。苧蘿村飲合歡杯，越王顏色如死灰。

迎鑾應制

一曲南風入舜琴，百年重見翠華臨。得瞻雲日蒼生福，欲問桑麻聖主心。鹵簿不嫌吳市小，恩波原共越江深。微臣曾作中牟令，聯袂應歌于蔿吟。

鳳輦親扶聖母慈，金根紫閾耀坤儀。承歡須得江山助，教孝行看士女知。錫類高年加粟帛，采風南國補笙詩。宸遊五載虞廷例，只恐民間尙道遲。

黃河堤上簇金鞍，玉滿羣山雪未乾。日馭豈辭千里照，天容原許萬人看。梅花不落紅雲護，春水方生御舫寬。野麥青青蠶蜿蜿，愛從此處問艱難。

聽說先皇駕六巡，迎鑾還有白頭民。松雲不改堯心舊，河海重看禹力新。慮損田禾行緩緩，怕傷物力詔頻頻。瓊林烟雨瑤池水，流到江南總是春。

自杭州赴蘇泊船平望曉起望雪

一夜白如此，小舟猶未行。野飛花不斷，春在樹無聲。山影依天盡，沙光射櫓明。是誰掃篷背，冰玉響琮琤。

阻風五日

雪似蠻溪鳶鳥墮，船如西域賈胡留。篙工半老更加懶，遊子不眠時復愁。人裹架綿走荆棘，天將玉戲留孤舟。古杭距蘇三百里，肯信我行五日不？

寓目即書

江村白沙明月中，一個鷺鶿一釣翁。鷺鶿銜魚忽飛去，釣翁猶立釣魚處。堅冰不堅寒氣斂，客子未眠常倚檻。北斗愁人不識春，柄在東方如指點。

宋逸俊秀才宮門待漏圖

不畫青衿畫絳袍，春明門外馬蹄驕。平生芳草思君意，讀到唐詩愛早朝。

兩兩紅燈宛宛垂，奚僮擎出影葳蕤。朝班不敍家人禮，小宋先行大宋隨。秀才弟𩕦材官侍講。

似我烟波一葉輕，八年無夢入京城。曉風殘雪天街鼓，此味前生記得淸。

嘲月

亭西親送好斜陽，又見秋蟾一片霜。何故極明終是夜？祇緣著物太淸涼。

棄婦辭爲王麓園作

膃膃膊膊雞尙棲，女兒欲去烏夜啼。井中瓶落無消息，藥店飛龍有是非。是非彼此憶疇昔，華山畿上雲陽客。玉藕絲多郞性情，菖蒲花香妾氣息。只道辰星抱萬年，此生不抱前魚泣。一年一年郞意變，變在郞心妾不見。銀漢猶橫白玉堂，秋風先到昭陽殿。郞君面上結春冰，妾欲爲雲雨不成。州吁自忘終風暴，蕭史空呼引鳳聲。小姑在旁不解事，猶進胡琴勸同戲。直撲金盆水不收，方知玉顏成永棄。明年新人爪不如，郞知悔過來挽車。妾身依舊無瑕玉，可惜郞成濁水魚。

薛徵士一瓢招同許竹素汪山樵李克三葉定湖俞賦拙虞東皐集掃葉莊各賦一詩

一瓢不飲好飲客，糟丘高築蘇閶門。七百斛秫麴了事，三十六封書招人。端午後七日，大開水南園。坐中衣冠何偉然，霜眉雪鬢堆璵璠。彥先揮羽扇，林宗墊角巾，王融作才語，樂令能淸言。文史玄儒張旗鼓，詞波四起風軒軒。瀾本何妨盛德事，樂亦不憂兒輩聞。疑是張樂洞庭野，帝臺石上觴百神；又疑雲仙傳眞誥，靈簫墨會來紛紜。誰知乃是高陽里中小集耳，季和爲主，太丘爲賓，元方執杖，慈明捧尊。膝上最小荀文若，亦復秀眉長頰朱點唇。一瓢外孫陸郞。潛虬除手令，括頸無車輪。但知文字飲，各醉葡桃春。共算坐中春秋七百二十有三歲，早已上壓中丞蘭臺聚，下織香山九老羣。只愁太史多事作妄奏，却喜此夕雨脚不斷無星辰。

詩成後自嫌曼衍別呈一律

來聽蕭寺黃梅雨，半是開元白髮翁。入座耆英先論齒，捲簾山翠遠浮空。虛堂風大江聲近，水面燈高塔影紅。坐有洛陽年少客，寸心傾盡酒杯中。

楊枝十六韻

楊枝一朝別，琴客半年偕。鏡檻香猶在，粧臺粉未揩。蘼蕪生去路，梅雨滴空階。追憶壓脊日，難忘小市街。嫈娸扶彩伴，珍髢索娵娃。子貢三挑苦，丁娘十索佳。黃金虛牝擲，白璧大庭埋。不料驚鴻態，都成嚼蠟懷。愠羝時有避，梯几坐難挨。笑淺知情薄，燈涼使夢乖。妾生韓女病，郎伴太常齋。速贈抛家髻，看飛却月釵。行雲原渺渺，歸鳥自喈喈。一曲懷離賦，餘情未有涯。

泊舟平望偕齊次風宗伯周蘭坡學士訪玉川居士

輕帆爲我慰離羣，得見梅花又見君。三徑苔痕藏草屋，一湖水氣濕春雲。風停篆影微微直，雨歇鶯聲漸漸聞。彈指來遊剛十載，當筵莫惜酒杯醺。

青山莊 張叔度方伯園名，家已籍沒。

笙歌聲斷水雲寒，草草亡家瞑目難。我與主人曾有舊，青山不忍上樓看。

徐題客穿雲沽酒圖

玉貌仙人衣帶斜，瓢邊横插兩枝花。穿雲何事頻來去，天上嫌無賣酒家。

七月二十日夜

寒風蕭蕭打窗急，半夜書翻床脚濕。直疑天壓銀河奔，又恐地動海潮入。披衫開門欲喚人，一峯瘦影燈前立。

題蔣盤漪詩册 幷序

盤漪書法冠時，索婦于閶門白蓮橋，號定齋觀音，亦知書，工楷法。有賈胡挾重價篡之，姬矢志歸蔣。諸名士豔其事，贈詩如梵夾。余至蘇州，事已三稔。慕蔣之能得人也，臨行歌一詩以別蔣。

袁子買舟渡江去，蔣郎持册索詩句。册中名士寫名姬，是儂不可無詩處。聞道姑蘇有麗卿，蕙心蘭質擅傾城。能空冀北眞無匹，才讀周南便有情。蔣郎沉醉酒家胡，信託黃姑問紫姑。玉杵暫迷三里霧，綠窗遥睇十眉圖。子南超乘先相見，十丈紅絲親引線。宋玉墻頭柳眼青，文君曲裏琴心變。妾解簪花愛墨莊，郎能提筆寫鍾王。定情不用黃金合，彼此鴛鴦字一行。微波通後靈犀動，錦字分明書鄭重。昌谷常歌泥憶雲，相如莫笑凰求鳳。智尼將嫁蔡興宗，師伯呼車故惱公。香粉樓高千蝶撼，琅玕紙好萬蠅攻。娟娟此豸坐皋臺，笑說湖陽事不諧。梵蓮豈肯隨波去？仙杏終須傍日栽。一曲清簫吹鳳至，滿城紅葉送詩來。紛紛吳市傳佳話，留髠席上金釵挂。買繡爭將公子描，熏香共把觀音畫。十里桃花塢最深，年年不斷是春陰。金環照骨同磨墨，玉井敲冰共撫琴。不虛漢水三挑約，償盡柴桑十願心。婁羅歷寫綢繆記，荏苒光陰二十四。兒女成行金屋中，路人還說初婚事。阿侯抱出類芙蓉，莫愁顏色知相似。笑儂歲歲拗花看，暈碧裁紅夢轉闌。王侯將相成功易，名士傾城遇合難。輕舟明日趁春潮，腸轉車輪酒未消。極目苧蘿村在望，夕陽愁過白蓮橋。

閏五月二十八日買舟渡江吳下主人沈雲卓江雨峯招兩歌郎爲余祖道

主人情重酒杯輕，親把檀槽唱渭城。世上別來知聚好，尊前歡盡卽悲生。兩株瓊樹隨風散，五月江帆冒熱行。回首桂林書舍裏，闌干空照露華明。

雜詩八首

咸陽赤帝子，商山白髮翁。千秋俱有名，兩人道不同。當時頑鈍士，貪立尺丈功。發縱爲鷹犬，忍辱相追從。一旦大事定，鳥盡無遺弓。須知殺人機，即在嫚駡中。韓彭終不悟，畢竟非英雄。旁有四老人，長嘯看青穹。黄金四萬斤，列爵封上公。箕踞以相奉，棄之如蒿蓬。有時爲漢來，龍見未央宫。有時捨漢去，鶴飛大海空。炎漢有興衰，白雲無始終。

韓信再入朝，噲等俱公侯。鬱鬱未一年，噲貴信且囚。使信向噲拜，噲寧知恥不？微生畝何物，高坐呼孔丘。丈夫重意氣，力欲爭上流。偶然停倦足，一落千丈溝。天命自有權，此處非人謀。朝廷兩三級，挽以十萬牛。雖有飛雲足，不如乘風舟。中流偶失船，一壺千金酬。此意不能達，皇天如寃仇。所以張子房，寧與赤松遊。

天地有春秋，來往不能了。不爲拘者多，不爲達者少。達者貴行樂，行樂還須早。使我明日飢，我已今日飽；使我明年死，我已今年好。不得行胸臆，頭白亦爲夭。苟得快須臾，童殤固已老。

入山愁我貧，出山愁我身。我貧猶自可，所愁戚與親；我身猶自可，所愁吏與民。出處難自擇，請以詢家人。父母聞作官，勸行語諄諄；妻妾聞作官，喬我新車輪；僮僕聞作官，執鞭追後塵。我意獨不然，亦非慕隱淪。朝來見縣令，三十鬢如銀。勞苦未得息，大吏猶怒嗔。況我挂其冠，此骨已崚峋。從前後行船，已據要路津。而我復重來，相見殊逡巡。所恨年齒少，衆論猶紛紜。婦少難守節，日長難關門。掩耳且捉鼻，痛飲求昏昏。

幼年負奇氣，開口談兵書。擇官必將相，致身須唐虞。十二舉茂才，立志何狂愚！二十薦鴻詞，高步翔天衢。廿四入詞林，腰帶弄銀魚。八載謫江南，手板學奔趨。再擢刺史官，動格相齟齬。一旦洒然悟，萬念都捐除。高蹈隋家園，甘心漁樵徒。琳琅羅萬帙，桃李栽千株。當軒陳古鼎，隨手摩璠璵。挂冠三十三，不肯遲須臾。民吏或留之，長行絕衣裾。一變至於此，是誠何心歟？方春行秋令，賢聖爲狂且。旁觀俱咄咄，自笑亦蘧蘧。不知千載後，謂我爲何如。

漢代有朱邑，授官於桐鄉。懷抱長者心，視民常如傷。春時巡隴畝，夏日勸耕桑。班白不負戴，歌者日相望。蕞爾小邑中，結搆一虞唐。入爲大司農，惻然猶不忘。謂我子孫祭，不如彼一方。其時有汲黯，亦復稱循良。考其報最績，偃然臥在床。卓哉兩君子，身尊道彌光。古今人不及，請以古較量。局促轅下駒，古人無今忙。長揖大將軍，今人無古狂。古人重撫綏，今人重趨蹌。今吏如牛馬，古吏如鸞凰。異官不異民，蒼生受其殃。三復循吏傳，使我涕沾裳。

我愛薛徵士，長吟號一瓢。重鐫瘞鶴銘，更作安龜巢。玉骨一把瘦，素書三千挑。孤鳳翔青天，世人不敢招。平生不負人，只負青龍刀。神駿今老矣，聞戰猶咆哮。願子采靈藥，勿憚大海遙。從來英雄人，往往凌丹霄。猥籍青精飯，留以贈知交。

我愛許子遜，巍然一碩果。此時橘中仙，當日民之爹。唐朝顯慶車，晉代洛陽火。古色最斑斕，深情笑言瑳。縱論至於詩，唐後無一可。出其所著作，使我祖亦左。非隨少陵遊，卽入青蓮坐。字挾華星飛，筆落雲霞裹。百怪雖妖浮，萬象仍帖妥。平生枚自矜，于此亦云頗。忽然見夫君，人間有二我。可惜七旬餘，髮白貧無那。無力飲酒泉，只願吟飯顆。雖非子夏盲，已類鑿齒跛。絃絕琴臺涼，客少花關鎖。遙想竹素軒，籬菊黃幾朵。

月下彈琴

明月照青琴，嫦娥似解音。請彈流水曲，遙答廣寒心。孤鳳語烟際，清商飛遠林。惟愁七絃絕，不覺五更深。

偶成

自得隨園戶懶開，三年車馬長莓苔。謝安尚有東山夢，江左空懷管子才。秋氣漸催雙鬢改，夕陽親送六朝來。征鴻心事無人識，飛去長天首不回。

寄魚門

江南江北路迢遙，同是門前水一條。一日兩家流得到，如何人不似春潮。

南樓觀雨歌

六月午後風怒號，白日隱匿如遁逃。墨雲一角鍾山坳，忽然長幔將天包。昏昏之中萬手招，雨脚尚在西南郊。我登南樓梧桐梢，放眼看盡青天潮。欲來不來聲咆哮，破窗先有陰風敲。白羽大箭天上飄，小枝雜下聲刁騷。飛鳶跕跕立不牢，水晶寸寸垂緜緜。龍堂亂把珍珠抛，海神欲上朝丹霄。疑是昆陽戰鼓鬧，亂走屋瓦虎豹嘷。又疑武乙帝膽驕，射天破革囊漂。豈知熱極陰陽交，芃芃禾黍需脂膏。我無羽翼同飄颻，風雲羨殺蛟龍豪。又無長柄雷公刀，大呼阿香斬羣妖。但見小屋如輕舠，濛濛四壁生波濤。家中江湖一望遙，兒童削竹撑野篙。須臾雨止烟霧消，終風之暴不終朝，萬物乃有安枝條。野人赤脚凌滔滔，對天狂歌甘澤謠。我有南樓鵲有巢，彼此不曾濕毫毛，看雨須立高山高。

閒倚

小池風急水鱗鱗，閒倚闌干送晚春。一陣落花牆外去，不知飄落打何人。

鬢邊

鬢邊初見一痕絲，對此茫茫事可知。排日急商行樂法，傷春怕憶少年時。會須自愛生前酒，難信人傳死後詩。著破阮孚千緉屐，果然臣叔不曾癡。

水西亭夜坐

明月愛流水，一輪池上明。水亦愛明月，金波徹底清。愛水兼愛月，有客坐于亭。其時萬籟寂，秋花呈微馨。荷珠不甚惜，風來一齊傾。露零螢光濕，屧響蛩語停。感此玄化理，形骸付空冥。坐久并忘我，何處塵慮攖。鐘聲偶然來，起念知三更。當我起念時，天亦微雲生。

泛海行爲林爲山題畫

我本扶桑民，手握金銀臺。長侍玉皇側，朱顏如嬰孩。綠章奏事蝌蚪誤，衆人疑我非仙才。不使瓊宮窺秘笈，不使袖底生雲雷；不許裁衣持熨斗，不許調鼎和鹽梅。但賜玉船大如鵬鳥背，採芝拾草尋蓬萊。頃刻碧虛金闕絶頂身，吹落荒烟巨浪如飛來。頭上有青天，脚下無黄埃。蜿蜿諸龍驚，簇簇魚蝦猜。道汝天上人，胡爲乎來哉？萬怪愁我得靈藥，復拔雞犬升仙階。磨牙吮血相賊害，巨魚欲食張其腮。我乃彎弓射殺之，但見撑天白骨光皚皚。我非古周公，能造指南車，不怕東南地缺無津涯；又非漢張騫，兩足乘浮槎，乘之直到嫦娥家。惟有隨風吹去如鷗耳，過盡千片萬片雲中花。天風茫茫吹不住，忽見先生搖手處。愛看青天明月光，把船且縛珊瑚樹。須臾蓱號起雨康回爭，九門磔攘金雞鳴。我方齁齁夢入華胥國，不許蒼蠅在旁鼓翅作微聲。船已泊，進一觴，醉鄉與海同汪洋。天上海上遊千場，青青兩鬢還無霜。

邗江留別

兩度邗江訪若耶，香驄嘶遍路三叉。兒家住處儂能記，門外碧桃一樹花。

解唱清歌昔昔鹽，珠衫斜挂當湘簾。人間夜是青樓短，玉漏應教海水添。

笛賦名傳午子香，主人名。丹心寸意託繁霜。誰知珍髢娵娃好，索賴空交李十郎。李生負約，主人薙髮寄之。

仄仄風欞小小樓，半安詩稿半梳頭。一聲江上紅船櫓，兩角眉峯萬點秋。

莊念農寓秦淮聞余體有不適招同題客西園試進呈新曲

故人憐我近中年，爲寫閑愁動管絃。一曲霓裳羽衣奏，公然聞在玉皇先。

龔郎嬌小髮鬖鬖，露滴芙蓉酒半酣。今夕儘歌花十八，明朝剛是月初三。

新聲五降紫雲飄，玉豔金清字字嬌。笑我身如趙簡子，病中猶得聽鈞韶。

次日再宴觀湯道人作畫

殷勤再訪紫鸞簫，花對詩人分外嬌。好夢似雲連日至，酒痕如雨見風消。一河秋水迎新月，兩岸歌聲送暮潮。坐有神仙提畫筆，石闌干上寫芭蕉。

三日後再宴

無日曾停江上箏，無人不愛謝才卿。鼓聲爭作白門雨，酒味狠如京口兵。居士屬穿鸜鵒舞，落花風定管絃清。遙知幾夕仙音獨，應化香雲滿石城。

題沈凡民蘭亭卷子 有序

凡民與王虛舟、裘魯清交最狎。沈、王故工楷法，五十二歲時，各臨蘭亭一本，互角精能。畫者作流觴曲水，貌三人于其中。亡何，魯清死。又數年，虛舟死。凡民每哭一人，則跋數語於卷尾。乾隆十六年十一月，凡民來白下，出圖命題。余生晚不獲見裘、王兩先生，而其時凡民之官建德，余又將赴長安。感三友之多情，逢兩人之將別，磨墨愴然，不能自已。

先生垂老淚星星，行篋常攜感舊銘。一代交情存筆墨，三人顏色付丹青。酒杯白社秋來憶，玉笛山陽雨後聽。五十二年鴻爪在，昭陵風雪滿蘭亭。

浮生難挹魯靈光，風義羊求事渺茫。兩晉書亡王內史，六朝人剩沈東陽。金仙次第辭西漢，宮女伊誰說上皇。惆悵鍾期來海畔，斷琴彈落一天霜。

衰草殘雲逐歲新，梅花何忍住紅塵！黃粱入夢剛三鼓，白首同歸又二人。再拜未消寒食恨，九原應記永和春。酒壚近日蒼涼甚，不望河山也愴神。

冬郎江上未生時，醉殺徵之與牧之。名士散場君太老，繁華到眼我偏遲。事如流水都陳迹，人是相知易別離。珍重斜陽行色晚，石頭城下望歸期。

王景言鏡巖圖

僧繇畫山筆力雄，白紙盡處山無窮。磨墨直傾東海水，放筆能寫青天容。墨淡則晴濃則晦，筆潤爲雨枯爲風。瑪瑙不收丹碧爛，芙蓉不落朱函封。當空有洞百丈許，光騰寶鏡消妖虹。相傳鹿巾仙，住此八十年。朝朝把鏡石，照世成滄田。如今仙翁已去鏡還好，世人來照只見老。王郎愛鏡兼愛山，畫圖常挂空堂間。只恐一朝生紫烟，破鏡有時飛上天。

對日歌

昨日之日背我走，明日之日肯來否？走者删除來者難，惟有今日之日爲我有。消除此日須行樂，行樂千年苦不足。縱使朝朝能秉燭，燭殘雞鳴又喔喔。人生行樂貴未來，既來轉眼生悲哀。昨日之事今日憶，有如他人甘苦與我何爲哉！樂既不可過，不樂又恐悲。安得將樂未樂之意境，與我三萬六千之日相追隨？君不見：陶潛李白之日去如風，惟有飲酒之日存詩中。

招客看雪不至

空山難遣玉千枝，醉拍闌干酒一卮。可惜閣臨最高處，無人來看未殘時。

詠雪

空山雪墜一聲鐘，花落花開萬萬重。窗外亂飛蝴蝶影，客來都帶鷺鷥容。人情應笑青雲改，版籍全歸白帝封。我自瑤臺甘小謫，三年只種玉芙蓉。

東皇剪水正紛紛，吹上梅花不見痕。但覺關河開曙色，竟忘天地有黃昏。一生影落書窗好，半世身從玉案尊。記得西湖尋酒伴，斷橋西去最消魂。

騎出青天白鳳凰，羅衣誰耐九秋霜！擬張廣廈遮寒士，可有多裘蓋洛陽？蔥嶺風高花不穩，南山樹盡絹猶長。朝來取共寒梅嚼，賤子平生有熱腸。

影娥池北露盤西，埋我還須此際泥。半夜打窗春欲語，萬山失色影全低。荒江處處敵篷背，冷巷深深印馬蹄。洒遍梧桐欺遍竹，鳳凰猶有一枝棲。

愛著羊欣白練裙，淸標自顧也超羣。方圓不定原無我，去住何心只問雲。已畫芭蕉招隱士，更歌黃竹賦從軍。銷金帳暖茅菴冷，一樣能來只有君。

美人方寸貯瑤華，數遍飛鴻爪上沙。有意欲塡將陷路，未知能作幾時花。紛紛幣散瓊林庫，籍籍兒擎玉畫叉。此夕蒼茫銀海裏，淺斟低唱是誰家？

珠簾斜捲影霏霏，仙鶴來時貌忽肥。天女禪高花片散，昆池臘盡劫灰飛。嘗過甜味嵰山遠，舞罷霓裳月殿非。惆悵梁園舊詞客，裁霞空疊五銖衣。

一池清水變銀河，斜拂闌干細點波。遠客未歸秋塞外，衰年其奈鬢邊何！分明落葉雲間舞，太覺好花天上多。我本姓袁高臥者，關門應唱郢中歌。

偶成

神仙居空中，日見他人死。對之不斷腸，其人非君子。冥然但一氣，來去徒清風。山河既已改，妻孥復已空。惆悵不能已，翻身歸寰中。借此煆煉術，巧作逢迎功。以彼枯槁後，極此貪戀胸。所以偃月堂，昏然李相公。

同爲天上雲，近日黃金色；同爲地上水，朝東冰不結。萬物貴有恃，丈夫重獨行。千秋萬歲中，吾豈無性情！

春蠶一窠繭，賢人一尺書。精華留人間，蟬蛻歸太虛。魯叟何皇皇，暮年心不已。退而纂六經，亦賴有此耳。

昭君生漢殿，抱此明潔心。常自重白玉，不肯輕黃金。騎馬嫁絕域，人皆尤畫師。姬也神怡然，中心猶感之。使我正椒房，何以佐明治？塞外少團扇，或無秋風詩。施恩不可少，受恩不可多。男兒與賤妾，各自有蹉跎。

刈田滁州過浦口題壁

花種河陽幾度秋，十年春夢付江流。肩輿重過路人起，尚有遺民認故侯。郵亭草草一宵眠，爲種滁州數畝田。儘酌貪泉還獨笑，買山不用此邦錢。

謝古林禪師贈竹

朔風不住三日寒，老僧打門雪滿山。十夫負竹如負米，二十四枝青琅玕。琅玕種向空山裏，枝枝綠影湘江水。此竹還如受戒來，當風不動定如矢。主人眼饞意有餘，膜手獻上和尚書。缺處尚需二十株，女腰求細竹求粗。明年解籜春雷早，請僧來看園中好。方外龍孫卽外孫，一羣綠鳳參天小。

朱長官歌

一江春水秦淮香，一春情緒誰家長？陌上亂飛雄蛺蝶，情長誰比朱家郎！朱郎窈窕歌清曲，小字長官人似玉。生來蘭質妬紅鸞，彈罷鵾絃吹紫竹。召平捧檄過江東，欲采芙蓉露正濃。半夜緑鞲呼董偃，一生花底活秦宮。纏頭便與教師說，書券親同阿母封。使君出宰河陽土，子都驂乘調鸚鵡。擁髻初愁離別難，雙棲那識風霜苦！可惜花封百里遥，桑麻不種種櫻桃。禿巾小袖春騎馬，水樹風廊夜聽簫。行樂竟忘公府召，多情且把一官拋。人生禍福眞難定，飲章先有郎君姓。邏騎爭爲瓜蔓抄，龜頭不顧青銅印。公家簿錄到園田，大索横搜信入燕。南北竟張四面網，將軍不値一文錢。豈有胡椒傾八百，但聞珠履擲三千。街頭爭賣死央牒，市上傳觀七寶鞭。使君官罷返秦淮，滿目河山玉笛哀。漢帝有懷尋故劍，楚襄無夢戀陽臺。巫雲曉散留難住，舊雨門關打不開。惟有朱郎如落葉，破船尾上載歸來。三年重過板橋頭，楊柳霜經幾度秋。往日兒郎多取婦，舊時火伴半貂裘。琴聲都唱秋胡怨，請郎別索同行伴。誰識心同古井深，肯教柱促朱絃斷。當時舞罷舊霓裳，且付長沙庫內藏。上供憔悴青衫客，下養婆娑白髮娘。烏鴉聲逐金丸冷，紫竹床懸斷袖涼。燕子不驚三瓦漏，芙蓉同死一天霜。官場相聚論紛紛，羨殺江頭白使君。不見雕欄搜絳樹，居然海上伴朝雲。君不見，五侯門前車似霧，朝秦暮楚人無數。將軍府第略蕭條，幾個任安能不去？

聞尹宮保仍來江南

又聽軍中有一韓，江南父老望衣冠。舊廚婦喜調羹易，新病醫看下手難。

除夕宿蘇州莊撫軍署中作

一聲雞唱兩年分，舊雨當筵酒正醺。歲盡未消殘臘雪，堂高留宿遠山雲。瓊林春老花能憶，官鼓霜清客怕聞。勸我行蹤姑小住，明朝元日莫離羣。

小倉山房詩集卷八　壬申

出山詞四首　正月十二日作

天涯有客賦長征，身要從容馬不停。故節又從江左認，移文應向北山聽。梅花送我開如雪，春草留人綠滿庭。攬轡揮毫緣底事，幾行僮約付園丁。

十載青雲別鳳池，笑人鄧禹遍京師。重看傀儡登場日，又到邯鄲入夢時。白下笙歌催祖道，東山猿鶴問歸期。沿塘新種芙蓉樹，待得花開看是誰。

出門身在百花前，難免花枝笑獨眠。南陌馬銜紅杏雨，竹樓書鎖綠楊烟。長抛春色偏正月，小住名山合四年。薄宦心情江上水，好風吹處便開船。

飛沙漠漠傍雕輪，情在蒼生累在身。此去愧非初嫁女，再來原是謫仙人。雲興海嶽思爲雨，花別桃源怕誤津。聽說金陵諸父老，望儂如望隔年春。

余正北上而魚門來寧應試治行已具不能小留路寄此詩

高唱驪歌路正遥，忽逢舊雨過蓬茅。儘拚此夕同君話，難改行期把客抛。芳訊叮嚀千里寄，奇書交易兩家抄。臨歧雙枕殷勤贈，要我時時夢故交。蒙貽雙枕。

葛嶺遇雪

葛嶺風高雪作花，瑤臺頃刻遍天涯。油衣半漏終輪瓦，斗笠徵鳴類撒沙。一個馬嘶紅叱撥，千村竹舞白題斜。故山猿鶴應憐我：如此嚴寒不在家。

元夕過關山嶺雪不止

車鈴遙答五更鐘，石磴千條挂玉弓。匹馬獨當迎面雪，四山齊送打頭風。衣敲旅店花爭落，火爇寒天色不紅。誰信今宵是元夕，鐙光一點白雲中。

滁州雪更大

環滁山忽空，化作水銀海。我坐破車來，郭索似籠蟹。罩頭雲英英，劈面風灑灑。非鹽頻糝衣，似箭必穿鎧。高下𥰭篨簸，傾危鬼谷捭。離婁眏眸看，師曠躅足駭。揪淖思欒鍼，作霧疑張楷。遠望炊烟起，知有村落在。小憩撲衫袴，一刻千金買。偶得束緼火，當作妻孥待。擁抱不忍離，良久蘇醒乃。自笑臥雪人，走雪業已駭。甘棄郢中歌，來受田父紿。

宜干滕六怒，玉戲終日每。未見脚行春，先見手承頦。我乃噤齘坐，嘿嘿念眞宰。想憐拙人拙，面目太猙獰；故把珠玉粧，增我鬢眉采。又恐熱官熱，前途將有悔；故把冰涼境，使我心腸改。春風雖無言，吾意已領解。

定遠喜晴

過盡江南路不平，今宵纔喜見春晴。青山送我回頭遠，紅日迎人對面生。殘雪野田千點白，夕陽茅屋半間明。征夫暫免泥塗苦，水驛風亭好記程。

大風過鳳陽

大風龍虎氣，殘雪鳳陽城。自有聖人出，竟無青草生。寒陵飛野火，古殿對春耕。嘆息渡河去，臨淮月正明。

王莊又雪

人日東行裝，上元動馬首。出門六日餘，呵凍不離口。飛沙疾於鳥，飛雪大於斗。紅日如故人，相別竟已久。偶然露半面，不肯終卯酉。今宵宿王莊，寒氣先上手。果然雪又飛，飄飄灑枯柳。雪片向南來，我身向北走。苦鬬此寒威，十旬常八九。須念行路難，此景年年有。不從羈旅中，苦樂寧知否？但記故鄉時，圍爐飲春酒。

宿州道中

問路沙何闊，思鄉草又生。客塡茅店雜，火傍馬頭明。雪色遙爭市，河聲欲進城。拖鞭共僮僕，彈指記春晴。

出江南界

村烟搖碧水拖藍，馬上離離夢正酣。忽見戍樓題字處，始驚身已出江南。

歌風臺

高臺擊筑憶英雄，馬上歸來句亦工。一代君民酣飲後，千年魂魄故鄉中。青天弓劍無留影，落日河山有大風。百二十人飄散盡，滿村牧笛是歌童。

泣下龍顔氣槩粗，子孫世世免全租。有情果是眞天子，無賴依然舊酒徒。父老尙知皇帝貴，水流如聽筑聲孤。千秋萬歲風雲在，似此還鄉信丈夫！

茅店

薄暮投茅店，昏昏倦似泥。草聲驢口健，帘影客頭低。几仄燈依壁，風停柳臥隄。故鄉何處望？斜月亂山西。

黃河

崑崙山頂星如火，飛落青天路莫探。九派濁流橫海內，一條衣帶界江南。清雖有日人難待，塞竟無時浪正酣。手拔長茭乘月去，滿堤官柳碧毿毿。

途中清明

芳草萋萋動客情，傷春傷別過清明。幾村綠樹初遮屋，一路青山半繞城。麥隴祭殘鴉競立，野塘風過水爭鳴。潘郎再得河陽郡，只種桃花不送迎。

東阿道中

春慵人倦脫驂遲，齊魯風情筆一枝。荒塚有碑頻勒馬，酒家無壁不題詩。難禁屈突蔥三斗，且試何郎餅半規。滿路白楊如削鐵，四叉樓上夕陽時。

沙溝

沙溝日影漸朦朧，隱隱黃河出樹中。剛捲車簾還放下，太陽力薄不勝風。

登嶧山

嶧山高六里，氣與泰岱通。我行鄒魯邦，登茲最高峯。拒日留殘雪，破崖挺孤松。方截紫瑪瑙，圓堆青芙蓉。如以萬彈丸，拋撒青天中。千鈞借寸勢，枕籍停虛空。元氣相扶持，終古青濛濛。下視九州土，炊烟白幾重。天形依水盡，目力與雲窮。時當正月會，玉帛慶神功。遊人萬點蠅，穿插玉玲瓏。不見秦王碑，亦無禹貢桐。石爛字跡滅，廟荒莓苔濃。嘆息滄桑變，長嘯凌天風。

山泥

山泥淋漉陷征車，撲面驚沙恨有餘。此際故園三月半，萬花圍住一樓書。

寄盱眙尹莊念農 詩集單刻本、嘉慶本注云：「名經畬，爲本州陳慕楷所劾，欽差舒公昭雪之。」

黄河堤邊紅鯉魚，三十六鱗能寄書。我欲寄書向何處？盱眙之山有名姝。名姝曾被蛾眉妬，鴆鳥爲媒向天訴。天公不信遣鳳凰，爲洗浮雲出秋兔。年年雜佩贈瓊瑤，往歲相逢興更豪。愛儂詩句親身寫，累汝羹湯隔夜燒。秦淮八月秋水清，徐郎樂府新製成。一人一騎一行札，南山之南來相迎。邯鄲琵琶漁陽鼓，蹇姊徵歌雪兒舞。讓出秋風白玉床，留人那管孤眠苦！秋去冬來雪滿街，綺筵瑤席更重開。座上不知三鼓盡，飲中爭聘八仙來。兩人眞是栢枝顚，兩意都愁別可憐。留得弟兄眞面目，畫圖還倩李龍眠。嚴瞶爲白描兩照。於今身作西飛雁，君與梅花同不見。滿眼横飛塞北沙，回頭忍説南皮讌。丁丁鈴鐸聲蕭瑟，似爲征人訴離别。離别何妨再見君，見君未定知何日。當日相逢太盡歡，今宵歡盡難爲憶。三千里外夢魂中，猶把君杯看明月。

寄周其相

正月二日月未圓，横塘之波木蘭船。紅燈晶熒船未發，有人來贈雙玉盤。盤中盈盈何所將，眞珠密字三千行。下言加餐保玉體，上言努力扶君王。其餘字數細如織，半是相規半相憶。開盤讀罷中心哀，世皆欲殺君憐才。桓伊吹笛柯亭至，伯牙彈琴海上來。舟師那解驪歌曲，發船打鼓來相促。三更攜手別河梁，一舉風前學黃鵠。自從別後征車早，青袍日日長安道。五陵年少半相知，相知那復如君好。玉笛催殘塞北霜，春光青入江南草。月明花落最思君，思君一夜紅顏老。

和良鄕題壁詩 詩末有「篁村」二字

天涯鴻爪認前因，壁上題詩馬上身。我爲浮名來日下，君緣何事走風塵？黃鸝語妙非求友，白雪聲高易感春。手疊花箋書稿去，江湖沿路訪斯人。

錄原作

滿地楡錢莫療貧，垂楊難繫轉蓬身。離懷未飮常如醉，客邸無花不算春。欲語性情思骨肉，偶談山水悔風塵。謀生銷盡輪蹄鐵，輸與成都賣卜人。

茌平題壁

牛燭燒燈射酒紅，杏花村小漏丁東。春寒滿店數聲雨，明日亂山何處風。

二馬車歌

兩木架車直且方，兩騾夾木馱脊梁。皮鞬鐵鏈互攙𢷬，盪搖日夜聲琅琅。憶我四年竄幽谷，兩手不復知鞭韁。忽然遊興如草發，欲與此物相抵當。氍毹鋪褥身危坐，天地見我先低昂。横搖兩尻直搖背，不許粒粟留中腸。平生傲骨矜崚嶒，一旦篩簸成粃糠。其時北風天雨雪，凍雲隆隆如壞墻。僮僕憐我手皸瘃，油衣代瓦張兩旁。須臾昏黑如載鬼，望氣不復知陰陽。我頭岑岑胸作惡，蹔眠繭中死且僵。急牽帷幔作遠視，凍死猶得瞻穹蒼。瞪眸凝望意稍定，死灰復然神洋洋。始知平生惡曖昧，兩眼本是青天光。人生習慣成自然，二十二日安如床。村荒路滑催早起，明星爛爛夜未央。惟北有斗方若箱，惟南有箕日簸揚。僕夫唱歌我遥答，日出不覺長安長。

入都

舊遊重至倍關情，何況迢迢白玉京！銅狄我摩前世物，陽休人訝古賢名。入朝門戶層層記，到眼公卿一一驚。多少上林棲息處，似曾相識有宮鶯。

曉日

曉日朦朧玉殿開，觚稜回首認蓬萊。十年江海風塵吏，重踏花磚舊影來。待漏彤廷簪筆行，摩挲金馬說前生。憐才尚有裴中令，可惜頻呼韓愈名。望見紅雲識玉皇，天恩委曲問家鄉。宮門乍出聽人羡，何物微臣話獨長！

哭許南臺

未入長安境，先聞舊雨亡。麾旌如有待，白馬正升堂。烏帽三生夢，紅蘭一夜霜。古人傳祖免，風義重他鄉。

恨我三年別，偏遲十日來。班荆人面遠，待哭寢門開。舊僕還留飯，嬌兒學舉哀。江南諸父老，雨泣向泉臺。

別座主留松裔少宰十年聚未匝月遽爾拜辭公白髮相扶泣然隕涕枚亦悲不自勝泣呈一詩

絳帷分手最堪悲，況復吾師頭白時。乍見又成千里別，再來難定十年期。花飛碧樹春將暮，鳥戀斜陽下獨遲。回首龍門雲在望，登車惟有淚垂垂。

少宰和詩

十年前憶汝相離，正是金門待詔時。一去江南歌異政，至今閭左望歸期。恩新西地親民早，病廢燕臺出餞遲。慚愧人家春正好，庭前桃李發垂垂。

赴官秦中

十年辭闕竟重還，一檄文書又赴官。雙履鳬飛朝漢遠，五羊皮少入秦難。歌聲舊愛伊涼聽，山色新添華嶽看。傳說關中多勝蹟，男兒須到古長安。

六朝雲物舊淹留，更向咸陽作壯遊。萬首詩編秦楚地，半生官領帝王州。未知兩陜誰吾土，孤負三吳說故侯。到得函關應四月，行人爭耐一春愁！

喜門生李蘋圃檢討分校禮闈

未修前輩光齋禮，且看華堂玉筍淸。慚愧司東頭未白，居然門下見門生。

過保陽同金太守質夫宿周燮堂署中作

人舊白頭新，天涯倍愴神。可憐談笑處，還是別離身。燈影虛堂雨，鶯聲客路春。秦關千萬里，腸轉似車輪。

江南哀庾信，儋耳老東坡。白刃餘生健，靑雲舊夢多。小窗重剪燭，大海早揚波。莫靳醇醪飲，蛟龍脫網羅。質夫曾擬大辟。

欒城留別

陌上花飛五夜風，文霞人名。光映彩雲紅。碧梧翠竹三千樹，鳳鳥曾棲定不同。

一夜郵亭落月遲，輕塵短夢兩難知。臨期苦問重來日，腸斷楊花滿路時。

楊花曲七章河南道上作

清明三月洛陽堤，滿路楊花踏作泥。一片春痕萬重雪，有人迎著上遼西。

飛花偏繞紫遊韁，輕似吳綿澹似霜。那有閒情管離別，自家離別一春忙。

無端晴雪下青天，舞罷珍珠掃作烟。一種深情天怕管，狂風吹斷又纏綿。

蕭蕭落日點蒼苔，歌罷銅鞮玉笛哀。畫出春如遊蕩子，風斜雨細不歸來。

枝頭小住最關情，廿四番風各自驚。化作浮萍終聚會，不知儂可有來生！

相對茫茫我欲愁，蕭郎新曲唱涼州。江南此際珠簾影，難免飛花入畫樓。

玉笛關山萬里雲，短長亭上最愁人。情波搖蕩心旌轉，春送行人我送春。

峽石望二陵

近陝山河壯，當秋草木清。二陵南北峙，一望古今情。雁影雲中斷，西風石上生。蕭蕭紅勒馬，猶爲戰場驚。

曉行

帶夢坐車上，瀼瀼露草薰。燈光雙鐸語，人影一鞭分。病馬前程緩，殘星曉角聞。僕夫愁雨至，西北有浮雲。

光武原陵

滹沱河伯呼且奔，白水眞人夜踏冰。凍合玻璃三十丈，陰風瀹瀹白日凝。中原妖氣猶未消，擊賊深入馬太驕。三日眞龍旗不見，蕪亭麥飯風蕭蕭。人道蕭王遜高祖，我道蕭王較英武。五槍銅馬萬千羣，不比鴻溝當一楚。白蛇當道一劍分，九日爭天太陽苦。山東兵亂伯升亡，枕上淒涼淚數行。未必中興輸草創，生來天性勝高皇。掃除四海淨風沙，遂得初心陰麗華。豈是糟糠忘故婦，免教人彘出劉家。一時馮鄧皆師友，殊勝爭功半鷹狗。扶風俠客馬文淵，刺刺西廷亂張口。兩朝天子定低昂，只在尊中一杯酒。

唐昭宗和陵

長安李花十八葉，春風吹過無顏色。少陽院裏壽王來，粉破金甌偏拾得。壽王扈蹕蜀道眠，一麾曾受軍容鞭。軍容威勢竟如此，敢喚門生作天子！家奴難制付將軍，從此明堂起陣雲。岐汴爭彈紇干雀，飛去飛來欲凍殺。朱扎者三墨詔四，一個緇郎呼不至。倉皇四顧虎狠羣，誰是官家心腹人！惟有院中韓學士，曾讀詩書解愛君。明知精衛空銜土，且喜葵花戀夕曛。召來仍恐旁人怪，私語昭容看可在！夜深月黑君王來，手握冬郎淚如海。君王雙淚落未消，前旌啓行後殿燒。梁武有書求苦蜜，石超無表進秋桃。殿中誰勸將軍酒，皇后雍容雙玉手。想吹春氣變蒼鷹，誰料全家歸虎口！免乳難辭十月裝，擊毬小隊换諸郎。兜籠夫婦霜千里，絹詔凄清字數行。低聲偶語君王耳，明日蛾眉血已涼。宮門八月夜二更，叩門響急銅鐶鳴。美人開門詢未畢，忽然花落春無聲。單衣繞床走不住，龍髯剩有香肩護。寢殿刀光玉几明，金屏血色珠燈暮。叩頭還請活須臾，傷心更有中宮誤。明日金籠鸚鵡啼，聲聲萬歲呼如故。太宗王業太蕭條，積漸由來匪一朝。今日軍容專鳳勅，明朝阿父挂龍韜。那見少康興夏室，空聞高貴葬東郊。君王圖治當年早，可惜中才事難了。生長衰朝作帝難，何如平世爲農好。於今石馬卧秋風，春草春花杜宇紅。年年嗚咽山陵水，不怨朱三怨祖宗。

周世宗慶陵

海內風塵極，英雄天子生。山河歸智勇，氣數限功名。日角龍岡出，雲陽鳳輦行。有書皆御覽，無戰不親征。文物歌周雅，明堂啓漢京。三關談笑得，五季濁流清。銅像先銷佛，金河待洗兵。降旗江上豎，春酒草橋迎。華夏威全攝，燕雲意力爭。先難仁者事，柔遠聖人情。一旦軒弓墜，千年禹甸傾。中原從此歇，內地幾人耕？朝覲謳歌改，孤兒寡婦驚。錦囊書慘淡，玉鉞涕縱橫。萬里經綸志，高天甲馬聲。河南好秋月，只傍慶陵明。

北邙山

山冢鬱嵯峨，輕車山下過。有詩吟不得，此處古人多。

修化道中

繞空嵐翠割天光，青滿河南是太行。萬點野梨明玉露，一山春草健牛羊。難招古樹談前代，且把殘書認戰場。回首暮雲腸欲斷，向南飛去雁銜霜。

閿鄉道中

閿鄉西去走車難，石子雷碾路百盤。沙起馬從雲裏過，山深天入井中看。人穿三窟懸崖險，地裂千尋大壑寬。誰道中州四時正，春風一日兩温寒。

邯鄲驛

暮雨蕭蕭旅店來，自看孤枕笑顏開。黄粱未熟天還早，此夢何妨再一回！

過衛輝懷前郡守王孟亭

建月樓空風露侵，浮雲西北結層陰。鳳凰去後碧梧老，遊子過時烟水深。白下園留詩酒債，馬頭春帶别離心。黄初詞賦臨江宅，短髮天涯何處吟！

未知

未知漢口黄江夏，容否當年禰正平？張敞治豪蒙密薦，賈彪解難竟西行。是非那畏三長史，得失何爭一老兵！莫道咸陽號天府，修身儂亦有金城。

意有所觸得詩三首

天地盪風輪，三百六十度。星墜與木鳴，不能稍回護。何況蚩蚩氓，傀儡寧不悟？耳目手足間，丹漆膠絲作。汝巧非汝能。汝拙非汝誤。茫茫大化中，主之别有故。

衍行重行行，遊子甘遠道。平豹已投秦，廉頗終憶趙。我親雙白髮，七十已衰老。暮鷚與幺豚，牙牙尙文葆。姊既女龍寡，妹亦諸孤藐。置家在古杭，買山在江表。有書蠹勿除，有園花不掃。男兒抱大志，家業原難保。但問馬少游，名心已了了。出山泉不清，在家貧亦好。此意豈不知，此味吾尤曉。所爭一念差，悔之苦不早。抽刀斬亂絲，餘緒猶繚繞。

我衣宮錦袍，方歌合巹詞。其時同婚者，惟有徐文煜。與伊。興阿。今徐爲異物，掛劍空涕洏。伊亦謫蓬萊，鬑鬑大有髭。惟我十年來，吏隱兩得之。雖無風雲力，亦無風波危。若將終身焉，此樂誰能追！胡爲重入夢，碌碌風塵馳？人生無全福，明月無圓輝。領慣少年樂，忘却長年悲。朝來攬鏡中，星星者爲誰？

寄聰娘

尋常並坐猶嫌遠，今日分飛竟半年！知否蕭郎如斷雁，風飄雨泊灞橋邊？

一枝花對足風流，何事人間萬戶侯！生把黃金買離別，是儂薄倖是儂愁。

杏子衫輕柳帶飄，江南正是可憐宵。無端接得西征信，定與樵青話寂寥。

上元分手淚垂垂，那道天風意外吹。累汝相思轉惆悵，當初何苦說歸期！

思量海上伴朝雲，走馬邯鄲日未曛。剛把閒情要拋撇，遠山眉黛又逢君。
雲山空鎖九回腸，細數淸宵故故長。不信秋來看明鏡，爲誰添上幾重霜！

灞上

不渡桓元子，當年喚奈何。秦雲臨水薄，古跡入關多。世事仍兒戲，詩情仗蹇騾。千行萬行柳，有意拂鳴珂。

昭君

陰山月落夜啼烏，放下琵琶影更孤。知道君王終遺妾，將軍不賜賜匈奴。

入陝感李濤故事

殺氣殷天戰血紅，營門高唱有英雄。請誅太尉人來矣，吾戴吾頭送與公。

秦始皇陵

生則張良之椎荆軻刀，死則黄巢掘之項羽燒。居然一抔尙在臨潼郊，隆然黄土浮而高。祖龍邯鄲兒，奇貨居大賈。鳶目而豺聲，橫絕萬萬古。旣滅周家八百年，更掃三皇五帝如灰土。長城一帶中華牆，金人閃爍青銅光。虎視六合內，自非天崩地拆何所妨！只恐悠悠白日沉扶桑。高登泰岱山，大呼海船來。童男童女三千人，尋花採藥金銀臺。赭山鞭石黿鼉走，惟有蓬萊宮闕無人開。歸來不作神仙遊，轉身翻爲白骨愁。上象三山，下錮三泉，鑿之空空如下天。百夫運石千夫舂，魚膏蜃炭楄柎封。美人如花埋白日，黃泉冉起阿房宮。水銀爲海捲身瀉，依然鮑魚之臭吹腥風。驪山之徒一火焚，犂鈀楄杆來紛紛。珠襦玉匣取已盡，至今空臥牛羊羣。乾隆壬申歲五月，詔遣牲牢祀百王。大官騎馬踏塚過，不擲天家一炷香。

秦中雜感

高登秦嶺望褒斜，鐘鼓樓空噪暮鴉。古井照殘宮殿影，書堂吹入戰場沙。賀蘭風信三邊笛，杜曲霜痕九塞花。每欲憑欄怕惆悵，二千年是帝王家。

三唐雁塔聳秋霜，一過摩挲一自傷。倭國不求蕭穎士，都門誰餞賀知章？空教閶闔來天馬，是處阿房集鳳凰。欲賦西京無底事，玉魚金盌盡悲涼。

天府長城勢壯哉，秋風落葉滿章臺。一關開閉隨王氣，絕頂河山感霸才。安石本爲江左出，賈生偏過洛陽來。漢朝宣室知何處？金馬門前月更哀。

一城秋與華山分，骨賣千金馬不羣。燕影尙尋田竇宅，蟲聲如弔帝王墳。涼州樂府淸商曲，玉女蓮花薄暮雲。惆悵無雙李都尉，低頭還盼大將軍。時制軍巡邊。

百戰風雲一望收，龍蛇白骨幾堆愁。旌旗影沒南山在，歌舞臺空渭水流。天近易回三輔雁，地高先得九州秋。扶風豪士能憐我，應是當年馬少游。

誰從藥店唱飛龍，搖蕩心旌碧海東。霜裏征鴻驚戍鼓，秋來仙淚下金銅。新詩自挾秦風壯，舊夢常懷楚雨空。何日眉痕畫京兆？邯鄲道上走花驄。迎眷屬未至。

偶探紫氣出函關，不信新婚亦素冠。秦人新婚亦戴白帽。馬踏廢營沙怒語，鵰盤大漠鳥驚看。新遷雞犬思鄉苦，未死親朋見面難。檢點殘碑聊慰藉，古來名士滿長安。

連宵擊筑唱嗚嗚，小隊黃麞逐酒壚。秦代只存明月好，西方偏覺美人無。山尊白帝都朝嶽，客到咸陽怕作儒。季子黑貂裘已敝，書燈空照塞雲孤。

潼關

雞唱三秦曉，潼關八扇開。九州疑地盡，西馬上天來。城影高難落，河聲去不回。丸泥忘禁谷，懷古有餘哀。

馬嵬

倚杖營門淚數行，君臣此際太倉皇。興元一詔三軍泣，何必傷心向佛堂。

莫唱當年長恨歌，人間亦自有銀河。石壕村裏夫妻別，淚比長生殿上多。

父老原知有此行，上方雜進露葵羹。宮中苦賜金牌子，猶恐猪龍養不成。

家家逐水唱黃裙，金屑桃丹信屢聞。史言貴妃縊亡，惟劉禹錫詩稱服金屑。一樣邯鄲同走馬，慎夫人遇漢文君。

登華山

太華峙西方，倚天如插刀。閃爍鐵花冷，慘淡陰風號。雲雷莽回護，仙掌時動搖。流泉鳴青天，亂走三千條。我來躡芒蹻，逸氣不敢驕。絕壁納雙踵，白雲埋半腰。忽然身入井，忽然影墜巢。天路望已絕，雲棧斷復交。驚魂飄落葉，定志委鐵鐐。閉目謝人世，伸手探斗杓。屢見前峯俯，愈知後歷高。白日死崖上，黃河生樹梢。自笑亡命賊，不如升木猱。仍復自崖返，不敢向頂招。歸來如再生，兩眼青寥寥。

卮言

官以阜兆民，貴在知民風。所以漢守令，旌旗故鄉紅。貞觀分兩選，一西而一東。毋過三十驛，政和道猶同。元明有衰政，探符以爲公。章甫適越俗，燕鎛爲胡弓。嗜慾不相達，言語不相通。出都爲債帥，臨民如聾蟲。方知古賢法，妙在人情中。先期而除弊，其弊方無窮。

常讀聖人書，恍然明治理。富之與敎之，不言其所以。足兵與足食，亦不序原委。吾其爲東周，期月而可矣。學校井田方，一字不挂齒。唐虞命皐夔，欽哉兩字爾。大哉聖人心，堯舜同孔子。我但責其效，設施聽之彼。彼之能與否，惟在我所使。孟軻談王政，漸覺聒兩耳。後儒更紛紛，拘牽守故紙。常平倉最佳，東漢弊蜂起。車戰古最精，陳濤敗如洗。民靜政轉繁，人活法先死。宜乎三代風，戛然亦竟止。

奇物取大節，瑕瑜不相蒙。謝安遊江左，挾妓東山東。香山守杭州，絃管醉春風。當時兩賢人，勳業何穹隆！宋後異於昔，法網如張弓。所棄山斗外，所爭糠粃中。腐儒死糟粕，俗吏甘雷同。烟視而媚行，繩趨而溝衷。所以古樂府，長歌可憐蟲。

齊梁重氏族，王謝最門高。侯景擁強兵，求婚不敢招。貞觀加釐定，等級無混淆。匪以寵裙屐，使倚人門驕；實以衞王族，與國爲長消。豈有非吾偶，結褵而上交！黃金體自重，一兩祇千毫。郎官應列宿，東觀皆仙曹。胡爲負此幘，使我心鬱陶。

衞侯作夷言，取笑自彌牟。南人強北音，之推代含羞。緣何寠人子，讕語偏咿嚘？好學垤澤呼，不待楚人咻。滿口襍夷夏，脣齒皆王侯。未登拗項橋，先爲反舌鳩。終竟神不王，改字不改喉。大言雖炎炎，聞者搖其頭。傒音宮女笑，蠻語參軍愁。何不操土風，高師一楚囚。

唐朝取人才，八十一科目。偶納告身者，亦且試所學。宜其名器重，一代官方肅。凌夷至五季，剝運遘陽九。刺史爲能歌，節度爲能走。後人笑吃吃，以爲忝竊徒。我轉笑笑者，淺之爲丈夫。彼終有所長，勝於并此無。

長安知交寥寂與歐陽臨川相得甚懽歐攝篆延長余作詩送之

同抱鶯飄鳳泊情，輸君先看受降城。聽風聽水霓裳曲，記取西涼第一聲。

禪心曾學病維摩，此去休憎吉莫靴。且喜放衙秋塞外，訟庭人少亂山多。

霓裳唱罷唱銅鞮，騎馬咸陽烏夜啼。今日瀟湘花欲笑，鳳凰巢定好雙棲。

客裏殘星雁數行，兩家琴酒日相將。斯人更唱陽關調，從此長安是異鄉。

扁鵲墓

不種青山藥滿林，那知國手葬湯陰！一坏尚起膏肓疾，九死難醫嫉妒心。相傳塚土能療病，而身爲妒者刺死。玉札丹砂環馬鬣，涇風寒雨病春禽。齊王莫怪仙機早，從古昇平憂患深。

武后乾陵

高捲珠簾二十年，女人星換紫微天。明堂黜配無光武，本紀開端有史遷。鶴監儘容才子住，南牙不放阿師顛。蓮花霜折宮牀冷，猶見金輪澀晚烟。含風殿唱小秦王，短髮重歌武媚娘。十月梨花知宰相，一篇檄草嘆文章。慈心果自啼鸚鵡，殺氣終教曬鳳凰。愛絕醜奴爲殉未，荒墳相對有莊襄。

乙弗后寂陵

寂陵雲氣動高秋，積麥厓空雨未收。殿上龍衣憂社稷，宮中鳳輦入山丘。新人妒挾三軍至，故劍恩從一哭休。比到和番更幽咽，斷烟衰草至今愁。

過新平弔苻堅

萬里青蒲一夜霜，如君才可說天亡。齊桓遠畧生前亂，句踐忘恩舉國狂。三輔烟高風力轉，雙飛人去紫宮涼。休將成敗英雄論，千古遺民哭五將。

王猛墓

渭南高冢象祈連，諸葛能支蜀幾年？一代君臣魚得水，三秦宮殿鳥啼烟。山河割據人才貴，華夏興亡曆數偏。不嘆滄桑嘆遭際，爲君流淚古碑前。

楊震墓

關西夫子久心傾，華表經過馬暫停。七塚序依昭穆位，一牆秋與華山青。中牢遺祭悲身後，大鳥臨喪愧漢廷。可惜蒼茫雲樹裏，無人能指夕陽亭。

昭陵

一卷蘭亭送鼎湖，風雲猶自護金鳧。九原葬禮君臣盛，異代靈旗石馬趨。家合華夷春酒煖，老傷骨肉聖心孤。佳兒佳婦憑誰託，青雀終當勝雉奴。

戲馬臺弔宋武帝

身披衲襖博千場，萬馬登臺劍有光。一逐水仙歸大海，三擒天子出咸陽。白紗帽急金甌小，野葛燈懸玉燭忙。可惜雄心當暮齒，關中父老易沾裳。

鉤弋夫人通靈臺

七十春秋有限懽，美人拳內賜金鐶。終知宛若通靈少，不信堯門作母難。簪珥飄零椒殿冷，神光來去竹宮寒。官家日暮途窮事，莫向英雄傳上看。

汾陽王故里

甲第曾將永巷收，千年華屋感山丘。功名遠掃蕭曹閣，歌舞長消蠡種愁。一代侯王供僕役，半房兒女任啁啾。我來難覓親仁里，暮雨瀟瀟過華州。

杜牧墓

蕭郎白馬遠從軍，落日樊川弔紫雲。客裏鶯花逢杜曲，唐朝春恨屬司勳。高談澤潞兵三萬，論定揚州月二分。手折芙蓉來酹酒，有人風骨類夫君。

盤古冢

名字虛無姓渺漫，當年誰與葬衣冠？能將莽莽乾坤闢，亦復蕭蕭丘隴寒。數典更無前輩在，留墳似與後人看。不將死例當頭定，世上紛紛事更難。

送黃宫保巡邊

萬馬立淸霜，將軍出朔方。朝廷西顧重，秋色玉關涼。虎帳風雲氣，龍沙劍戟光。今朝啓程日，諜報左賢王。

絶塞昆侖外，天朝本一家。金河無戍鼓，羌笛有梅花。贊普甘松市，條支白象車。來瞻令公畢，行炙進琵琶。

放馬生羌養，屯田野鳥耕。好開都護府，寬築受降城。月避雕弓影，兵消老將名。淩烟趙充國，心不重横行。

九月防秋畢，孤烟大漠空。班超留侍子，宋璟黜邊功。耀甲天山雪，鳴笳瀚海風。燕然有人在，濡筆待明公。

三垂岡

太原西行五百里，馬頭一片陣雲起。路人手指三垂岡，行客心憐李亞子。乃翁仗劍沙陀來，黃蛇遠遁潼關開。氣吞朱三力不足，電光照耀龍一目。李花吹落風淒淒，十六宅王口呼飢。官家不聽鴉兒語，紇干山頭凍雀飛。邢州還軍上黨行，萬馬立月霜毛明。酒中照見白髮生，英雄老矣難爲情。將軍鼓瑟伶人唱，老淚珠光滿貂帳。膝前五歲有奇兒，掀髯一指心還壯。劉家夫人抱兒去，張家老奴共兒住。兩美眞存綏帶心，七哥苦積監軍賦。十年郎主戰袍新，重過先王置酒處。三箭高懸太廟涼，一年一箭報先王。幽州兒女朱絲繫，汴水君臣白馬降。初心雖負輕移鼎，國號依然不改唐。生兒如此尙何憂，漢有孫郎足與儔。此外英雄那堪老，百年歌唱淚空流。

古意

妾自夢香閨，忘郎在遠道。不慣別離情，回身向空抱。淚墮酒杯中，光添琥珀紅。請君嘗此酒，相思味不同。

種梅北窗下，香花開似雪。日日有春風，梅花常傲妾。

打起女兒箱，寄郎寒衣裳。從前說薊北，今日又咸陽。

車中雜憶古人作五六七言詩

大度如劉季，難忘嫂戛羹。偶將雍齒賞，終逐鄭君行。沛公。

舊雨鍾離昧，成功酈食其。兩人都可負，一飯報何爲？韓信。

魏王潭水獵，旍拂滿山雲。只有辛長史，能將苦樂分。辛毗。

文深爲大府，比例自宸衷。最是張湯輩，公廉有素風。張湯。

李廣射猛虎，周處斬長蛟。一日忤貴人，低頭盼毆刀。李廣。

徐爰講喪禮，趙鬼讀西京。寄語今三揖，兒曹未可輕。徐爰。

養寇心如怯，屯田草未耘。不逢漢宣帝，難畫趙將軍。趙充國。

聽得徐公言論，不須學問爲長。他日都亭狼狽，方知未學霍光。徐羨之。

斗柄鞠躬向北，桑枝被髮朝南。殺得東平夫婦，息夫雖貴難堪。息夫躬。

臨替時苗留犢，犯齋周澤彈妻。只道好名忍痛，蘇公一撻先啼。蘇世長。

十萬黃金拜下車，泰山主簿侍門閭。東京風味眞堪憶，賊亦尊師鬼讀書。鄭康成。

贈汝人間開國公，一頭手自擲東風。年年布絹三千疋，苦累西朝賞未終。高敖曹。

十年東觀老黃香，萬里韓彭走戰場。爭是山西曹妙達，一聲歌罷便封王。曹妙達。

醒來頭枕君王膝，歸去身棲衡嶽煙。一事思量轉惆悵，爲人家國誤神仙。李鄴侯。

生受韓彭百戰功，如何鳥盡竟藏弓！莫嫌冤氣無時雪，卒飲鯨徒一箭終。高祖。

幾行颶段寫無端，只愛金稜略綽盤。爭怪江東羅處士，脚間夾筆敵朝官。羅隱。

謝安別墅圍棋日，王衍車牛獨賣時。同是一般好風度，兩人成敗卒難知。王衍。

汴梁懷古

汴梁城頭啼杜宇，黃昏似向行人語。行人駐馬聽斷腸，知是當年趙宋主。趙家八葉賢子孫，神霄玉殿擁紅雲。裁詩譜畫稱絕妙，只少一事能爲君。元祐諸臣竄且老，黨人碑豎銅駝道。賜袞爭看媼相尊，排闥只覺髯閹好。自從花石採東南，樹上黃封月二三。綠竹數竿千艇挽，黃楊三本百夫擔。萬歲山禽呼接駕，九華仙子從天下。艮嶽烟巒半起雲，樊樓燈火全忘夜。幽燕胡馬忽長號，頃刻阿房土欲焦。三遷不決東周議，六甲空憑道士妖。望斷平安火不歸，金銀括盡戰兵稀。慟哭六宮辭九廟，龍袍催殺換青衣。黃沙漠漠乘輿去，萬姓哀號留不住。一色宮花牛背馱，回頭望斷河南樹。通德門空噪暮鴉，琴臺月榭鼠爲家。晉唐書畫商周物，小刼全爲塞北沙。行人過此莫沾裳，且作風箴戒百王。君不見，南關敗瓦霜華白，猶刻宣和字一行。

再題馬嵬驛

萬歲傳呼蜀道東，鸞拳兵諫太匆匆。將軍手把黄金鉞，不管三軍管六宫。到底君王負舊盟，江山情重美人輕。玉環領略夫妻味，從此人間不再生。香囊消釋玉魚涼，萬里園陵白露荒。聽説西宫恩幸少，梅花猶得落昭陽。不須鈴曲怨秋聲，何必仙山海上行！只要姚崇還作相，君王妃子共長生。

虎牢關

客行未回頭，馬首忽然仰。上書虎牢關，石碑字西向。黄土夾青天，白日氣悽愴。勢與來者敵，路偏絶處創。殺馬可塡道，萬軍一夫抗。雖無戰爭旗，尙留割據樣。我從西秦來，大雨逢秋漲。前車山外響，後車谷口讓。升如出井底，墜如下天狀；又如走漆城，蕩蕩不可上。緬懷春秋時，宋鄭所依傍。洎乎楚漢間，成皋一亘障。雄圖一瞬空，地險千年壯。鬱鬱懷古心，浩歌寄惆悵。

長安苦熱

南方苦熱宵猶眠，西方苦熱徹夜煎。地高星密太陽近，況復赤帝行青天。我來更儆小屋居，如坐甑底圍紅爐。手搖大扇兩腕脱，黄沙飛與炎風俱。欲走郊原散暑氣，曲江久絶昆明廢。關内眞成火德王，渭河也作湯泉沸。南山僵立天乾封，大官祈禱雙燭紅。車前馬前僧道從，蜺旌火傘聲隆隆。相看揮汗變成雨，何處驅雲喚起龍！我無民社例須到，四鼓韇門五鼓廟。干卿甚事作奔忙，旱魃揶揄土龍笑。憶種江南十畝桑，北窗高枕清風涼。底事熱中心未了，自尋焦土弔阿房？

邊歌

邊歌唱罷白雲哀，人出陽關眼莫開。歲久髑髏吹作雪，隨風還上望鄉臺。

靈武

南内歸來玉璽涼，爲兒親著帝衣裳。願兒只學宫鸎樣，長向風前問上皇。

戲題高頫傳

獨孤難療倉庚肉，公學鷹揚計太深。黄鉞白頭甘掩面，安知不有邑姜心！

温泉

華淸宮外水如湯，洗過行人流出牆。一樣温存款寒士，不知世上有炎涼。

同客晚眺

鄠杜風花曲水濱，長安三月有餘春。攜來魯酒新從事，同看秦雲舊美人。

稠桑野步

負手荒郊一埂長，幾家籬落不成莊。木棉花老飄秋水，霜柿紅深墜夕陽。逼岸潮來魚入澗。打禾人去鳥窺場。回頭自祝雙輪影，及早還鄉好種桑。

舟至黃河楊家口爲逆風吹閣淺沙中三日

謂行不見青山移，謂泊不見蘆花岸，黃河心裏一船橫，離人日對烟波嘆。離人思歸眼欲花，秦關萬里走風沙。河伯何事偏投轄，坐留遠客不歸家。來去紛紛墜眼前，飛檣過艦如雲烟。此船萬斛莫輕舉，要等長風力動天。

歸隨園後陶西圃需次長安入山道別

策馬西歸日未曛，河梁重向草堂聞。對牀燭剪三更雪，開卷詩添萬里雲。春樹未青先折柳，霜鴻才聚便離羣。笑將身上征衫解，帶著餘溫贈與君。

凍合關河冰滿池，弟兄一樣遠行時。出山似我終無定，見面知君尚有期。變相棋原千萬局，賞心梅只兩三枝。相逢太巧相離速，縱極懽娛爭敵悲！

小具杯盤話別懷，尊前且緩僕夫催。菜心不食存生意，韭白長留見治才。敢說抽帆先到岸，重看摽劍去登臺。叮嚀莫掩花關臥，恐有相思夢要來。

小倉山房詩集卷九 癸酉

折花詞爲陶西圃作 有序

西圃小住隨園，酒後爲余書隨園記于屏門。屏後女奴阿招淸矑偶觸陶目，瞢然欲有紫雲之請，而弱于顔，乃謬爲恭敬，書法益工，呂進士炳星爲通其意甚婉。阿招知之，奮袖請行。正月七日，諸名士集隨園，沈司馬補蘿簪花，給事中方玉川捧鏡，王太守孟亭捋鬚，主人供帳具，婚畢各賦一詩。

舊雨相逢話別離，空山無物表相思。憑君折取園花去，當作河梁柳一枝。

一曲更衣願也無？更將郎意試官奴。玫瑰淺笑西窗下，道見羅敷早捋鬚。

粉澤蘭熏墨數行，南都人士盡催妝。送香蜂蝶塡橋鵲，共助先生一夕忙。

江郎老去生花筆，書罷屏風更畫眉。吩咐雲鬟好調護，早朝時與晚衙時。

呂炳星進士合巹歌

天上三星明一簇，八鸞鏘鏘戛寒玉。人爲呂範賦催妝，我學枚臯作禖祝。憶昔綰符東海東，呂郎傳經絳帳中。芬芳謝覽春蘭似，清瘦裴寬碧鸛同。三年秩滿賦南征，魯國諸生散若星。獨有蘇章偏負笈，從師直到石頭城。一領襴衫馬前拜，館餐重把高賢待。訟庭花落各題箋，秋夜燈涼同綏帶。湘簾高捲夏侯衣，女樂行觴醉似泥。呵氣誰知王謬貴，留心早有負羈妻。吾妻家世琅琊宅，三妹劉家俱有適。小姑居處獨無郎，璇宫夜抱冰絲織。椿萱堂上都無有，年來阿姐如阿母。買馬須看未駕時，求郎莫待登科後。一枝釵綴水精珠，代付檀郎寫聘書。老子仍居丈人行，門生化作小姨夫。鋒車北去雪霜深，千里飛奴少信音。閬苑風遲燒尾宴，天涯人倦看花心。十年不字春將老，粥粥羣雌催鴆鳥。不教青桂近嫦娥，難信冰人雙目好，一朝南館咏霓裳，兩到蟾宫馬足香。借得天錢迎織女，歸擕玉杵拜劉綱。江水茫茫波又波，江妃路遠愁如何？老夫手指銀河路，老妻願撤妝奩助。讓出空山紫竹牀，隨園便是黃姑渡。園中四面好樓臺，三百梅花樹樹開。景龍撒帳金錢豔，單伯迎姬甥館佳。上元地界上元朝，月帶清波水上搖。春逢佳節風都軟，花對紅燈分外嬌。莫學元韶弄女壻，且聽庾衮訓荆條。呂郎呂郎進一卮，老夫歌罷還有詞。栽桃種李今朝畢，管到東風結子時。

哭許滄亭觀察

送別深留我，歸來竟哭君。咸陽遊子淚，白下故人墳。薄海橫馳譽，湘江最勒勳。高才生衆敵，餘勇整殘軍。老卜金陵宅，幽棲碧水濆。空堂飛瓦石，平地起烟雲。裙屐當筵滿，笙歌鎮日聞。達觀娛暮景，苦志託斯文。有律吹寒谷，無戈挽夕曛。酒壚人冉冉，花塢雪紛紛。老父終天恨，先生慰問勤。信才三日斷，手又百年分。夜雨鳴鵋鴂，秋霜感雁羣。招魂呼麈尾，何處召靈氛！

山居絶句

草草亭臺布置餘，今年眞個愛吾廬。牙籤都放西廊下，自有斜陽來曝書。

朱藤花壓讀書堂，分得桐陰半畝涼。新製玻璃窗六扇，關窗依舊月如霜。

鎭日山腰劚白雲，裁量烟草話紛紛。春衫不用金爐爇，自向百花香裏熏。

穿林繞磴問桑麻，空翠無聲染素紗。笑撲衣裳似蝴蝶，半粘竹粉半松花。

山頂樓高暮雨寒，飛雲出入小闌干。浮空白浪西南角，收取長江壓裏看。

長風高閣易生秋，客散青天酒未收。六代雲山孝陵樹，一齊排著使人愁。

雲錦淙邊折樹枝，枕烟庭上寫烏絲。顔含性命無勞卜，袁聖功勳只賞詩。

青蘆葉葉動春潮，堤上楊花帶雪飄。滿地月明仙鶴語，碧天如水一枝簫。

讀書鎭日爲書忙，別有淸睟一寸光。問我歸心向何處，三分周孔二分莊。

萬重寒翠盪空明，四面紅墻築不成。十丈籬笆千樹竹，山中我自有長城。

客秋此日正長途，萬里歸來猿鶴呼。半夜松濤聲作雨，尙疑飄泊在江湖。

以琴與古林禪師易竹

抱出綠綺琴，換師青琅玕。此琴分明出家去，冰絲對月空愁嘆。臨別再彈音轉促，眞個絲聲不如竹。明朝看竹坐淸風，未免感舊懷絲桐。竹亦莫愁別，琴亦不離羣。僧家鐘磬我家月，只隔青山一片雲。

即事

吹得驚花老，東風也暫停。松聲晴亦雨，山色斷還青。竹粉粘黃蝶，荷珠瀉綠萍。張融手何物，小品法華經。

謝鹿詩 幷序

家弟保侯明府畜蘭，鹿跳出籓，敗其葉隨盡。明府怒，囚之獄，子才子馳檄救之，且乞之。檄戍，無任使者。杭州何西舫孝廉適至，喜捧檄鑿行。日昳，四弓丁舁檻車至，奔觸奮迅，不可逼視。已而入高山，騰深林，蹶蹶呦呦，首舞至地，若曰滅死竄，竄且入山，如太白流夜郎，子瞻放儋耳也。得其所哉！爲詩塵明府，爲得鹿者謝，兼爲鹿謝。

山人山居苦無偶，常思得鹿如得友。鹿本居山忽在官，身雖宦途心否否。呦呦聲中張齒牙，琴堂大嚼幽蘭花。使君能吏政尙猛，威不及汝心咨嗟。信陵公子鷂伏嗔，童恢賢令虎畏神。從來國法及野獸，傷蘭之罪如傷人。鐵鎖鋃鐺牽鹿到，囚之獄中獄吏笑。雙角權爲圜土低，生芻難祭臯陶廟。山中之人笑且呼，馳書救鹿鹿無辜。譬如將我束手板，我豈肯循規矩乎？求者不得得者輕，世間萬事何由平！山人養鹿官養蘭，蘭肥鹿健兩相安。主人大喜阿兄語，赦書立下鼕鼕鼓。滿山猿鶴迎且舞，誰爲嘉賓誰爲主？夏麥芃芃草正青，山人日日吹金笙。昨宵無夢竟得鹿，滿庭雨滴芭蕉聲。

雨

當窗三日雨，對面一峯沉。花有消魂色，鶯無出樹心。怒蛙爭客語，新水學琴音。折竹教僮試，前溪幾尺深。

讀寒朗傳

楚王興大獄，薄海罹災殃。朝廷誅妖逆，救者爲不祥。賢哉寒大夫，慷慨對漢皇。自言當族滅，不與人共章。臣見考四時，各以鍛鍊強。考十連百千，猶恐未精詳。陛下問公卿，僉曰大聖仁。罪合及五族，今止及其身。天下已幸甚，臣等復何言！及其歸舍坐，仰屋竊長歎。明知覆盆冤，龍鱗未敢干。臣願陛下悟，萬死臣亦安。寒公語未終，天子顔色變。急命金根車，自幸洛陽殿。赦出千餘人，哀哀淚如霰。當時無此公，青天空雷電。

侵曉

侵曉巴童太喫虛，驚呼雨濕北窗書。小池陡長一犂雨，漂出我家紅鯉魚。

墾地五尺許栽禾爲戲

田小農易作，開墾在須臾。試此土膏美，栽禾三十株。新秧影太孤，及長勢相扶。芃芃綠雲舒，亦若懷新居。未敢望收穫，姑且勤菑畬。下不給妻子，上不輸王租。得其趣而已，老農吾不如。

雨後步水西亭

雨氣不能盡，散作滿園烟。好風何處來？荷葉爲翩翩。羣花浴三日，意態柔且鮮。幽人傾兩耳，竹外鳴新泉。啁啁一鳥歇，閣閣羣蛙連。暝色起喬木，斷虹媚遠天。蝸過有殘篆，琴潤無和絃。憑闌意悄然，與鷗相對眠。

僧房

僧房憑畫檻，流目眺平原。疏雨過千里，夕陽紅半村。風涼花氣斂，室小佛香温。昨日彈碁處，苔階墮子存。

積水暴流命僮建閘爲瀑布

雨停樹上聲，水作溪中響。溪當兩山凹，奔流尤莽莽。呼僮束以閘，銀河隨手長。雖躍一尺布，已過千人顙。勢連山帶飛，氣挾虹橋往。花落影不留，魚去钣成黨。逝者如斯夫，空存濠濮想。

倪素峯歸棹圖

我思作一舟，其速如飛鴉。不載人離別，只載人歸家。烟篷竹槳作未就，年年遠客愁風沙。先生持筆向我笑，丹青紙上聲嘔啞。夜來有夢晝有畫，我今歸矣邉知他。

何西舫來看瀑布

黄梅時節掩柴荆，聽得敲門踏濕迎。舊雨乍來披草立，新泉臨去向花鳴。千枝荷葉珠同瀉，一片銀河浪有聲。絕似天台結遊伴，溪邊驚看石梁横。

朱草衣寒燈課女圖

墻角春深一樓雨，老燕雌雛作低語。草衣山人四壁空，繞膝呻吟惟一女。貧家贈女無奩資，只有一本周南詩。女郎咿唔未上口，海棠花下親教之。不願女兒通九經，入宫天子呼先生。只願女兒粗識字，酒譜茶經相夫子。阿母墳邊春草綠，阿翁吟苦家無粟。恰恐春華委逝波，爲兒常買三條燭。讀罷殘雞腷膊鳴，茅屋一丸織女星。

翁彝堂三十三山草堂圖

四海才名六十春，青鞵布襪軟紅塵。平生事事謙沖甚，只有青山不讓人。

香山溶水影沼沼，綠樹橫陳葉未凋。半畝草堂江上好，不關門住等春潮。

試罷彤廷戶不開，談經重薦伏生才。一時猿鶴驚相顧，花外蒲輪今又來。

與郭鳳池侍講秦淮話舊作

當頭新月墜纖纖，十二年來吏隱兼。人似孤鴻雲聚散，詩如老將律精嚴。黃梅雨久秦淮闊，紅藕花深畫舫添。料得憑欄定含睇，六朝春在水精簾。

攜手雞壇五少年，山河一夢酒壚邊。參軍蠻語今能否？海上琴聲更渺然。舊雨竟無知己賦，新詩偏有悼亡篇。夕陽小騎梅花影，苦憶金臺掃雪天。

欲續鸞膠帶雨聽，風驂小住玉河亭。家家短笛橫窗過，日日長眉隔水青。深夜花明燈照影，雕闌酒罷月當庭。尋春我有藍橋路，且飲瓊漿再乞靈。

南州才遇郭林宗，又說歸心似轉蓬。墊角風標傳白下，唾壺恩寵極青宮。天邊月落應思我，山裏雲多不贈公。遮莫題襟桃葉渡，暮潮愁送夕陽紅。

次日侍講納姬索詩

吹笛青溪雁影分，一家人載兩船雲。侍講令兄先娶一姬。玉蓮花壓連宵雨，六月深涼似爲君。

尋春甘苦我深嘗，此事難於上太行。剛好一枝眞碧玉，定情親勸汝南王。

曳杖看雲歌贈張玉川

太湖白雲三萬頃，有人看過五十年。神仙贈與綠玉杖，追雲直到湖水邊。白雲都向烟波入，先生曳杖湖邊立。烟波重見白雲生，先生曳杖湖邊行。疑是騎雲鶴，皎潔隨風落。又疑雲中君，飄飄白練裙。誰知乃是玉川子，半生脚踏長安市。長安故人不相待，富者乘車貴張蓋。或如麟鳳翔高天，或惹驚風飄塞外。不見爲霖澤物有餘功，但覺白衣蒼狗無多在。長揖五侯門，吳江一葉開。看雲揩老眼，重理舊生涯。鎖雲囊製更贏手，攟雲篇費蘇公才。醉倒洞庭山頂最高處，大呼七十二峰雲出來。

㴱梓人詩

梓人武龍臺長瘦多力，隨園亭榭，率成其手。癸酉七月十一日病卒，素無家也，收者寂然。余爲棺殮瘞園之西偏，爲詩告之。

生理各有報，誰謂事偶然。汝爲余作室，余爲汝作棺。瘞汝於園側，始覺於我安。本汝所營造，使汝仍往還。淸風飄汝魄，野麥供汝餐。勝汝有孫子，遠送郊外寒。永永作神衞，陰風勿愁歎。

雜詩三首

仙人王子喬，成仙太少年。張口吸虹采，乘鸞翔雲烟。忽然笑天上，玉齒流電光。奴視黃初平，羣龍罰一觴。遠謫西海去，霜雪風蕭蕭。騎鯨不得下，一日如千朝。歸馭浮金房，琪花開尙好。深悔洩天機，守口如瓶小。

驚飈盪層嵐，危葉隕寒露。潦淸察淵魚，林空見狐兔。肅肅霜華新，赫赫金丸度。幽人傾兩耳，萬籟俱非故。感玆秋更淸，緬懷歲將暮。揮戈少回光，控弦無遠步。英英對白雲，衡茅須汝護。

洪鈞陶萬類，濛濛如沙輕。賴有數行字，賢者垂其名。國史高一尺，不向卷首爭。生存已無傳，奚待丘隴平！白髮不可鑄，黃金不能成。不如飲美酒，未死先冥冥。

春雨樓題詞爲張冠伯作

江南九月秋雨多，采菱女兒唱棹歌。歌聲宛轉入雲去，木葉慘慘水不波。金荃譜好何人製，道是京江張公子。公子滄桑四十年，鄙人約略能彈指。儂住錢塘江上村，錢塘作鎮李將軍。乘龍婿得張延賞，花燭人間第一春。崔盧門第武安家，弄玉吹簫鳳引車。豔豔華燈金作屋，層層步障樹交花。兩家門第氣如虹，況復姮娥出月宮。仙樂風高香遠近，珠璣人掃路西東。官銜書禿三千管，奩費爭傳百萬工。自憐髮短初垂額，鴨闌也看羊車客。望得衣裳影半痕，便成春夢三生隔。長安作隊走名場，市上相逢各老蒼。忝著宮袍歸索婦，馬頭才拜北平王。此時金印已模糊，此日華池錦尚鋪。聞說霓裳家按譜，有時玉女共投壺。憐才到處夸袁虎，意氣公然似灌夫。誰知白日堂堂去，黑雲一陣風來處。竇氏貪爭沁水田，石家禍起珊瑚樹。魏其賓客霍家奴，崐岡失火燒無數。仲山父鼎孔悝鐘，曾與山河誓始終。兩入星牢都脫手，一朝平地蹴秋風。雄雞斷尾何人悟，象齒焚身自古同。禍水家家欲滅難，命燈誰肯續三竿。罪雖全雪家何在，死竟無名骨不寒。青山莊在路人遊，臺榭荒涼草數丘。羊侃歌姬辭故苑，謝公絲竹剩空樓。門留賣帖風吹白，柩過橋心水不流。可憐一品令公孫，曾是當年看殺人。飄泊鰥魚身一箇，春雨樓中淚潛墮。唱斷秋山紅豆枝，曉風殘月眞無邪。吳苑三更烏夜啼，南唐一闋家山破。芳草茫茫六代烟，白頭重遇柳屯田。耳聾怕聽興亡事，冠伯兩耳聾。手滑能調斷續絃。乞食吹簫歸不得，爲人權作李龜年。樂府千章韻更嬌，旗亭雪小月輪高。曲終酒散琵琶斷，剩有秋江咽暮潮。詩集單刻本、嘉慶本注云：「君爲文貞公之孫、總督李衛之婿。父逌作方伯，家產籍沒。」

寄莊容可撫軍五排一百韻

辱唁思親謝，開門畏路長。自歸秦嶺雪，翻戀讀書堂。奉母身將隱，懷公欷豈忘。每逢吳計吏，時訊丈人行。始憚西門急，徐安子產良。胥師平市價，蕃樂阜金閶。漢地開淳鹵，周書訓羅匡。小笞都檢校，頌繫悉平章。古戍狼烟靜，新禾玉露瀼。碑刊王稺子，雨頌段文昌。入耳騰淸譽，關心暗拍張。名儒無覆餗，吾道有輝光。苦憶長安日，羣遊翰墨場。飛揚鴻寶殿，潦倒碧雞坊。草綠王孫別，槐黃舉子忙。少年文戰銳，傾國飲泉狂。爭勝拏相博，詼諧體類倡。登壇拜孫策，如意贈姚萇。舞或爲鸜鵒，裘時典鷫鸘。兩回珠蘂榜，一樣姓名香。同是青鴻鵠，誰爲白鳳凰？筵張燒尾宴，人看狀元郎。簇簇宮花好，翩翩馬首昂。高遷孤客館，直入上淸房。園古杉如鐵，松高鼠似麞。雜花侵獸錦，班管動琳琅。濡蠟中涓侍，燒梨御果嘗。賡歌詩百韻，待漏日三商。笙磬原同調，人天未隔疆。來看南苑月，借宿屋東廂。款款人同醉，遼遼夜未央。九霄風忽引，二鳥翼分翔。傾耳鈞韶斷，回頭海影荒。金蓮摧白露，銀漢隔紅牆。鶩馬何辭棧，禪心不戀桑。兒寬調禮樂，卜式牧牛羊。沇水唐東海，金陵晉建康。繭絲紛校括，伍伯走踉蹌。吏畏烏銜肉，民愁鳥啄瘡。疏絃矜古調，冶貌薄時粧。格竟停崔亮，廷難辱范滂。鵾鵬悲腐鼠，雞犬別淮王。乞病風塵外，幽棲鍾阜旁。官聲存野老，世事唱迷陽。甪里公超市，庚桑碨礧鄉。青霞暫瀟洒，玄豹識行藏。谷口方名鄭，中丞道姓莊。當街呵赤棒，南面坐癡牀。戲我稱新隸，驕人說弄璋。公以先得子自夸。繞梁歌宛轉，雜珮玉丁當。盛德癩如故，狂奴態不妨。燈燒除夕夜，佩贈小鞶囊。爲索長安米，仍催白下裝。尹邢寧避面，王貢約騰驤。寺起浮圖甓，弓彎大屈強。遽將鞍作几，妄想蟹成筐。笠日聞呼皷，登山笑乞糧。盧生重入夢，衞女不安孀。病馬繩穿鼻，豪牛背服箱。吾皇剛北面，彼美竟西方。腰鼓離兄弟，函關鬭虎狼。過秦非賈誼，出塞似王嬙。衫色侵中嶽，鈴聲響北邙。從軍新樂府，行客古河梁。太華當頭墮，蓮花刺目涼。褭烝沙淅瀝，甌脫雨淋浪。墨子書難載，羅侯債未償。守株愁白兔，枯閏厄黃楊。強逐衙官隊，低持手板僵。陳人衣錦繡，老婦拜姑嫜。開府三秦壯，將軍五色盲。但教隨絳灌，不見試龔黃。雁塔慚名姓，昆池弔漢唐。氋毸邀祖鶴，來去督郵蝗。京兆眉痕嫵，終南樹色蒼。鄉書犀望月，宦局奧生牂。老父還江左，全家別古杭。乘船六月暑，思子九迴腸。風木悲何遠，滄桑事改常。官無三日作，家有四人亡。髮亂奔蓬葆，腸摧勝湇湯。靈椿看做佛，孝水飲悽惶。郎罷驚呼囝，摩敦苦憶娘。緜衣關洛雨，葛屨虎牢霜。夾道埋車轂，狂飈斷馬鞅。蓼莪春草細，屺岵白雲傷。返舍空啼影，興機更舉喪。卜居尋近市，負土出平岡。恨賦原因別，騷歌漫續羌。深蒙金帶客，遠奠紫霞觴。鴻筆書哀輓，銘旌代顯揚。憶雲泥耿耿，感舊笛茫茫。敢寄詩千字，聊當葦一航。崇轅依虎阜，賢弟隔南陽。公弟有倩守南陽。銀手都如斷，金心各自將。當茲春滿地，遙想月明廊。化雨沾芳草，離愁寄海棠。願言崇景德，竹帛永相望。

秋雨歎

癸酉九月雨聲譁，一十六日脚如痲。天欲壓我懼不勝，月如羞面常相遮。千个滴殘湘水竹，一枝泣斷芙蓉花。黃雲萬頃委溝壑，垂垂玉粒生青芽。山中高田尚如此，其餘下田尤汙邪。城中薪價長十重，破籬敗葉爭搜爬。墻傾瓦毀莠生戶，豈無盜賊窺室家！我聞銀河從古無人決，一朝水落窮流沙。從此扶桑根爛北斗傾，更何人泛張騫槎！我有一寸刃，能剸妖蝦蟇。洒掃青天送日月，光照六合無纖瑕。雲深苔滑不可上，且聽兩部吹鳴蛙。

八月廿九日同補蘿晴江探桂隱仙庵歸憩古林寺

遊山同隊行，看山各自領。不逢桂花開，且踏桂花影。桂蘂何離離，蓄意如未逞。寒潭明空霜，禪室納虛景。脉脉夕陽沉，泠泠天風冷。道人登竹樓，彈琴萬山頂。

曳杖隨所如，小憩古林寺。經聲如有人，松花飄滿地。一僧長眉青，萬竹短籬翠。爲我滌齋廚，供以伊蒲味。時當晚課齊，各各參佛義。余亦慧業人，拈花領微示。出門秋正清，下山月猶未。回頭雲一重，鐘聲渺烟際。

騙馬歌爲傅將軍作

通典，武舉制土木馬於里閭，教人習騙，謂躍上馬也。將軍教士，習之較精。

嚴霜白耀演武場，馬騰士飽秋日長。將軍教觀軍士戲，投石超距試古方。牽來老馬如木馬，柴立不動儼中央。儀氏丁中帛氏齒，沙囊壓定古渠黃。健兒抹額縛窮袴，短衣都學廣川王。一人騰踔類飢隼，卓立馬首當平岡。一人挽鬣肆蹴踘，反腰貼地唱伊涼。或鞸雙鞚超陣過，紙鳶飛起黃頭郎；或翻兜鍪挂馬腹，倒躍井底追沈光。憨如老熊臥當道，捷如祖髮遊呂梁；健如堯廟橫蹋壁，快如樓季踰短墻；超如西域白獅子，望塵嗅地知兵糧；妙如猢猻與狗鬬，羊淫鵝傲蝴蝶狂。人視馬如泰山穩，馬視人如蒼蠅翔。三十六番伎奏畢，六龍閃閃頹西荒。我聞擊賊貴習膽，擲塗賭跳夸精良；又聞武侯制遊兵，二十四陣翼兩旁。侯景難犯緣陣脚，馬隆戰勝因偏箱。似此銀刀兼拐子，横衝天下何人當！將軍大笑嗚煩起，樹梨普黎歌不止。手舞長劍青天裏，次及戈殳槍槊矢。一回一試一自喜，生逢六合無泥滓。不入沙場決生死，但縛大盜三千耳。拖腸格鬬血衣紫，兵法可傳世有幾。願屈張良爲弟子，贈汝圯橋書一紙。酒酣長嘆手西指：如此夕陽吾老矣。

送秋二首

秋風整秋駕，問欲去何方。樹影一簾薄，蟲聲徹夜忙。花開香漸斂，水近意先涼。從此冬心抱，彈琴奏履霜。

袖手憑闌立，雲山事事非。雨疏分點下，雁急帶聲飛。楓葉紅雖在，芙蓉綠漸稀。何堪作秋士，歲歲送秋歸。

馬觀五侍講身後園亭鬻爲酒肆重遊有感

率誠園裏石闌干，手未憑時淚已彈。我是華堂舊賓客，殘花今與路人看。

同圍爐火坐西廳，記得靈光舊典型。今日人亡風調在，春山留與酒樓青。
滄桑未滿十年中，門巷淒涼迥不同。一樹桃花無賴甚，主人何在尙鮮紅。

鳳池侍講與兄某北上同卒徐州聞訃驚駭爲詩以弔

自敲湘竹寫哀詞，雙弔徽之與獻之。一別便傳人永訣，百年從此事難知。兩行孤鳳朝天去，半夜紅蘭帶雪垂。惆悵浮生眞草草，不如落葉有秋期。
似此人難過四十，可憐官正要三遷。驟聞死信還疑夢，不解傷心最是天。兩代芸香誰嗣續，九原花萼轉聯翩。想他風雨彭城夜，錯把長眠作對眠。

自放

自放春歸自黯然，雪飄江上散花天。絳桃遠別楊枝去，未必相依十一年。
苦奪鸞篦夢一場，誤卿自誤怕思量。餘情還託橫塘月，好照羅敷陌上桑。

贈吳將軍 并序

將軍吳士勝從威信公征金川，三戰皆捷，金川奪氣。將軍請往降之，袍而騎，酋長橫刀來迎，將軍徑入虜帳，笑曰：「暮矣。」索枕臥，鼻齁齁甚酣。旦召諸酋，責以大義，譬曉之，諸酋齘㗋不得語，乃椎牛行炙，蠻舞雜進，定約正月六日詣大軍降。凱旋，天子召見，勞以酒，擢官總兵。癸酉二月挂冠，奉八十七歲老母歸西川。余相見於秦淮酒樓上。聽述前事，喜而贈詩。

天威西討莫離支，有詔將軍匹馬飛。萬種頭顱堆甲帳，九邊風色試征衣。能教鐵勒驚三箭，不用官兵殺一圍。半夜雪花如掌大，硬弓還射白狼歸。

金川誰築受降城？單騎從容自請行。潑水刀光迎上客，吹燈虎穴聽軒聲。捧盤香火朝剺耳，傳箭江山夜罷兵。椎盡肥牛三百隻，歸來殘月在西營。

閃閃紅旗海色開，妖星半夜掃龍堆。闔門泥首張嬰出，滿耳夷歌朱輔來。弧矢長韜還武庫，金瘡不裹上雲臺。男兒此處難消受，天子親斟酒一杯。

尊前老去霍嫖姚，能說單于謁渭橋。百戰餘生依膝下，五湖歸計趁春潮。黃金甲冷斑衣煖，烏鳥情深劍氣消。只恐雲中需魏尙，未容採藥戴金貂。

消夏詩十二首書扇寄何孝廉

不著衣冠近半年，水雲深處抱花眠。平心自想無官樂，第一驕人六月天。

欲采荷花泛野塘，披披荷葉掃衣裳。畫橈橫處雲波滿，一個舟如小洞房。

赤脚神仙絳節飄，手揮如意把人招。爲言萬國秋陽裏，儘有峨嵋雪未消。
年來心性愛空明，不弄瓊瑶弄水精。自指頭銜堪辟暑，一條冰上是前生。
鎖斷花關客莫開，白龍皮上冷雲迴。只憑令史將風報，不許徐陵帶熱來。
北風圖掛劉褒筆，自雨亭傳王珙家。爭及文人分射覆，一場鏖戰綠沉瓜。
浮瓜沉李傍清池，香隔重簾散每遲。何處涼多何處坐，四時筆硯逐風移。
不覓雲英一椀漿，不須漢殿借明光。只教來見王思遠，暑月能生滿背霜。
日暮空堂蝙蝠飛，新涼吹上芰荷衣。班姬團扇情難捨，翻勸秋風緩緩歸。
苦避蚊蝱自築城，綠紗紅燭水窗明。一丸星報來朝熱，飛過銀河作火聲。
陽烏一樣上天遊，冬日人歡夏日愁。肯向雲中小回首，金風瑟瑟便生秋。
炎歊斷路久離羣，消暑歌成一寄君。彩筆未搖風已到，不知是墨是涼雲？

南樓獨坐

清涼山色酒杯邊，身在斜陽小雪天。成佛肯居才子後，爭名難到古人前。萬重白骨堆青史，六代黃金散暮烟。我欲騎鯨遊海上，笑他不達是神仙。

華子中年屢病忘，霍王無短更無長。編詩只覺近年好，對酒每思當日狂。家爲種花貧亦得，身原思退老何妨。風簾殘燭亭亭坐，閒看兒童蠟鳳凰。

送傅卓園總戎之狼山

癸酉仲冬皇帝詔，詔公出鎮狼山東。山高五十有三丈，地險正當吳越衝。白狼金爪耀日月，紅倭花髮吹腥風。出海便可抗燕薊，磨劍豈止搖崆峒！此處位置天聰明，長城交與眞英雄。白下軍民走相告，賀者在口憂者貌。遙拜青天大角星，何年流電重來照。我本山中接輿狂，張眼不識金人長。忽然碧空見孤鳳，銜尾只願隨風翔。公之風裁一何壯，淺色黃衫麥鐵杖。入陣先將鼓蓋隨，稱身別造弓刀樣。公之儒素眞吾徒，枝枝筆架青珊瑚。輕裘時飄叔子帶，閒暇亦投祭公壺。神光一夜紅黃動，公能以神光驗禍福。翩然麒麟大荒縱。時飛葭灰臘月涼，梅花片片鐵衣香。天雞大叫催鼓角，琉璃捧出金盆光。旌旗十道拂海水，龍魚爭看淸河王。水晶鹽暴千場月，暖玉鞭敲萬馬霜。東夷讋服南蠻順，坐擁貔貅作靜鎭。夜唱天山勑勒歌，曉排魚浦風雲陣。明年三春積雪消，山人一騎一布袍。短衣渡海直入幕，長揖營門作馬曹。

三月二日泊永濟寺再贈默默

題詩看雪記吾曾，高閣重登力不勝。兩扇門搖青竹葉，一江水照白頭僧。新鶯喉囀燒香曲，細雨烟迷寶塔燈。且喜春寒人迹少，琳宫清似玉壺冰。

新柳夭桃夾岸栽，鳥聲歡處有樓臺。拔山古樹爭天立，送客斜陽渡水來。半夜舟停看月上，幾番風逆轉心開。詩箋替我先呈佛，交與禪堂老辨才。

題竹垞風懷詩後 有序

竹垞晚年自訂詩集，不删風懷一首，曰：「寧不食兩廡特豚耳。」此違言也。按元、明崇祀之典頗濫，蓋有名行無考，附會性理數言，遽與程、朱並列，竹垞恥之，託詞自免，意蓋有在也。不然，使竹垞删此詩，其果可以廁兩廡乎？亦未必然矣。

尼山道大與天侔，兩廡人宜絕頂收。爭奈升堂寮也在，楚狂行矣不回頭。

小倉山房詩集卷十 甲戌

立春前一日與徐鳳木朱草衣集孟亭溪上草堂限春字

一箇溪堂六酒人，先春一日共尋春。羹調小婦粗俱妙，月近元宵舊復新。風作半琴鳴竹外，燈分雙蕋鬬花身。明朝擬踏銀橋市，各戴華陽自製巾。

買梅

爲買梅花手自栽，朝衫典盡向蒼苔。笑他絕代高人格，不等黃金也不來。

種梅

十丈春山帶雪暈，一枝短襯一枝長。安排要得橫斜致，閑與園丁話夕陽。

看梅

最朝東處枝先發，漸有蜂來雪大飄。同是看梅誰仔細？主人暮暮復朝朝。

纔走半梢如白龍，忽抽千朵春雲濃。三更以後看不見，明月一重霜一重。
一般玉露總無私，山北山南分早遲。恰使人心憐舊雨，最開多是隔年枝。
山空養慣高情性，春早長留好歲華。恰惱一林香太遠，教人尋得著吾家。

二月朔日孟亭筠軒先後探梅得探字

山人無佳懷，花開如生男。衆客具羊酒，開時紛來探。去者將呼車，來者初停驂。去爲來者留，一客化爲三。巡檐嗅歷歷，繞樹睨眈眈。二月初東風，春心猶包含。一林香破口，幾點珠明簪。梅花如大繭，賓主如春蠶。裹入萬株烟，呢語何喃喃！花開未及白，人飲未及酣。留此飽看眼，待月南山南。

折梅

爲惜繁枝手自分，剪刀搖動萬重雲。折來細想無人贈，還供書窗我伴君。
侍兒心性愛風華，爭採仙雲鬢上加。自卷一雙蝴蝶袖，忍寒先仰最高花。

白衣山人畫梅歌贈李晴江

層起，搖動春光千萬里。半空月麗夜明珠，滿山露滴瑤池水。倒拖斜刷雜亂寫，白雲觸手如奔馬。孤榦長招天地風，香心不死冰霜下。隨園二月中，梅蕊初離離。春風開一樹，山人畫一枝。春風不如兩手速，萬樹不如一紙奇。風殘花落春已去，山人腕力猶淋漓。君不見，君家鄴侯作貴官，如梅入鼎調鹹酸；又不見，君家拾遺履帝閽，人如望梅先止渴。于今北海不作泰山守，青蓮流放夜郎沙。白髮千丈頭欲禿，海風萬里歸無家。傲骨鬱作梅樹根，奇才散作梅樹花。自然龍蛇拗怒風雨走，要與筆勢爭槎枒。山人聞之笑口哆，不覺解衣磅礴贏，更畫一張來贈我。

菩提場古梅歌限大字與蘭坡學士作

從來廟古樹必怪，竟有梅花塞廟大。南都兩寺大者三，菩提一株毋乃太。有如人形共七尺，忽然丈六金身在。三寸之珠十圍玉，此物豈合存塵界！勃勃擎將雨雪飛，童童欲把扶桑蓋。一白光搖大殿明，半開影壓僧房隘。孤根入地花入天，身在寺中香在外。我生愛梅如愛色，得此傾國癢搔疥。初疑導從萬玉妃，水晶宮闕搖環珮；又疑白象散天花，牟尼珠子穿旌旆。睽睽萬目摩青柯，喋喋方言議根派。老僧古貌長眉青，問樹疑年默不對。但說前朝焦狀元，曾坐梅窗拊梅背。我聞其言彈兩指，刼灰陣陣飛衣帶。幾行青史後梅成，幾堆白骨先梅壞。梅花無情春有情，年年二月開無賴。長陪仙鶴記堯年，未了人間香火債。花氣烝爲十里雲，繁枝布施千人戴。勸汝莫矜橫斜影，江南城小身爲礙；愁汝狂吹清冷香，諸佛聞之鼻破戒。不妨無事有其心，老衲大窮將汝賣。巨靈雙手掘梅根，駱駝萬匹拉梅載。移植千枝萬枝中，諸峯忽壓當頭岱。逝將聘汝力不能，行且尋君一而再。諸公借我禮佛頭，且對此梅三百拜。

贈張芸墅司馬兼寄梅六公子

清商絃未絕，春蠶餌絲成。孤鳳棲高岡，青鸞從之鳴。江南春二月，芳草綠已盈。椓門者誰子？禪纚飄瓊纓。贈我園客繭，風裳曳華星；示我國風篇，大雅扶正聲。曰予亟求友，神聽慕和平。雙丸不獨曜，八駿難孤行。琴彈鍾子期，詩歌蘇子卿。寸心相冥合，千春有餘情。

昔君遊南海，作吏越王臺。蜑子吹簫送，珠娘打槳陪。振衣忽高蹈，白華易小草。來尋鹿皮翁，共作商山老。君家謝脁樓，我家安石里。同有白髮親，淸霜照人子。君年四十六，我年三十九。兄弟指其口，此中宜飲酒。

入門烏畢逋，出門雞膕膞。下山魚脫淵，上山雉登木。訪古到瓦官，探幽登靈谷。微雨過深夜，山容赴朝旭。得杖手足輕，有書證據足。芸墅攜名山記。高塔勞遠眄，破碑苦深目。對酒雲數片，落花燈一屋。五嶽行未徧，六朝跡已熟。可惜吳市門，不及呼梅福。歸來春悄然，苔色上深竹。

我與梅華谿，結交在長安。其時諸公子，朝顔如渥丹。六郎最嬌小，初茁黃金蘭。今年隨君來，七尺青琅玕。感郎新詩好，念我舊雨寒。九原不可作，萬事同波瀾。此日足可惜，來日苦大難。君歸往茂陵，遺稿訪凋殘。

佳期日未宴，僕夫告將去。敬亭山上雲，匪我留能住。我有一樽酒，淡泊如春露。獨飲難爲歡，羣飲亦不豫。惟與素心人，朝夕領其趣。前有張郱嘗，後有羊求與。君來船莫遲，君去船莫遽。長恐飲酒時，正是思君處。

將抵淮矣忽爲大風所尼泊荻港作詩

我作長淮行，誤呼龍頭艋。重如曳牛尾，難如拗象頸。自知淮王山，十日不得領。亡何廣陵濤，徐徐似汲綆。微衝青山烟，淡搖楊柳影。篙工喜而呼，胡奴笑且騁。主人請起起，抵淮在俄頃。釣徒辭烟波，漫郎理笭箵。指妾書卷收，催僕行李整。自謂卽誕登，待飯亦不肯。忽然白氣升，惡風破萬嶺。海水沸沃焦，鯨魚拔滄溟。墜波有跕鳶，盪舟無完皿。鰲斬帝益怒，瓦飛鼓更猛。澹臺璧欲爭，椒丘劍空挺。襟披胸可穿，沙射目且瞑。刻舟同縮屋，劃地類畫餅。方期主遇巷，何圖坎入井。有如食蜜蜞，正美喉復哽；又如望神女，臨御忽已屏。曩行尚恐遲，今泊更愁冷。大笑風浪天，萬事與此等。

甲子秋攜陶姬至淮今一星終矣重有汎舟之役憮然成詠

春燈無夢不悠揚，舊曲重彈陌上桑。雙槳桃根乘月渡，十年錦瑟似人長。捲簾釵影橫江小，過眼風花逐水涼。華髮自悲成底事？添丁嬌女字平陽。

哭程荔江

一年一渡長淮水，每渡淮時一醉君。今日河山重對酒，當年璧尾已凌雲。千盤珍阜生前散，萬古交情笛裏分。愁唱山松行路曲，哀蟬落葉夜深聞。

長眠人已閉幽宮，我是襄王憶夢中。交甫珮貽雙角白，夏侯簾捲四枝紅。乙丑過淮，見贈漢玉羊角鈕，四姬出拜。琴書牘局諸兒小，春雨飄澄萬化空。腸斷鶯花三月暮，高陽池館又東風。

黄河秋决聞陝督尹公移節清江寄呈四首

孤鳳身高易惹風，年年旌節類飄蓬。時當清晏誰聽策，事到艱難始借公。瓠子三秋歌向北，玄圭一錫水朝東。相傳迎得司空馬，流出桃花已不同。

帝把公當砥柱看，故教赤手障狂瀾。壓談立止黄流濁，犀照應愁水府寒。上策漢廷推賈讓，遺編唐代重韋丹。華山使者嗟河伯，使我軍中少一韓。

何處江南非舊遊，兩堤官柳識行騶。廿年故吏知誰在？一局殘棋代客收。玄女九天留玉牒，深宮雙箸夾金甌。從今穩上黄廡閣，莫再亭名不繫舟。制府有亭，號不繫舟。

有人黄犢學躬耕，師友關心夢獨驚。細雨春搖芳草軟，孤花寒耐夕陽明。謝安鬢鬢愁來白，疏傅家山老更清。十畝水田三頃竹，知公且自羨門生。

到清江再呈四首 并序

枚遁跡隨園，塵思久斷。公手書招之，令沈凡民苦加規戒。類慈母之投杼，誤聞蜚語；如良醫之下藥，未切脈情。恐愛之過深而知之轉淺，率爾言志，請學仲由。

自愛青溪水最清，忽聞老鳳喚流鶯。商量江上新行李，檢點人間舊姓名。殷浩何妨束高閣，龐公久已事躬耕。夔龍簫管巢由唱，請自分途慶太平。

一笛斜陽萬木飛，中年哀樂雪飄衣。水邊花淡春將暮，山裏梁空燕獨歸。卓氏酒壚三月斷，鄂君翠被十年違。如何野草鴛鴦夢，尚有襄王說是非？

每望旌旗洒淚痕，當初薦表苦推袁。想傳衣鉢終無分，賴有文章好報恩。書卷一編常按日，梅花三百自成村。他年李泌金鑾殿，莫說陽城尚在門。

接得郇公五色箋，敢辭雙槳木蘭船！蒼生望淺人難起，絳帳情深月再圓。白下孤雲芳草渡，龍門高浪夕陽天。可憐桃李青青樹，虚領春風十六年。

留別荷芳書院四首

尚書官舍即平泉，手闢清江十畝烟。池水綠添春雨後，門生來在百花前。吟詩白傅貪風月，問字侯芭感歲年。三日勾留千度醉，爭教賦別不潸然！

驪歌一曲柳千行，荷葉離離尚未芳。四面鶯聲啼暮雨，半竿帆影過低墻。籬笆門小花能護，歌舞臺高水自涼。看取君恩最深處，碑亭無數臥斜陽。園多高相國紀恩碑。

拓開粉壁換窗櫺，收得春光入戶庭。古樹獨當人面立，遠山遙隔竹簾青。箭抽金僕穿楊試，曲按銀箏帶水聽。莫道夜深風轉緊，要吹斜月上孤亭。

諸郎箇箇似瓊枝，握手風前有所思。折柳自澆臨去酒，攀花難問再來期。鳥緣戀樹啼偏苦，雲是還山見更遲。記取高陽池館地，江烟江雨一題詩。

尹公和詩

敢云景物似平泉？聊趁公餘坐晚烟。千里人過袁浦畔，一聲歌到綠楊邊。青燈夜雨添新夢，畫舫秦淮感昔年。莫謂邇來淸興減，偷閒同醉落花前。

曾記山房字幾行，重遊舊地感荷芳。花殘豈盡因春雨，樹老仍多傍短墻。把酒却逢新漲滿，開窗共納北風涼。林園賓主知誰是？一片蛙聲送夕陽。

半窗斜月透疏櫺，草滿階除竹滿庭。老去一身隨處好，年來兩眼爲誰靑？琴彈古調原難賞，詩帶離聲轉怕聽。怪底野心留不住，小桃源內有山亭。

臨歧攀折路旁枝，手跡還留去後思。黃鳥鳴餘添別恨，牡丹開罷計歸期。孤帆短棹隨風遠，落日閒雲出岫遲。羨煞村居耽嘯詠，可能頻寄見懷詩？

寄聽娘

花開時節不離君，花落琴河手暫分。二十四橋楊柳岸，春愁頻觸杜司勳。

黄驄陌上怨啼烏，家有春山似畫圖。三日不棲雙燕子，櫻桃花淡繡簾孤。

畜鷺鷥

白鷺不受馴，遙天飛積素。與我兩忘機，霜衣振微步。側脰睇幽人，如作魚兒捕。淡交既目成，頭白當如故。釣鮮輒先供，瀹泉必手具。瘦竹表秋清，孤花寒日暮。立斷小亭風，淡月滴微露。

闌鶴

海人貽雙鶴，攜入秋山來。鶴自適野性，人能增遠懷。所嫌園無垣，羽翼恐當垂。千年雖來歸，而我安在哉！取彼青竹竿，編爲三重籬。風月有疆界，去來無是非。不徑而不竇，朝夕舞儆儆。語汝青田翁，莫嫌鸞翮鎩。漢有陳孟公，留客投其轄。

憎鹿

名士非不佳，太癖難入坐。養鹿亦如之，虛名受實禍。呦呦噤其口，嶷嶷恃厥角。未荒樹剝膚，非蠹書大嚼。畐黎厭蝦蟆，柳州憎王孫。主人援此例，呼之爲惡賓。

養松鼠

曾讀尸子書，松鼠不知堂。玆鼠何爲者，依人爲餱糧。物小有仁心，銜指如恐傷。身學慶忌捷，拱敬丈人老。烟寒樹影停，月白松花曉。突如其來如，竹竿青嫋嫋。

惜兔

鴂如慕容氏，白如玉衡星。姮娥不收拾，長鬣奔空庭。爰爰性無毒，趯趯時多驚。玉雪忽墜地，委化未分明。望月不動杵，守株空復情。解髓潑寒酒，遺毛上管城。爲誰空擣藥，不能學長生。

淮上乞魚門盆松得松而歸

青青盆中松，愔愔魚門子。一言贈故人，蒼龍渡淮水。其時松正花，帶花遠行路。粉落半船白，香動春江暮。入園未浹旬，翠蓋先百草。水聲淮北遙，山色江南好。

以松與蘭坡學士易柏學士不可

人意難屬厭，機心生草木。換松如換馬，望柏如望蜀。賴有柏主人，搖手稱不可。得失一老兵，而忘我爲我。君既寶鼠璞，僕亦享敝帚。落日一樣秋，歲寒兩家酒。

題廣川載鶴圖送姚小坡牧景州

官清如鶴清，官行鶴亦行。一船官鶴雜，官吟鶴能答。鶴軒官不乘，官艙鶴轉據。今夜月明時，抱鶴宿何處？

誰能爲此圖？補蘿沈東陽。墨妙追昔賢，其人鬢眉蒼。頹年感遠離，涕下沾衣裳。矧我佐麾下，恩好隆中腸。兒時羊酒地，南部烟花場。三春幽夢醒，萬斛西風涼。回首長相思，如何不盡觴。

行行已有日，轆轆來車輪。不忍別吾園，況此園中人！園中人愧鶴，不能傍君身。斗酒爲君辭，長歌與君訣。寒雨厚青苔，明燈散黃葉。呼童掃落花，莫掃君行跡。

任處泉太守在山陰得陸放翁快閣故址自倡七律四章託石帆學士代徵和者

石帆學士寄雙魚，代棗廬山九錫書。洛下久推白傅達，鑑湖兼得陸家居。百年剡曲秋風後，二月蘭亭春水初。遙想墻東避世者，幾枝花插短轅車。

四首詩箋寫百通，恍傳仙語出山中。魯連黠似黃鷂子，琴客騎須赤鯶公。溪上苧蘿西子月，竹間窗戶宋朝風。問君亭畔三更雪，可遇梅花似放翁？

楊憑宅子香山住，蕭復園亭王縉求。自古文章傳勝蹟，幾人宦海得閒遊！迎賓先取靈簪笠，服食多從本草搜。儘此烟雲銷歲月，幾間草屋亦千秋。

少年也有巢由在，三十休官尚道遲。勾漏郡中頻采藥，麒麟閣上只吟詩。青松各據雲千尺，野鶩同憐水一池。爲訂西溪戴安道，山陰明月是心期。

倣曹子建送白馬王體六首送香亭弟之壽春

鶺鴒鳴高樹，阿弟歌上堂。將適今壽春，言辭古建康。五月觸徂暑，大火熹炎光。有淚各無言，含情且盡觴。秋豆未落萁，荆花方成行。緣何明月來，照汝不在旁。

在旁無兄弟，胡不留征輪！輪蹄鳴轆轆，中心難具陳。無祿及介推，履蹻勸蘇秦。元瑜甫弱冠，仲宣初從軍。未行愁汝貧，既行愁汝身。負米慰白髮，加餐健青春。

青春二三月，山中營我屋。百尺闌干邊，萋然芳草綠。遼遼夜未央，冽冽風已肅。殘月覵裹柳，昏燈忙蝙蝠。秋一入山林，寒先生手足。海水日飛揚，人生日局促。鴻名滿八紘，終竟誰骨肉。

骨肉夫如何，念我曩病時。服藥頭岑岑，有背誰噓之？中年無絲竹，哀樂來相欺。弱女終非男，天命頗可疑。揚名不續姓，達者亦狂癡。嗷嗷澤中雁，哀鳴求其私。陰陰桑榆花，漸老蔭本枝。但願弟達早，不願弟歸遲。當年陽亢宗，負弟山中嬉。

嬉遊事未成，余衷殊了了。阿三娶糟糠，阿五識梨棗。兩妹各有適，人少易温飽。弟也愛其名，所期在遠道。誤讀國風詩，好色苦不早。余已負少年，君毋愁醜老。雖非蕭史仙，玉女翔三島；亦非牧犢子，七十猶枯槁。

枯槁孟多時，百僚揮金鞭。刺史謁府僚，書記亦翩翩。青驪鳴廣陌，采舟泛崇川。玉雪含春語，隨君還空山。伯也朔風詩，叔也河梁篇。甥也亦能歌，八風金石宣。良時僅轉睇，景運如風旋。暫且學黃鵠，矯翼浮雲天。

答香亭見寄

不忍離君忍送君，阿千歌到阿兄聞。孤花江上秋深雨，斷雁天南日暮雲。何氏小山無夢草，桓家蠻郡有參軍。碧芙蓉水紅蓮月，待汝歸帆盪夕曛。

莊念農明府就按白下予與晴江介菴往訊平安賦詩奉慰

一笛迎霜萬木疎，挂冠人正聚江湖。同驚秋水波難定，且喜晨星座未孤。龍罷馬援談薏苡，功成李牧算軍租。拂衣男子關心甚，收得楊彪考竟無？

久別成連海上琴，青溪重聽子牙音。風高燈影吹成雪，雨過花痕淡見心。四海恩仇歸氣數，百年才命各升沉。厄屯歌唱三千首，我爲臺卿怨更深。

閒寫五絶句

殘漏敲詩夜夜同，銀釭晚點託巴童。隔花自望讀書處，斑竹小窗紅未紅？

荷花夜靜月華凝，花面添鋪水一層。愛趁涼風小兒女，綠芙蓉上試秋燈。

采得芭蕉當席鋪，自揩團扇寫官奴。幽蘭窈窕青琴側，吹氣撩人乍有無。

何須橘叟問滄桑，何必窗雞話短長？兩個文禽學人語，金衣公子雪衣娘。

一樓書卷萬花熏，靜掩柴門自策勛。寄語公卿休剝啄，名山高不借青雲。

同張芸墅入攝山投宿鹿泉菴作

久聞攝山佳，未攬攝山勝。得逢素心人，春暮發清興。尋幽早棄輿，賈勇遂脱鐙。到菴日已暮，山色窈然靜。門前竹數枝，帶雨將人迎。老僧膜手言，山大遊難竟。盍養登臨力，小住幽棲徑。兩人以爲然，雲臥意先定。三更聞佛香，一枕來清磬。

贈菴僧爾霞

十里山深日易斜，看山人住遠公家。晚風初起燈搖閣，溪雨乍來梅落花。漏盡松聲翻貝葉，夢回月影上袈裟。羨他窗外千章木，長與高僧共歲華。

曉登千佛岩至萬松菴坐雲木相參閣分賦

臥起白雲圍，出入青松繞。終竟諸琳宮，何者爲絕好？龍象崖如麻，金光夕陽小。蒼宮儼環衞，幽翠滴窈渺。一閣西浮天，萬象暴其腦。碧瓦耀陽阿，欂櫨冠霞表。斂坐息微倦，憑欄數歸鳥。露重葉生光，風回鐘尙嫋。一笑下層巔，輕烟動林杪。

大殿外古銀杏歌

參佛先參龍樹根，訪仙先訪羲軒民。君不見棲霞銀杏樹，兩株中有三皇春。一雌一雄屹相向，老龍拔湫蛟蜩強。根蟠南極太陰深，葉蓋西天花雨上。我來張臂抱百圍，一人臂盡十人隨。不敎日影漏到地，但聽風聲雲外吹。空心斷節雪霜飄，百刼昆明火未燒。枝枝葉落依三祖，歲歲花開送六朝。嶧陽之桐雷火送，孔陵之檜東周夢。終竟空王法力長，雙留鴨脚棲鸞鳳。當今聖人開明堂，萬牛巡山拉豫章。匠石四顧心彷徨，高者斤劚爲棟梁，脆者塡竈爲柴桑。汝獨不焚亦不用，終身慘淡蟠穹蒼。遊客對之顏色變，銅狄摩挲三百遍。半日空廊覓斷碑，餘根猶露金剛殿。

白雲菴

南齊碧虛仙，捨宅存高嶺。前朝隱士來，補茆菴復整。同是白雲人，都無白雲影。寂寂讀書堂，沉沉功德井。池靜夜泉生，雲深春色冷。風韻一絃琴，月白萬山頂。

春雨橋

橋下三春雨，年年落翠微。淡流花影去，寒咽磬聲希。屐自行來濕，僧從何處歸？烟絲吹未盡，散作野雲飛。

天開巖觀岣嶁碑

秦人蔑古古不收，後人好古古雜投。六經百氏半難信，吾于岣嶁疑爲尤。古人書竹不書石，磨崖夸功秦所留。俗儒因之誣神禹，道有奇篆垂千秋。昌黎勇探廬陵索，甘受百欺無一酬。既有其說必附會，青天白日生蜃樓。樵夫忽挐何致子，靈書八會荒崖搜。楊君好事重摹刻，長屏燦列棲霞幽。鳥未分蟲魚捨鳳，非殷琱戈夏帶鉤。猾如貳負抱桎梏，怪如刑天揚戈矛。醜如蠶家走餓隸，亂如墻角堆蝸牛。倉公四目苦眴轉，次仲雙翮難雕鎪。震雷文裂勢垂薤，寒冰理斷盤堆虬。口箝目眯心漆黑，釋文雖具誰咨諏！張公得之躍三百，我獨一書君無郵。周石鼓疑宇文氏，僞尙書得大航頭。龍威丈人字不識，闔閭走問東家丘。眞贋從古事莫辨，獄市一鬨心終兜。矧此鴻文更無範，奇而不古形拘囚。歐趙摸搨萬萬本，豈釆砂礫忘共球。昆吾之跡華山博，枉被韓子笑棘猴。瓦棺爛鼎備一格，神功聖蹟理則不。詞隱既如秦客廋，衆聒姑聽楚人咻。搨取一紙新雙眸，青蟲篆葉啼禿鶖。袁子作歌記所遊。

登最高峯

羣峯齊俯首，爭把一峯讓。一峯果昂然，獨立青天上。我來登此如登天，無物與我堪齊肩。白雲蓬蓬生足下，紅日晈晈當胸前。手敲山門鎖，聲落山下風。老僧迎我便扶我，怕我吹墮烟霄中。開窗指示揚州塔，入耳頗聞瓜步鐘。攝山到此局一變，怪石奇松都不見。不知人世藏何所，但覺江光搖匹練。仰首頻愁眞宰侵，長空斷絕飛鳥音。遊山莫到山絕頂，再上無路生歸心。背山搖鞭風灑灑，手擲金輪放西海。

靈谷寺

停驂獨龍岡，爰尋古靈谷。密松蔭五里，山門破翠綠。紺殿儼皇居，榱櫨無尺木。萬甓疊穹窿，青苔涼昏旭。古畫暗空廊，飢蚊鳴佛腹。訪古足雖健，得僧徑初熟。指我誌公塔，浮圖矗高屋；示我曇隱泉，八水勢洄曲。捲簾謁惠遠，更進松花粥。鶯語聚垂楊，經聲散疏竹。輿闌各入城，山花人一握。

孝陵十八韻

元鼎淪沙漠，眞人唱大風。從南控西北，終古一英雄。貌類唐高祖，家隣漢沛公。玄黃清戰血，禮樂啓宸聰。重典秋霜下，深心養士中。虎龍占王氣，郟鄏定江東。蒼野勞耕象，軒湖泣墜弓。黃腸鍾阜闕，丹穴水銀空。松照金題碧，燈依玉座紅。月遊偕哲后，廟祔及青宮。開國衣冠歇，中原曆數窮。山河餘瓦礫，士女亦沙蟲。苦竹搖天帚，妖雲閃帝弓。蘭亭將出匣，牧火欲燒童。昭代寬仁極，前朝典禮隆。守園頒內監，留像護重瞳。禾黍雖蕭瑟，香烟竟始終。冬青宋陵樹，遺恨不相同。

太平堤望玄武湖 梁朝名飲馬塘，蕭道成出屯玄武湖，至王安石而湖廢，明太祖貯圖籍焉。

昆明池繞舊宮墻，過客遙看飲馬塘。兵氣昔曾屯上將，水聲今尚怨舒王。絲桐曲盡漁歌續，圖籍烟消鳥語忙。此日茭租三百頃，中朝應賜賀知章。用徐鉉答馮謐語。

徐中山王墓

鍾山之陰亂峯起，勢如萬劍青天倚。對山華表如山高，大書中山王葬此。龍碑摩空字百行，銘勳敍戰明高皇。草薰日炙難卒讀，摩挲青石神飛揚。維王二十雲從龍，南狗吳會西崆峒。懸旗莫與子儀敵，張口不談馮異功。一朝威定虎狼都，拔劍廷臣殿上趨。博陸丹青居第一，汾陽甲第賜千區。從來鳥兔哀弓狗，誰把兵權釋杯酒。尉遲老計托青商，亞父危機撾玉斗。半夜吳王舊邸開，將軍大醉誰遣來！醒叩階前呼萬死，從此臣心照天子。北平軍老朔風殘，上將妖星刁斗寒。可憐恩賜黃銀帶，尙有人傳白馬肝。唐皇絳帛招難起，晉武鬢眉淚不乾。祈連高塚橋山側，昭陵弓劍同嗚咽。一代風雲竟始終，千秋花鳥催寒食。野火光燒鐵劵文，杜鵑紅染金創血。遊客淒涼淚盈把，松鼠侁侁騰古瓦。欲拾殘槍問戰功，敲火牧童騎石馬。

梁武帝疑陵

古來萬事風輪走，除出虛空無不朽。忽逢攔路兩麒麟，欲說前朝尙張口。一麟腹陷泥沙深，一麟僵蹲山角陰。牙鬚剝落鱗爪盡，風雨千年石不禁。旁有穹碑無文字，萬萬蝸書記某吏。獒首有穴當胸穿，分明隧入輼輬器。得鼎不識仲山甫，讀詩不辨岐陽鼓。爭怪當年索幼安，三宿碑前手摸撫。有叟爲言梁武陵，語雖未確心怦怦。爾時羯磨難贖身，誰將八紼禮臺城！又聞地名石馬衝，毋乃陳祖萬安宮？當時鬚根和骨掘，規模那得還豐隆？是梁是陳語正譁，東風一陣吹烟沙。黄圖我欲披皇覽，白骨人誰認帝羓！嗚呼，君不見南朝二十餘陵盡建康，冬青無樹烟茫茫！

謁蔣廟

爲神爲將此山中，巀帶依然漢上公。冷廟滴殘三月雨，靈旗吹滿六朝風。階前泥馬毛如動，門外松濤響在空。昔日南郊今不祭，盛衰君亦與人同。

景陽井

華林秋老草茫茫，誰指遺宮認景陽！當日君王縱消渴，井中何處泛鴛鴦？

遭際

風豈愛吹花落地，雲非肯讓月當天。要看遭際竟如此，世事悠悠總偶然。

秋夜雜詩 并序

余春秋三十八後，頗畏秋風，當之欷嘘不已。形貌夏肥秋瘦，與時慘舒。八月九日，雨涔涔不絕，桂無留花。交好沈、李二公，愛而不見。燈下寒螿蕭瑟，逼我書懷。

木葉豈肯去，忽然秋風搖。搖之猶未已，乃至聲怒號。萬片墜古瓦，如雪空中飄。我起一吹霎，中人如利刀。喉作鋸木聲，漏盡勢益驕。寒燈逼瘦影，黃葉同蕭蕭。人生非草木，大化隨周遭。所悲前三年，未敢歎二毛。

前年桂花開，一雨天香過。今年桂花開，雨比前年大。自從栽桂來，逢開爲雨破。天意竟如斯，對花還默坐！

嘒嘒寒蟬鳴，趯趯草蟲響。朴握朝蹀躞，絡緯夜績紡。問是此何時，尙無霜雪想。西海有靈芝，日伴桑麻長。青山塞堂前，無事吟孤往。

不朝那有暮，無新不成故。若云死可悲，當知生已誤。但愁溘然來，未許先營度。又愁輪迴多，耶孃認無數。

至人非吾德，豪傑非吾才。見佛吾無佞，談仙吾輒排。謂隱吾已仕，謂顯吾又乖。解好長卿色，亦營陶朱財。不飮愛人醉，不醉愛花開。先生高自譽，古之達人哉！

一日不讀書，如作負心事。一書讀未竟，如逢大軍至。妻子咸我嗤，名傳亦難恃。何如梁蕭恭，歌舞日歡喜。余噤不能答，推書行復起。似乎未死前，我法當如是。有所爲而然，俱非眞好耳。

偶讀天子詔，防秋西開邊。降王來結贊，雕弓鳴新弦。一時巴陵王，荷戈如雷顚。僕也齒相擊，能讀十三篇。願得丈二殳，爲國銘燕然。唾壺敲茫茫，秋霜化檻羊。自笑便了奴，鼻涕一尺長。

我年甫五歲，祖母愛家珍。抱置老人懷，弱冠如閨人。其時有孀姑，亦加鞠育恩。授經爲解義，噓背分餘温。傷哉縗絰時，二老俱無存。我今官爲家，遠辭白楊春。古人不墓祭，此語難具論。既傷李密表，更思王祥言。隨葬固爲達，歸葬終爲仁。醒時今日月，夢中昔晨昏。切切復淒淒，愴然動心魂。

吾少也貧賤，所志在梨棗。阿母鬻釵裙，市之得半飽。敲門聞索負，啼呼藏匿早。推出阿母去，卑詞解煩惱。今也得君糞，歸山作烏鳥。兒已恨中年，所餐較前少。奚況白髮人，齒牙更衰老？冬笋愛今多，春葱憶前好。極目三春暉，年年護萱草。

雨自屋外鳴，愁自屋中入。秋痕簾不禁，寒影巢盡出。殘荷耿半花，搖曳暮烟碧。芙蓉靜無言，悄悄傷晚節。趣盡雖一途，久暫異所歷。出門苦浮念，閉門苦闃寂。惟有淵明詩，甜如丹山蜜。

書堆至萬卷，豈無三千斤？如何藏之腹，重與凡人均？我見書中人，與今不相似。我醉還問書，畢竟何人是？

心與木石交，家與老農居。山中刈薪禾，田中問菑畬。鮭菜二十七，庾郎常躊躇。木奴三百樹，樊侯算錙銖。人言君達人，胡爲治區區？余豈不自知，萬物多空虛。但念人爲歡，須財與之俱。衣裳能曳婁，車馬能馳驅。送生未可必，樂生當有餘。果然桑榆迫，吾用與今殊。誠恐不瑣瑣，安得常愉愉！若爲子孫謀，眞是愚公愚。

我愛沈補蘿，巍然松柏蒼。手摩盤古頂，髮帶麻姑霜。置身元氣上，浮世等粃糠。畫筆爭顧陸，書法追鍾王。時扶綠玉杖，來飲花間觴。子訓摩銅狄，宮人說上皇。竹石爲君古，杯盤爲君涼。但須聞談笑，何必閲滄桑！天若憐吾曹，爲君駐頹光。

我愛李晴江，魯國一男子。梅花雖崛強，恰在春風裏。超超言鋸屑，落落直如矢。偶遇不平鳴，手作磨刀水。兩摶扶搖風，掉頭歸田矣。偶看白下山，借園來居此。大水照窗前，新花插屋底。君言我愛聽，我言君亦喜。陳遵爲客貧，羲之以樂死。人生得友朋，何必思鄉里！

嗟余秉微尚，恥以文字垂。少小氣蓋世，於書靡不窺。上探皇王略，下慕管樂才。天文及陣法，一一窮根荄。年歲日以增，志氣日以卑。靜觀天下事，非我所能爲。方策雖宛在，詩書多余欺。瑤臺無蹇修，陽文空好姿。靈龜曳其尾，掉首還丹池。不求動萬物，但求酒一巵。歲月花與竹，精神文與詩。名傳吾不管，不傳吾不知。千秋萬歲中，吾意盡於斯。

晚眺三首

窗黑捲簾波，人間奈晚何！登山立高處，貪得夕陽多。
萬戶炊烟升，化作一疋布。誰家舉火遲？老鴉知其故。
黃瓦鬱層層，人言是孝陵。蕩搖千里目，寶塔一風燈。

讀史雜詩

莫笑人才古不如，聽卿諧語足軒渠。秺侯老養天閑馬，吕佾長供使宅魚。

漢家名器原須重，白首爲郎總是恩。無奈平明事朝謁，韓嫣騎馬入宫門。

堂堂獨坐五諸侯，不見朱提錫一流。唐納告身須帖括，宋征常賦有留州。

白水眞人夏少康，忍將都護拒西荒！雲臺治比輪臺盛，每發兵時鬢髮蒼。

金枷早作吐蕃營，笳鼓虚張梨樹盟。識破夷情徒一嘆，書生誰信柳宜城！

韋裴作相日愁歎，債帥唐時遍地看。一笑王陽金不化，三君容易八厨難。

家家鶴膝戶犀渠，自道如錐利有餘。我愛錢徽知貢舉，臨危終不發私書。

赤棒傳呼伏上刑，飲章金布欠分明。買絲繡作劉從諫，表請王涯一罪名。

紘絶清商羅餌絲，盈虚肸蠁有誰知！黨人不赦陳蕃死，轉爲黄巾起太遲。

樂府新歌于蔿篇，望春樓下忽喧闐。三郎能記游仙曲，不記開元前十年。

尹宫保四督江南寄詩問病依韻奉答

尚書來去石頭城，野鶴孤眠廢送迎。江上慶雲人四見，山中小草病重生。隨車雨又因風至，不繫舟還帶雪橫。寄與絳帷盧子幹，新詩手跡若爲情！

竹皮冠小不輕彈，抽得閒身病亦安。地僻雲山容我懶，官卑進退較公寬。浮雲過眼都陳迹，古柏當空耐歲寒。未識西川嚴節度，可來花下簇金鞍？

病中哭吴廣文

十一月二十六日，吴次侯廣文問病隨園，歸後具野鶩相貽，未浹旬而訃至。

病中聞死最關心，況復聞君淚不禁。一面未終來訣別，九原長往斷追尋。紅燈對酒山河遠，白骨臨江雨雪深。家有元瑜舊書記，得知消息也沾襟。香亭弟曾爲先生記室，今在壽春。

病起六首

病起初拈筆一枝，笑將病態入新詩。登堂喜似遠歸客，扶杖苦於垂老時。想爲文章傳尚早，故蒙天意死教遲。開窗定惹青山笑，依舊渠來作主持。

牙籤一半罥蜘蛛，玉石零星散失餘。頗有談功偏損氣，新成耳學但聽書。燈前髮短清霜冷，枕上更長夜月虛。人道騷人無別證，爭將消渴訊相如？

偶然洩氣類鍼芒，九萬巴箋盡藥方。轉被庸醫增劇悶，何曾名士有膏肓？一梟破鏡春雖轉，三縛纏腰痛未忘。堪笑此身夸負荷，雙肩方且怯衣裳。

不妨將病補蹉跎，此際情懷足嘯歌。謝客有詞扃戶穩，消閒無物仗詩多。參苓味苦思雞黍，蘭菊花殘賸薜蘿。仙鶴牽衣驚鷟笑，主人小別又春波。

學仙擬作五禽戲，彈指剛償百日災。難覓劉郎消食藥，思尋武帝避風臺。捲簾樹老生機盡，問疾人歸死信來。謂吳廣文。三十九年三大病，匹如三世已輪迴。

已去重來萬念差，及時行樂可遲耶？身原過客天留我，物且同春雪當花。金鴨爐多環几席，水仙香冷撲窗紗。陳情表共閒居賦，買斷山中老歲華。

哭阿炘 有序

乾隆元年，寡姊攜二甥來歸，長阿登，次阿炘。炘幼了了，先君子心急抱孫，命倣陽亢宗、司空表聖故事。今任戴冠矣。余尚無子，而炘性跳盪，擘箋弄翰，亦有花竹癖。余得明中山王更衣故宅，亭石幽邃，下臨秦淮，命炘奉母以居。秋八月，與阿登同病痁。余往兩摩其頂，則兄重而弟輕也。亡何，余亦瘧，綿惙幾絕，昏懵耳屬有呼而急走者曰：「陸家大郎痊，小郎死矣。」嗚呼，數之難知也如此！余不獲視殮，聞爲臧獲所悞，楄柎脆薄，幾難藉幹，悲姊之憑欄望子，淚與河深，作哭阿炘詩二章。

廿年枉種一枝蘭，事竟成殤影又單。望子臺空慈母瘦，讀書燈斷小山寒。憐余未盡三號禮，累汝曾無七寸棺。憶着司空同諫議，古人難學淚空彈。

非關騎折玉龍腰，耳冷空聞子晉簫。簾內落花飄旅櫬，水邊横笛自春潮。新聯姻婭人何在？定婚東海徐氏。太愛風流樹易凋。想是將爺來喚舅，鄧攸此福也難消。

八月十九日病至除夕猶未理髮不飲酒不茹葷雪窗獨坐

髮蕭蕭，春寂寂，明年只有一燈隔。病餘身壞似秋蕉，壁罅風來如刺客。憶昔兒時嬲阿母，子鵝殘炙屠蘇酒。明珠綴蠟鳳凰來，又脚騎燈竹馬走。於今扶母升高堂，兒獨清齋學太常。思遣門生議鉏蝌，又恐消食無檳榔。隣家爆竹聲紛紛，徹宵驚破空山雲。梅花横窗作微笑，笑我不似新年人。年新年舊吾不知，磨墨一螺筆一枝。莫管三萬六千日，且了三十九年詩。

喜終養文書部覆已到

一紙陳情奉板輿，九重恩許賦閒居。身依堂上衰年母，日補人間未讀書。花竹千行環子舍，牙籤四面繞吾廬。此中便了幽人局，門外浮雲萬事虛。

午倦

讀書生午倦，一枕曲肱斜。忘却將窗掩，渾身是落花。

題畫白頭翁

誰畫白頭翁？一笑不如鳥。生來自白頭，無人嫌汝老。

小倉山房詩集卷十一 乙亥

立春後三日孫參戎贈桃核三升雨中撒種賦詩言謝

剛開病眼試春風，便撒河陽種一叢。花發待嘗千日酒，山寬容得萬枝紅。輕鋤照影波初綠，好事迎人雨自東。明歲將軍駐旌節，公門桃李此園中。

謙齋印譜歌

謙齋印譜古所稀，譜成命我一歌之。我作才語非阿私，爲古混沌書其眉。先生古貌清且奇，頷頤折額毛髿髿。東揚西摩靡不爲，佉盧沮誦笑且窺。穆王所刻宣王垂，周秦盉鬲商尊罍。三符六鳥蠶與龜，速猳蹏鹿爾雅詞。以井爲闌墨作池，以指畫肚窮孜孜。先將六體探其微，後以萬本驅其疵。青石觸手成秦碑，一刀初落追李斯。二刀再入掃張芝，三刀四刀萬馬馳。太阿斬斷珊瑚枝，神龍摩却千熊羆。翾翾鴻鵠行且飛，丸丸黍稷紛離披。縱者欲懸横者低，肥或如瓠瘦如欷。唐印如筋宋印絲，惟公兼之孰與媲！我聞竟陵王所疑，刻符摹印無分岐。楚金非之作繫辭，部居別白窮銖錙。今之私印古所治，龜頭左顧孔愉嗤。犬字外向伏波悲，昔人於此爭毫氂。三倉爰歷書無涯，皇皇炎漢嚴其儀。尉律太史摊皐比，九千籀試公卿兒。曹瞞老姦何所知，猶懸鵠書帳中嬉。惜哉先生不遇時，無人薦之軒與羲。刻劃金石追龍威，泰山瑯琊空巍巍。所逢公卿多穿鎧，新羅國人來又遲。立本呼作老畫師，嵎空笑殺長康癡。鐫勒使者非所司，凌雲閣上誰相思！煢煢白髮江之湄，嚴家餓隸苦欲飢。愧我說文讀若迷，斷碑爛鼎堆堦墀，口稱艾艾呼期期。見公之譜涎滿頤，捧出銅玉光離離，索公一字酒一巵。仲春填篆花作媒，願公壽考永不違。

病

病來無事不蹉跎，一任堂堂白日過。睡早忍將明月別，起遲驚看落花多。

尹宫保使人問病且探往見日期因以詩答

支筇要試春來健，擬過師門第一家。久閉山中如處女，翻疑簾外卽天涯。琴孤自落空庭雪，梅老常開隔歲花。若見南州徐孺子，先生只可問桑痳。

送李晴江還通州

才送梅花雪滿衣，畫梅人又逐花飛。一燈對酒春何淡，四海論交影更稀。往事隨雲風裏過，綠陰似水馬頭圍。白門賸有三君號，沈約頹唐李愿歸。白下稱余與晴江、補蘿爲三君。

署得新銜桑苧翁，兒孫迎出落花風。閉門展卷千秋在，傍海爲家萬象空。錦里故人排日飲，桃源流水滿村紅。回頭應問張弘靖，丁字何如兩石弓？

小倉山下水潺潺，一個陶潛日閉關。無事與雲相對坐，有心懸榻竟誰攀！鴻飛影隔江山外，琴斷音留松石間。莫忘借園親種樹，年年花發待君還。晴江所寓號借園。

三月二十四日答尹宮保手書

東風吹散滿庭烟，接得郇雲五色箋。問我山中春在否，知公物外意蕭然。讀書身健終爲福，種樹花開也是緣。笑語夭桃同芍藥，倘書念汝夕陽天。來書云：「夭桃已謝，芍藥將開，子才恙想全愈。」

春興五首

小倉山爲一家青，繞向吾廬作畫屏。病起翻書如訪舊，春來養竹勝添丁。幽蘭九畹披香坐，啼鳥雙柑帶笑聽。半角湘簾鈎暫捲，楊花隨客入空庭。

身居弘景三層閣，家住香山八節灘。愁踐落花時讓路，愛生春水獨憑欄。朱藤架老蜂喧早，薜荔墻高蝶過難。呼與園丁作僮約，幾痕新雨試魚竿。

心事山居日日幽，風廊水榭足閒遊。侵晨試墨書蕉葉，赴月彈琴上竹樓。雙隊飛時知蝶喜，十分開處替花愁。鸞臺婢子解人意，勸放神仙槳玉舟。

蕭蕭水木湛清華，萬綠浮空塔影斜。屋漏引來書帶草，家貧開瘦牡丹花。無求每覺人情厚，有命方知我志差。權作神仙天際想，北窗跂脚鼓琵琶。

碧雲英與玉浮粱，酌向花神奏綠章。謚作洞簫生有願，化爲陶土死猶香。春光解戀身將老，世味深嘗興不狂。愛殺柔奴論風物，此心安處是吾鄉。

行路難

行路難，難何處？九關虎豹嶷嶷角，不聞雷霆勝刀鋸；三塗四嶽稱嶄絶，不聞壯士思歸去。行路難，難莫難于進洞房，古來厮養卒，乃嫁邯鄲倡。難莫難於遊天閶，龍伯大荒苦束縛，娉人九寸偏翺翔。女媧補天天不喜，星辰錯落本如此。鳳凰麒麟何有哉，夸父空行三萬里。勸汝一杯酒，爲汝前致詞。孔子無儀同，將軍葬伯夷。王莽學周公，相去亦幾希。時哉時哉山梁雉，聖人奉之爲神師。何況任昉文章士，低心紆意梅蟲兒。涼州崔公亦名士，小靳十萬夫人嘻。賈誼禰衡少年不解事，乃對鵩鳥鸚鵡涕下如綆縻！富不必師史與橋桃，但須賫海求錢刀；貴不必許史與金張，但須祖籍居南陽。李廣受奇禍，衛青有成功，心不以爲然，大書太史公。朕且用康晉，而況牛仙客？公然高力士，慷慨奮筆舌。草無端而霜，水何故而烟？伏羲六十卦，未濟終其篇。衛侯悅支離，人脰多肩肩。已焉哉！屈子問天天漫漫，鄒衍吹律律更寒。不如請君褭去郇模三十字，洗去秦瓊刀箭瘢，來聽我歌行路難。行路難，空長歎。

與劉介石夜飲得天字

故人招我赴華筵，同倚秦河試管絃。雨過一峯生水上，風高雙蝶墜尊前。泛舟妓訪金陵子，對酒詩歌玉局仙。策馬夜歸街柝滿，空山孤月正當天。

題慶雨林詩册 并序

甲戌春，在清江爲雨林公子書詩一册。隔年，公子隨宮保渡江，余病起入見，見甌北趙君題署矜寵，不覺變慚顔爲欣矚。重書長句呈公子，並呈趙君。

愧舞瞿曇甘蔗梢，趙題有「前番猶是蔗梢頭」之句。久焚筆硯學君苗。自無官後詩才好，但有春來病卽消。海內芝蘭憐臭味，鈞天絲竹奏簫韶。何時同作蕭郎客，君奪黃標我紫標。

春日即事

一采芙蓉病半年，芒鞋初試雨花天。誰將漆葉青粘飯，贈與樊阿作地仙。

樵青婢子僕魚童，書庫池西粟廩東。四面春蘭半簾雨，一琴横放坐當中。

夢雨迷離兩鬢斜，鶯啼紅日上窗紗。客來知道先生睡，代向春山掃落花。

不伐櫻桃學姓蕭，不教修竹劾芭蕉。生憎棲鳳梧桐樹，最晚迎春最早凋。

高堂白髮愛青春，萱草含風護寢門。更種合歡花一樹，教兒知道有晨昏。

山妻解作鎖雲囊，嬌女能燒迷迭香。千盞銀燈照花睡，夜深何處不紅粧！

小回中外小眠齋，淺碧深紅次第排。苦費平章風月手，自標花隊寫牙牌。

谿刻由來最惱公，仙家服食自從容。士安高士分明在，不數夷齊及兩龔。

花陰深護一堂雲，酒置清明待客醺。不飲但教山上望，勸人行樂有孤墳。

二月夭桃攔路開，一枝笻杖踏青回。山行偏愛逆風立，花片撲人如雨來。

惜玉詩 有序

余性躭古玉，得復散去，最愛者璦一、璧二、玉蟬四、田莞印二、觿一、兕二、琫二。客夏爲利市三倍，又都決捨，僅留翁仲、斷珈璪玦、李騰印瓚柄而已。宋李伯時有此癖，共璜琥一十六雙，散於身後。然則余達或過之，而好猶未也。思往念存，詩能已乎？

得寶歌殘曲一章，摩挲銅狄尙思量。萬般聚散前緣定，何必瓊瑰泣數行！
物縱無情我有情，殘花賸蕋更分明。公卿莫笑階趨慢，玉珮瓊琚自一生。

平生

平生頗識嫦娥貌，兩度曾經到月宮。容易有身天地內，可憐無分古人中。悠悠女嫁男婚事，脈脈朝南暮北風。且幸蓴鱸心願足，步兵今已住江東。

移家入隨園

司空有谷號王官，新製瓜廬十笏寬。性癖嬾居臨市宅，親衰不戴遠遊冠。貧家擔石張羅易，荒地樓臺草創難。愛殺夏淸侯傳在，千竿日日報平安。

估客樂

生不登巴寡婦家懷淸臺，死不見張燕公三十六罏鑄橫財。徒然長劍拄頤事玉階，何不早同估客乘船歸去來！百萬一紫標，千萬一黃標，蕭郎滕叔都解事，廝繩滿屋風蕭蕭。望春樓下烟花繞，二八嬋娟歌得寶。聽到揚州銅器多，三郎顏色今朝好。莫勒燕然銘，休鑄蠻溪柱，小臣有絹萬丈長，繞還陛下南山樹。

仲夏九日高淡懷方伯鳴騶枉顧

一徑寒雲鎖竹齋，中丞呵止忽籠街。隣翁指唱高軒過，上客偏憐小住佳。深樹流鶯窺羽蓋。夕陽歸騎挂松釵。依然五月嚴公駕，重使騷人動古懷。

平臺成

山頂一臺成，靑天明月驚。似爭廣寒坐，欲馭曉風行。四角紅闌穩，三秋碧落淸。從今雙眼闊，處處見雲生。

製小艇

一个舟如葉，飄然秋水天。初登波未穩，學盪槳猶偏。拾翠春塘月，浮花日暮烟。朝來忘繫纜，吹過畫橋邊。

削園竹爲杖

自踏秋林雨，攜來竹一枝。似龍頭轉曲，作杖手相宜。香遠尋花健，春慵步月遲。從今幾緉屐，惟有此君知。

毀門進古松

松也如高士，門低不肯來。蒼髯臨暮入，蓬戶爲君開。綴石分標致，張燈自剪裁。充閭眞有慶，仗爾後凋材。

引流泉過水西亭

水是悠悠者，招之入戶流。近窗涼易得，穿竹韻偏幽。洗手弄明月，浮觴記小籌。濠梁眞可樂，魚影一庭秋。

六月十一日紀寒作

六月披裘者，高風恐未眞。今年三伏日，沿路見斯人。無定炎涼事，難調老病身。篋中紈扇泣，時過倘橫陳。

遲彈琴道士不至

立盡碧梧影，橫琴不見君。酒涼千樹竹，花散一溪雲。海上水仙遠，寒空雁翅分。移情向何處，孤鶴唳離羣。

閒中

搖竹一身雨，摘花滿手香。自離城市遠，只覺歲華長。舊墨磨頻仄，新絃爪易傷。閒中參物理，獨立咏蒼茫。

雨過一蟬鳴，空廊坐有情。人衰秋雁語，花老蜜蜂聲。水曲如招隱，山高亦近名。終當率妻子，郊外事躬耕。

千石

千石漁波一釣磯，暮寒催我着蓑衣。深堂有雨琴先潤，秋樹無風葉自飛。月下鳥棲花影重，雲中僧定磬聲希。幽懷擬學唐盧慫，官愛靈昌竟不歸。

六月十四日尹宮保過隨園

小隊弓刀過野田，八騶鳴向綠楊邊。穿雲覓遍花間路，刪竹教通林外天。坐久紅旗飄細雨，歸遲喬木起蒼烟。尙書回首登臨地，流水聲中二十年。

野人籬落賜評量，愛殺風琴響石牀。門小原非迎上客，樓高貪得見江光。公嫌門小樓高。碧紗籠久詩箋淡，紅藕花深帽影涼。慚愧公卿識名姓，未曾逃去學韓康。

宮保和詩

十頃梅花百畝田，結廬恰傍碧山邊。不因小憩尋前路，誰信仙源別有天！立馬驚啼棲樹鳥，穿林惹散隔溪烟。依稀遊屐曾過處，回首風塵不記年。

環池結構細商量，花滿閑堦書滿床。暫倚危欄看野色，紛排畫戟對巒光。亭高只覺千峯小，水近能教六月涼。誰似林泉多暇日，芒鞋竹杖總安康。

疊韻再和

愛向溪山買薄田，騷人住老白雲邊。高樓獨上更深月，小艇輕搖雨後天。時爲花開穿竹逕，偶因客至颺茶烟。瀛洲得似幽居否？同話西窗感昔年。

漫把浮沉再較量，夫容深處置匡床。捲簾風好迎朝爽，把酒杯寬映水光。老樹千株憑錯落，名山一角占清涼。須知膝下晨昏好，拈管還爲詠壽康。

夜過借園見主人坐月下吹笛

秋夜訪秋士，先聞水上音。半天涼月色，一笛酒人心。響遏碧雲近，香傳紅藕深。相逢清露下，流影濕衣襟。

道有飛瓊贈，琴來我不知。道有許姓者見贈古琴，已送隨園。多慚青玉案，遠寄白雲司。湖色明高樹，秋痕散竹枝。三更揮手別，心與七絃期。

日日

日日桃花洞裏行，鶯啼燕語已忘情。聽來絲竹愁仍起，作到神仙味亦平。精力儘消文字障，史書先讓貴人名。閒身頗覺垂垂老，不鬭心兵鬭壘兵。

書懷

烟雨蕭蕭草一廬，百年心事付歸歟。不希釋梵天王位，肯讀司空城旦書。花影乍離春夢後，酒痕重拂故衫餘。琵琶槽斷秋娘老，淚滴琴河水不如。自折黃梅雨一巾，分花疏竹總精神。無情何必生斯世，有好都能累此身。日飲爰絲眞達者，傳餐陸賈是天民。饒他細數唐堯後，高士名傳九十人。

陶通明

陶通明，初時騎馬後吹笙。若非求祿偶乖舛，何由得入金華庭。燒成金丹似霜雪，得者服之都長生。一書獻上梁天子，焚香拜奉如仙經。心知太淸三年事，不肯生子罹刀兵。俗人不知空解夢，青龍無尾天中行。

醉歌

蒼蒼者天，悠悠者土。夷齊思黄農，黄生薄湯武。漢後無文章，唐後無詩賦。一言以蔽之，今人不如古。天何爲兮，必使古人亡、今人補，滄海横流至何所。我欲排閶闔，奪雷斧，向天言之天毋怒。死者吾欲追，生者吾欲阻，西施毛姐常爲妻，后夔師曠仍擊鼓。但生牛，莫産虎，寧無孫，莫棄祖。時則春王，樂則韶舞。將見五行調，八荒撫，皇天安安享牛脯。又何必擾擾紛紛，更十二萬年而换一盤古。

重九後三日尹宫保諸公子過隨園

門外蕭蕭珂馬音，一羣公子踏秋林。相逢露葉風簾下，小試平沙半曲琴。

眞似青天雁幾行，用公子集中句。穿雲掠水過回塘。碧闌干外秋衫影，都與芙蓉一樣長。

天風高閣接流霞，賈勇齊登眼欲花。笑指雲中郎見否，紅旗飄處是郎家。登閣見制府牙旗。

秋老重陽碧沼鮮，空山蟲語一林烟。到來從騎隨風散，偷弄神仙采藥船。

傷桐

高桐倚西巖，其下多牡丹。花露爲桐掩，主人心不懽。伐桐摧燒之，使露爲花專。果然三春花，妖妍皆可觀。亡何秋陽來，如火暴庭軒。牡丹焦而枯，主人喝且煩。回思桐在時，豈使暑能然！意欲補栽之，枝小蔭亦難。當時牡丹開，花不滿一旬。于今大暑至，匝月方洊臻。主人悔次骨，受熱無一言。

即事

黄梅將去雨聲稀，滿逕苔痕綠上衣。風急小窗關不及，落花詩草一齊飛。

王郎詩 并序

溫皆山吏部愛歌者王郎，嫌賢弟宰上元，關防拘閡，其同年莊念農倣河房近郎，戲曰：從我而朝少君。溫喜甚，邀余與吳蘭臣、汪秋畬等稱娖前行且飲，申旦後止。溫書詩册如蠶眠，納王郎袖，諸公酬之。

一樹涼燈萬瓦霜，四年重到舊歌場。板橋添個旗亭事，齊唱王郎曲四章。

自是王孫解愛才，故教雙姓使君猜。郎姓王，又姓孫。衍波箋紙眞珠字，便是温家玉鏡臺。

青溪咫尺路難通，阿弟琴堂最惱公。苦勸莊生居北郭，王昌消息近墻東。

我有閒情海内知，連宵偏和國風詩。紫雲豔極紅牙脆，那可旁無杜牧之！

再依前詩之數贈念農

三年穿老緑蓑衣，鎭日悠悠坐釣磯。爭奈前生是蝴蝶，莊周來後入城飛。

豐貂軟雪女墻東，小院銀燈鬭水紅。別豎酒旗花豔處，賣珠兒作主人翁。

湖海元龍氣未降，揮毫同倚舊吟窗。秦淮水上如珪月，照見才人影又雙。

征驂可記楚江頭，露葉霜燈話未休。君正風波儂正病，隔年秋爲兩家愁。

哭陶姬

姬，亳州人，工棋善繡。癸亥來歸，生一女，名成兒，今年八月四日病亡。

孤花一樹晚風凋，宛若神君未易招。十二年來涼月色，照人春夢盡今宵。

去年秋雨病相如，累汝殘燈兩月餘。今日西風儂轉健，玉釵聲斷夜窗虚。

製曲空教嘆百年，玉膏紅蜜總如烟。生憎江上無情水，只載鴛鴦兩度船。
開箱遺墨膩簪花，不見彈棋指爪斜。惟有帨鞶針線迹，壓郎腰下尚鮮華。
琴聲不奏楚明光，夢短從來恨轉長。腸斷左家嬌女小，麻衣低掃一簾霜。
鐙花吹影滿庭秋，但說他生事總休。半夜啼烏兼斷雁，一齊聲下楚江頭。

送尹雨林之長安補拜唐阿

西園公子羽林郎，典謁年同張辟疆。雞舌乍含天對語，唾壺學捧手生光。吹來雲外飛龍引，騎去長安金鳳凰。只有故人深惜別，芙蓉江上唱河梁。

山鄰翟雲九孝廉招聽羽士彈琴

賓主一山隔，相招聽七絃。風吹秋在屋，琴送月當天。清露洗紅葉，晚花明白蓮。歸來雙耳冷，餘韻尚悠然。

尹六公子花燭詩

冰泮風和臘轉時，鸞笙鳳管玉參差。尚書婚嫁人間說，開到瓊花第六枝。

敎持斑管自催粧，不許簫聲累鳳凰。是日不用樂。要看崔盧好奩贈，十三經壓女兒箱。

蕭郎風貌最淸華，捲幔東方正曉霞。半夜珠燈照涼雪，一重春護一枝花。

不須春思繞城南，公子贈句。九日春光獨早探。郎若畫眉春有樣，新年眉月在初三。

郭令家風總愛才，償詩宮錦可先裁。添箱更贈嫦娥線，繡出平原公子來。

有借朝衣者戲題一詩與之

柳州難起甓浮圖，久把朝衫質酒壚。弓弛更張弦亦朽，舟橫不渡棹俱無。

過王禹言太史舊宅

當街方策馬，到眼忽魂消。昔我來江上，斯人抗手招。梅花窗下榻，楊柳水邊簫。不是前生事，山河夢已遙。

徹夜談三鼓，全家酒一庭。柳枝償婢價，銀鹿贈奴星。太史代聘吳姬，以奚奴見贈。華屋人何在？秋江笛早聽。今朝門巷過，腸斷暮山青。

哭襄勤伯鄂公

安西都護遠防邊，信斷陰山雪後天。降虜一朝擐甲起，孤軍萬里受鋒先。龍顏有淚三臨奠，馬革無尸半裹烟。麾下殘兵歸間道，口含心史向人傳。

聽築長圍幾萬重，將軍匹馬獨臨戎。天山掃雪兵猶戰，青海啼烏帳已空。拜表淚留秋草上，彎弓絃斷夕陽中。男兒欲報君恩重，死到沙場最善終。

前年制府看山時，曾過衡門立馬遲。壁上吟詩喚才子，花間招隱駐旌旗。公過隨園門外，嘆曰：烟景太佳，此人必爲山林所誤。燉煌遠道陳湯去，結贊要盟柳渾知。回首孫弘東閣冷，哭君兩世益淒其。

得張白雲先生集

難期著述傳身後，且把遺書訪舊人。同是一生辛苦事，九京知也淚沾巾。

書懷

我不樂此生，忽然生在世。我方樂此生，忽然死又至。已死與未生，此味原無二。終嫌天地間，多此一番事。

禽犢可以烹，只坐無所知。鸚鵡苟能言，人多珍豢之。人而不好學，偃偃如行尸。何不肆微勤，潛心書與詩。

鐘鼓聲喧闐，其旁寢可安。隔墻聞呻吟，終宵爲不懽。狂颸四野來，當之了無害。壁罅射涼風，如芒刺難耐。卽此可悟道，行行有所思。汝穎利如錐，君子不屑爲。陳寵賜榷成，君子愛其名。

五聲徵音廢，四瀆濟水窮。八音匏響絶，六典冬官空。天地無全用，聖人無全功。胡爲蚩蚩氓，卜卦專求豐！與其矜榮華，一過如飄風；何不留不足，徐徐俟其終。古人數五福，子不在其中。所以東門吳，無子與有同。

編得

編得新詩十卷成，自招黄鳥聽歌聲。臨池照影私心語，不信吾無後世名。

不負堂堂白日過，卷中一字一編摩。及時行樂春猶少，惜墨如金集已多。

古意二首

美人看花去，忘却身是花。花如有所知，願開美人家。

毋爲傖父妻，寧作所懽妾。不見甘蔗生，枝枝從旁出。

小倉山房詩集卷十二 丙子

許滄亭觀察亡逾年矣家不戒于火遷柩南郊孟亭太守招同人載酒爲奠其靈

一盂麥飯出南門，都是蘧園舊酒人。里析有災空引帽，夏侯無客不沾巾。生前華屋花長閉，城外清明鬼亦春。腸斷江頭王武子，黃公壚下說音塵。

過錫山訪嵇少宰不値

久別春風意惘然，一朝船到戟門前。蒼頭覓主無尋處，紅樹留人有晚烟。想戴豐貂采靈藥，可留餘夢入鈞天？輸公色養眞清絕，菽水名山第二泉。

繡衣前歲駐山陽，團扇題詩寄數行。細雨吹燈春夢遠，嬌鶯啼月落花涼。當時燕子棲華屋，此日閒雲過草堂。愁見絳帷盧子幹，季長絲鬢已蒼浪。公子承謙，從余授業。

引鳳曲 有序

庚午秋，余避瘧蘇州，或繩張校書女閨獨絶。瞷之，則擁髻疑立，妙婧流靡。自言小字阿鳳，生十九年。迎歸秋齋，隨郎轉側。亡何鴇母來鬩歸，淚涔涔下。問欲留乎，不答。問他郎何以不如是，亦不答。贈赤側袖中，色然而拒，恥作河間姹女。既别，不知所往。今年春，余再過吳，鄭叟者指天台山有桃花，不知劉、阮故舊雨。既見各齒擊曰是也。喜且悲，誦前詩略皆上口。少選，屏人曰：「能爲妾道地者，君也。肯畜鳳耶，當以傅婢禮見；肯好鳳耶，當以女弟禮見。人壽幾何，君忍一再誤耶？」余書楚人稱媢調之。鳳無奈何，乾笑再拜。適故人劉魯元、趙文山官其地，而秀才戴右麟有下達之託，訟言其故，笞寄覈逐之。六月九日執燭前馬，婚于戴氏。余讀會眞記，常怪微之悔過有不終之恨，然則如余之以不終終之者，較於微之，當何如也？作引鳳曲一章。

姑蘇城外三春水，年年生長如花女。牛渚磯邊臨汝郎，泛水尋花狂不已。乾隆庚午六月初，長陵小市駕輕車。迎來絳樹花同笑，比到珠圍玉不如。雙瞳剪水鬢横雲，千蝶羅衫百鳥裙。才共旗亭題畫壁，更隨深巷駐雕輪。自言家住横塘口，都知錄事聲名久。彈箏慣唱小秦王，舞袖能翻大垂手。但看釵頭玉鳳凰，兒家名字君知否？二八芳年嫁狡童，浮花浪蕊日西東。蕉葉有心空捲雨，楊枝無力自隨風。一朝曲被周郎顧，碧鸞尾接銀河渡。願作銜泥燕上梁，休教落月烏啼樹。碧玉回身抱滿懷，可憐金玦易離開。門前阿母香車至，坐上啼痕滿面來。此時無力唱回波，此際情深可奈何？不學丁娘索翠翹，不封朱帛寄櫻桃。只留一把相思淚，當作珍珠兩處拋。明朝重過碧雞坊，銀漢紅墻事渺茫。青鳥信沉劉禹錫，碧天腸斷冷朝陽。十年阿軟重相見，桃花依舊如人面。雲雨襄王憶夢中，王珉舊手存團扇。說到滄桑我欲愁，蕭郎萬里走涼州。往日館娃餘蔓草，新添小婢學梳頭。殷勤苦把三生托，惜花爭忍看花落。根觸媧皇煉石心，難禁子夜連珠諾。定情代看水晶盤，嫁女無如戴叔鸞。下託長官劉子翼，上求太守白香山。昔日鴛鴦今鴆鳥，蓮花度出污泥早。換羽移宮總是春，將姝改妹知誰好。閶門萬口說因緣，紅豆金筌播管絃。劍墜龍淵雷拔地，珠升滄海月當天。惆悵當年范大夫，西施網得贈東吳。今朝位置傾城畢，明日扁舟泛五湖。

爲王壽峯題問天圖倣玉川體

我聞秦宓言，蒼天實有耳。胡爲楚大夫，問天天不理？三千年後王郎來，拔劍斫地顚如雷。口存三寸不爛舌，仰首只望天門開。更有青雷子，下筆巧安排。畫作奇峯直上離尺五，儼然漢武皇帝通天臺。手攀星辰呼帝座，笑殺赤章道士胡爲哉？一部十七史，欲問問何處？且摘疑端三兩行，請風吹入雲中去。一牛享天天豈飽，鼷鼠食之不知惱。潮退偏教羼馬來，風起猶嫌殺人少。試問謚之如何箋？歐公如何考？夏后善逢迎，三嬪獻自天。雨暘悉憑應上公，霹靂怕逢薛孤延。昂然操懿來配享，文王后稷退避不敢前。又何必重黎爲隔絕，黔嬴爲周旋？臣請手斬九關豹，身推阿香車。白榆燒作玉樓墨，銀河洗盡筆底花。三十六皇各獻狀，羣疑滿腹頤倩麻姑爬。倘有讕語問舛錯，請將臣身賜喂金蝦蟆。帝臺浮觴，百神方醉，忽聞讕言，訇訇如畏。蓱號噴雨立，六岦含星對。道是問天天不答，只恐萬年之後倚杵低蹇人，上天都來爭此位。天帝面方一尺有慚色，乃召孔子謀。孔子口稱不怨天，恰呼喪予兩淚流，且釣鯉魚逃亶州。更召周公來，命代天致詞。衆人又言周公天妹所生天有私，故把風雷驚破孺子疑。不然剪爪沉河事已矣，至今空自聽鴟鴞。周公聞之，只得齘噤陰喝如蒙倛。正在支吾間，忽有褒衣博冠者，自稱唐臣柳宗元。代天作對大書空，道天者乃是太虛之積氣，雖捫難舐青濛濛。雨師風伯傀儡耳，木強柴立隨癡龍。奉行第一次混沌開闢所有之故事，有如優人演劇不能小變通。一切聖狂禍福風災鬼難各色目，均是聚六州鐵鎔赤堇銅，鑄成一册作交代，使玉帝搖手不得而后許登庸。並非三科五行有生尅，亦非天道幽遠如張弓。並非仙丹佛力能挽轉，亦非眞宰忽醉忽明聰。惟其事原板板，故其形常夢夢。君不見，王莽請雷不能下，魯陽揮日何曾東？侵削龍伯不見短，吹噓火井何曾紅？又不見，石補勞女媧，頭觸怒共工。星隕驚梓愼，月蝕愁盧仝。自從開闢至堯舜，雙丸業已減至一分許，何況四千年來減未終！自家三百六十五度難料理，那管人間乾啼濕哭諸沙蟲。可笑世界海，妄窺靜輪宮。枉剝麒麟皮，郊鼓擊逢逢。碧天若有情，早已老成翁。太陽若下坐，何以燭蒼穹？譬如治家者，尙且學癡聾。偶遺食餌魚鳥喜，偶覆湯火螻蟻凶。只緣人大物小難檢校，人實無心任過功。何況天關鑰匙藏在烟霄上，淸風一重雲一重。赤縣神州九九八十一萬計，中國渺小如蠛蠓。提向瀛洲賣，不値錢半通。那能刻雕省記勞化工？汝何不解天弢，飲天酒，逍遙富媪，游戲星童。任黄頊之變青曾，聽剛須之生玄蟲。胡爲乎學楚狂呵壁唇焦舌燥，徒驚明月而惱春風！王郎聞之心悶悶，姑學聖人存不論。且待十二萬年之後全局終，再與徹底通盤作一問。

過蘇州贈莊容可大中丞

朝天聞說返巾車，芳草萋萋梅熟初。舊雨正停青雀舫，新恩剛賜紫泥書。談深半夜甄長伯，學重明時陸敬輿。宸翰相期何以報，爲公一讀一欷歔。賜詩有「速歸其善活斯民」之句。

牙旗紅閃夕陽明，許住南樓客亦淸。壁上題句「淸到南樓客亦稀」。梔子花開春四面，女兒香贈月三更。心驚海甸哀鴻色，腸繞閶門打麥聲。笑索官倉一囊粟，故人今已是蒼生。

隨園往歲駐征驂，葉葉芙蓉露正酣。同把科名憶年少，各分吏隱占江南。看山妬我三間屋，出拜輪公九歲男。廿載韶光風過眼，雲龍角逐尚能堪。

相逢花下一題襟，買棹横塘作越吟。春酒玉堂天上夢，清明遊子故鄉心。人間努力留遺愛，世外閑鷗聽好音。莫忘棲霞山畔路，碧雲紅葉共幽尋。約共遊攝山。

還武林出城作

還鄉重出武林城，天放湖光半日晴。翠鳥銜烟飛雨後，花枝當路勸山行。采桑人少蠶猶小，銜尾魚多水正清。三十年前舊遊處，荒橋野店總關情。

屢問前溪路幾重，故鄉翻與異鄉同。行人肩出菜花上，村女臂彎桑影中。兩岸茶青三月暮，一絲髪白萬懷空。傷心怕説南唐寺，他日僧歸塔可紅？

過葵巷舊宅

久將桑梓當龍荒，舊宅重過感倍長。夢裏烟波垂釣處，兒時燈火讀書堂。難忘弟妹同嬉戲，欲問隣翁半死亡。三十三年多少事，幾間茅屋自斜陽。

將歸白下别莊大中丞

閒雲偶過玉闌干，曾費華堂兩頓餐。今日春歸儂亦別，新花攜上小船看。

朱履平拖棨戟前，江湖道術兩悠然。不存半點雲泥迹，恐把初心愧昔賢。

杜甫潭西久寂寥，滄浪亭上兩回潮。花間不唱高軒過，知有憂民病未消。

連宵風雨滯春寒，不特花殘客也殘。賦別江淹留贈語，得君容易得民難。

歸舟回泊錫山喜晤揣修少宰別後却寄四十韻

小隱袁臨汝，遺榮賀季眞。相逢端午節，一笑惠山春。巢燕難忘主，馴猿尙號賓。廿年燈火夢，萬里別離身。杜鄴兒從學，林宗雨折巾。慚非千里馬，曾遇九方歅。適館懸方榻，移齋近紫宸。書聲槐市聽，經義禮堂陳。地煖花能發，風高翼各振。有緣通世好，無分接清塵。校出孫文定公門，孫出嵇文敏公門。賤子南征日，先生珥筆辰。飛觴澆末吏，分俸潤行人。碧海翔孤鳳，空江走弱鱗。公才懷謝碬，舊手失王鎢。沙坂霜蹄駿，鹽車獨角麟。憶雲泥有意，犯斗路迷津。再踏天街雪，重汚相府茵。鬖鬖臣面改，奕奕獸頭新。令嗣衣餅褐，司農手算緡。李膺方接席，平豹又投秦。讀禮車仍返，還山手更龜。萱堂高甲子，松影守庚申。往歲黃河決，勞公赤舄巡。新詩團扇贈，舊雨點心頻。渺渺瑤華信，飄飄弱水輪。還朝歌瓠子，贊化佐洪鈞。爲奉潘安母，歸尋張翰蓴。江天揮白羽，腰帶解黃銀。春水潮痕闊，沙堤草色匀。兒時思釣弋，膝下問羞珍。觀樂應欹帽，披貂更采蘋。鶯花歸哲匠，風月識宗臣。笑我爲殘客，先公作逸民。四旬雙鬢雪，百歲兩家親。飲水知官味，尋春忘旅貧。可能稱幸草，差免爇勞薪。逝水傷陳迹，知交感宿因。奚童情宛宛，弟子禮恂恂。半醉辭華屋，深秋望釣綸。何時宋季雅，千萬買芳鄰。

謝趙黎村徵君治病即以送別

當時同日賦長楊，廿載賓鴻過草堂。白下秋燈明舊雨，青山花影澹重陽。元方齒長居兄輩，中壘才多解秘方。剛是仲宣愁體弱，苦教秤藥累眞長。已將仙露挹靈苗，便引晨風去碧霄。活我只因緣有舊，離君轉恐病難消。秋深古道詩逾健，霜滿黃河浪不驕。倘拜東平憲王墓，爲言故吏鬢飄蕭。黎村故簡親王客。

出塞圖

陰山風大雪花明，匹馬沙場落日行。漢代邊聲新畫角，秦時月色古長城。春寒少婦三更怨，酒熱陽關萬里情。笑我封侯無骨相，不曾青海事功名。

病

當階飄落葉，我又臥高樓。山裏先生病，人間天地秋。雨涼蟬別樹，風緊帳嫌鈎。尚有關心問，梅花補種不？

瘧

宋玉悲秋時，趙羅痁作候。八月乃有凶，余兩次病以八月。三年拜賜又。幾疑彼瘧鬼，匪寇乃婚媾。初來頭岑岑，須臾眼黝黝。投之深淵些，層冰剝膚腠。忽而醢鬼侯，焚烟相灼灸。襄陽水正淹，赤壁火復茂。冰炭各爭強，陰陽互掩覆。如潮不愆期，似箭必滿彀。疑賜牽機藥，足前頭欲後。豈作木居士，火穿復水透。賊退氣尚惡，涣汗如激溜。牛勞喘更呿，黃鐘鳴滿脰。淚滴瓊瑰珠，夢逐南門咮。衣帶結成繩，篦髮須鋤耨。強鉏足蹣跚，考父背傴僂。臨期測日影，擊柝如伺寇。望赦占災星，月蝕如待救。十煇窮視祲，六祝難詛咒。我怒呼鬼來，大聲與之呴。汝本黃帝孫，暴虐乃勝紂。景丹古壯士，爾已往相疚。少陵昔詩人，三載爾不宥。有意病君子，吾將上帝奏。逐汝伴刑天，驅汝出狗竇。壺涿書鬼名，空靑摘鬼宿。鬼乃跪陳詞，公言殊貿貿。予來爲公迎，予去爲公留。園中風如刀，公獨披襟受。池中月如霜，公帆方曳纁。快意禍機積，放懷余毒厚。匪獨此之由，求治亦太驟。一年二豎來，褚醫最貤謬。柳佖大金丹，雜進如米豆。逐虎而閉門，倒戈以自鬬。陰血遂狡僨，發癥儷宿瘤。一年小作惡，呂醫亦坙陋。浮脈更升提，心鬬聞血齅。非鬼亦非疾，誰則任其咎！公愛讀史書，奚不覽宇宙？漢祖與唐宗，大網憑魚漏。寧無水旱災，元氣仍交姤。建元久視年，科條漸輻輳。桑孔法錙銖，周來禍結構。添眉混沌醜，舐糠雞犬瘦。身世將毋同，公胡勿參究。古帝有人皇，三萬八千壽。其後神農來，草根殺老幼。扁鵲剖齊嬰，妻子避左右。醫師屬冢宰，十全更罕覯。瘧鬼雖侜張，病人不病獸。況公無膏肓，寒暑亦邂逅。既來莫夭閼，未來莫俯就。勿呑棘刺丸，勿恃春秋富。新牡謹遊房，大夫祀中霤。示吾杜德機，吾去敢留逗。願公如伯夷，念惡勿念舊。毋學蜀市人，天皇滿背鏤。更願如石虔，聞名鬼已走。毋學高將軍，功臣閣上伏。予聞意恍然，如挹浮丘袖。幽宗夜九拜，朝霞日三嗽。逐醫不逐鬼，敨藥如敨臭。愼以代昌陽，和以爲甲冑，看花喚都兒，伐木課辛秀。悠悠紅霞嚼，坦坦青陽皺。上壽何敢期，中壽請永守。

五人墓

寃雲四垂風莽莽，銀鐺鐵鎖閶門響。閶門側目耳向天，天語不聞聞東廠。東廠逮者周先生，人不識面聞其名。九重天子詔安在？阿儂此處難橫行。李陽老拳一揮臂，萬手如星撒平地。破柱難探逆豎頭，披枝且奪元兇氣。萬人散盡五人存，顏馬周楊市井民。戴頭笑見高皇帝，干卿何事徒紛紛！從此緹騎不敢狂，九千歲事旋消亡。收回匕首知何限，抵得彈章更幾行。君不見漢孫斌，奮拳格殺單超吏，竟救與先徙朔方。又不見唐五王，上陽宮裏相扶將，不與同禍同其殃。當時高冠若箕數十輩，子姓跪起如奴忙。豈無麒麟三丈護華表，早已瀦沃蹲牛羊，何人肯奠酒與漿？五墳纍纍春淒淒，三月草長蝴蝶飛。可惜梁鴻生太早，只知穿冢傍要離。

即事

三尺清溝手自開，引他流水自西來。明知東去留難住，且在儂家過一回。

聽來鳥尚佳音少，想見詩吟好句難。戲把桃花吹落者，玉盤盛著當春看。

自嘲

苦被詩書管，常驚日影過。印貪三面刻，墨慣兩頭磨。學老先扶杖，辭官早畏靴。賓朋名屢忘，偏記古人多。

歸舟作

姑蘇買舟白下行，柳枝相送桃根迎，三日勾留未出城。一夜春潮打船尾，交頸鴛鴦宿被底，行盡江南三百里。篙師呼酒我品茶，休驚休喜休嘆嗟，順風逆風總到家。

寓目即書

得失人休惱塞翁，憑欄不覺笑東風。蜘蛛自道張羅巧，網得飛花誤當蟲。

韓昌黎孫袞中狀元而世人不知詠之寄慰魚門落第

韓門曾有狀元郎，底事無人說短長！想見世間公道事，不將科第當文章。

水軒主人招飲月下作

江城秋在酒人家，酒對秋光興倍加。風定竹呈千个字，霜高梅孕一身花。紅鞭擕出天山雪，席間出哈密鞭相示。紫菊排成錦帳霞。半夜風燈送行客，滿墻醉影尙欹斜。

答孟亭訊梅

寒梅初種後，曾與故人期。待放一林雪，各吟千首詩。忽來連夜雨，凍斷早春枝。自是花渝約，非關沽酒遲。

小倉山房詩集卷十三　丁丑

聞叔度少宰復命軍營寄懷一首

嘗羞隨陸不能武，今見終軍能繫虜。萬里馳歸草奏箋，白門夾道看裘五。裘五裘五貧賤交，長安市上同遊遨。一朝致身青雲上，華嶽峯高少依傍。人驚儒者亦知兵，我怪西江還出將。聖朝神武滅高昌，車鼻窮酋遠遁藏。馬謖已誅君奐死，朝廷未免憂邊防。侍郎慷慨臣請行，十奏九合軍中情。王修侍從解機變，崔浩胸中盡甲兵。繡衣玉斧南薰殿，詔許千官設華餞。親解金袍賜狄公，戎裝強換書生面。一路龍沙持絳節，交河馬踏層冰裂。刁斗聲飛瀚海雲，刀光涼動天山雪。元帥靴邊問主安，三軍傾耳聽籌策。屈指婁闌首可傳，班超生入玉門關。拔將銅柱全收地，獻得金人好祭天。城南少婦寄征袍，堂上萱花露正高。誰知天外揮長劍，依舊歸心折大刀。男兒讀史長嘆息，貂蟬每借兜鍪力。健士奚須枉拍張，詞臣已見歌勅勒。天恩朝夕下明堂，玈矢彤弓寵未央。聽說阜陽女兒隊，添唱從軍樂府章。謂宋玉。

倣劍南小體詩

春日山居事事宜，閉門行樂少人知。亭移舊料功成早，樹換新泥葉發遲。禿筆管仍裝麈尾，斷琴絃更拗花枝。年來悟得忘名意，除却風懷不詠詩。

春影離離過畫廊，送春人與蝶俱忙。歌聲隔苑聽尤好，花氣隨風到始香。稚女鳴環爭白紵，旁妻䦆忿種青棠。消除長日知何事，只有傾心美索郎。

朝烟暮雨倦登臨，閑倚危樓憶古今。螻蟻尚存封建法，圍棋時見井田心。山花受月紅成白，池水如人淺不深。中散春愁無著處，幽蘭開處去彈琴。

題李後主百尺樓

黃花水小雨潺潺，南國樓臺夕照間。如此長江被量去，當年還唱念家山。

檀槽金屑小琵琶，姊妹承恩似趙家。聽到流珠歌舊曲，一時腸斷六宮花。

保儀不愧女相如，手掌牙籤萬萬餘。爭奈焚如學蕭繹，國亡遷怒到圖書。

草草南朝一夢過，潺潺春雨奈愁何！官家賴有重瞳子，洗面終朝眼淚多。

桀號牽機出禁宮，此人又似不相容。檀來歌罷江山穩，只合全家哭世宗。

六道戈船出上游，香孩兒太不風流。關心臥榻鼾聲地，轉忘燕雲十六州。
金字心經手自焚，命燈竿斷九霄雲。無情最是西天佛，送過蕭梁又送君。
千年故國水雲涼，樂府歌殘曲數行。父老營齋妃薦福，何如文士弔斜陽？

舟中作

有雨行偏速，無江渡轉難。行藏須自主，莫認相風竿。

喜晤同年程聘三少司馬

揚州斜日白門烟，兩度班荆意黯然。司馬宦情談酒後，故人顏色老江邊。應劉同調升沉異，元白無兒彼此憐。努力青宮勤啓沃，斥蕎風味繼前賢。

贈沈南蘋畫師 有序

吳興沈南蘋畫名藉甚。雍正間，日本國王持倭牌聘往，居其國三年，授弟子若干。老病辭歸，國王況施累萬。同舟人受簿錄之累，南蘋傾所有以償。至家竟不名一錢。

東陽隱侯畫筆好，聲名太大九州小。片紙能開異國春，鵜書遠賁東夷島。東夷之國日本強，晉唐書畫多收藏。倭人字乞蕭夫子，行賈詩歌白侍郎。將軍重幣聘高賢，高士乘舟去若仙。眼驚紅日初生處，畫到中華以外天。天風吹下三千里，行盡魚頭見魚尾。斫取扶桑作管城，揮毫更進羊皮紙。紫貝千雙國主恩，鮫珠十斛門生禮。蠅點屏風墨未乾，方諸拾淚寫牛欄。奇花增入宣和譜，怪石常横粉本看。三年重作還鄉夢，侏㒧僸佅歌相送。金壓蕭雲行李遲，船因陸賈歸裝重。同舟人欠水衡錢，羽化銀杯意灑然。元振萬金揮手盡，長康廚內空雲烟。還家身世兩蕭條，流落江湖酒一瓢。遊子青衫餘兩袖，畫師白髮老三朝。人生意境何偪仄，盛名坎壈如一轍。但使文傳黑水碑，奚須家住黄金穴？春來日日烏船通，猶道夷王遺問恭。七十二島依然在，只隔人間海一重。

題陳古漁詩卷

新詩一卷勝方干，當作楞伽靜夜看。孔翠屏開花爛漫，淸商琴老調高寒。地當六代悲歌易，胸有千秋下筆難。我學王戎留贈語，森森更願束長竿。

王卿華輓辭

諱復旦，杭州人。丙辰孝廉，侍御公文潛之子。會試不第，縊死長安。

琅琊公子少年日，平康意氣東阿筆。玉貌朝看鷲嶺雲，金鞭夜醉西湖月。西湖有客正垂髫，杵臼相逢遽定交。雙聲笑徹烟霄上，把袂詩歌碧樹高。蕭郎騎馬走京華，公子秋風桂亦花。此際烟波人萬里，此時别緒字如麻。流星馬遞泥金紙，大父懽呼阿父喜。寸厚家書拆忽驚，當頭只說袁才子。袁安躡蹻撲燕塵，乞火先投御史門。鴻博已傳韓愈罷，棲身誰念趙岐貧！果然屋好烏亦好，先把牛心啖逸少。延譽眞同許子將，少年我愧蕭淵藻。大被常教氣類親，風懷共取明燈照。朝朝索米向長安，身賤由來作客難。子鵝殘炙垂涎處，苦賜翳桑幾頓餐。可憐客路暫逢君，君又還家我失羣。借馬送行秋夜月，含愁極目楚天雲。曾將阮籍窮途淚，痛洒羊欣白練裙。明年身忝到蓬萊，驄馬門前玉笛哀。華屋誰知一朝變，滄桑從此萬重來。八十封翁扶櫬歸，孤兒一隊繞船悲。鍾君阿鶩無人嫁，仲郢烏臺有雀飛。王郎再應公車試，往日繁華如隔世。落第羞看紅杏花，還鄉怕挽青絲轡。誰云生死見交情，任昉兒郎局已成。不學王孫依鮑氏，甘心慶父抗輈經。三更孤燕空梁墜，萬里書燈鬼火靑。城南婦作刀頭夢，易水風吹變徵聲。白骨天涯蔓草寒，招魂誰唱念家山。回頭酒綠燈紅事，盡作輕塵短夢看。記儂奔走江南道，兩度逢君覺君老。路遠偏教得信遲。官卑祇恨酬恩少。二十年來鬢未霜，哭君三世淚沾裳。寢門一奠知何日，金谷園空宿草荒。

哭沈補蘿

八法書亡索幼安，蘭亭雖在酒壚寒。欲知太古先看面，從未朝天儘作官。垂死交情秋握手，半生家難老傳餐。公貌奇古，七攝縣令，從未入都，老病寄膳以終。誰云遺墨千年貴，我是同時得已難。

傷心張耳鬢如絲，曾見夷門大會時。四海耆英今日盡，三朝遺事夕陽知。風摧漢代靈光殿，名重蕭梁老婢師。最晚逢君偏早別，淚痕空灑白楊枝。

題故人畫 有序

晴江明府畫梅絕奇，怛化後，人藏者輒屬予加墨，以晴江之好予也。再來參戎與晴江同姓，甚懽。丙子秋，引例來請，值予病痁，庋置高閣。主人疑予忘之矣。今年夏五，展卷見梅花，如見宿草，與其上求巫陽，不若招魂于紙上，爲書一律，質生者，質死者，幷質之梅花。

幾番怕見晴江畫，今日重看淚又傾。十四幅梅春萬點，一千年事鶴三更。高人魂過山河冷，上界花輪筆墨淸。聽說根盤共仙李，暗香疎影盡交情。

春草

江城三月草烟綿，有客憑闌感歲年。雪後人歸春滿地，馬頭風起影搖天。清明細雨長亭路，畫角斜陽南浦船。欲采蘼蕪歌水調，幾回愁過大隄邊。

誰家牧笛下牛羊，踏到蕪城舉國狂。一片綠成蝴蝶路，幾叢眠作酒人床。印來羅襪春痕軟，望去裙腰別恨長。記得斑騅嘶暮雨，青袍今已誤蕭郎。

黃驄一曲豔陽歌，撩亂春愁起碧波。寂寂鳥啼新院落，萋萋人感舊山河。根高自占風雲早，物賤偏沾雨露多。莫怪已芟生轉密，此身原要託烟蘿。

玉鈎斜月冷黃鸝，渺渺寒蕪夕照西。青入窮沙頒曆日，繡完平野失春泥。三生蓬海騷人老，六代雲山燕子低。說與東風合惆悵，剪刀雖好葉難齊。

十二瑤堦也託根，野心只是厭紅塵。開花自笑無名字，采藥時逢有異人。恍惚池塘尋舊夢，分明書帶認前身。年來似勸夭桃隱，遮住漁郎不問津。

栽培不仗主人翁，自立斜陽自偃風。空苑儘教隨意綠，落花借與滿身紅。千般甘苦嘗難盡，一局輸贏鬭易終。我欲踏青何處好，琴河西畔板橋東。

咏錢

誰開九府製泉刀，從此黃標又紫標。千古帝王留字去，萬般人事讓兄驕。椒房手迹傳唐代，堯廟碑陰記漢朝。莫說仙家最清冷，也須金液上丹霄。

不須薇蕨說高風，到底夷齊是命窮。剪紙賄能通鬼國，博梟天尙借劉翁。杖頭有處春堪買，坐上無時酒欲空。怎怪南唐癡長老，心經一卷寫當中。

人生薪水尋常事，動輒煩君我亦愁。解用何嘗非俊物，不談未必定清流。空勞姹女千回數，屢見銅山一夕休。擬把婆心向天奏，九州添設富民侯。

牙籌且莫惱王戎，本草嘗來味果濃。五福富登洪範傳，六官人愛大司農。分明輪廓無方寸，頃刻風波有萬重。怪我緣慳君欲去，祇須臨別少從容。張燕公有錢本草碑。

五銖衣薄稱閒身，綰罷銅符早閉門。萬選儘憑詞賦力，半文不受祖宗恩。搖空撲滿心原淡，獨飲廉泉體自尊。記得清明分白打，開元兩字最消魂。

風吹荇葉滿池斜，老去持籌敢自夸。早買名山非壟斷，不騎仙鶴也豪華。富徒慳守貧何異，來得分明去亦嘉。我有青蚨飛處好，半尋烟水半尋花。

錢稼軒少司空奉命樓霞畫山過訪隨園

司空工作畫，聖主敎看山。感舊懷殘客，穿雲到此間。高軒紅雨染，空谷白駒閒。帶我烟霞去，仍歸侍從班。

梅雨

梅子黄時雨，潺潺最不同。慣來人意外，偏灑日光中。滑徑愁芒屨，空堂躍水蟲。采蓮差可喜，處處畫船通。

題柳如是畫像

生綃一幅紅粧影，玉貌珠冠方繡領。眼波如月照人間，欲奪鸞篦須絕頂。懷刺黄門悔謏投，遺珠草草尚書收。黨人碑上無雙士，夫壻班中第一流。絳雲樓閣起三層，紅豆花枝枯復生。斑管自稱詩弟子，佛香同事古先生。勾欄院大朝廷小，紅粉情多青史輕。扁舟同過黄天蕩，梁家有個青樓樣。金鼓親提妾亦能，爭奈江南不出將！一朝九廟煙塵起，手握刀繩勸公死。百年此際盍歸乎？萬論從今都定矣。可惜尚書壽正長，丹青讓與柳枝娘。

靜坐

靜坐西溪上，春風白日斜。吹來香氣雜，不辨是何花。

寄徵士薛一瓢

南海有隱士，疑是青城君。道姓稱黃石，問家指白雲。精心通九略，逸氣橫三軍。棄其孫與子，孤處空江濆。獨攜天台女，飄飄金霞裙。梅花開玉窗，衆仙時一醺。我亦亟其間，芳訊聞氤氳。無端自謫落，從茲仙凡分。風車不可馭，玄理無由聞。何時青鳥來，同驂鸞鶴羣？

妹夫胡書巢作宰什方遠貽川絹感而成咏用答高情

一紙家書萬里情，八年人老杜鵑聲。胡威贈絹知蠶好，薛女題箋想政淸。署外山光擁齒廟，馬頭月色錦官城。韋莊詩集韋皋業，珍重郎君蜀道行。

讀王荆公傳

青苗幾葉起風塵，孤負皋夔自待身。底事經神有緣法，周官偏誤姓王人？

齒痛

百年過四旬，老狀一齊赴。但願無所苦，聾盲任所付。惟茲齒兩行，朝夕待汝哺。相鼠尚有牙，飛鳥豈無嗉。編排三十二，落落晨星布。隊缺衆乃搖，左移右不固。忽弱一個焉，墳起血沮洳。臨食輒三嘆，呼謈每百度。投梭嘯益悲，漱石礪如鋸。似屐入門折，爲牛孺子仆。玄謨眉不伸，丞相茵屢吐。類灸十重艾，勝飲三斗醋。說士不覺甘，啜名亦無趣。讕語便聱牙，反唇如有訴。徒搖子公指，愁對亞夫箸。噬嗑爲己占，大烹向人妬。䠠𠩨起復行，呻吟朝至暮。五漿三飯時，隙罅難調護。狼藉小稊稗，如入大盈庫。已困楚人鉗，復作黨人捕。急命大老嫗，發難學鼂錯。金鐕爲戈矛，冰廝爲俞跗。蠕蠕黃頭蟲，擒出竟無數。客容既甚猛，尸汝猶可怖。譬如漢宦官，雖誅國已蠹。次日嚼復嚼，痛止齦恰腐。又如買臣妻，苦留終欲去。欲去未去間，勃谿終日怒。咄哉汝朽骨，無情心不恕。我雖仗汝餐，汝亦得我助。弱冠啖紅綾，韶光不汝誤。有時拈花笑，莞爾將汝露。談天吐玉屑，觀畫設寒具。似我作居停，將子亦毋斁。胡爲憎酸鹹，瓜葛全不顧。三餐自作孽，四十已見惡。其餘編貝公，效尤更可慮。勸齒學宰相，伴食且餐素。毋學小丈夫，悻悻不肯住。更學古君子，絕交須念故。毋學暴富兒，登時棄瓦注。叩汝一千回，賜汝三日酺。吾將鳴天鼓，更請黄帝鑄。

偶然作

三寸鼠鬚筆，千秋爭名家。譬如一鮒魚，而祝穀百車。參軍圖作佛，毋乃願太奢。可奈日與月，已如赴壑蛇。傳名無竹帛，成仙無丹砂。賴此文字間，著作爲生涯。後人就知我，卑卑已可嗟。萬一再蹉跎，輪迴可恃耶。

山居無所事，遁木復遁土。東聽繩繩築，西聞丁丁斧。三百有六旬，所費亦難數。戚里憐我貧，切切相規阻。豈知君子心，此中固有主。未能議明堂，爲國造區宇。又無廈萬間，寒士同安堵。就此蝸牛廬，結搆且楚楚。起伏寓文心，疎密占隊伍。栽花如養民，建亭似開府。可惜錢刀空，英雄難用武。始知諸葛公，糧盡退軍苦。

讀書不手記，一過無分毫。得句忽然忘，逐之如追逃。見書如見色，未近已心動。只恐横陳多，後庭曠者衆。所以某日觀，手自識其腦。能看幾緉屐，此意亦苦惱。

身無活人權，不憂溺與飢；身無刼人權，莫談是與非。當時石戶農，牽羊海上遯。耿耿方寸間，隱隱萬言論。願揖衆皐夔，待儂見堯舜。

顔回無宣尼，一瓢何足算！宰相三十年，雖庸有列傳。君子愛其名，名權非我擅。但看十七史，遜我者大半。

太上貴道德，其次務施報。惟其本此心，所以有忠孝。快哉孔聖人，報怨稱直道。英雄萬念灰，此意終了了。矧吾少也賤，恩仇豈云少。逝者已如斯，前途惟有老。再拜漂母祠，涕泣傷懷抱。

開卷見古人，開門見今人。古人骨已朽，情性與我親。今人乃我類，嚼蠟聞語言。寧與木石居，不與俗子俱。欲見何代人，但翻何代書。

平生多嗜欲，所憎惟樗蒱。酒味與絲竹，勉強相支吾。其餘玩好類，目擊心已慕。忽忽四十年，味盡返吾素。惟茲文字業，兀兀尙朝暮。晨起望書堂，身如渴猊赴。高歌古人作，心覺蛾眉妬。自問子胡然，不能言其故。

憶昔垂髫年，讀書葵巷中。先生出見客，弟子偷餘工。聞客有科名，仰之如華嵩。家人多窺探，嘖嘖羨其容。于今二十年，都成可憐蟲。孝廉難餬口，進士愁飄蓬。酒味減京口，米價增江東。貴爵而尙齒，吾將笑周公。

東漢舉孝廉，四十方辟召。吾年正四十，自覺已衰老。問其所以然，入世嫌太早。薪勞脂易枯，刀用鋒恆少。傷哉出山時，意氣凌八表。一自識行藏，不復恥温飽。何圖大鵬翼，化作小山草。懶惰便清高，巢由安足道。

悲哉秋爲氣，草木凛若霜。我身非孤桐，逢秋如探湯。又如古塞上，防秋羽檄忙。六年三大病，八月之中央。自知疎狂性，肌骨多開張。忽受金風斂，相戰何能降。吹霎卽鼽嚏，藥石難周防。長跪奏白帝，臣請召雲將。共留東皇駕，熙熙遊春陽。毋使一葉落，惹我寸心傷。其旁有宋玉，涕下霑衣裳。

汝賤非汝拙，汝貴非汝才。不能領此意，靑天生禍災。禍福何足論，所惜九重恩。萬世一時遇，而無雲雷屯。顏駟用太遲，終軍用太早。所以漢家業，人才多草草。

聖人重躬行，不以道自拘。其治貴清平，科條簡且疎。唐虞至商周，一千年有餘。治民無多談，傳心無異趨。但有謨誥語，而無官禮書。六經盡糟粕，大哉此言歟。周末始文勝，漢興廣徵儒。遂有叔孫通，緜蕞野外居。更有魯徐生，習禮爲大夫。瑣瑣角毛鄭，空空談程朱。求之日益嚴，失之日益迂。未必兩廡坐，果然聖人徒！未必兩廡外，都與聖人殊！聖人不復生，我夢終蘧蘧。

聞雷

六月雲雷盛，霹靂西南郊。震殺一田夫，其隣何嘵嘵！道是無惡狀，蒼蒼刑罰偏。我往謂其隣，爾毋言逆天。天生復天殺，於汝何尤焉？隣曰大不然，人心如其面。于心有不安，父母貴幾諫。晉獻殺申生，春秋有貶辭。宣王誅杜伯，左儒請死之。三槐與九棘，要使天下聞。雷雖篆其背，模糊不成文。謂是前世孽，前生天夢夢。謂有隱慝焉，曷不示之衆。擊牛不擊虎，勝之不爲武。擊賤不擊貴，雷乃勢利祖。巍巍眞宰心，與人異好惡。雨師與風伯，胡不救其誤？予聞隣翁語，惻然不能言。死者良已矣，無人招其魂。

美人彈琴圖

今夕何夕銀河明，單鳧寡鶴升天行。幽蘭花開碧雲斷，美人獨坐難爲情。一張青琴當郎抱，不肯無人輕有聲。疑是卓文君，仿彿趙飛燕。義髻濃梳洛水粧，烟華搖蕩香雲鬟。織罷流黃手爪傷，久疎雲雨朱絃變。蕩子去關山，烏啼蕙草殘。孤鸞欲作語，對鏡發長嘆。不愁明月空床冷，只恨陽春識曲難。何處分釵王敬伯，何時按拍董廷蘭？北斗離離挂寒碧，妾心宛轉與琴訣。一片瀟湘指上波，萬重幽澗花間雪。彈畢還將古錦包，曲終不覺衣裳濕。四絃三調本淒涼，琴語琴心暗裏藏。只描一幅相思態，寄與千秋播揺郎。

寄懷歸愚尚書

天與高年享重名，明經晚遇比桓榮。詩人遭際無前古，海內風騷有正聲。白髮歸來雙俸重，青山題罷九重賡。戴公園上書銜處，更命春官典六卿。

曾拖金紫侍東宮，鶴禁龍樓獻樸忠。斥去邪蒿開苦口，折來楊柳勸春風。賀循印綬恩方渥，疏廣都門餞已終。今日商山好芝草，青青猶照夕陽紅。

金鑾殿上咏霓裳，三次同年夢最長。鴻詞科、鄉、會試。吳郡聲聞張子布，鏡湖風月賀知章。傳人自古前生定，酒客於今舊雨涼。何事蒲輪遊白下，不來小住說滄桑？

黎生鶴髮捧雙魚，寄得昌黎薦士書。公以書薦閩人黎良行。老去心情眞健在，秋來杖履更何如？愁生蕭寺雲飛處，露下橫塘雁到初。記否隔年河朔飲，張南周北又離居！

奉和揚州盧雅雨觀察紅橋修禊之作

雷塘七里小橋紅，隋苑烟花閬苑同。天子停鑾留勝蹟，大夫修禊采南風。黃金宮闕連雲起，白塔毫光照月空。二十重春萬層景，牙牌標出水西東。

紫竹亭西歌吹聞，傾城車馬笛紛紛。楊花風散春隄雪，水面燈涼日暮雲。蕩子黃驄金縷曲，女兒高髻藕絲裙。人間此後論明月，未必揚州只二分！

歐蘇當日擅風流，重整騷壇五百秋。四面雲山新水榭，六朝歌管舊春愁。人騎仙鶴尋詩社，月送笙簫上酒樓。莫怪梅花東閣盛，年來何遜領揚州。

二月迎鑾理畫橈，兩扶筇杖到紅橋。時非上巳春猶淺，遊過鈞天夢未消。綠綺琴傳廣陵散，青山人隔白門潮。憑公好取蕪城賦，畫作屏風寄鮑照。

寄西川方伯徐芷亭同年五十四韻

鵬翼三千里，霓裳十九年。斯人敦古誼，舊雨最周旋。飲罷江南水，恩來蜀道天。屏藩龍節重，玉斧繡衣鮮。帝愛文翁化，人思邵伯賢。道行堪莞爾，遠別轉淒然。燒尾蓬池後，回輪弱水前。記嘗千日酒，同惹一爐烟。手學飛龍字，歌翻槃木篇。早朝淸漏動，月朔課期傳。燈借徐吾壁，街揚祖逖鞭。雙棲雞樹側，游戲濯龍淵。王儉芙蓉幕，徐陵玳瑁筵。有花皆共賞，無月不同圓。上苑香車馬，宮袍蜀纈纏。通家來娣姒，華屋語嬋娟。爾我忘形極，妻孥樂事偏。爲遲兒繞膝，各想妾隨肩。濡蠟仍呼酒，燒蘭更擘箋。九霄風震盪，一日事推遷。海沒神山影，枝分太華蓮。我親刀筆吏，君督水衡錢。喉舌分曇首，池塘夢阿連。相看飛鷁退，同作厲人憐。俸寄黎陽土，書交計吏船。人天情渺渺，縞紵意懸懸。已見肱三折，重鳴鼓兩甄。武安仍起病，樂毅再遊燕。坎坎能酤我，泠泠續撫絃。秦關秋萬里，農部夢三鱣。鹿幘仍棲洞，貂冠獨耀蟬。崆峒章貢嶺，皖口大龍巔。草木威名重，陽春玉律宣。停驂來建業。訪舊到林泉。碧水金鞍照，紅旂翠柳牽。遠山遥對酒，好句贈如仙。回首鈞天夢，難忘香火緣。松高靑似舊，瓦賤壓難聯。諭蜀相如去，擁旄嚴武專。巴渝新舞曲，夔府舊山川。叱御驚桐鳳，籠街雜杜鵑。郫筒盛蒟醬，驃鴿鬬丁零。棧道初飄桂，新霜正折棉。材應儲杞梓，德可化鷹鸇。雨露銀鍾沃，功名銅柱鐫。依然丹禁筆，還作太宮椽。有客南河畔，含情北斗邊。孤雲心倦矣，戴笠意終焉。沈氏郊居賦，方家泊宅編。哦松朝掩卷，種漆暮鋤田。望氣私心祝，看雲終日眠。遥知尋杜甫，未免憶焦先。潮折終歸海，風輕只墜鳶。何時蔣生徑，重挹故人旃？

二月

二月湘簾漾曉風，倚闌人對碧芙蓉。春愁不是無形物，但看楊花一萬重。

偶過

偶過青溪上，濛濛野水春。釣魚竿在地，不見釣魚人。

海桐書屋即事

水軒古豪士，雅志扶國風。萬里遊五嶽，一窗栽雙桐。慨念昔金陵，何況稱宗工。千秋少替人，誰歟繼其隆！遺響撞布鼓，張旗招雲龍。丁丑八月六，澹月明高空。冠蓋集東南，華裾飛烟虹。棋聲答風竹，酒氣熏芙蓉。秋獒照秋士，通理協黃中。梁園無罰盞，謝莊有談功。花籌傳未畢，銅鉢韻已終。餘事賦古琴，尙論及江東。題有琴賦、魯肅論。當今聖人詔，將詩試南宮。吾從蓬山謫，未忘淸廟鐘。願與諸君子，賡歌垂無窮。年年對嘉樹，永永賦角弓。

寄香亭代柬

高城秋未落，作客汝先行。白髮空山夜，青燈獨坐情。池塘尋遠夢，兄弟感來生。極目天邊月，淸光送雁聲。

禹貢徐州域，相依張建封。空樓尋燕子，舊幕想芙蓉。河決城三版，官新牘萬重。主勞賓可想，幾見汝從容。

弱冠編詩集，彭城與鳳陽。馬頭皆楚漢，筆底自宮商。地盡江南界，秋高古戰場。驪人風骨老，強半在他鄉。

小草當荆樹，分君亦偶然。如何絡秀志，不結女嬃緣。贈香亭鳳簫，女嬃尼之。扣扣鐶仍繫，盈盈月待圓。采春囉嗊曲，空唱想夫憐。

燕姞初徵夢，添丁賀者譁。偏凋將秀稻，又摘早秋瓜。老母堂前膝，佳人雨後花。風懷吾最達，未免惜年華。詩集單刻本、嘉慶本注云：「方姬半產。」

木葉不知老，當秋尙亂飄。蟲聲入山大，風力出城驕。一別歲將暮，相思路正遙。家書最珍重，封卷學芭蕉。

方姬未大期而免乳意忽忽不樂醫者呂東皐云女人望子如秀才之望榜愛其罕譬雅切爲詩謝之

蕊榜泥金願久償，忽教此恨落閨房。夭桃子墮花含淚，紅樹心孤蝶怨霜。樂府聽歌康老子，燈花偏惱謝秋娘。多情只有淳于意，檢點龍宮賜禁方。

吳元理秀才是予宰江寧時所拔童子以詩來謁粲然成章喜而有贈

十年不見張童子，一卷公然員半千。繞筆蘭苕花照水，盤空秋隼影横天。青山置酒吾將老，白下稱才汝最先。當日門生今小友，早探金海躡飛仙。

熊安亭公子之官楚中以舊時松竹讀書樓册子屬題

蕭郎吹笛出南都，肘後離騷有畫圖。行色君山秋月好，書聲江左竹樓孤。詩人慣作州司馬，神女遙迎楚大夫。倘采芙蓉花萬朵，不應忘記白門烏。

題李晴洲天際歸舟圖

作客天津未半年，思歸便畫送歸船。篙工添上三枝槳，猶恐春歸在客先。

隨園西北有高樓，樓上長江接檻流。無數飄檣天際影，可憐幾箇是歸舟。

八月二十九日偕温皆山莊念農遊棲霞

西風愛客作山行，細雨明朝換老晴。飲馬後湖秋水色，迎人前面打禾聲。遙看高嶺新墻出，曾過鑾輿大道平。一路齊梁舊雲物，銅駝石馬盡關情。

晚叩僧門尚未扃，張燈先到話山亭。峯如趁屋天原巧，水可流花地忽靈。九折廊隨幽澗轉，五層臺隔竹光青。穿林更有金衣鳥，啼出秋聲當笛聽。

來遲悔過桂花香，猶記前春去住忙。隔歲鈞天非舊夢，捲簾紅樹正新霜。萬松鬬健拏雲立，千佛浮金照影涼。結搆有人心未已，掉頭私自向斜陽。念農督工棲霞，意有改建。

回車重上最高峯，秋後黃粱萬頃同。宮殿忽藏雲世界，江帆齊出水西東。看山到頂心才快，待月回身眼更空。歸去烟霞應滿袖，遊人來自半天中。

鏡

盈盈一水寫風神，惆悵山雞舞罷身。望去空堂疑有路，照來如我竟無人。得知宜稱粧應改，解共悲懽汝最眞。願取蟠龍安四角，滿林花影盡横陳。

簾

珍珠顏色月波光，只隔遊蜂不隔香。一道疑城花隱霧，萬條斜竹水成行。蓬山珮響仙彌遠，深院風停日更長。搖蕩春痕鈎捲未，銜泥燕子待升堂。

床

小眠齋裏倦琴書，每覺藜床味有餘。一夜送人何處去，百年分半此中居。金燈聽鼓應官後，紅袖抽簪乍上初。兩種風情最堪憶，梅花吹落水窗虛。

燈

別酒淋浪夜雨聲，空山紅處野風驚。並無喜事花長報，爲有黄昏色轉明。歌舞當場春夢短，江湖回首玉堂清。除將書卷雲鬟影，不領銀釭一點情。

扇

齊紈巧製愛天工，白羽臨江水照空。小撲流螢花徑外，分涼熱客樹陰中。生無愧面遮寒士，秋有餘恩感漢宮。憔悴年年箱篋裏，誰知搖手滿懷風。

尺

典衣從古屬周官，分寸由來尉貼難。織布新人休護短，滿城高髻太嫌寬。明堂補袞身猶在，大樂調鐘輿已闌。我欲通天臺上表，羣才交與此公看。

杖

剡水雙藤健絕羣，偏於足下最殷勤。年來孤往常無路，海內相扶尚有君。小拄心知深淺雪，橫拖身逐往來雲。鄧林豈少狂奔者，可奈虞淵日易曛。

帳

甲乙流蘇事事非，誰傾海水向羅幃。垂雲深護鴛鴦穩，越境難防蝴蝶飛。白鳥有聲喧外陣，紅燈無力透重圍。愁他酒盡更殘夜，遮莫離人獨自歸。

香

老去荀郎感歲華，詹唐粘濕尚成家。空中仙過靜聞樂，墻外月明知有花。雞舌自含芳訊早，旃檀偏抱逆風嗟。何當盡取懷中字，燒作青詞上紫霞。

和涂長卿秀才九月開牡丹之作

三月繁枝九月抽，驚看穠豔捲簾鈎。紫雲題句因紅葉，青女飛霜到絳樓。花自過時仍富貴，天無成見作春秋。桓榮晚遇顏郎否？各向尊前掉白頭。

十月九日飲江防司馬陳省齋署中坐客汪君吹簫吳君鼓琴姚君製硯相錯勸觴

碧雲欲墜秋滿天，黃花不語含素烟。金簫玉琴橫几前，江州司馬開華筵。挫糟凍飲酒材全，紅虬脯雜玄兔肩。吳剛半醉調朱絃，三湘兩峽鳴清泉。汪倫弄管銀字圓，如怨如慕愁嬋娟。須臾合奏相接連，蕭史請後伯牙先。孤鸞低語老鳳憐，水尺未斷冰絲牽。口所欲轉手亦旋，角聲不厲羽不偏。如雁拍水珠流淵，玄雲白鶴來翩翩。主人六十未華顛，宛若世外餐霞仙。平生妙筆娩龍眠，今夕何夕勝事聯，胡不畫圖海內傳？更有姚君琢硯田，青花紫文開陌阡，能將金石蘭亭鐫。枚也一技無有焉，慮此良會心悁悁。側聞南齊賜宴年，拍張琴舞琵琶邊，別有臣歌封禪篇。敬請效尤依古賢，含笑獨看郇公箋。

送上元令温屏山刺通州乘呈其五兄悟仙

聽唱驪歌小雪天，一門人別六朝烟。思量二十年前事，早撥朱琴第五絃。

斯人風骨最清狂，不逐鴛班逐雁行。此去通音眞小悟，萬重海水自宫商。

王郎一曲唱初終，阿弟旌旗照眼紅。始信東山愛絲竹，官聲不累小安豐。

白下風烟接素秋，三年鴻爪紀同遊。棲霞晚翠青溪雪，倂作離人一段愁。

鳳簫二十六韻

鳳故待年女也，長而痘痂着面，乃聘陸姬以乞香亭，又復不果。有蒙古將軍聘之，簫請行。

鮫室泣冰綃，秦樓別鳳簫。碧天紅線遠，法曲紫雲飄。玉自崑山種，珠從合浦招。目成初見處，姅變可憐宵。解誦靈光賦，纔勝金步摇。留仙風裏待，按管月中調。秋水明清睞，修篁束細腰。近花香轉澹，采藥路非遙。一日痲姑爪，三生脂夜妖。壽陽梅點點，獺髓影蕭蕭。灑面雲爲雨，分香手握椒。看春心未滿，得隴興仍饒。二月姑蘇舫，江東大小喬。家雞忘逸少，遠水聘雲翹。已見新加舊，難堪暮與朝。瓜期遲短漏，眉恨鎖長條。欲住情終怯，將離夢復憀。鶺鴒情太薄，蠃蜾話空撩。竟作烏孫主，甘從皂北鵰。宜城嫁琴客，瓊智降弦超。偰語吳音斷，琵琶塞草凋。卿悲秦吉了，我唱董嬌嬈。宛轉遺簪戀，淒涼舊粉消。人間無正色，花信有驚飇。願繫他生臂，休憎後續貂。思量主人意，海水作春潮。

答魚門覆舟見寄

久別青琴海上音，忽然彈作水龍吟。文章偶有淸流禍，神劍終無化去心。長願伊人歌宛在，何妨與世暫浮沉！水經註疏河渠考，此後輸君閱歷深。

年來陶峴臥烟霞，不泛張騫萬里槎。樂府怕歌公竟渡，輕鳧且傍水爲家。易林：鳧雁啞啞，以水爲家。天邊酒賀重圓月，池上風驚未墜花。聽説寸函隨隻履，轉疑龍女愛瑤華。聞失去一履、鄙人書一函。

親種

親種横塘楊柳枝，六年人恨采花遲。關心一搦纖纖手，長日章臺竟弄絲。簫竟適湖州絲賈。

涼月香燈夢未消，青衣作賦誚張超。鳳凰飛去簫聲遠，不管梧桐葉尙搖。

樊素歸時淚幾行，香山心也費思量。回頭自顧蒼蒼鬢，留與他生願轉長。

訪客

夜訪山中客，濛濛月色凝。敲門人未覺，仙鶴一聲應。

小倉山房詩集卷十四 戊寅

答髯孟人日見懷

青龍在戊巳七日，天漏不止風絲絲。東皇太乙行舊雨，髯孟太守貽新詩。山人閉門無一事，得詩大喜親歌之。音豪調逸趨慢緊，羲和敲石鳴玻璃。人日留人記往歲，朱雲徐樂多文詞。草衣、鳳木。君家夫人煬竈坐，安成之食供晨炊。一朝風輪蕩陳迹，二老委化相參差。撫時感事兩眼濕，春縱不語能無悲！春晴便覺百花迫，故意風冷凋青枝。譬如嫁女已筮日，往往事阻佳期遲。先生甥館謝郎以疾未婚，故調之。惟有老梅解春意，淩風犯雪揚幽姿。苦恨主人不飲酒，玉樹照影無金卮。且含數花若有待，待我報與先生知。

余十二歲舉秀才鄉人榮之杭州信來韓甥舉如其年喜贈以詩

多郎雛鳳作新聲，啼出桐山第二清。漢試籀書童子少，唐多科目秀才榮。膠庠舊夢吾能憶，宅相高風汝竟成。三十年來佳話在，老夫悲喜若爲情！

送四妹雲扶于歸揚州

江城春暮水漫漫，送汝揚州作季蘭。十日新婚隨婿別，二分明月待誰看？貧家奩贈新詩好，世上賢名後母難。妹繼配汪氏。記取張華箴女史，莫教離恨目波瀾。

秦樓挽手正登臨，底事雙飛去不禁。族大爭看新婦貌，夫憐暗慰阿兄心。嘔啞江上三更櫓，安穩沙灘兩睡禽。早采瓊花寄芳訊，舉家翹首白雲深。

贈徹凡上人

上人姓戴，吳中江雨峯客也。庚午寓江家相識，今來白下，云江氏一家暴亡，感而薙髮。

老友變爲僧，升堂一見驚。滄桑方欲說，涕淚已沾纓。帶雨袈裟重，披風貝葉輕。儒門原淡泊，留不住先生。

共記江家住，星霜未十年。笙歌猶在耳，父子竟重泉！有恨難詢佛，無歸易入禪。今宵掃塵榻，且自證前緣。

雨中見渡江者

春雨如絲織不淸，春風料峭可憐生。山中尚要關門住，江上爭禁喚渡行？

二月十二日

紅梨初綻柳初嬌，二月春寒雪尚飄。除却女兒誰記得，百花生日是今朝。

寄蔣茗生太史　并序

壬申春過揚州，見僧壁題詩絶佳，末有茗生二字，遍訪無知者。熊滌齋前輩爲言茗生姓蔣，名士銓，江西才子也。因得芳訊，寄余詞曲尤多。今年入翰林，作詩寄之。

荳蔻花開月二分，揚州壁上最憐君。應劉才調生同世，嵇呂交情隔暮雲。大禮賦成南內獻，清商歌滿六宮聞。爲他蕭寺題詩者，曾把紗籠手自熏。

回首蓬萊廿載遙，喜聞詞客續金貂。雲仙舊夢都陳迹，才子新詩正早朝。江上書來三度雁，青山人老一枝簫。何當置酒旗亭雪，乞與吳趨送晚潮？

哭王孟亭太守

難遣巫陽叩帝閽，生芻一束酒盈尊。故鄉采麥成長往，旅館遺孤尙候門。粉壁未乾題了墨，江風應送欲歸魂。編年詩放靈床上，待我重泉再細論。

意氣公然盛孝章，三朝鶴髮老名場。虞歌醒我千年夢，舊雨添君一笛霜。卜宅臨江悲庾信，養生空論笑嵇康。靑溪風月從今冷，無數梧桐變白楊。汪學熊經鳥伸之說，故有第六句。

投尹六公子似村

陵陽有瓊樹，密葉含靑葱。繁枝八九條，披拂蕊珠宮。其六尤娟娟，臭與香蘭同。柔心媚君子，露眼啼春風。三日不相見，芳訊誰能通？賴有靑鸞鳥，傳書出烟中。蠶眠字數行，素手贈芙蓉。上言銘金石，下言託始終。

隋唐秀才科，尊乃無與比。不待金馬門，便領尙書使。叔季稍陵夷，蕭艾雜芳芷。吾皇重人才，赫然降玉旨。大開明光宮，偏試羣公子。曳白愁張奭，聲鳴悲侯喜。六郎獨不然，舊劈書黃紙。漢策貫天人，唐詩協宮徵。君王笑而言，自有眞才耳。歸鑴肘後印，四字千古美。曰殿試秀才，佳話從汝始。

我年如郎小，初拜老尙書。忽忽二十年，郎年復我如。尙書麾旌旆，四度江南車。先生今鶴髮，弟子亦蒼鬚。惟有諸郎君，玉佩而瓊琚。春華良可愛，努力翔天衢。歲星常周天，三吳豈久居？君如上林花，我如烟江魚。青雲日以密，白雲日以疏。殷勤復殷勤，一字一眞珠。毋忘書中言，棄置在須臾。

余春秋四十有三尙抱鄧攸之戚今年六月二十九日陸姬生男不舉

半日爲人父，三生事可嗟。如何投玉燕，忽又隱曇花。壯髮初離母，長眉頗類爺。木皮棺紙薄，裹汝送泥沙。

漫說胞衣紫，莊公偏寤生。來時卽去路，泡影度風聲。碧海珠何脆，桐花鳳不鳴。親朋爭問信，流恨滿江城。

小草留根易，瓊花度種難。琴從中散絕，書付左芬看。文葆衣空製，璋聲聽已殘。斜陽雖自好，無補膝前寒。

老母含愁坐，殷勤作慰詞。道孫生有日，恐我見無期。此語何堪聽，全家一味悲。蒼天與人隔，何處問靈龜？

書所見

萬物赴生意，不能無所求。麟鳳至蟣虱，亦各有營謀。爲佛爲仙者，刺刺尙不休。何況侵晨鳥，能不鳴啾啾？我飢亦思食，我寒亦思裘。不謀固不可，太謀亦徒憂。適可而止耳，如水行輕舟。

深夜不熟睡，早起顏色焦。嚴冬不肅殺，草木春蕭蕭。人老而不死，毋乃夜行勞。神仙作狡獪，千年爲一朝。畢竟當長夜，獨醒亦無聊。不如信天翁，大化隨波濤。

呂布嚴酒禁，苻堅拒婦言。頗遵先王訓，而以亡其身。要知天下事，圓通理萬千。何以稱英雄，識以領其先。

我昨乘舟行，順逆風有權。我今靜掩戶，有風無風然。所以王秀之，久宦輒不肯。相傳勇退人，次神仙一等。

賦詩似爲政，焉得人人悅。但須有我在，不可事剽竊。昔有王家郎，好學華子魚。惟其太相同，轉覺遠不如。

臯夔非命達，共驩非命窮。唐虞一千年，司命者無功。宣尼泣麒麟，命始歸蒼穹。吾官雖沉抑，吾境猶從容。日者問支干，一笑如耳聾。欲知東方生，惟有太王公。

譙周

將軍被刺方豪日，丞相身寒未暮年。惟有譙周老難死，白頭抽筆寫降箋。

周昌

遺孤共殉聞荀息，越境能逃有正常。何事黄糴負如意，但聞強相病朝堂？

朱買臣

采薪歌罷雪花飄，五十登朝氣轉豪。殺得張湯刀筆吏，一行功已敵蕭曹。

張禹

羽衞傳呼謁太師，九重請訓萬人知。先生開口君王拜，床上深深託女兒。

叔孫通

軍謀休註漢官儀，綿蕞荒郊事事非。三代以還皇帝貴，兩生之後腐儒稀。

朱栩

人各千秋有性情，不圖禍福不圖名。金丸冷落椒風斷，偏葬當年董聖卿。

王儉

散髮斜簪侍玉除，金鑾殿上酒酣餘。拍張琴舞琵琶外，別有臣歌封禪書。

范希文

黄閣風裁第一清，宋朝名相半書生。西邊經略成何事，尙勸橫渠莫論兵。

陶弘景

樓上三層道氣濃，永明求祿枉匆匆。先生綠鬢方瞳意，可在烏紗骨相中？

郗詵

射策明光第一人，歸來香案筆當門。一千年後兒孫記，要報龍鬚老友恩。

沈約

老去名場夢久消，青宫風雨隔前朝。內家尚識東陽客，白髮淋浪淚萬條。

謝景仁

絃絕清商靈餌絲，人才國運兩相支。景仁三十居郎位，司馬家兒事可知。

王僧孺

賣紗東海遇中丞，兒墜深溝母亦曾。兒作中丞母何在，鳴騶引道淚難勝。

病中作 有序

余病中每夢得奇句，醒輒忘之。今年痁作熱甚，似有霞帔者持紙求詩，余書「萬樹接天風掃海，一人手結虹霓帶」云云。其結句云：「瑶妃浴罷天河窄。」熱退僅憶此三句，似非人間語，爲足成之。

萬樹接天風掃海，一人手結虹霓帶。黄金梯滑升天行，鳳凰挽臂星辰迎。風裳飄飄拜玉宇，口含北斗與天語。天上美人半故人，素手拈花相爾汝。王母微笑不掉頭，癡龍小謫三千秋。雲窗奏事不甚解，略聞海水西南流。宮漏鼕鼕天鼓急，金輪影逼扶桑直。三十六宮珍珠明，瑤妃浴罷天河窄。

鬬蟋蟀三十韻

兒時不好弄，雅好鬬秋蛩。老至興不淺，率來時相攻。憑軾觀壁上，擊節鼓胡嚨。選材必大閱，焚山輒搜窮。得一巨擘焉，文瓷以爲宮。樹之蜚弧旗，築壇招羣雄。教戰如啖訟，持草開金籠。其始體卑伏，拗怒初興戎。徐徐脰低昂，霜刃將交鋒。牙摩疑猰貐，頭觸愁共工。彌明舉足跛，叔孫當喉搚。道險一與一，兩將鬬弆中。伏己鹽其腦，搏膺鈹交胸。銜枚悄無聲，運翼如有風。瑟瑟齒擊響，拂拂長鬣衝。微覺昆喙息，愈增羅鉗兇。射月猶能軍，傷股強鳴鏦。一擲出盆外，如喝梟盧紅。再戰不改期，如學楚子重。摩壘更靡旌，逐北如飛蓬。帶斷狗于軍，勇哉氣矜隆。奏凱唱鐃歌，鼓翅如金鏞。漢有蟲將軍，毋乃汝同宗！敬汝矜而爭，比黨非蠮螉；愛汝勇而仁，螫人非莽蜂。飲汝以勇爵，蝸觸慚尸饔；偶汝以新牡，字微聲雍雍。十月入床下，懶婦驚殘夢。寄語蜇蔟氏，牡鞠休熏烘。我續蛆蝂傳，自笑本雕蟲。

偶成

事往百慮忘，興來一杯執。莫道勸無人，青山酒邊立。

遣懷

勸襯已無中執法，起家曾作侍中郎。不先詣客來還答，最愛看書過亦忘。吠畝身閒供疾病，功名事變入文章。較量六代風騷者，可是南朝顧野王！

才人已嫁邯鄲卒，名士誰當曳落河？出世風懷蝴蝶夢，傷春心事鷓鴣歌。聰明得福人間少，僥倖成名史上多。簾外芙蓉好顔色，晚秋寂寞照金波。

兩鬢霜侵百慮空，願書箋奏與天公。傳名早死皆高壽，肯樂貧家卽富翁。執筆羅睺如上馬，用心蘇綽本張弓。行藏此日憑誰問？欲倩黄香賦九宫。

病起對月

才卸藤床出戶前，舉家驚瘦老親憐。無秋不病中年後，有酒重歌碧月天。燈寫黄花霜下影，風留紅樹晚來烟。主人小與青山別，觸目清光更宛然。

客至

剝啄柴門響，呼僮掃葉迎。涼蟬知讓客，且住一聲鳴。

侍宮保遊棲霞作

偶見先生開病眼，教陪公子看秋山。來修勝景官俱集，去請鑾輿表正還。小雲晴多多更暖，寒林霜重葉全斑。嫦娥似解雲仙會，徹夜清光水石間。

說到棲霞喜不勝，尚書前世此山僧。引來瀑布分三處，陡闢奇峯遠一層。元老獨操風月主，羣公齊獻匠心能。宮門管掃閑花者，尚有詩人王右丞。江寧丞王香岩有「宮墻擁帚掃閒花」之句。

屈指奇觀數未窮，就中最勝是行宮。兩松收立黃門外，萬嶺橫陳紫閣東。山似人才搜更出，水如膏澤轉常通。知公不厭閒遊客，一個狂夫履獨紅。從官皆鞾，而枚獨朱履。

同來不肯同歸去，遊味從頭再細嘗。山好全憑松色古，春回還盼水聲長。亭臺分寸無虛設，物力東南幸莫忘。休怪曲終仍奏雅，打禾民正滿殘陽。

余雅不喜次韻疊韻而宮保寄詩嬲之不得已再獻四章

尙書抱負何嘗展，展盡經綸在此山。一自風泉歸藻鑑，幾番畫戟帶雲還。高峯未到亭先見，古廟經秋草盡斑。同入江城將十日，吟魂猶繞翠微間。

看山立雪兩難勝，隱者眞如退院僧。掃地松花堪滿掬，倚闌紅葉正千層。石從偶得時憐巧，泉竟搜來自覺能。蒙把烟雲付才子，春華終恐愧家丞。公來札云：「揮洒烟雲，固當讓諸才子。」

石梁精舍望無窮，欲取長江入帝宮。四面仙雲生戶牖，六朝碑塔半西東。斜陽善寫蒼松影，春雨能教絕壑通。回首師恩與山色，霜燈不負兩宵紅。

疊韻詩如岩疊浪，寄來雅味敎深嘗。山無官鼓更尤永，伴有郎君話倍長。玉簫尙遲三歲至，松雲何敢一朝忘？書中苦訂重遊約，會待梅花報曉陽。

揚州轉運盧雅雨先生招遊紅橋集三賢祠賦詩

微雨不成雪，曉日明紅橋。轉運盧大夫，折柬相招邀。艤舟傍釆陌，稅駕登烟皐。舊雨一樓滿，新霜千林消。半席迎王粲，終席來孝標。王徵士藻、劉侍講星煒。弘正金蘭簿，謝瞻雲霞交。缺面或十年，抗手竟一朝。繁星托孤月，東海匯羣潮。非公扶大雅，我輩何由遭。

皇宋三賢臣，高風不可再。迢迢五百年，此事如有待。我公領平山，瓣香寸心在。懷古此山中，招隱此山外。篠簜千琅玕，道是程公園。午橋太史。程公有遺命，捨宅爲阿蘭。公改祠三賢，亭臺增舊觀。既使故人慰，復使先賢安。時時攜酒人，處處憑闌干。羣公且莫飲，賤子有所思。三賢在何處，一賢今在兹。

大江横天表，南流入建康。其中有青鸞，三年不來翔。偶然乘螺舟，摳衣君子堂。朱履從而後，輕篷卷微霜。水流旗蓋影，風遞松花香。抗論至騷雅，摩挲及圭璋。烟帆歸暮雲，紅燈迎兩旁。山高月猶小，日短情何長。強我盡一杯，爲公留數行。平山有時傾，此會無時忘。

揚州對雪戲作

求官不過張伯松，求財乃學劉伯龍。酒未引人着勝地，雪先含笑語春風。問雪何所笑，笑我不固窮。秦散三千金，羣士鬬未終。張湯解此意，田甲與錢通。賈生太將牢，繡衣識賣僮。天下要物戰國策，南朝經國劉係宗。汝皆不知猶夢夢，妄思弋獲如飛蟲，可曾鮮卑語熟琵琶工？汝何不學漢賢良，請除鹽鐵追虞唐？又何不學張平叔，請去商人正國俗？

胡爲乎箕子不知長夜飲，禹王且解下裳行。騎來仙鶴到處舞，心鈎意釣若有情。我道雪莫笑，生財有大道。西施東施同一顰，存乎其人分醜好。孟軻兼金受七十，寧與蘇秦較多少？我且招阿堵，喚青蚨，天下英雄子與吾。子之俗處須我洗，我之雅處須子扶。人仗子，求高官；吾仗子，求異書。子爲人呼盧，子爲我提壺。不爲風花水竹來用子，便使文史玄儒笑且呼！不爲璜琥盤匜來用子，便使金童玉娥美且都。天生萬物貴用得其所耳，守彼笨伯作虜胡爲乎？錢神聞之手拍張，雪神聞之喜欲狂。兩人悔過同商量，共請女仙燒雪作白鏹，定教胡岳滿面生銀光。

夜過金賢村明府即席有作

揚州司寤許宵行，夜踏新城進舊城。一柱金箏兩行酒，有人剛唱淚盈盈。

元官風貌似花嬌，玉笛吹殘病未消。生恐敬兒全體熱，教儂親手試瓊瑤。

子野聞歌喚奈何，盈盈方寸起星河。要他步上蓮花怯，小製纏頭吉莫靴。程立萬贈靴，元官嫌小。

絲哀竹濫角聲殘，雪滿前溪月滿山。我本龍華同會客，愛吹尺八謫人間。

送劉映榆侍講入都

征袍看拂九秋霜，手採瓊花入建章。遇我尙行前輩禮，因君轉憶少年場。才高筆有東京賦，官久舟無南越裝。劉督學粵東。同日尋春同酹酒，當初曾忝蔡中郎。

投鄭板橋明府

鄭虔三絕聞名久，相見邗江意倍懽。遇晚共憐雙鬢短，才難不覺九州寬。君云：「天下雖大，人才有數。」紅橋酒影風燈亂，山左官聲竹馬寒。底事誤傳坡老死，費君老淚竟虛彈。有誤傳余死者，板橋大慟。

讀蘗下吟感贈半野園主人

主人劉姓，字春池，爲織造計吏，火焚其局，凡家畜梨園樂器及所居園亭盡償入官。

讀君詩罷我神傷，黃蘗春生味獨嘗。有此高才甘小隱，無多老淚落淸商。尙衣局盡三更火，協律郎餘兩鬢霜。舞扇歌裙如解恨，也隨東海嘆滄桑。

名園前歲看花時，爲訪姑蘇兩畫師。照水那知風浪起，賣山翻羨子孫遲！黃金放手來難再，白雪彈琴聽者誰？惆悵英雄回首晚，枕烟亭上負心期。

推窗

連宵風雨惡，蓬戶不輕開。山似相思久，推窗撲面來。

陳古漁新婚

一卷文傳紀錦裙，鬑鬑夫婿久超羣。阮修婚費名流助，張祜才華女子聞。紅豆新詞南浦雨，海棠春夢板橋雲。匏瓜無匹今休感，已覓玄霜見少君。

摽梅休註鄭康成，春晚花遲最有情。貧士家原須健婦，高人妻亦喚先生。承歡聽唱姑恩曲，擇木看飛谷口鶯。古漁成婚遷屋。從此蘆簾燈似雪，吟詩一定是雙聲。

除夕雪宮保饋魚

對雪公憐把釣難，特教雙鯉贈魚盤。烹鮮廚下年將盡，燒尾龍門夢未闌。入戶似傳春信到，揚鬐猶帶浪花寒。披裘再拜烟波外，一物還供兩歲餐。

除夕過李竹溪明府

冒雪尋君雪滿身，屠蘇臘酒正横陳。光陰最貴是除夕，宦海相關惟故人。安傳公被劾，方物盈門爭賀歲，小胥裁帖寫宜春。喧喧士女鼕鼕鼓，一路花燈歲已新。

鑷鬚

我昔留鬚曾有詩，今年鬚白復鑷之。昔求其無今求黑，十六年來能幾時！終朝攬鏡不停手，田彼南山如去莠。衰草當秋豈盡除，素絲雖染知難久。白鬚臨行惄然訴，道君逐客眞無故。拔毛與世既無利，吹毛於我又何惡！昔我在周朝，燕毛首坐何尊高。又嘗親遇宋襄公，不敢見禽稱戰功。於今骨肉連理生，忽然離别鴻毛輕。黑白太分古所戒，虐老榮幼難爲情。主人笑且言，我本潞涿君，自從諸毛來，紅顔變青春。意雖不樂強自解，英雄從古鬚眉聞。汝又一朝變微雪，使我萬念成輕雲。君不見，天公作春秋，落花從容自去留。人生老少無痕迹，大家夢夢登糟丘。汝偏標題衰頽不忌諱，使我臨水顧影心驚愁。美不能鬭百草，健不能挂雕弓，既不知何日爲人作曾祖，又不知全白可能參相公。不如有心媚側室，掃除枯槁留青葱。誓不許汝先縞素，星星滿把揮春風。

小倉山房詩集卷十五 己卯

子才子歌示莊念農

子才子，頎而長，夢束筆萬枝爲桴浮大江，從此文思日汪洋。十二舉茂才，二十試明光，廿三登鄉薦，廿四貢玉堂。爾時意氣凌八表，海水未許人窺量。自期必管樂，致主必堯湯。強學佉盧字，誤書靈寶章，改官江南學趨蹌。一部循吏傳，甘苦能親嘗。至今野老淚簌簌，頗道我比他人強。投檄大笑，善刀而藏，歌招隱，唱迷陽，此中有深意，曉人難具詳。天爲安排看花處，清涼山色連小倉。一住一十有一年，蕭然忘故鄉。不嗜音，不舉觴，不覽佛書，不求仙方。不知青鳥經幾卷，不知樗蒲齒幾行。此外風花水竹無不好，搜羅雞碑雀籙盈東箱。牽鄂君衣，聘邯鄲倡，長劍陸離，古玉丁當。藏書三萬卷，卷卷加丹黃。栽花一千枝，枝枝有色香。六經雖讀不全信，勘斷姬孔追微茫。眼光到處筆舌奮，書中鬼泣鬼舞三千場。北九邊，南三湘，向禽五嶽遊，賈生萬言書，平生耿耿羅心腸。一笑不中用，兩鬢含輕霜，不如自家娛樂敲宮商。駢文追六朝，散文絕三唐。不甚喜宋人，雙眸不盼兩廡旁，惟有歌詩偶取將。或吹玉女簫，綿麗聲悠揚；或披九霞帔，白雲道士裝；或提三軍行古塞，碧天秋老吹甘涼；或拔鯨牙敲龍角，齒牙閃爍流電光。發言要教玉皇笑，搖筆能使風雷忙，出世天馬來西極，入山麒麟下大荒。生如此人不傳後，定知此意非穹蒼。就使仲尼來東魯，大禹出西羌，必不呼子才子爲今之狂。既自歌，還自贈，終不知千秋萬世後，與李杜韓蘇誰頡頏？大書一紙問蒙莊。

正月二十二日紀事

尙書公餘發幽想，新歲不見詩人往。顧命材官召某來，白雲可覓人難訪。點也絃歌聲正希，聞呼身作輕鷗飛。後堂直入無絲竹，絳帳一枝紅蠟燭。初將古玉辨琳琅，繼取蟲魚別印章。吟詩風戛幽窗竹，論史秋生舌底霜。野人看書如看水，眼光到處狂言起。當仁不肯讓先生，狂狷惟聞裁小子。五歲郎君出款賓，三千弟子幾人存？重提知遇當年事，愈覺師生此日親。官鼓鼕鼕星欲曙，山人長揖還山去。送客燈明使者衣，回頭月照將軍樹。臨行雙贈紫羅囊，爛似天孫雲錦裳。此意明公應有在，教儂佳句好收藏。

答周幔亭山中招友一篇

兩山屹相向，中有兩賢居。兩賢時相招，歌呼相唱喁。一賢幔亭子，昂昂千里駒。能畫周天星，帝座通噏呼；能測長江線，胸中橫具區。執削道所記，羲農黃唐虞。苔布偏娑衣，鉢冠弁棧車。笠宅賦囚山，清涼割一隅。一賢隱隨園，玉佩而瓊琚。挂冠十二年，栽花三千株。所居小倉巔，赤壤雜墳墟。胚胎於清涼，其氣廉以疏。兩山無兩賢，岌岌徒清虛；兩賢無兩山，兀兀空蓬廬。而今既雙得，彼此相夸譽。我負子則戴，子耕我則鋤。雪海我已足，松濤子有餘。淳于飲一石，孟公飲一盂。酒戶無大小，醉鄉有乘除。此外來諸賢，招之相與俱。徐淑工丹青，蝴蝶夢蘧蘧。黃香賦九宮，文史爲嬉娛。王涂汝芳隣，詩律追唐儒。臒齋我從昆，仙履鳴雙鳧。如山聚衆峯，如水匯羣湖；如樂合宮商，如蛩負駏驉。琴彈左瑟應，鷺立旁鷗趨。招友得此樂，千金抵須臾。僕乃掉頭笑，如斯而已乎？我請爲大招，與子相揶揄。擊筑招漸離，試劍招風胡，挾彈招韓嫣，采桑招羅敷。我若爲天公，玉女常投壺；我若爲宰相，子路執金吾；我若大勳貴，驅使霍家奴。於今皆無分，且自招其徒。不招漢灌夫，酒氣太豪粗；不招石季倫，俗物矜珊瑚；不招袁彥道，無賴喝梟盧。所招皆目前，一一與人殊。招月使升戶，招風使當罏；招葉爲茵幄，招竹掃行廚。禮從野人野，谷號愚公愚。牧童牛戴牛，酒器觚不觚。若非歌纂纂，定是唱烏烏。有花皆九錫，有賦必三都。山對人而態活，水得主而難枯。星聞歌而欲聚，鳥結伴而鳴舒。各招所招客，各著所著書。子招我未有，我招子亦無。若比淮南王，招隱終何如？

隨園張燈詞

隨園一夜鬬燈光，天上星河地上忙。深訝梅花改顏色，萬枝清雪也紅粧。

金粟分行綴玉蟲，淺紅相間又深紅。隔山人唱霓裳曲，笑指先生住月宮。

高下樓臺列錦屏，紅珠歷落水雲清。嫦娥似讓燈光佛，捧出銀盤不敢明。

熱戲俳歌火鳳謠，金釭銜璧影相交。引光奴逞拏雲手，遍摘春星挂樹梢。

盧仝吩咐小心風，珍重封姨護燭龍。一陣丁東鈴索響，水痕花影蕩千重。

誰倚銀屏坐首筵，三朝白髮老神仙。熊滌齋太史。道看羊侃金花燭，此景依稀六十年。太史云：年十五時舉京兆，宴宛平相公怡園，見張燈相似，今重赴鹿鳴矣。

客散華堂酒未收，重敎金狄守更籌。簾波聽喚青衣捲，別有名花照影遊。

紫明供奉漸婆娑，倦把青藜走絳河。笑我金蓮舊詞客，照花時少照書多。

遊仙詩

當年足下看雲生，三疊琴心道已成。誤寫上清蝌蚪字，一篇眞誥不分明。

風引三山境寂寥，碧天吹斷水精簫。鬬心子晉顏如玉，身隔雲屏手亂招。

迢迢白練耿秋河，織女重來恨已多。八萬六千明月戸，不知何處認嫦娥。

相招須把碧芙蓉，海上歸來雪萬重。同住玉眞淸冷地，不司符籙便從容。

東海塵揚阿母家，年來勾漏少丹砂。有人手執青鸞尾，獨立蓬山掃落花。

海棠詞

春花開到海棠枝，天意來催豔體詩。誰把嵰山萬重雪，盡貽兒女作胭脂。

東風儘力送紅潮，人自消魂雪自飄。不信天孫織雲錦，年年都挂此花梢。

聽得流鶯向曉催，捲簾紫玉已成堆。生愁夜半成烟去，自取銀燈照幾回。

當年妃子鬭風華，浴罷華淸鬢小斜。國色半酣紅玉軟，至今留影濛窗紗。

我亦曾披宮錦行，昏昏春睡不分明。輸他花上金衣鳥，裹着紅雲過一生。

九錫無人奏綠章，自慚虛作紫薇郎。夢中彩筆珍珠字，擬託朝雲寄數行。

春日雜詩

千枝紅雨萬重烟，畫出詩人得意天。山上春雲如我懶，日高猶宿翠微巔。

漠漠輕陰雨後看，支笻長自倚闌干。正嫌花氣無人送，一陣東風過玉蘭。

水竹三分屋二分，滿牆薜荔古苔紋。全家雞犬分明在，世上遙看但綠雲。

清明連日雨瀟瀟，看送春痕上鵲巢。明月有情還約我，夜來相見杏花梢。

萋萋芳草遍春潭，深院無人綠更酣。何處一聲清磬響，斷峯西去有茅菴。

玻璃作鏡當雲鋪，返照春山入畫圖。自憶頭銜揣風骨，此生只合住冰壺。

繫得雙湖似故鄉，一枝柔櫓泛春航。落花水上凌波立，還擬人看舊日粧。

風亭月榭事匆匆，園漸繁華我漸窮。半世經綸十年俸，思量都在水雲中。

袖拂孤雲理素琴，那知門外落花深。山人不飲河東酒，只要君王賜茯苓。

銀箏低按古涼州，聽水聽風夜正幽。忽報樹梢燈似海，小紅歌罷盡回頭。

柴門掃雲雲不開，雲中置酒臨高臺。夕陽辭我下山去，明日問渠來不來。

自把新詩寫性情，勝他絲竹譜春聲。流鶯啼罷先生唱，各有閑愁訴不清。

題曹麟書學士天下名山圖即送其乞假歸里

八十七歲學士何處來？方瞳綠鬢顏如孩。意欲吞盡齊烟九點上天去，故把名山幅幅都安排。左手抱崑崙，右手拍洪厓，使我一見心驚猜。疑是夸娥之神負山至，又疑徐福之船從海回。那知朱家爲兄劇孟弟，當年雞壇同歃長安街。長安李夫子，玉洲先生。宏奬諸仙才。夷門大會敦盤盛，誰執牛耳升高臺？君年最長我最少，浮萍一聚風吹開。人生轉眼如夢耳，二十五年海水飛塵埃。諸賢晨星半錯落，李公白骨縈蒿萊。我亦清霜上頰久隱矣，君方長劍拄頤事玉階。平生舞刀奪槊英雄志氣小差未，惟有宋玉登山臨水之心猶未灰。潑烟墨，寫雲雷，五丁捧筆，萬靈磨崖。不必穆滿長驅八神駿，不必向平踏破雙麻鞋。只須一頁展開處，但見清都紫府眼前崱嵂而崔巍。青宮尚待桓榮駕，曼倩難戀瑤池杯。太公磻溪方坐釣，兩耳頗聞文王催。前別既已遠，後會何時偕？但問黄石公，他年滄海騎鯨去，可要把橋進履之孺子攙登相追陪？

題碎琴上人集

一代編詩史，寬收幾個僧。斯人宗獨漉，上人自稱獨漉先生之後。流派自南能。賣卜簾垂市，抄書佛借燈。勸將貍德隱，差免十方憎。

制府西園小修工畢遊後賦呈宮保

山事畢棲霞，山公坐晚衙。自安三品石，小綴一庭花。丘壑憑心造，烟巒愛客夸。數拳猶未足，採到野人家。

不繫舟如舊，亭臺事恰更。添廊通雨路，分竹散秋聲。石罅蒼松補，窗虛碧瓦明。公餘射鵰處，楊葉與雲平。

自寫爲山好，新詩賦六章。三江看雲物，四度感滄桑。水靜游魚樂，簾靑夏日長。鳴鳩隔花報，春雨足新秧。

我與西園柳，蒙公種廿年。自慚頭似雪，不及樹參天。相隔才三里，賡歌每數篇。春風沂水意，舍點向誰傳。

宮保和詩

斜照映紅霞，濃陰放柳衙。山凝環几翠，風颭隔簾花。大廈慚無補，芳園詎足誇？梁間雙燕子，不認是誰家。

亭臺猶似昨，轉眼景全更。石磴含雲氣，蕉窗帶雨聲。松青鱗甲老，波漲鏡初明。頗有才人意，文無一筆平。

老去詩情減，相思有和章。幽懷耽水石，農事念蠶桑。竹影迴廊靜，鶯啼午夢長。栽花還意懶，幾度問新秧。

羨君生計好，高臥自年年。宦海渾無岸，桃源別有天。琴書消永日，雲物入新篇。笑我舟難繄，空留客舍傳。

杭太史堇浦寄示嶺南集奉酬三十六韻

嶺海新詩至，空山老鳳鳴。焚香盥雙手，展卷到三更。蜃氣青紅色，鈞天雅頌聲。傳經百粵地，灑翰五羊城。南斗文星避，西河講席傾。塗金尋漢塔，呵手試端阬。樹寫黎朧義，糕題鬼子名。離宮開絳帳，化雨沃仙莖。曉夢梅花落，高談孔雀驚。三千詩弟子，六一古先生。陸賈歸裝富，庚桑尸祝成。豈徒娛暮景，眞足慰交情。憶昔公車召，相將殿上行。采薇先輩引，師律丈人貞。德講資匡鼎，噓枯到禰衡。充宗冠嶽嶽，郭憲氣觥觥。夜訪蓬池月，朝騎太乙鯨。隨肩冰署冷，分手玉堂淸。慷慨論封事，寬容頼聖明。白衣辭領職，短鍤許歸耕。鳥篆儂先誤，龍鱗爾更攖。三山成小謫，一樣誤前程。倭乞蕭夫子，人師馬長卿。弓衣詩繡滿，蹋臂女兒迎。近海文瀾闊，還家五兩輕。珠娘曾買否，梟博幾輸贏？五十喪無毀，三虞事未營。菰盧還薦士，時薦胡生來白下。猿鶴豈忘盟！感舊山陽笛，藏書晏子楹。有人遊白下，幾載滯歸旌。鄉井離黃籍，江東作步兵。書來風動竹，別久柳啼鶯。以我紅顏改，知君鬢雪盈。無車難越弔，望遠但沾纓。想和軒轅律，遙吹子晉笙。蒼茫千里月，執訊代班荆。

遣興

富春嚴子陵，谷口鄭子眞。亦自懶惰耳，心非有所嗔。男兒不作官，豈遂無立身？必求所以然，定知非解人。

人難作我兒，我難作人父。所以生不育，皇天不輕與。古來眞才人，俎豆非兒女。諸公莫相關，我自有千古。

貨殖子貢富，甕牖原憲貧。富乃勞其力，貧則苦其身。治生貴有道，行樂貴及辰。自活苟無才，何以活生民！

荒山本無牆，梅雨復來敗。山居已十年，盜賊尚無害。灞上李將軍，未必餘威在。楚國舊令尹，或者有遺愛。

當時只望老，以便好辭官。此時只畏老，以便常尋歡。望之恰已至，畏之不能逃。始知望與畏，兩念俱徒勞。

古人吾不服，今人吾可知。惟其去人遠，執禮彌謙卑。弈棋貪有伴，降心以相從。應付吾手上，高低吾心中。

當年修隨園，過溪事營造；今年修隨園，溪內日探討。遠修跋涉遙，腹裏翻未了；近修結構易，亦復偃息好。始悟古諸侯，封國不嫌小。

話桑麻圖爲方綺庭明府題

東漢張君游，驅騶漁陽道。前村有桑麻，顧之欣然笑。先生綰綬時，與彼作同調。風和柘樹陰，雨晴麥隴初。捐除長官體，輕乘弇棧車。召彼野老詢，桑麻今何如？桑者前致詞，今春葉青青。麻者前致詞，漚菅得奇贏。使君未來時，土化多未宜。使君既來後，犬足多生氂。使君不嫌醜，敢獻村中酒。山妻急繫裙，牧童忙鼓缶。長跪問使君，見過唐堯否？使君忽心動，我亦有桑麻。汝既安汝業，吾亦憶吾家。高掛烏紗冠，歸看白門花。白門有一人，種桑十年矣。半樓青溪雲，滿徑桃花水。若再欲話時，請君來洗耳。

偶題

春歸未歸雨復晴，竹西窗戶風泠泠。野薔薇喜沒人到，雪白小花開一庭。

香亭自徐州還白下將歸鄉試作詩送之

一別鬚如此，全家怪汝蒼。滄桑生面目，世事感星霜。到眼園亭換，關心兒女長。阿兄難免俗，先要問歸囊。

聖主崇詩教，秋闈六韻加。今年得科第，比我更風華。五字清商脆，三條畫燭斜。相期呼小宋，追步八磚花。

去年書慰我，作叔苦無因。香亭和余失子詩云：「薄福難爲叔，添丁轉惱爺。」門戶堪誰託，芸香少後塵。桂花兼子采，荆樹及時春。莫再生才女，能詩便嫁人。戲四妹。

聞說新居勝，柴門汝未開。到時花繫馬，飲處月當杯。遊子隣翁認，高歌啼鳥猜。多增棠棣館，頭白我歸來。

悼柳

水上古柳，彎環如老龍，余誅茅築岸，理而出之，置亭焉，顏曰「柳谷」。不逾年，柳死。

受賞非君願，相知愧我粗。建亭流水上，從此好春無。古幹寧辭伐，殘枝強欲扶。蘭成枯樹賦，吟罷覺心孤。

傷鶴

二鶴翺翔籬外，獵者過以爲可羹也，火鎗一發而斃。

奇禍發清流，乘軒兩鶴休。火攻眞下策，羽化入高秋。小瘞苔痕薄，平沙爪跡留。神仙還有刼，何處免閒愁？

諸知己詩 有序

曹公以太牢祭喬太尉，即宣尼報德之説。阿瞞猜忍，猶知此義，況君子乎？枚少也賤，長登仕途，好我者中心藏之。今生四十四年矣，伏而不出，鬢有二色，所報可知。每學張步自呼負負，計不與形骸俱化者，惟有文字。倣少陵八哀聊志寸心，其他或頌其生，或輓其死，見集中者，不復再見。金公恩最深，故重言之。生存者溧陽一相而已。統題之曰諸知己詩。

禮部侍郎浙江提學王公蘭生

予幼學典謁，觀光逐人走。試籀書九千，飲水墨一斗。奕奕王交河，許作童子郎。膠庠騎竹馬，觀者嘆道旁。蟠桃花未開，春風吹已早。秋來寧不實，自愧登盤小。

兵科給事中浙江提學帥公念祖

杭州蘇司業，羣士附如毛。非其所薦者，竊竊愁琴焦。帥公無先容，拔我升前茅。按劍對夜光，掘獄出毫曹。長安一爲別，咸陽萬里遥。青蠅宦海飛，白骨沙場抛。可憐養鸞鷟，不見賦鷦鷯。何當抱孤琴，塞外將魂招？公爲陝西布政使，竄死塞上。

處士柴東昇

瀨水一盂飯，翳桑一頓餐。當時寸心足，此事千古難。我昔粤西行，助者柴先生。先生非有餘，蓮幕分杯羹。君家耕南弟，與我臭如蘭。以愛及所愛，同舟赴高安。富春江水清，洪都江月白。照我與君遊，照君與我别。如何照施恩，不能照報德。

廣西巡撫金公鉷

中丞巡粤西，大阮遊幕中。馳書招我往，一見呼終童。作奏薦之天，署年驚王公。詞科三百人，爭來趨下風。我遊蓬萊池，公歸兜率宫。愛我眉宇異，期我爵位同。語我韜略計，許我旂常功。一事不能副，兩淚何由終！九原如可作，持面愁相逢。

協辦大學士吏部尚書孫公嘉淦

孤鳳蹲青桐，不鳴如有聲。金鐘懸東序，萬物肅儀型。孫公司爽鳩，海內儒林亞。天瑞五色雲，丹青佐神化。我來溫卷時，春風吹滿面。已助阮修婚，更作正平薦。登門已足榮，何況噓植之。千秋溯淵源，大賢爲吾師。

太常寺卿唐公綏祖

唐公智勇深，高秋懸冰鏡。一顧市可空，九折臂逾勁。賤子趨末階，短衣不掩脛。公命下逵來，平章將女贈。我曾訂范雲，何敢學子敬！緣薄已慚恩，福薄更慚命。讀祭喬公文，琅琅不忍聽。

文淵閣大學士史公貽直

唐時顯慶輅，皇宋夸物在。一鳳鳴虞廷，雍容六十載。周官三百六，歷歷皆所司。唐區十五道，各各駐旌旗。開口姚元之，放手杜黃裳。瑕瑜不相掩，才力堪低昂。公以姚、杜兩公自命。奉詔敎翰林，我擬策一通。謂有陸贄直，而兼長沙忠。萬金何足感，一言長在心。仰止一品集，封敖涕淚深。

編修李公重華

仙人碧虛骨，不染明窗塵。偶歌梅花詩，冰絲彈孤雲。市上逢郎君，雞壇敦夙好。門下作門生，裴皞咥其笑。長安鳴珂里，姑蘇青雀舟。夫人行大享，內子折花籌。思之如前生，華屋悲山丘。

御史王公峻

孤峯生大海，四顧全無地。志士立中朝，寸心惟有帝。先生獬豸冠，目作愁胡視。屢請上方劍，王孫何自厲！愛我賦秋蘭，逢人夸姓氏。卿輩縱不聽，奮舌行吾意。說士甘於肉，排闥時掉臂。歸老擁皐比，得免魑魅忌。千秋寂寞名，表章誰我繼？

兩江總督德公濟齋

講學俗儒耳，惟公便覺雅。爲問所以然，一眞黜百假。宗藩靜而尊，服侍皆宦者。赤子心盤旋，黃金手揮灑。置身三古前，遊目兩廡下。排衆用一賢，命我擁雙社。幸遇朽木雕，擬躍祥金冶。嗚呼伯樂去，憔悴終天馬。

兩江總督策公楞

策公不知書，能收英雄才。龍泉迎風胡，一見心顔開。彼此留不得，兩心各自哀。賤子還鄉井，將軍去輪臺。陳湯誤質子，班勇無軍功。蛇矛兩手折，鐵鎖九天封。未獲訊廷尉，先聞劫義公。肉飛瀚海草，血凉天山風。吾欲負馬革，裹骨祭鬼雄。

福建布政使陶公士鐄

寸寸離官樂，行行驄馬止。相逢陶士行，苦留王稺子。問公識我歟？公云不識君。上指丹鳳闕，下指黔首民。

李名世秀才

我聽溧邑訟，有客戴儒冠。日日立堂下，如石點頭看。疑是攖獄者，來探鞫刺端。覺不干我事，姑且聽其然。亡何我改邑，驅車出郊外。此人伏草中，奔向車前拜。云是高淳人，偶來溧邑界。愛我聽訟明，賃屋居此間。日聽一二事，歸與父老傳。我方拱手謝，彼復攏袖言。餉朱提八流，願當劉寵錢。拒之彼淚下，受之我茫然。從此一爲別，騰身如雲烟。感君好善心，愧我酬恩意。冥冥三十年，惻惻至今記。記得門狀書，秀才李名世。

詩畢後再題一絶

事難如志都歸命，詩豈酬恩略表心。回首河山人宛在，相思便作幾回吟。

避暑

避暑無他法，安身有秘方。只離紅日遠，自覺碧天涼。

起早

起早殘燈在，門關落日遲。雨來蟬小歇，風到柳先知。借病常辭客，知非又改詩。蜻蜓無賴甚，飛滿藕花枝。

改詩

改詩難於作，辛苦無定程。萬謀箸不下，九轉丹難成。遊覺後歷妙，陣悔前茅輕。抽絲緒益引，汲井泉彌清。粧嚴絕色顯，葉割孤花明。如探海嶽勝，人到仙不行；如奏鈞天律，鳥啞鳳始鳴。脫去舊門戶，仍存古典型。役使萬書籍，不汩方寸靈。恥據一隅霸，好與全軍爭。吹角不笑徵，塗紅兼殺青。相物付所宜，千燈光晶熒。寧亢不願墜，寧險毋甘平。動必拔龍角，靜可察蟻蠅。選調如選將，非勝不用兵；下字如下石，石破天方驚。豈敢追前輩，亦非畏後生。常念古英雄，慷慨爭功名。我嘆不得用，借此鳴訇鏗。盡才而後止，華夏有正聲。凡彼小伎藝，傳者皆其精。奚可聖人教，飽食忘經營。止怒莫如詩，管子語。歌之可怡情。多文以爲富，擁之勝百城。既省絲竹費，兼招風月聽。上鳴國家盛，下使羣賢賡。縱死見玉皇，猶能獻韶英。

風帆

一葉高懸浪拍天，孤迎紅日孰爭先！風非不順吹難飽，海縱無邊住有權。力大勝騎龍馬走，身閒長抱水雲眠。篙工未肯將君用，要等餘皇萬斛船。

馬鞭

烟樓撞處久摩空，曾記馳驅閬苑東。斜指斷腸雲外樹，自鳴得意馬蹄風。隔花傳響春山遠，帶雨催程落照紅。一個祖生追不上，歸來忍待管絃終！

大樹

繁枝高拂九霄霜，蔭屋常生夏日涼。葉落每橫千畝雪，花開曾作六朝香。不逢大匠材難用，肯住深山壽更長。倚樹有人問名字，爲言南國老甘棠。

古琴

箏琶海內傳新曲，禮樂千年剩老身。挂壁尚存淸廟夢，過時誰奏廣陵春？敢隨武庫爭高價，只覺羲皇是故人。我不知音偏好古，七條絃上拂灰塵。琴操曰：伏羲造琴。

夸父杖

八荒霍霍驚仰首，空中夸父逐日走。拔山倒海事事終，不追白日非英雄。果然手捉黃金烏，問公此樂胡爲乎？如何口渴顏色槁，一枝杖作鄧林草。

延陵馬

延陵卓子馭馬猛，前有霜刃後有梴。馬行不進斬以狗，馬骨之高與山等。伯樂見之泣不止，造父之御不如此。天生神駿美且都，入公之廐有若無。

刑天舞

鸞鳥能歌鳳鳥舞，刑天效顰舞更苦。左干右戚舞不休，天帝欲笑千靈愁。爾力非不大，爾心非不賢。臣有一言陳蒼天：先賜頭目後賜手，俾知好醜能折旋。

狄鞮倡

妖嬈狄鞮倡，不嫁年少郎。不知女誡字幾行，但願高車大馬來煌煌，吹笙酌斗烹肥羊。豈不懷故夫？故夫羅袖多明珠；豈不彈青琴？青琴愔愔非妾心。豪客愛妾媚，君王愛妾嬌。終身不出黄金屋，老大還吹白玉簫。嗚呼！君不見天邊孤月長門斜，絕色湘娥啼暮花。

得履詩

山齋失玉履半年，爲金明府奚奴攫去，鬻蘇州不售，再鬻揚州。金公廉得顛末，遣復故所。

飛鳧久化采雲輕，故劍重聯舊雨情。見面儼如遊子返，還家轉使主人驚。身行吳市春帆遠，夢覺揚州秋水明。想爲林泉緣未斷，隨風又到石頭城。

履亡寃雪徒人費，璧返功歸藺大夫。神物終憑犀照得，奴星不累月明孤。果然世有重圓鏡，勝使人求罔象珠。安得當官盡公等，早提塵海入冰壺。

刈稻江北作

無端幽人出，有似白雲去。一笑下空山，書燈照江樹。江上青青峯，黄昏若驚顧。不道細雨中，尙有孤舟渡。

雨行聖人爲，蘆中窮士寄。行行駐風帆，萋萋傍古寺。波靜風葉停，澗寒水花細。日暮問芙蓉，有人采卿未？

老農烟中來，牽犢迎田主。豐歉各自呈，紛紜具雞黍。床前紅葉霜，衣上稻花雨。四隣無雜聲，農談相爾汝。

雨多禾生耳，田蕪豆落萁。且喜土化宜，彼黍終離離。飲罷瓦盆酒，握別牧童手。明年吾再來，門前綠雙柳。

回船逢中秋，天水澄孤清。私心念明月，果然東峯生。蘭檝駐瓜步，錦衾隔石城。清宵不成寐，浩歌酬吾情。

送竹軒族弟之河南兼簡滑令呂君

吾宗遠行邁，霜色淒河梁。因依十餘年，攜手此華堂。詩書同檢校，家事相扶將。一朝辭我去，蓬矢射四方。貧家養十客，九客猶羣翔。胡爲我從昆，頃刻成參商？階下芙蓉花，娟娟泣道旁。春榮嫌葉密，秋老愁枝傷。今我復何時，兩鬢初凋霜。豈不願君留，彼此看空囊；豈不勸君醉，驪歌難盡觴。惟有贈一言，富貴早還鄉。

讀書矜半解，往往言多尤。遇人無單複，如水行膠舟。汝今初涉世，韋絃須矯揉。行行重自愛，毋作高堂羞。我有舊官聲，煩君作遠郵。寄與呂大夫，滑國爲賢侯。我有閒丘園，無力起亭樓。望汝攜歸資，來此築菟裘。兩願都能償，老夫復何求！但託紅鯉魚，寄書碧山秋。

捲簾

偶捲北窗簾，風吹春色冷。一僧一朵雲，同上青山頂。

哭三妹五十韻

五枝荆樹好，忽隕第三枝。最是風華質，還兼窈窕姿。令儀宜協吉，論齒未應衰。情以隨肩重，喪因在室悲。鶺鴒飛竟斷，手足夢重追。弄藥爭花日，將笄未弁時。金籠擒蟋蟀，竹馬逐隣兒。各踞長松鍛，同分野竈炊。書燈裁紙照，學舍隔簾窺。呵手團清雪，當盤算劫棋。鬬殘春草綠，舞罷柘枝敧。貧不爭梨栗，懽能咏豆萁。非魚常作隊，似雁不差池。擬續蘭臺史，堪刊紫石碑。阿兄試京兆，小妹倚門楣。望信頻穿眼，登科代展眉。分襟長戚戚，聚首更怡怡。至性醇無比，多情累在斯。一聞婚早定，萬死誓相隨。采鳳從鴉逐，紅蘭受雪欺。踏搖囚素髮，鹹摘損凝脂。瑱珮嬰兒撤，犂鋤健婦持。贅餘添姊禍，嫁後失爺慈。拾宅棲蘭若，長齋伴濟尼。當官懲婿惡，合族笑姨癡。婦棄仍歸矣，天高不鑒之。已經分破鏡，長自奉慈帷。紛帨辛勤侍，羹湯宛轉吹。呼盧老親伴，問字舉家師。有女空生口，無言但點頭。妹一女啞。方形勤指矩，圓象強摹規。水色雲沉閣，山光樹囀鸝。避人常獨坐，對影輒漣洏。豈戀終風暴，常懷其雨思。冰心明月見，春恨落花知。寂寂芳華度，奄奄玉貌移。九迴腸早斷，一日病難治。自覺傷心極，臨危作遠離。家貧投賤藥，膽壯誤庸醫。白下巫陽至，揚州蕩子覊。魂孤通夢速，江闊送終遲。得信前一夕夢與妹如平生歡。路上錢猶卜，靈前帳已披。承衾摩瞑目，搜篋理殘詩。欲止高堂慟，先教私淚垂。蒼茫惟有恨，啼勸兩難爲。苦憶連年瘧，頻勞徹夜支。今朝偏送汝，他日更呼誰！殘雪敲窗戶，悲風動酒巵。浮生千古幻，哀輓幾行辭。盼斷黄泉路，重逢可有期！

陶淵明有飲酒二十首余天性不飲故反之作不飲酒二十首

淵明與劉伶，開口不離酒。終竟兩人賢，果然爲酒否？我自赴華胥，不煩杜康引。酒味吾不知，酒意吾能領。

醉鄉去中國，不知幾萬里。偶一問其津，身熱頭痛耳。所以桃源人，雖隣莫通使。惟有書味甘，行行堪沒齒。禹王大聖人，先我惡甘旨。千鍾與百榼，倦勸從此始。

客至如春風，來者皆入室。率性任所言，寒暄各一一。可以具雞黍，可以聽瑤瑟。欲宿卽張燈，解吟亦進筆。若問有酒否，此事未可必。

天地無終極，風輪盪不禁。不知古人古，安知今人今。吾園二三月，全家釣水濱。彼得此亦喜，此失彼亦嗔。適野獲天趣，忘機蘊性眞。自笑一家人，都遊羲皇世。儀狄尙未生，何由知酒味？

有目必好色，有口必好味。戒之使不然，口目成虛器。縱之使無涯，我又爲渠累。聖人善調停，君子素其位。

古皇無史官，宣尼不著書。古之大聖賢，淡淡忘名譽。君看皐夔外，傳者爲誰歟？文王有多士，名姓亦無聞。女媧戲團土，本自難區分。我不知有我，而又奚云云？

讀書息微倦，危坐操青琴。求靜常反動，絃中怪此心。明知非古曲，聊復審其音。海水飛何處，鍾期亡至今。借問聽者誰，門外幽蘭深。

名教有樂地，一誤殊難曉。英雄與文人，往往託佛老。匪自矜清超，卽是貪壽考。譬如飲酒人，非此難自了。吾學無不窺，惟憎二氏書。看則縮其額，如嗜菖蒲菹。大道有周孔，奇兵出莊周。橫絕萬萬古，此外皆蚍蜉。君請擇於斯，何事更他求！

陶令責子詩，愚多賢者少。未免心戚戚，借酒解懷抱。我今雙無之，陶聞亦云好。無所藉杯酌，匪我求童蒙。得姓三千年，未必以我終。君看鄧伯道，亦得歸丘中。

班家有婕好，稚齒入椒房。自恃君王愛，恩如海水長。一朝咏紈扇，朱顏逐漸凋。君王縱復召，終讓新人嬌。寂寂長信宮，涔涔泣不止。初泣爲紅顏，再泣爲青史。華髮吹秋風，此生長已矣。

古來功名人，三皇與五帝。所以名赫赫，比我先出世。我已讓一先，何勞復多事！平生行自然，無心學仁義。婚嫁不視曆，營葬不擇地。人皆爲我危，而我偏福利。想作混沌人，陰陽亦相避。灌花時雨來，彈琴山月至。天地亦偶然，往往如吾意。

風露月色明，露影蒼苔上。幽人清興發，杖策成孤往。不知所尋誰，寓目卽心賞。隣人知未眠，水面簫聲響。

細雨過深竹，水影澄空雲。不知何處花，微香如有聞。漸漸春風和，時時芳草熏。自書一片葉，告知雲中君。

我愛王思遠，袪服何燦爛。遇所勿經懷，短衣不掩骭。又愛桂陽王，興到詩酒濃。偶意有所廢，戚友不相通。君去我欲眠，君眠我亦去。不藉醉爲辭，天懷有深趣。

躬耕吾不能，觀耕園最便。水響叱牛聲，土色老農面。老農前致詞，秋災求減租。我乃備其力，以有易所無。農夫喜聳肩，欣欣來負輿。我亦恣所往，看花招其徒。春風熏玉顏，秋月澄冰壺。旁人誤生疑，先生醉矣乎？

春陰漏日遲，嬌鳥啼花早。羣鳥音難分，但覺春懷好。既醒復重眠，紗窗碧烟曉。啼鳥莫相催，春夢儂猶少。

任事在人後，見事在人先。以之涉斯世，庶幾無尤焉。吾年方垂髫，早已登賢書。三十挂其冠，四十白其鬢。味早易撤席，遊早易回車。一早無不早，未知死何如。

兒童籠翠鳥，朝夕鳴前軒。飛者念其朋，籠外語殷勤。一朝膠絲發，以情累其身。傷彼鷾鴯智，何如精衞仁？吾其愧鳥夫，斯人吾同羣。

形神天所付，名字吾自取。形名兩無時，此身置何所。朝見一莖絲，暮吟一首詩。借形傳我名，名傳形不知。

嘗讀高士傳，過潔亦無聊。太谿刻自處，生世如鴻毛。我雖不飲酒，恰能餔其糟。雲閣自層層，風裳必楚楚。燈圍花萬重，屋聚書千古。寄語於陵子，君輩徒自苦。

夜過瓜州

霜雁一聲語，烟江兩岸秋。蘆花三十里，吹雪滿船頭。我欲乘潮去，孤帆夜不收。蒼茫雲樹外，明月出瓜州。

明月

明月乍離海，長風吹上天。爭光衆星盡，受影一峯先。水色金波麗，秋心玉鏡圓。雙雙木蘭槳，搖落桂花烟。

哀兩生 并序

甲子分校南闈，薦兩卷不售，一松江陳邁晴，一太倉吳維鶚。陳故宿學，榜後作百韻來謁，斐然成章。未幾病死。吳爲梅村先生曾孫，少年玉貌，登癸酉賢書。亡何亦死。

蓬蓬江南春，青青芳蘭枝。舉世既莫採，秋風復敗之。蘭敗復何言，寸心傷美人。美人如明月，曾照幽蘭春。吳生華腴族，弱冠人如玉。陳生雲間彥，烟霄蹲鸑鷟。薦君不識君，孤琴彈白雲。相感來相訪，賞音良不爽。忽弱一個焉，天道其如何！再聞雙璧埋，吾淚空滂沱。吹花不上天，一墜且黃泉。世上峩峩冠，寧如兩生賢！

又病

山中蒲柳畏西風，白髮催添又幾重。病每防秋先自怯，天如成例不姑容。詩書暫遠妻孥近，膳飲才清藥氣濃。消受名花都有分，年年只是負芙蓉。

送望山公入覲

九月尚書覲紫宸，九重剛下有温綸。皐夔豈爲科名重，詔：本朝滿洲科目，惟鄂爾泰、尹繼善二人。馬鄧新兼帝室親。抗手侯王俱後輩，趨庭公子半詩人。弓刀小隊秋郊外，笑指芙蓉殿晚春。

少宰裘叔度典試江南事畢登程入山視疾

柴門駐馬日斜曛，八座籠街病客聞。天上使星尋舊雨，山中孤月照卿雲。同年人少情難捨，候送官多手又分。方握手而飛騎報將軍、制府出城。倚榻相迎扶榻別，燈窗葉落尚思君。

贈副主試錢相人先生

種戚桃李滿江陰，遠訪成連海上琴。見到小君交可想，記同泮水感尤深。青雲不改書生面，白簡難忘獬豸心。公曾劾兩江制軍黄太保。一十五年才一會，那堪此後再如今！

假山成

三成號昆侖，此義本爾雅。幽人戲爲之，聾石襍青赭。初將地形參，繼用粉本寫。高低肯隨人，其妙轉在假。平生嶔崎心，一旦吐諸野。微微洞穴明，漸漸雲烟惹。五嶽走家中，一拳始腕下。未晚早扃門，慮有飛去者。

寄懷望山公

衰衣人去雪飛時，一月空山少和詩。豈獨忠勳高海內，即論儒雅亦吾師。東南事重回輪早，臣主情深下殿遲。寄語梅花緩調鼎，孤雲野鶴正相思。

不寐

一聲兩聲雞初鳴，四更五更天未明。羣雞亂啼聲漸迫，紙窗才露東方白。病人夢短冬夜長，燈花墮几鼠闞梁。頭自伏枕目自張，四十年事如何忘。

商丁孫尊歌爲素將軍作

素公雙瞳今罕有，辨古器物如犀剖。雞匜魚甗羅成行，就中商尊尤冠首。規身環瀆束半腰，侈口呑舟容一斗。紅搖赤水珊瑚明，翠凝碧瓦琉璃厚。蛟龍揚爐梟氏鑄，丁曰孫三字垂韭。陰花陽篆劃深雪，雷紋雲氣蟠蝌蚪。黃目睒睒當臍瞪，飛廉嚬嚬繞腹走。想當玄女降生商，兄癸婦庚鑄彝卣。大扃七個橫廟門，典寶一篇陳黼右。媵臣負俎說調羹，成湯嫁妹狄作酒。或盛菹醢形祭日，或斟雉羹彭鏗叟。史官高勢來峨峨，稱祝尊前再拜手。道是器成永寶用，子孫無疆王萬壽。三腹有玉盤有銘，同與此尊垂遠久。一朝膜畫封河陽，白馬人行器不守。麥秀空傳箕子歌，銅盤早蝕比干紐。三千年過太陰中，不知有周秦亘否。神物數滿當出世，咸陽耕夫傳某某。苔皴土繡形離奇，達官蔑視等瓦缶。素公一見購百縑，如辨墳羊識土狗。召良工某刷作瓶，月洗黑雲光照牖。沃丁武丁靈爽存，猶銜花枝香滿口。甄邯威斗子尾犧，若數班行都列後。我乃撫尊長嘆息，世事輪君常八九。函牛之鼎當康瓠，折鉤之喙享敝帚。人才那得如金銅，長在泥沙不速朽。願公愛士如愛尊，毋使埋淹嗟不偶。

輓孫文定公　詩集單刻本、嘉慶本注云：「戊午鄉試座主。」

黃扉躬佐泰階平，星隕中宵櫪馬驚。青史三朝書行狀，蒼生四海望銘旌。殊恩禮自加羊祜，溢美人幾累孔明。身後關心房太尉，有無遺表諫東征？詩集單刻本、嘉慶本注云：「僞稿一案，公爲名累。」

隨園二十四詠

倉山雲舍

小人有老母，倉山多白雲。奉母居山中，板輿常欣欣。看花與山共，采藥與山分。

書倉

聚書如聚穀，倉儲苦不足。爲藏萬古人，多造三間屋。書問藏書者：幾時君盡讀？

金石藏

不見古人面，須見古人手。廣搜金石文，歐趙所未有。何物爲之鄰，璜琥尊罍卣。

小眠齋

秋齋號小眠，空廊無響屧。讀倦偶枕書，書痕印滿頰。不知窗外花，飛過幾蝴蝶。

綠曉閣

朝陽耀高閣，萬綠一齊曉。虛窗聚景多，宿雲出簷早。翠微西山低，白塔東城小。

柳谷

宅西顏柳谷，義取尚書詞。未必康成識，差免虞翻譏。春痕搖水痕，滿池如漚絲。

羣玉山頭

梅花雜玉蘭，排列西南峯。素女三千人，亂笑含春風。我記相別時，瑤臺雪萬重。

竹請客

盧仝所思客，乃命竹竿請。何繇知非僕，長致此君等。美人來不來？立斷風鬟影。

因樹爲屋

銀杏四十圍，葉落瓦無縫。主持小倉山，惟吾與汝共。更借屋上蔭，招宿丹山鳳。

雙湖

我取西子湖，移在金陵看。時將雙鏡白，寫出羣花寒。前湖饒荷葉，後湖多釣竿。

柏亭

種柏成一林，屈折爲庭宇。奚須文杏梁，已遮碧瓦雨。翠禽居之安，日坐亭中語。

奇礓石

到公有奇石，曾向華林補。千年幽人得，風月一齊古。當作石交看，摩挲日三五。

回波閘

不放流水流，清池嫌太滿。常放流水流，新荷尙嫌短。建閘唱回波，勸水行緩緩。

澄碧泉

山頭峯百層，山下泉一尺。葉落水面青，月落水光白。此水淡無言，泠泠終日碧。

小棲霞

萬事不嫌小，但問能成家。我有一間屋，公然類棲霞。絕壁屋前山，天香屋後花。

南臺

築臺望雲物，雕欄盡南向。天空星可摘，木落山獻狀。露葉如水明，前峯新月上。

水精域

玻璃代窗紙，門戶生虛空。招月獨辭露，見雪不受風。平生置心處，在水精域中。

渡鶴橋

白鶴欲過湖，照水不得路。十月輿梁成，羽客含蘆渡。新霜鋪玉勻，何人試初步。

泛杭

不負一池水，招招學舟子。君覺歌口香，知在藕花裏。畫橈莫蕩公，水動鴛鴦起。

香界

佛家有香界，旃檀焚諸天；我家有香界，幽蘭種溪邊。能聞而知之，鼻在耳目先。

盤之中

盤意取屈曲，旋轉無定區。我意亦倣此，乃築蝸牛廬。紆行勿直行，公等來徐徐。

嵰山紅雪

王母宴瑤池，蟠桃開似海。酒罷落花飛，散作諸天彩。造屋居其間，紅顔長不改。

蔚藍天

琉璃付染人，割取青雲片。終朝非采藍，彷彿天光現。客來笑且驚，都成盧杞面。

涼室

避暑如避客，一室陰悄悄。高梧拒日多，曲澗引風早。熱中人偶來，也覺此間好。

小倉山房詩集卷十六 庚辰辛巳

瞻園十詠爲託師健方伯作

石坡

平泉三品石，堆作一家春。不假嵯峨勢，眞如蘊藉人。峯低安放穩，路曲往來頻。想見公餘暇，臨風倚角巾。

梅花塢

環植寒梅處，橫斜畫閣東。一輪明月照，滿樹白雲空。春到孤亭上，香聞大雪中。要他花掩映，新製石屏風。

平臺

老眼三朝闊，平臺四角方。因山分上下，望遠入蒼茫。得盡青天月，鋪勻碧瓦霜。謝公詩興發，獨坐咏清商。

抱石軒

一軒當石起，緊抱丈人峯。花月分窗入，烟蘿合戶封。坐憐紅日瘦，行覺綠陰濃。鳥問幽棲客，人間隔幾重？

老樹齋　從前樹爲屋掩，公拓出之，得舊礎，果其地也。

老樹得春先，亭簷遮幾年。數椽移向後，萬綠盡當天。葉密雨聲聚，枝高日脚懸。新基卽舊礎，暗合古賢緣。

北樓

北斗挂高樓，江山一望收。白雲簷外宿，淸露檻前流。遠樹深藏寺，風窗易得秋。飛花雜松子，終日打簾鉤。

翼然亭

山頂翼然亭，登臨見杳冥。炊烟離瓦白，高樹出牆青。海鏡明初日，江燈落遠星。臺城千萬雉，拱列似圍屏。

釣臺

春波二月平，垂釣足幽情。古石連雲瘦，疏花映竹清。萍開鱗有影，絲細水無聲。久坐不歸去，溪頭月正明。

板橋

渺渺烟波處，亭亭見板橋。橫陳如待渡，小臥欲當潮。屐齒苔痕滑，春晴水影消。杖藜扶我過，隔岸有花招。

稊生亭 有古樹枯而復生

黍谷陽和轉，枯楊竟長稊。春風如隔世，去鳥復來棲。樹解輪回義，公有輪回說。亭留瑞事題。知公多雨露，溝壑起烝黎。

竹深處

嫋嫋碧琅玕，虛窗八面看。搖風青欲滴，聽雨晝生寒。綠鳳迷春影，飛塵掃畫闌。恐教司竹監，難數幾多竿。

寄盧雅雨觀察

淮南聞說泛流霞，七十神仙鬢未華。千里風人齊進酒，二分明月正當花。紅橋燈影宵移艇，白雪春聲晝放衙。擬指平山向公祝，萬枝松當海籌加。

一江秋水隔瓊巵，遠望卿雲有所思。末座每將名士待，陳書深以古人期。松筠性在留春久，猿鶴身閒上壽遲。寄語旗亭女郎口，紅牙添唱卷中詩。時演旗亭新譜。

上元前一夕訪岳水軒不值

新年訪故人，故人飲酒去。回車戀月明，升堂且小住。蒼頭擎明燈，春盤供寒具。公然主人翁，三枝小瓊樹。聲聽雛鳳清，語協查梨趣。坐久樹無烟，歸遲草有露。仍踏野田還，梅花白前路。

題武午橋相馬圖

天生良馬無人相，牛羊日坐麒麟上。午橋司馬氣不平，自取銀河洗眼障。南遊滄海西蓬萊，朝朝高坐看龍媒。不將金馬門前式，劃取驪黃以外才。至今蕭蕭霜滿鬢，猶把丹青圖八駿。曾看天廐有龍無，搖手風前怕人問。我知此意常自憐，相牛相堯終天年。

題塞上吟贈李觀察

絳節巡宣久著名，三年遠作玉關行。身歸萬里無風色，家住中州有正聲。江上春帆桃葉軟，天山歌板竹枝淸。如公合畫凌烟閣，蘇武臺前月最明。

贈徐梅麓觀察 有序

己未冬枚恩假歸娶，觀察轉運揚州，招陪前輩汪殿撰應銓、葉編修長揚、唐庶常建中雪夜小集。今二十二年，賓主重逢，皓然白首，同席諸公，杳無存者。感贈一律，情見乎辭。

當年花燭撤金蓮，曾過揚州醉綺筵。明月二分歌舞地，酒人一隊玉堂仙。宮袍舊影燈邊雪，宦海流光水上烟。今日相逢倍惆悵，後生前輩各華顚。

潘宇情明府見和陶吳壁上詩書扇相貽兼餉茶荈

黄梅風少雨氣濃，故人贈扇如贈風。扇面泥金書小楷，使我開讀心忡忡。賤子當年宰江邑，鄉巡野宿陶吳東。對佛張燈書古壁，登樓高咏驚秋蟲。十五六年爪痕在，鴻飛久矣忘行踪。一朝安仁騎馬過，仰壁大笑遇此公。依章次韻和成律，遣人遠致深山中。山翁得詩驚且喜，滄桑萬感來填胸。恍若奉陪行野寺，前生斷夢重相逢。無官追想在官日，四旬非復三旬容。不覺三嘆我年老，豈徒再拜君詩工！君知讀罷定消渴，更惠茶荈青絲籠。笑煮新泉試七碗，摇扇坐聽清涼鐘。

呼龍耕烟圖爲錢相人觀察題

沙飛海老烟蒼蒼，一莊荒到仙人鄉。癡龍耕倦眠不醒，有人呼叱烟中忙。落花壓肩鋤在手，碧虚金骨香桃瘦。自稱天上勸農官，封章屢向雲門奏。斬罷長鯨海上行，風璈水瑟共相迎。已騎白鳳頒天語，更捉青龍喚小名。瞳神一點秋波朗，珊瑚挂盡冰綃網。兩度璇宮斷夜紡，龍堂淚滴眞珠響。於今玉女導花驄，檢校仙租碧海東。好開生地栽瑤草，莫把神倉缺正供。公榷揚州關稅，一妾同行。管寧皂帽空山裏，號作龍頭嬾無比。高蹲羊館一千年，任汝狂呼終不起。

揚州紅橋與門生劉牧臯進士兩舟相値次日牧臯以紅橋畫册屬題時將需次京師

偶移雙艇過紅橋，隔水通家抗手招。小别七年人面改，相逢十月雪花飄。羣仙雅會留詩册，一客將行赴早朝。他日平山堂下酒，師生舊事更魂消。

劍

玉匣甘藏七尺身，九秋不復試霜痕。夜深尙作嗚嗚泣，爲有平生未報恩。

初寒二首

久疏秋水愛斜陽，九月初寒漏漸長。夜坐不嫌人近燭，窗開忽見瓦留霜。身依燕玉堪娛老，心怯吳綿可在箱。我是家居眠未穩，天涯爭奈客思鄉？

騷人丰骨久伶俜，呵手彈琴且暫停。秋氣中年雙鬢覺，江聲孤館一燈聽。錦衾敵雨新無力，玉酒回春舊有靈。收拾蘆簾同紙閣，負他風月在空庭。

夜立階下

半明半昧星，三點兩點雨。梧桐知秋來，葉葉自相語。

答鎮江觀察錢璵沙先生見贈

江頭舊雨作監司，江上閒雲慰夢思。一代交情車笠在，廿年離緒鬢霜知。家焚諫草終存史，身是傳人更有詩。多感瑤華重疊贈，彈琴想爲遇鍾期。

雲龍踪跡本前緣，彈指韶光最惘然。泮水記憐袁淑小，枚年十二，與觀察同入學。瓊林曾讓祖生先。雞壇白酒看花日，燕市紅燈掃雪天。此際思量非隔世，回頭已是過輕烟。

客秋玉尺此衡文，隔歲傳呼耳又聞。作宦有緣偏近我，渡江無主正逢君。南衙夜宴鄉音合，東海潮聲鼓角分。恰嘆俸錢最多日，孟光福總讓朝雲。公兩悼亡，只一姬侍。

階前蘭玉有清容，小謝風華更不同。秋水半篷來隱者，金焦兩點屬明公。青山影落雙旌上，白髮痕深一笛中。從此暮雲春樹裏，吟箋容易託江鴻。

與觀察兩公子遊焦山作

平生五嶽曾坐嘯，惟有焦山慚未到。故人江口作監司，一舟送我窮其妙。遠望穹龜臥貼水，近看龍樹深藏廟。老僧長眉叉手迎，竹杖一枝作前導。道山高七十六丈，遊人足力難深造。我時氣勇逸興發，與兩公子頭屢掉。初行磴棧猶藟藟，繼引藤蘿頗稍稍。風窗紙漾江光白，鐵塔尖翻海影倒。掃雲亂踏落葉驚，攀巢直上烏鳶噪。最後孤亭蹲絕頂，人天萬象供淩暴。彎弧思與天公搏，升木何須野猱教！潮聲出海雲氣濕，日脚下水魚龍跳。自知吹墜不到地，飄颻應發溺人笑。久坐終懷杞國憂，瘦蛟舞入僧家竈。時修琳宮迎六龍，倕般奔忙藻廉鬧。三時未畢靈臺功，六鑿初開混沌竅。石上磨崖字萬萬，文詞剝蝕堪憑弔。焦先姓與此山傳，臥穴無人空虎豹。周鼎摩挲僞可疑，鶴銘點竄心空悼。夕陽西下不忍歸，題名故把松枝拗。從山腹登從背下，如蟻走磨經堂奧。指小焦山示公子，可似從遊兩年少？盧人問我遊樂乎，預作詩章滿城報。

薛一瓢鐫銅杖字曰銅婢屬予爲歌

金銅仙人辭漢主，嫁與先生作婢女。先生新娶銅山歸，兩足軒軒能健舉。婢子清瘦鑠有神，不言不笑能扶人。晝則隨行夜侍側，但見金夫不有身。既不須霍光窮袴加護惜，又不慮袁紹妬妻加髡剔。只恐葛陂遇水化爲龍，轉使老人愁孤立。我聞北朝元魏立正宮，先取黃金鑄后容。又聞罽賓範國寶，亦將妃面摩青銅。先生倣古作銅杖，特教婢學夫人相。借力橫行花月天，平拖不畏江湖浪。一時名士盡有歌，祝君偕老專房多。我獨讕語君應笑，頗聞銅臭喚奈何。

野寺

兩三間屋一溪水，庵久無僧佛墮几。香灰滿地旋作風，松鼠銜旛亂搖尾。我來誤踏野葛花，驚飛蛺蝶成團起。

聽胡太史說某將軍故事

野史亭邊落日低，三朝耆舊草萋萋。忽將雙耳長江洗，來聽高祛說李齊。

虎丘同錢景凱泛酒船

五年不到闔閭城，簫鼓新添水面聲。爲待虎丘山月上，四更猶放酒船行。

榜人中有踏搖娘，曾侍吾家臨汝郎。一種聲淸銀字管，可憐吹散桂枝香。謂春圃與桂娘。

霜燈悄悄夜歸遲，折得夫容有所思。同是人間一池水，橫塘從古泛西施。

喜文玉至

扁舟迎得柳枝娘，銀燭當筵照晚粧。仙雨着衣成酒氣，美人私語作蘭香。尊前吳髮憐儂短，席上秦聲愛汝長。喜字自書三十六，剪箋擬學鬱林王。

再贈文玉

霜林紅葉好陽春，邂逅橫塘賦洛神。久已盧家傳少婦，況兼蘇小是鄉親！玉爲盧氏出姬，杭州人。嬌鶯喘細將沉漏，軟雪魂消乍抱身。遮莫摩登花未散，又分惆悵與詩人。

過繡谷園弔主人蔣升枚

十年前叩草堂靈，曾共瓊枝坐此廳。叔寶風神臨水照，阿戎才語隔花聽。紅蘭春早香先盡，繡谷秋深客再經。索取茂陵遺稿讀，霜燈涼月淚熒熒。

書樓尚在蕭郎遠，師曠重來子晉仙。小閣塵凝常坐榻，青箱魚蠹舊吟箋。盧叨席上稱前輩，偏向人間哭少年。似此曇花眼邊過，老夫爭忍不華顛！

秋夜訪涂長卿不值見其二子

中散園林夜色深，阮公着屐來相尋。月華照樹烏鵲笑，十八年前人又到。主人不在兩郎迎，兩郎當年都未生。出門大笑問兩郎，當年何處作迷藏？

一卷

一卷書開引睡遲，洞房屢問夜何其。高堂憐惜小妻惱，垂老還如上學時。

夜坐

飄飄風雪夜缸凝，肅肅蕭齋硯有冰。落筆動爲千古計，知心惟有一窗燈。衰翁獨坐寒梅伴，空谷高歌凍雀應。不是子雲甘寂寞，人間誰是得霜鷹！

除夕望山尙書賜荷囊胡餅鹿肉戲謝四絕句

風景蕭蕭歲又更，梅花門外馬蹄聲。師恩更比春光早，捧得金盤落照明。

謝玄雅愛羅囊佩，束晳高吟胡餅歌。不賜羔羊賜麋鹿，憐儂一片野心多。

屠蘇未進先生饌，椒酒先頒弟子行。好似歲終飛瑞雪，定飄幾點到荒莊。

倘書得韻便傳箋，倚馬才高不讓先。今日教公輸一着，新詩和到是明年。

答香亭 幷序

揚州遇香亭，聯袂數日，送往彭城，余亦東下姑蘇，畢臘始返。香亭書來道有山左之行，兼問尋春芳訊，寄詩奉曉。

萍水揚州遇阿連，已逢重別倍凄然。絶無骨肉吾將老，怕有分離汝最賢。荆樹心孤花合並，雁行力薄影仍偏。東關極目征車遠，腸斷隋隄欲雪天。

胡威相約赴山東，難免劉安唱惱公，妹夫胡書巢招香亭往山東，舊主人劉太守不悦。身重親朋爭側席，路遥兄弟更飄蓬。蕭齋侍疾情難忘，江館評花榻暫同。知否夢回姜被冷，旅人幽咽一燈紅。弟別後，予始有異鄉之感，終夕不寐。

輕帆悔向闔閭城，不載春歸負此行。楚客風懷非昔日，吳宮花草竟虛名。思量種玉田須好，鄭重珍珠斛敢輕。就使書香少人續，孔明終望伯松生。

春晴

今歲天公太有情，一冬無雪又春晴。紅梅但覺飛香久，綠草何曾借雨生！雙燕翅如迎曉日，百花心更望清明。風光似此須行樂，莫管頭顱白幾莖。

送望山尙書入都

新歲春晴減薄寒，尙書應詔赴長安。三江父老攀轅送，一路桃花信馬看。嫁女粧奩添後乘，憂民丰采重朝端。君王若問棲霞事，定奏山門水要寬。山門外新開一湖。

大婚典禮重靑宮，恭值慈寧祝華嵩。高啓門楣迎貴婿，驚聞天語喚親翁。均調玉燭資蕭相，鎭撫金河仗竇融。兩事難兼須引例，張溫在外領三公。

蔗漿眞覺老逾甘，鄧禹生兒滿十三。行禮好同新命婦，公妾張氏封一品夫人。懷人難忘舊江南。西淸應制頻簪筆，紫禁承恩許駕驂。倘奉宸遊陪御輦，上林花雨正紅酣。

送行只剩袁絲在，老唱驪歌十幾年。金屋人封馳賀啓，橫塘舟泊闞吟箋。春雖小別花終戀，莊自長荒主倍憐。一語後堂公記問：有無雜佩賜彭宣？公愛枚賀啓，許賜雜佩。

佳兒歌爲李竹溪同年作

李氏有佳兒，稱名自呼燧。豐頰頭嶔崎，通眉質穠粹。客秋來隨園，勝衣才七歲。其時壽萱堂，稱觴集朋輩。兒來蝨其間，隅坐聽鼓吹。客密一身藏，心靈兩眼銳。不受乳母詔，寒喧吐詞媚；不並先生行，從容就賓位。能習少儀篇，尊壺面其鼻；能辨瑯琊稻，辟咡便長跪。懷核告先歸，負牆揖始退。騤騤萬目看，竊竊羣言議。項橐孔子師，甘羅宰相器。古人久不作，今兒或可繼。未幾兒叔來，道兒能屬對。梅花古岸香，芳草新堤翠。予謂子胡然，毋乃倩人僞？招兒膝前立，試兒兒毋懟。公然羅漢松，舉對水仙卉。以佛擬神仙，銖兩俱相配。奇哉此佳兒，聞一乃知二。虎子自食牛，蘭芽早拔萃。若非任彥昇，旗蓋中天墜；定是陶通明，香爐迸霞帔。仙李舊根盤，家世傳明慧。武或爲亞子，英雄張一隊；文或爲長吉，能留韓愈轡。嬌者衺師兒，玉溪夸清脆；仙者老鄴侯，頭枕天子睡。兒今將毋同，法祖擇其最。兒父吾同年，老鳳聲噦噦。積善世其家，有子應顯貴。嗟予幼了了，科名亦早遂。愧作倒綳譏，愈覺後生畏。恨無左伯豪，薦兒登朝陛。且學龐德公，將手撫兒背。勸試字九千，毋忘山一簣。長舉無恤詞，早赴重雲會。致身聖明朝，禮樂佐隆備。明知多郎相，義山久憔悴。且賦佳兒篇，播傳爲國瑞。

送託師健中丞重撫桂林

小別三江口，重開八桂堂。望塵來故吏，駐馬問新秧。元老顔如昔，甘棠樹恰蒼。生瑶同蠻戶，迎拜各焚香。

妙絶瞻園景，平章頗費心。一樓春雨足，三寸落花深。仙鶴遷喬木，閒鷗聽好音。不知天外使，可憶舊雲林？

謝託公賜瞻園碑記

韓山片石蒙公贈，密字眞珠玉篆斜。惹得山人夸未了：蘭亭初搨在儂家。

再贈中丞

白雲孤鳳語，碧海青琴絲。高卑雖懸絶，一見難分離。瞻園大中丞，翩然海鶴姿。官職經三朝，聲名動四夷。賤子仰宮牆，六年不敢窺。自顧螢末光，敢敵青陽輝！倘蒙衆人待，反失硜硜爲。隔簾望明月，未見終狐疑。履蹻登華山，欲上猶趑趄。賴有潘安仁，道公謙且卑。憐才如飢渴，汝可往見之。山人整巾帶，厭介仰光儀。温温大儒顔，春風將人吹。

遊目贍園景，樓閣新參差。公曳藜杖引，筋力無少衰。使我作曾點，沂水春風思。從此寄箋咏，使者縱橫馳。稱我心中人，和我投贈詩。八月十三日，白露中庭滋。引裾問經義，析理窮銖錙。皇王相窮竟，周孔相攀追。畏匡存別解，一貫有心期。程朱慚局促，鄭馬亦糠粃。更談周易義，議論尤恢奇。道此大聖語，文王與庖羲。六龍以御天，幽贊生靈蓍。後人相去遠，如鳩窺天池。強解爻象義，毋乃非狂癡！大哉先生言，千年無人知。宣尼過五十，方敢作繫辭。所以雅言三，不以易教垂。枚惜聞道晚，今日得良師。公亦向人道，此子能參稽。絕無才人態，而有入道基。枚聞感知己，懷古中心悲。挾貴與挾賢，瑣瑣均堪嗤。果然學問深，如水沃塵翳。嗛嗛常不足，款款無詆娸。枚今侍君子，終身願因依。何圖未一稔，西粵催旌旗。我欲留公住，明詔誰能違？我欲從公行，高堂有慈幃。一日一見公，日短心無涯；一年一寄書，書長雁來遲。惟有懷公贈，摩挲贍園碑。碑石有時泐，寸心終不移。

聞中丞改撫皖江

一紙黃麻聽好音，果然天意卽民心。皖江樹愛甘棠舊，西粵車停瘴雨深。當宁忍拋元老遠，贍園仍望主人臨。誰知故吏蒼生外，別有閒鷗喜不禁！

過雉皋訪何西舫明府淹留數日別後却寄

秋霜明廣陵，揚舲來雉皋。爲訪何水部，遠勞袁奉高。官聲桑下聽，仙樂堂前操。賓館雖儲偫，陳榻先招要。感茲黄花節，相逢白首交。深情追往昔，離恨舒今宵。夜夜故人語，喔喔晨雞號。

入境喜絃歌，懷古悲陳迹。今日水明樓，當年辟疆宅。國初盛簪纓，海內馳巾舃。一聽雍門琴，永斷山陽笛。問舊隣不知，照影水空碧。欹樹待樵來，孤花冒烟立。逝者盡如斯，萬事今猶昔。凄涼異代交，三復同人集。冒辟疆有同人集。

平生讀國風，好色慕古流。誤聞此邦媛，窈窕能淸謳。遠道致瑶札，含情託蹇修。何圖二南化，漢女不可求！豈無鴆鳥媒，所致非吾儔。千愁攻羈客，獨宿難深秋。西施未有期，范蠡回扁舟。

城外船欲開，城內呼騶響。君來送我行，燈下紅旗朗。依依膠漆懷，脈脈雲鴻想。榜人催別離，趁此夜潮長。思君心尚留，別君身已往。夢醒不見君，霜月凄蘭槳。

有客

有客溪頭訪若耶，袁絲何處種桑痲？牧童遥指水流處，紅出一牆文杏花。

贈希裴觀察四十韻

憶昔參師相，名甥仰大賢。雲泥一千里，桑海廿三年。半百公方屆，稱觴我自憐。借題將有述，染筆愧難宣。吏部當時貴，郎官擅譽先。謝莊司九品，毛玠掌三銓。智府冰壺朗，神機玉燭鮮。方書頒柱下，勳格配階前。再轉西臺肅，行看獨坐專。鷲坡鳴獬豸，柏府立鷹鸇。五馬馳江左，三河轉漕船。福星歌子駿，得寶唱韋堅。黔首交相賀，金陵倍有緣。治河臨瓠子，鞫獄到幽燕。去似春難别，來如月再圓。薰風吹草偃，高識踞雲巔。路正行尤穩，心虚事不偏。客秋吳下吏，誤榷水衡錢。計相鋒車出，羣胥草索連。聖人頻寄問，方鎮共憂煎。談笑看公到，從容把事全。微言風款款，握算腹便便。吉甫元和簿，夷吾手實篇。霜燈親檢校，公府苦周旋。黑霧消三里，蒼生付一肩。横塘還桀戟，吳市滿香烟。此際飛春雨，忻逢啓壽筵。自持書一卷，不羨客三千。錦幄靈萱茂，金堂寶樹聯。台星方熠燿，玄髮未華顛。賤子長餐朮，何時慰執鞭？銜花慚白鹿，斟酒對紅泉。身賤趨陪少，情深禮數捐。新詩商格律，古玉論雕鐫。鷩眼雙龍勺，公有龍勺甚古。低頭五色箋。瓊瑶堪比德，筆墨更如仙。喜傍慈雲近，終增小草妍。私情借寇住，公論祝鶯遷。感舊京華日，陳情暮雨天。

謹歌壽人曲，交與女兒紘。

雨中即事

驚風萍葉開，帶雨池聲大。青蛙抱佛心，踏上蓮花坐。

哭曾南村刺史 并序

南村刺郴州，官署災，夫人及一女焚死，南村以痛其妻與女故，辭官歸，半途亦死。

慘事傳來確，驚心竟是君！三更宣榭火，兩世伯姬焚。解綬腸先斷，歸途手亦分。斯人有斯報，難問楚江雲！

同謫爲仙吏，先予刺一州。省郎青瑣月，燈館白門秋。舊夢何堪憶，晨星幾個留！孤兒長成未？東望淚雙流。

隱仙庵聽卓道人彈琴與丁珠秀才分得離字

素手拂青絲，空山聽演師。聲希流水緩，調古白雲知。細雨初晴日，茅庵欲暮時。那堪聞此曲，孤鳳與鸞離。

次日招似村公子聽琴得青字

羽人彈綠綺，公子坐空庭。小室留聲久，繁絃惹客聽。雨中春酒冷，風裏落花停。似爲餘音繞，江峰分外青。

温屏山太守書來索詩賦五言奉寄兼呈賢兄皆山

去年送君船，殘臘過江表；今年接君書，書來春已老。君書良何如，密字連眞珠。索我璐華箋，催我紅鯉魚。感君相思長，愧我歌詩短。歌詩久已成，欲寄長天遠。昔君宰沈陽，賤子爲前驅；後君宰江城，南衙日歡呼。愛君好風懷，眞味如醍醐。多心常冷抱，古道能持扶。南巡一瞻天，飛騰在須臾。扁舟不爭風，亦頗利江湖。寄語熱中者，請觀温大夫。

君家皆山子，孤淸如伯夷。一談成至交，此事燈花知。所爭根本大，所傷知音希。弟作西江守，兄別倉山友。棲霞紅葉霜，金燈白門酒。此會何時重，此情君憶否？想見老彌明，至今猶閉口。皆山見人寒暄之外，嘿坐而已。

老境

老境居難慣，新居一倍愁。白鬢芟更莽，病齒痛偏留。作楷書難小，高談語易偷。看看名與姓，大局定千秋。

偶成

水鳥飛上樹，是誰偷采蓮？爭蟲魚影聚，受露柳條偏。紅雨媚朝日，白花明晚天。呼僮遲掃地，好讓野雲眠。

金川門

金川門外水雲寒，道是燕兵渡此灘。狎客名儒同誤國，君王眞個用人難。

栽松

青松手種兩三行，聞道難栽過豫章。待得成龍吾見否，不能對汝不思量。

贈楊江亭提督

白髮三朝望，眞州九代居。期門曾試弁，東觀更修書。文武才原大，神仙健不如。誰知公八十，安步尚當車！

聽說先皇事，欷歔感不勝。寬仁漢文帝，悠久宋昭陵。吹夢春風過，回頭歲月增。傳聞猶雪涕，何況是親承？

淸秘三間閣，虞翻有舊牀。商尊明翡翠，晉帖雜鍾王。簾影風花靜，書聲子弟忙。此身眞法物，何必弄圭璋。

羊祜荆襄督，歸來二十秋。功勳留片石，老物剩輕裘。雛鳳瓊林客，童孫小子侯。門前江水闊，何處不扁舟！

自嘲

小眠齋裏苦吟身，才過中年老亦新。偶戀雲山忘故土，竟同猿鳥結芳隣。有官不仕偏尋樂，無子爲名又買春。自笑匡時好才調，被天強派作詩人。

哭座主虞山相公

台垣一夜隕星辰，禱祀難留嶽降身。雨露正濃梁木壞，綺羅雖盛相公貧。東園秘器頒張禹，車駕臨門問賀循。聽說憑棺天語痛，至今哀感動旁人。

瓊林曾記遇歐陽，早列三千弟子行。聽樂夜眠東閣雪，趨朝晨掃後車霜。江湖淪落師門遠，海宇昇平相業忘。二十二年前進士，不堪回首舊宮牆！

前年扈蹕邗江過，小泊隋隄觴暫停。絳帳談深春雨細，金燈人別暮山青。恩無可報身原賤，事有難憑夢不靈。公夢白猿入贊，榜發得枚，期望甚大。此後西州水流處，羊曇涕淚怕重經。

支枕

支枕悠悠午夢餘，閉門仍是閉門居。客來下馬有閒意，未見主人先看書。

用定聲錄韻贈周青原

我生十二年，竹馬騎入學。周郎如我年，入泮童而角。微之愛龐嚴，爲其兩相若。衣裾撇我門，厭介來酬酢。王戎巖下電，中散雞羣鶴。玉山到眼明，蘭風滿懷掠。縱論至於詩，風雅同商榷。新箋出袖中，寶劍光騰躍。梵筴裁整齊，楷法矜戍削。置展覘謝郎，才具可約略。初寒歌兩篇，速藻驚沉着。再和春草詩，風華尤的皪。讀罷意超超，對郎視矍矍。初疑守天廚，紅霞夜深嚼；又疑捫麟篆，赤手鯨牙拔。郎乃負牆立，拱手揖先達。願談玄中玄，庶幾覺後覺。感郎意嗛嗛，老夫請刺刺。六義非一體，源流各有合；八音非一器，磈散絃匏雜。大響奏鈞天，簫韶兼衆樂。百川會東海，隨宜供吐納。戔戔目論者，取徑乃取狹。略探文選理，嫌韓蘇粗遝。未窺李杜藩，先笑溫李弱。强界唐與宋，如以衮屏葛。所見同陳蜳，將肘類肉鴨。龜茲自稱王，李重不足殺。鄙儒遇都士，一醮甘百罰。願子雪此言，高坐酣勇爵。萬象各端倪，詩懷兼午割。妍媸鑒古人，胸懸萬年蛤。毛詩三百篇，去其味嚼蠟。童子歌滄浪，何妨便取法！修業不息版，訓練三千甲。慘淡役心靈，別造牟尼塔。廉如雞食跖，貪如魚祭獺；色如江濯錦，聲如鼙過闌。譬服龍虎蛇，奔馳泰華嶽。審格先審題，用墨如用藥。會見月宮桂，專待吳剛斫。豈徒張一軍，臧洪作首歃！南都才子班，嚴吳尤灼灼。多友、元理。問年都輸君，戰罷枚數闔。六月蘊隆天，拚席不以氎，將子來施施，索詩應曰諾。借扇書淋漓，余懷傾七八。甘苦迹披經，巵言非綽虐。就使子胡然，此歌子宜答。

戲柬似村

想見西園暑乍收，碧梧翠竹雨修修。六郎池上憑欄立，我替蓮花起暮愁。

傳聞遺失金條脫，羽化銀杯可絕踪。惟有玉人偏不惱，抱郎雙腕暫輕鬆。奴盜金釧逃去。

短曲長歌字數行，六年無日不相將。屏風若有蕭娘記，紅豆拋殘第幾箱？

約我花階設綺筵，定期七夕晚涼天。牽牛織女河邊笑：又累人間請客錢！

贈悟西上人

悟西事我如事佛，每逢朔望來參謁。十五年前舊邑侯，諸人忘矣師偏不。感師念我轉自思，作令無狀師所知。師言當年政清靜，即此已是大布施。我昔善除竿牘弊，恰無峻法加胥吏。又頗不喜佛老言，恰於僧道無憎顏。歐公本論未施設，韓公原道休饒舌。果從天視盡蒼生，何事人來強區別。我持此論頗有年，因師見訪聊一宣。師年八十顏色好，昇天應笑釋迦小。

聽鶯曲爲研農主人作

垂楊絲裊裊，黃鳥聲交交。中有聽鶯人，短髮形飄蕭。一聲初轉如戛玉，千聲萬聲肉勝竹。細雨摇風欲落花，斜陽覆水難終曲。當年行役赴遼西，只有黃驄陌上嘶。靑天蜀道家山遠，芳草長亭落照低。歸來楊柳如人大，流鶯還抱楊枝坐。紅雨當頭仔細聽，聽時能使春愁破。自非天性少情人，爭耐聞鶯不怨春。我將滿載青山酒，同着流鶯一問君。

重登永慶寺塔

九級浮圖到頂寒，十年前此倚闌干。過來事怕從頭想，高處人休往下看。

登山

焚香掃地待詩成，一笑登山倚杖行。愛替青天管閒事，今朝幾朵白雲生。

吳門借寓陸郎墓題壁兼寄其外祖一瓢徵君

孤花一樹陸郎墳，草屋三間水氣熏。停槳有人來假館，青山何處不留雲！地下童烏識我無？當年詞客換頭顱。秋階手掃霜林葉，權作君家墓大夫。小劫華嚴十載遙，相思無處把魂招。夜深風折西窗竹，彷彿猶聞子晉簫。

虞山小住贈許芝田明府

同咏霓裳廿四春，重聯芝蓋五湖濱。但知俸好全供母，豈料官淸轉累人！時方調簡索助。宓子絃歌宜小邑，許由家世本天民。白門烟柳靑溪水，記爾留題墨尚新。

贈虎丘僧離公

離公慶七十，大設伊蒲供。其時九月望，素魄明高峰。我適渡江至，虎阜攜孤筇。隱隱簫一枝，濛濛烟幾重。尋聲探遠寺，抗手揖羣公。陳遵忽驚坐，小郲以名通。齋廚禪味淡，暮靄嵐光濃。初菊逗微黃，繁燈綴深紅。主人畢仲游，避面隱牆東。其餘諸仙郎，愔愔伎曲工。酒闌山影沒，塵定歌聲終。禪僧高興發，亦復鼓胡嚨。老鳳鳴孤竹，一洗羣喉空。萍踪偶然聚，白社千年風。次日僧持紙，索我題眞容。卽書此日事，留爪當飛鴻。

苦寒

磨壘不動冰生花，重裘雙襲如輕紗。玄冥行令理應爾，一寒至此寧無嗟！憶昔去冬逢此日，水泉不結梅含葩。天公幷作一年冷，河僵海老風揚沙。前雪未消後雪至，寒心飄搖宿我家。西園木皮五寸厚，便了鼻涕一尺斜。陷冰丸薄古瓷裂，迎春奏遠青陽遮。黍谷盼斷鄒律吹，仙鶴道比堯年加。兒童呵手狋吽牙，上天請捉黃金鴉。諸姬各嫌帳不華，寒酸羞烹學士茶。我獨縮屋高自夸，雪車冰柱吟劉叉。周公言冬陰不閉，烝陽發洩爲淫邪。於今肅殺應月令，來歲應收好麥麻。就使月宮凍斷銀河槎，亦使張騫熱客心小差。山人老矣暮景逼，不能采炭南山窪；又無長裘與廣廈，覆蓋寒士爲民爹。惟有耳護許公袥，背抱吳宮娃，金爐燦列如排衙。私念宮門待漏沙場走，若比此樂誰爲佳？

吳門遇許部郎費秀才俱道予當八九十矣既覿各驚齒未笑賦一詩

不是年光肯倒流，諸公錯認古陽休。若論經歷人間事，自問原宜久白頭。

從吳下還家句容遇雪重宿朱園感贈主人

不到朱園住，星霜歲幾遷。主人驚客至，扶病出堂前。握手先看面，回頭各記年。燈明曾宿榻，壁損舊題箋。出拜兒孫大，堆盤膳飲鮮。卸裝庭繫馬，輭脚僕分錢。恰值隆冬月，重逢大雪天。擁爐呵凍筆，索火煖泥罏。情比還家好，交因垂老憐。苦留君宛轉，久別我纏綿。敢惜千場醉，多增一夜眠！再來應有日，切莫指華顛。

閒行

折竹當藜杖，閒行過小亭。無人獨自語，溪上一鷗聽。

閒坐

雨久客不來，空堂飛一蝶。閒坐太無聊，數盡春蘭葉。

九月十一日夜

金燈淡淡映書樓，銀蒜沉沉押畫鈎。一霎秋風吹落葉，波濤都在樹梢頭。

小倉山房詩集卷十七 壬午癸未

元日

將老戀韶光，當春重元日。晨興整冠裳，焚香坐密室。黄梅香尚幽，白雪清未畢。念此良辰晴，敷天齊道吉。觸景如逢新，懷舊若有失。逝者幾何年？公然四十七。久辭待漏霜，空對書雲筆。履端人未來，筮日吾始出。珍重此寸陰，不覺搖兩膝。吟成今年詩，開卷此其一。

題王少林北征集

江左烏衣客，河梁白馬行。採花金谷樹，聽雨洛陽城。古蹟歸遊子，中州得正聲。遙知年少目，不讓賈生名。

愛汝新詩好，傷予舊雨寒。阿戎如此秀，大阮不同看。風斷山陽笛，花開謝氏蘭。憐才兼憶昔，掩卷淚闌干。傷孟亭先生。

棟在中席上贈樹齋雨林兩公子

與君未見已相思，況復雙攀玉樹枝。外戚恩榮同扈駕，建安兄弟各能詩。西園水暖班荆早，東郭燈紅散酒遲。難得雲龍徵逐處，江南三月落花時。

吳歌宛轉管絃聞，綺席同陪棟使君。白羽扇涼詞客寫，紫羅囊好雪兒分。偶來天上春將去，並坐花間鳥戀羣。我欲吹簫招子晉，遠陪雙鳳入青雲。

題樹齋贈别胡郎詩後

聽唱驪歌别阿儂，搖鞭無奈管絃終。桃花昨夜相思淚，背着春山獨自紅。

花滿春堤月滿鞍，紅兒相送小長干。老夫萬種風懷淡，只覺人間别最難。

魚門極愛萬柘坡遺集余讀之中有與袁子才聽雨之作愴然感舊爲題一詩

偶翻亡友欒于集，中有同吟我姓名。二十年前春雨夜，九重天外化人城。雲璈品逸宮商冷，鸚䳇才高福分淸。難得心香最供奉，未曾傾蓋一程生。

贈陸飽兩秀才

人間竟有雙珠樹，天瑞眞同五色雲。惆悵貞元老朝士，風懷棖觸少年羣。
名士翩翩半渡江，清才若個最心降？侍中風貌南朝重，何偃長明是一雙。

題陳梅岑詩卷

元郎秋夕清都夜，都是吟成十六時。似爾一編淸似雪，論年還更小徽之。
試罷籀書九千字，更聞成誦十三經。對君不敢低頭看，恐是瑤光第六星。

寄樹齋兩林

恨事如流水，都來三月中。人間送公子，天上別春風。班馬數聲響，落花滿地紅。所思人不見，燈影小樓空。
擁髻吳兒舞，題襟楚客狂。才當懽笑處，已是別離場。屬蹕程應緩，懷人夢可忙？知君射飛鳥，不忍向南望。
後會寧無日？前期未可知。心如一輪月，光照兩瓊枝。羽便宜通札，官閒好寄詩。年年東海水，流不盡相思。

與師健中丞相見宮門別後却寄

投簪久不到丹墀，爲訪臯夔立片時。握手教同中貴坐，低聲私咏見懷詩。老臣身健龍顏喜，元首恩深雀弁知。公新賜孔雀翎。未敢掃門非我懶，眷隆多半下朝遲。

酒友歌

與程荆南同遊惠山，飲惠泉酒大醉。荆南作泉酒行笑余，余作酒友歌轉笑荆南。

隨園先生枉生口，能食能言不能酒。獨醒人間四十年，天降酒星爲酒友。酒友酒友程荆南，酒車騰酌日再三。糟漿之氣衝鼻起，百步之外人先酣。與余同下蘇州道，一月忘修杜康廟。望見前村賣酒旗，口雖不語心先笑。惠山泉碧酒材良，賜汝一壺恩渴羌。君言主人不先客不舉，強余嗑嗑醮半觴。頃刻玉山頹不住，頭若崩雲眼墜霧。無福能交顧建康，有心欲殺孫主簿。還君漉酒巾，封君酒藏吏。君量大如取兗州，我量小如守欹器。豈徒割席拒華歆，將縛衣冠射蔣濟。

偶作

晴太温和雨太涼，江南春事費商量。楊花不倚東風勢，怎好漫天獨自狂！

題蔣申吉蘇州竹枝詞

百首新詩紀土風，風光寫盡一年中。分明小坐横塘雨，吳語零星聽阿戎。
廿載通家話最長，白頭相見感滄桑。能言慶曆昇平事，端賴屯田墨數行。

楓橋有懷

枕上釵痕暈未消，水邊蘭槳送歸潮。雪花點盡楓橋路，中有情人憶昨宵。
昨宵霜重錦衾寒，左臂隨郎枕未安。時與阿侯爭阿母，沒分身處教卿難。

五月五日竹嶼山房即事

五月五日横塘槎，欲泊不泊詩人家。詩人愛客不見客，尋客似尋菖蒲花。一行名紙來相請，主人先在歌場等。迎得開元鶴髮翁，紅兒都把花冠整。就中飛燕尤輕盈，與余相識如有情。調笙舊按鵾絃譜，橫笛新翻水調聲。滿堂詞客齊招手，清矑所矚君知否？留得當場壓隊花，那愁似海東家酒！親挽嚴粧坐綺筵，冠纓欲挂倍纏綿。詩境重開鋪錦地，春心欲鬬水嬉天。曲終送客高樓宿，樓上垂楊晚烟綠。竹響才消歌吹音，夢回還照金花燭。明朝搖櫓泛餘杭，曳雪牽雲別陸郎。調璞堂。彈指人生能有幾，客中如此作端陽！

舟近錢塘望西湖山色因感舊遊

久客還鄉夜不眠，望鄉長自立帆前。一痕山送西湖色，萬種情深故國天。舊宅蕭條傷往事，此身生長記華年。遙青已接還遮住，可是蘇堤幾點烟？

隴上作

掃墓先爲別墓愁，此來又隔幾經秋？每思故國期還趙，忍向重泉說報劉。華表風前鳥繞樹，紙灰烟裏客回頭。懷中襁抱今斑白，地下相看也淚流。

冷泉亭遲荆南不至題石上而歸

飛鳥暮歸山色裏，懷人心斷水聲中。君如來取春泉飲，定有相思味不同。

孤山范公祠是少時肄業之所重過有作

舊遊眞個似前生，水榭風廊到眼驚。滿樹黃鸝應識我，當年聽過讀書聲。
曾擒蟋蟀傍西牆，曾捉楊花過野塘。今日教儂理前事，不知何故沒心腸！
物換星移三十秋，輕塵短夢水西流。道人不是無尋處，山上萋萋土一丘。
斜陽不改舊山門，堤柳依然對酒尊。只有西湖比前冷，照人頭髮作霜痕。

韜光寺

左旋竹色繞，右折竹徑昏。萬竹綠成海，一峯青當門。我來逢日暮，石磴滋苔紋。微覺暗泉響，不見銀河奔。誰知鳴竹腹，百道相糾紛。九天落珠璣，僧廚瓦上聞。小憩金蓮池，寒玉浮氤氳。湖光窮目力，海影搖窗痕。誓畢向平願，來陪金仙羣。同持碧鸞尾，日掃青天雲。

湖心亭登臺望月同程錢兩秀才作

湖心更深春月朗，一亭如雲飄水上。水精宮有三人來，同踏空濛神惝慌。鮫綃萬重烟裹樹，竹笛一聲漁動槳。亭旁露臺高百尺，雕欄上接廣寒廣。登臺欲捧爛銀盤，白楡歷歷指諸掌。月如開戶光無邊，星豈扳天去成黨！九州地缺琉璃補，半夜潮生篷欂響。疑乘紙鳶身欲飛，怕觸銀河頭不仰。此時高唱昇天行，衣裳飄飄作雲想。但見萬川印爲一，那信人天還有兩！仙乎仙乎如相招，風車一下吾其往。

龍井

龍厭西湖喧，別選藏珠宅。澄泓一井泉，搖漾半天碧。葉墮鳥銜去，魚行人不隔。時方迎六龍，崖磴加開闢。穿竇濬靈源，爬沙出奇石。瀑布九天來，散作千處白。噴珠隕雜花，洒面亂飛雪。傾耳聲洋洋，琮琤碎環璧。臺高石柱寒，松古蒼烟積。試茗人忘歸，水明天不夕。

飛來峯

奇山虛空飛，落地偶然借。愛此西湖佳，不歸成久假。我來入洞行，低頭甘出胯。濯濯蓮花垂，隱隱哀湍瀉。魔降獅吼伏，甲蛻龍戰罷。陰崖飛蝙蝠，丹梯聳雲架。疑是夸娥移，左股痕未化；又疑巨靈擘，仙掌分太華。容卿數百人，空洞殊可訝！毛髮漸淅灑，方午已疑夜。萬古不見日，四時寧有夏！隙小初漏天，雲生又補罅。前穴風雨聲，再探心已怕。

玉泉觀魚

玉泉何澄淸，銀河移在地。戢戢萬魚頭，空行渺無際。紅鱗金陸離，白小影搖曳。窺客若有情，銜花僴相戲。池閑荇藻長，風定水烟細。可惜夕陽沉，鐘聲雲外至。春山生睡容，遊客有歸意。回首波聲微，淡月僧門閉。

岳武穆墓

岳王墳上鳥聲悲，半是黃鸝半子規。鐵像至今長跪月，金牌當日早班師。淸宮客少王思禮，前進兵輸來護兒。公本純臣無底恨，可憐慈聖茹齋時。

阿奴

阿奴碌碌竟何之，如此江山兩鬢絲。過去雄心消易盡，迭來老字例難辭。尊前春到花能覺，身後名傳鬼不知。寄語人間行樂者，信陵公子是吾師。

九月十九夜

漏轉三更萬籟空，霜華滿地樹搖風。老鴟窺戶乾笑去，中有一燈坐一翁。

望山公嫌枚踪跡太疏賦詩言志

不是師門意嬾行，尙書應諒草茅情。聽來官鼓心終怯，換到朝靴足已驚。老眼書銜愁小字，詩人得寵怕虛名。閑時每看青天月，長恐孤雲累太淸。

向平婚嫁事匆匆，今歲光陰道路中。一字不曾忘訓誨，終年只當坐春風。月臨秋水增顏色，松抱青山託始終。若戀荒莊栽小草，頻來敢負蠟花紅。

送潘宰情宰贛榆

潘郎頭白賦彈冠，珂馬蕭蕭臘月寒。捧檄莫嫌行路遠，栽桑好作種花看。郡分東海風烟古，地過黃河氣象寬。此去陰平吾舊治，遺民可有問袁安？

餞東麓少司農典試江南其尊人香樹尙書來看榜發

令子衡文地，尙書弭節臨。雲山懷舊歷，桃李認新陰。代畢趨庭事，兼催赴闕心。聖明如有問，老健是恩深。

國瑞兼家慶，如公古所難。龍門高膝下，鳩杖重朝端。秩餼官支俸，天書帝問安。門生都隔代，羅列當孫看。

聞香亭舉京兆

喜鵲清晨噪屋端，驚聞捷報自長安。姓名豈有傳抄誤，科第從來後起難。先開題名紙，「樹」字上誤多一「心」字。玉樹新陰秋爛漫，花磚舊影日高寒。阿兄宮錦多年忘，今夕開箱帶笑看。

銀袍鵠立曉風清，定有人呼小宋名。遲我十科成後輩，多君一戰振家聲。花開荆樹遙分氣，雁到青雲不讓行。只恐烟蘿騰冷笑，叔疑子弟又爲卿。

送魚門舍人入都

省郎簪筆侍彤闈，綵鷁乘風向北飛。深喜故人從此貴，恰憐知己自今稀。長卿家破官才得，翁子才高願豈違？忍住頭顱未成雪，聖明時際莫言歸。

雲龍踪跡記前因，海內論交子最親。山館夜涼分聽雨，水窗花落共傷春。聯床尙作同遊夢，上馬頻驚欲去身。此後蕭齋風月冷，再懸陳榻恐無人。

幽燕此去路迢遙，往日鴻泥跡未消。判事莫談温室樹，還官穩戴侍中貂。十行漢詔揮新墨，一卷唐詩補早朝。想見上林烟柳外，季良長鬣影飄蕭。舍人多髯。

中年容易動深情，況唱驪歌與客聽！折柳路從江上盡，斷腸人對暮天青。霜鴻羽健秋千里，桐樹心孤月一庭。妻子不知緣底事，臉邊來問淚星星。

題蘇州太守孔南溪壁上

白下閒雲吳下過，偶來燕寢脫烟蓑。十科進士同年少，三守名邦異政多。明月上窗花送影，涼風穿樹酒生波。好將魯國狐裘誦，付與金閶士女歌。

舟中作三韻詩四首

昨日逆風打船頭，舟人背纜如背牛。今日順風送船尾，布帆一日行千里。昨日非拙今非賢，艙中有人笑向天。良馬晝行夜不行，櫓聲日夜無留停。居家避客門常閉，舟中開門客不至。人生三萬六千場，惟有舟中日最長。前年尋春春不得，枉住蘇州嚼冰雪。今年尋春春更杳，美人如雲隔仙島。造化小兒笑未終，除却此事難惱公。東家鴟梟鳴可怪，欲殺無刀心不快。西家狐狸蹲上屋，欲射無弓心不樂。老僧枯坐發愁嘆，不見容易不聞難。

哭座主留松裔少宰

十年前别淚先彈，原恐衰年再見難。幾度信來傳老病，恰欣人到説平安。今朝絳帳眞零落，他日黄壚更渺漫。白髮彭宣想廬墓，玄堂當作後堂看。

哭徐芷亭方伯

萬里黔關二品身，一行遺表泣孤臣。老懷怕數同年客，天意先亡古道人。花下馬蹄留舊迹，水邊楊柳换新春。相思會有詩千字，不及傳箋倍愴神。

癸未元日

歲首百事忘，天晴萬花喜。元日如今年，人生能有幾？隨衆披新衣，澄懷觀妙理。阿母扶上堂，同拜尚有姊。女兒各倩粧，嬌甚不成禮。四隣爆竹聲，中旦猶未已。傳坐伺過客，來者亦數起。喜界編年詩，怯增坐席齒。吾生自有涯，節序何時止。欲作迎春行，先從探梅始。唐人元旦飲客號曰「傳坐」。見緯略。

新正四日望山尚書召飲四鼓方歸次日將此夕言論賦詩呈覽

正月四日春風新，尚書折簡招幽人。幽人家住雲深處，白雲帶入朱門去。燕寢凝香靜不譁，香梅開遍後堂花。爲憐盧植傳經學，特領彭宣拜絳紗。侍兒手捲流蘇帳，夫人出見東廂上。身受金閨曠代恩，果然玉立天人樣。天家頒到御廚珍，仙鹿黄羊味絶倫。一餐得飽先生饌，餘瀝還霑聖主春。醉步西園待新月，飛花爭繞郎君筆。揮麈人陪幕府談，提燈僮報先生出。絳蠟燒殘第幾條，含商嚼徵興方饒。文章甘苦深嘗處，彼此痲姑癢欲搔。自言七十明年度，江花江草看無數。戀闕情深屢乞歸，報恩身老時愁誤。不吹風笛唱新腔，只願烟村留雨露。玉帳牙旗三十年，家鄉回首貧如故。更將舊事說滄桑，惹落燈前淚數行。往日先公辭祭酒，曾從藩底識先皇。陽城起復恩何速，陸贄登科眷更長。半世閒身加鼎鼐，五年詞館即封疆。重重獎許君王詔，皐夔爾日猶年少。今夕聽來感不禁，當時身受如何報。夜深官鼓響鼕鼕，潞國精神少倦容。廣長妙舌天河水，一樣瀾翻聽未終。山人還山夜四更，梅花紙帳一燈明。怕成陳迹將詩寫，尚有餘波記不清。

寄答樹齋雨林

香桃飄雪柳拖綿，公子題襟又一年。惆悵春泥沒人掃，馬蹄留迹在門前。

花箋爭寄水雲遙，白雪淸商韻共飄。想見通侯門第靜，一家天上奏簫韶。

怪我遲遲答報章，半年聽雨宿橫塘。君看天外孤雲影，料是幽閑轉是忙。

惜別吳兒淚滿衣，至今江柳尙依依。知情只有司花鳥，銜着櫻桃向北飛。

嫁女詞四首

春花多辭樹，嫁女多辭家。明知理當然，不謂事遽加。我有阿咸女，容顏如朝霞。嬌語聽連璅，傳經倚絳紗。幼態宛如昨，般送忽登車。平章合歡鈴，辦治宜男花。有珠懼勿明，有服嫌勿華。東具西復缺，禮備儀又差。妯娌議瑣瑣，媵御爭呀呀。竭我陪門錢，買我離別嗟。雖了所生局，未卜所適佳。嫁女與添丁，畢竟誰惱爺？

同居人暫離，惄焉心已惱。況是掌中珠，懷中最嬌小；我又無男兒，衰鬢如蓬葆。藉此慰所無，起居伴昏曉。人視已長成，我視猶襁褓。拚此復乖分，教我如何老！夫婿住姑蘇，江天水渺渺。田多尸祭忙，族大持家早。歸寧豈不歸，路遠終知少。堂前晝愔愔，膝下風悄悄。中郎幾卷書，他日付誰好？

東家嫁女兒，珠翠傾千箱。道路多側目，門閭生輝光。一朝失婦德，所贈都如忘。西家嫁女兒，荆荅與布裙。奴婢嗤其陋，戚里嫌其貧。未幾聞賢淑，黃金鑄婦身。姑恩不在富，夫憐不在容。但聽關雎聲，常在春風中。澤髮苟不順，何以施鸞篦？敷粉苟不和，何以光容儀？卽小可悟大，柔情須自持。毋違夫子訓，毋貽父母懼。

未嫁女如兒，已嫁女如客。送客出門去，主人頭愈白。風寒詠絮窗，月冷畫眉筆。阿母淚盈盈，全家如有失。難忘辟呵時，繞案分梨栗。辜負嬉遊天，下九及初七。勳名旣無成，骨肉復蕭瑟。嘉耦自然雙，此累幸而一。巍巍五嶽山，欣然洗雲出。催我遊勿遲，平生事已畢。

偶成

春宵好景怕相忘，有得頻題墨數行。花落竟疑鋪錦地，鳥啼如入選歌場。鏡收山色成圖畫，書作屏風掩洞房。莫道主人不知樂，夜深猶自繞回廊。

早開梅凍傷矣慰之以詩

千樹梅花開一樹，忽遇春寒又勒住。頗似良朋訪我來，自悔孤行復回去。憔悴香心合自憐，從來風氣莫爭先。請看一種調羹者，別有東風二月天。

翻書得花數瓣上寫庚午年收藏愴然有作

展卷方知色不空，幾行綠字襯殘紅。十三年上春還在，逃出華嚴刼數中。霓裳久已散仙班，一片香雲影獨還。寄語成烟先去者，無書原不住人間。月地雲階事渺茫，蠹魚也解護紅香。看渠風雅歸依後，洗盡鉛華換墨粧。留仙珍重說持裙，可奈吟殘手又分！改置離騷第三册，招魂開卷易尋君。絕代穠華逝水流，啼痕鬢影惹春愁。傷心玉貌誰長在，不是人身尚可留。

寄師健中丞

去年見明公，如坐春風懷。今年對春風，如見明公來。春歸公未歸，懷抱何由開？憶昔在江城，知音日與偕。花箋寄遙夕，玄理談蕭齋。一朝送旌旗，羽翼臨風乖。宮門立須臾，訪仙到蓬萊。行轅偶參謁，一見抵百回。而今又經年，春光轉秦淮。空教泥憶雲，不見月當階。流水猶可割，相思誰能裁。因風寄遠音，翹首看三台。

花下

花下壺觴月下歌，風中鶴氅雨中蓑。律嚴自累詩成少，園好翻嫌客到多。古石疊高雲漸起，新池開闊水微波。看儂如此山中住，可肯簪纓換薜蘿？

答中丞見寄

一葉瑤華至，開函喜不支。春來知老健，札外有新詩。風調曹劉上，襟懷稷契期。遙天雲五色，紅處是旌旗。

春日雜吟

春宵夢醒月華涼，窗外花開窗內香。花似有情來作別，半隨風去半升堂。
曾向西溪插柳條，隔年相訪絮全飄。一雙翠鳥清狂甚，故立風枝自蕩搖。
爲少栽培瘦牡丹，又緣冬冷損幽蘭。憐渠略比羣芳貴，便累園丁服事難。
風雨多時易落英，陽烏如炙可憐生。遙知花意同人意，只乞春陰不乞晴。
認取春泥記笋梢，自驅黃鳥管櫻桃。不曾閒着絲綸手，何必蓬山釣六鰲？

寂寂柴門雀可羅，牡丹開後客頻過。山花未免從旁笑，到底人貪富貴多。

每悟生機參物理，鴛鴦無語立幽窗。請君數遍閒花草，若個新芽不是雙！

雨後流泉響不禁，綠波明處照春心。呼僮拔盡池中草，莫使人知水淺深。

一枝桃插膽瓶斜，未許春歸到別家。攔路蜜蜂狂太甚，公然來采手中花。

兒女輪流各賞春，酒杯終日對花新。高堂戒我毋他出，阿母明朝作主人。

五尺屏風八尺床，洞房強半近書房。爲貪花裏香眠早，不負燈光負月光。

靜坐溪頭學釣翁，蜻蜓數遍水光中。幾條金線忽搖曳，楊柳比人先覺風。

送婿偕女歸吳門

看騎竹馬忽東床，原是通家玉樹行。江上親迎春二月，山中成禮日三商。美如孺子官終貴，編到韓文望正長。慚愧名流稱樂令，冰淸淸到女兒箱。

左家嬌女髮垂髫，歸妹初占第六爻。婿行第六。吳語乍聽應未慣，秦樓暫住忍長拋！閨中失禮憐渠小，堂上承歡仗汝教。此去橫塘春未艾，合巹花正放新梢。

四月八日侍望山公西園壽讌作

香烟吹滿石城東，聽祝如來又祝公。隱者稱觴官散後，倘書留咨月明中。階前指樹年同老，露下看花色更紅。天上蟠桃都手種，今朝幾朵醉春風。

論文每到夜三更，賭背唐詩口應聲。慣把精神壓年少，平分福壽與蒼生。古稀預卜來春近，恩禮遙看曠代榮。只願佛緣南國久，少微永傍歲星明。

虎丘懸一魚頭長三丈詢其被獲情節爲作巨魚歌

崇明三日雨如注，海水如雲飛上樹。巨魚騎浪遊人間，意欲來吞一城去。天吳忽退波浪空，巨魚欲去無天風。身横千畝動不得，長鬛倒挂泥沙中。海人嗜魚爭割肉，乘梯登背如登屋。萬人已飽魚不知，血湧紅潮響坑谷。尾摇欲把青山掃，鼻息衝沙成小島。費盡人招海賈文，腹中葬骨知多少！雖未成龍已有神，千年涎沫生風雲。遊還龍伯扶桑國，嘗遍周秦漢魏人。一朝運盡魚無那，輦來朽骨空驚大。兒童知爾死無靈，高歌齊上魚頭坐。

哭溧陽相公

三台星坼上公嗟，中旨遙聞卹典加。少着宮袍才出學，老依黃閣當歸家。殊恩鄉里曾開府，佳話瓊林再看花。六十六年享天祿，人間何處說榮華！公溧陽人，總督兩江。

相業原如海樣寬，聖明時際見才難。六卿印綬身全佩，七省旌旗露未乾。潞國晚年同輩少，千秋上殿小車安。奉旨，肩輿入紫禁城。朝廷此日亡元老，華夏無人拱手看。

追隨函丈愛風標，領袖神仙冠百僚。絳帳橫經傳六藝，秋燈感舊說三朝。清談劉亮能霏玉，品服詳華最稱貂。公褒衣六十襲。回首後堂如隔世，哀絲豪竹雨瀟瀟。

一見相如賦上林，推袁到處比南金。許爲國士言猶在，不薦彤廷感更深。花落尚存含露態，山頹永斷出雲心。史官儘寫哀榮事，那識羊曇淚滿襟！詩集單刻本、嘉慶本注云：「詔舉陽、馮，公欲薦枚不果。」

春歸

春歸花剩晚烟痕，半百頭顱易斷魂。兒未曾生女又嫁，一雙乳燕哺晨昏。

蔗

無情惟草木，惹恨是江南。甘蔗知春去，心紅味不甘。

聞香亭殿試落後將爲邑宰

報捷南宫耳乍聽，再聞臚唱倍心驚。未工楷法難高第，早得花封稱宦情。似子眞堪論政事，傳家豈止重科名？江東棠棣碑還在，較勝追隨玉案清。

三十三時吾致仕，君年如我始排衙。要爲廉吏先留俸，好坐公堂當治家。縣譜昔曾抄夜雨，余襄州縣心書一卷，香亭錄去。詩懷此後屬桑麻。雙鳧倘得南飛近，定擬來看滿境花。

香亭信至以不追步花磚爲恨寄詩相慰

蓬山空一過，何必學前人。家累難修史，心柔好牧民。杳殤悲小女，遙至聚窮親。老我無他望，金多早買春。

聞香亭宰正陽再以詩寄

我昔知溧水，阿爺客桂林。得信買舟歸，慰我迎養心。慮我年尙少，居官力不任。入境帶草冠，貌作路過叟。召集翁若嫗，問某官賢否。曰是翰林耶，年才廿八九。折獄最聰强，居心頗慈厚。一村復一村，好字不離口。爺聞不易服，騎驢直上堂。舉家不及知，錯愕爭扶將。我既失遠迎，長跽心驚惶。誰知爺喜甚，卽序此因由。道汝能循良，較勝羅珍羞。是夕便加餐，畬然笑不休。我生愧孝行，嗛嗛常自嗟。只有者番事，差足慰些些。汝今復作令，努力爲民爹。須防微服來，阿兄如阿爺。

題虎丘仰蘇樓八首兼贈祖印上人

全得虎丘勝，無如祖印房。紅欄半空出，深樹一樓藏。上接諸天界，旁横選佛場。飛花兼落葉，終日滿禪床。

五十三參處，軒窗面面開。嬉春看人過，消夏等風來。良夜月千里，遙天海一杯。九龍山色好，相對日崔巍。

葛令移家具，劉綱挈小妻。穿林得幽逕，掃榻作雙棲。展鏡千山活，催粧萬鳥啼。維摩偏示病，雲外聽天雞。時病瘧。

小憩千人石，閒行七里塘。吳歌分櫓響，春酒雜花香。橋僻船偏聚，風回笛更長。生憎官吏俗，驅盡踏搖娘。戲元和馬令。

劍去溪還在，憑欄偶聽泉。峽中雲戀石，澗底樹爭天。草沒金鳧影，風消紫玉烟。何當騎白虎，一訪太陰仙？

言尋玉蘭樹，別過老僧寮。葉竟碧千畝，花曾香六朝。眞娘應手折，魯望早魂消。祇爲非開日，無人訪寂寥。

茶肆伊誰女，盈盈出浣紗。當壚疑卓氏，問姓識宣華。表素慵施粉，安貧不戴花。關心好顏色，多在餅師家。

禪師古支遁，蕭爽是吾徒。印可還稱祖，題樓獨仰蘇。肯將山借客，時對佛提壺。畫壁留鴻爪，他年憶我無？

病起贈薛一瓢

隱者陶弘景，神仙葛稚川。賦詩常作讖，論道必鈎玄。襟抱烟霞外，湖山杖履前。人間小游戲，八十有三年。

醫術非君好，雲池水恰清。九州傳姓氏，百鬼避聲名。江孝廉病，爲厲所纏，呼曰：「薛君至矣。」即逃去。散藥如頒賑，籌方當用兵。衰年難掩戶，也爲活蒼生。

一聞良友病，身帶白雲飛。玉杖偏衝暑，金丹爲解圍。清談都是藥，仙雨欲沾衣。即此論風義，如公古所稀。

往日耆英會，曾開掃葉莊。於今吳下士，賸有魯靈光。舊鶴還窺客，新秋又隕霜。與公吹笛坐，愁話小滄桑。

詩二首贈滋圃中丞一介其壽一慰其疾

中丞憂國不知年，嶽降心忘四月天。父老競持千日酒，旌旗方掉五湖烟。任兼吳越肩原重，公兼管浙中海塘。身歷風霜節愈堅。百姓壽長公願足，謝他騎鹿衆神仙。

簿領勞多體欠安，故人額手勸加餐。身須長健恩才報，事要親裁日正寬。勿棄早知陰德大，班荆難忘少時歡。封疆近覺如公少，珍重軍中有一韓。

題前朝董姬小像

姬嘉靖時人，自描小照，贈黃姬水先生，諸名士題咏甚多。近爲薛壽魚所藏。

一幅崔徽二百年，傾城名士總成烟。天涯有客橫塘過，花影隨緣落眼前。

想見鶯離鳳別難，春山愁損目波瀾。將身畫與檀奴去，較勝嫦娥月裏看。

風吹鬢影動輕綃，小刼華嚴事兩朝。輸與河東薛常侍，熏香供得董嬌嬈。

古時春色遠難探，近日新花露正酣。我有相思不能畫，化爲紅豆滿江南。調雲華君。

商山子歌

商山年十二，鬻身爲傭保。伐木同伯夷，沽酒學便了。主人蔣侯家，華富驚里媪。主人上學時，羣奴頭屢掉。不願侍筆硯，只願買綾繚。商山獨曰否，願隨主搜討。識字辨甄盎，學書別行草。未幾十餘年，奴比主人好。我曾題復園，十年失草稿。商山默識之，字字得頭腦。又過燕子磯，古碑臥牆倒。篆籀頗模糊，商山悉能考。我聞古大儒，皇象爲奴早。又有鮑與殷，楊家供洒掃。俱享一代名，庸中稱矯矯。惟其讀書深，對人客氣少。低首靜愔愔，安貧心悄悄。主人欽其賢，戚里奉爲寶。我學孟佗拜，不敢王褒嬲。因之發長嘯，語世人宜曉。肯學勿嫌賤，但學勿嫌老。請看商山子，能學爲人表。

贈歸愚尚書

九十詩人衛武公，角巾重接藕花風。手扶文運三朝內，名在東南二老中。上賜詩：二老江浙之大老。健比張蒼偏淡泊，廉如高允更淸聰。當時同咏霓裳客，得附靑雲也自雄。

香山社裏領耆英，瀟洒何曾似六卿！雨後尋詩雙蠟屐，花時扶路一門生。笙歌徹夜能堅坐，鳩杖隨身但應名。蒙過病中談娓娓，早衰蒲柳若爲情。

唐氏席上贈沈勵齋前輩

當筵重見魯靈光，三十年來春夢長。前輩典型還照舊，少時知己最難忘。一堂絲管燈如錦，滿坐詞臣鬢有霜。我是婢師揩老眼，就中只認沈東陽。

謝望山公賜素心蘭

幽人深山居，如蘭空谷住。偶升君子堂，絲竹非所慕。各申同心言，霜燈明遠樹。斜睇西階西，秋蘭尚凝露。中有純白者，價值中人賦。忽然貪心萌，再拜自陳訴。枚也如小草，公門久收貯。愧非桃李花，春風開遲暮。彷彿空谷姿，寒香表幽素。可否乞一叢，同渠沾時雨。公曰賜汝可，持歸好調護。素心人已來，素心花可去。

贈蘭有明訓，弟子請志之。道藏勿掩日，道茂勿分枝。譬如金屋姝，太嬌病難治；又如富家兒，分居族必衰。大哉明公言，瑣事亦吾師。隨園無牆垣，日影常參差。田家老瓦盆，蓄養任華滋。庶幾傳衣鉢，臭味無差池。更憐相賞處，恰在未開時。此意古所難，兼語幽蘭知。

哭壻

老人亡壻當亡兒，欷歔臨風淚暗垂。擬把衰年託嬌客，誰知白髮送瓊枝。數雖前定恩難捨，病竟無名死尚疑。聽喚阿爺曾幾日，一場春夢不勝悲。

雙飛才看小鴛鴦，轉眼孤鴻影一行。蕭史竟無同去事，令君空有舊時香。畫眉筆冷蛛絲繞，射雉弓凋鏡檻涼。怕見多情天上月，夜深猶自照東床。

埋玉新房舊館甥，女兒擎藥等雞鳴。情癡屢下庸醫拜，力竭空餘禱佛聲。宛轉檀奴難訣別，彌留叔寶尚神清。禁他十七紅顏婦，斷雨零風了一生。

萬里簫聲出鳳樓，輕塵短夢太悠悠。華堂奠雁燈如昨，江館啼烏樹已秋。地下難攜孀婦小，人間交與阿翁愁。愛河水竭情波闊，一夕黃門更白頭。

女扶壻柩還吳作詩送之

柏舟此去雪盈途，一曲離鸞萬木枯。後會自然來世有，佳期怎奈半年無？好如郎在安眠食，莫帶啼痕對舅姑。娣姒成行偏汝獨，未知何處續遺孤？

枕劍圖爲李開周作

落魄江湖兩鬢秋，男兒未報是恩仇。夢中怕忘英雄事，權取青龍當枕頭。

飮罷荆軻酒一觴，夜深金電繞空床。橫陳與子甘同夢，只有當時聶隱娘。

蘇州寄懷梅岑

三吳一別兩心違，愁見皐亭木葉飛。海上成連琴欲斷，耳邊曾點瑟方希。詩須我定應留稿，節近秋涼可授衣。昨夜鯉魚書早到，東脩不寄寄當歸。

十三經試張童子，五百年生員半千。後起有人甘我老，斯文誰託仗君賢！桂花得月香成雪，鴻雁當秋字滿天。努力拏雲心事健，紫金鰲背躡飛烟。

十月十一日雷雨

蛟龍忍寒九淵起，電火燒霜照窗紫。飛雹如蔴萬瓦鳴，浮天十月江南水。老大夜坐獨自嘆，世事難測如波瀾。君不見，川原蕭瑟隆冬日，天意還當盛夏看。

小倉山房詩集卷十八　甲申

小僕琴書事我有年今年贖券去跪辭淚下作詩送之

都兒洒淚別陽城，來是垂髫去長成。人好纔能八年住，春歸那忍一朝行！交還鎖鑰知誰託，欲掃樓臺誤喚名。總爲香山居士老，楊枝駱馬倍關情。

代琴書答

畫梁春燕去猶悲，況是奴星別主時？洒掃應教新隸學，性情惟有舊人知。書防起蠹勤翻頁，花爲宜瓶巧折枝。神爵三年買奴券，袖中擎出淚如絲。

題沈秀君抱書圖

東陽有哲人，著書盈其屋。不鑿楹下藏，但付子孫讀。其子亦老矣，抱書如抱翁。一刻不相離，與之偕西東。酒闌客散時，讀之聲嗈嗈。丙辰徵士錄，我最居紙尾。曾與著書人，召試明光裏。忽忽三十年，書存人已亡。倘非兒抱持，雷電早取將。我有書無兒，披圖淚霑裳。

寄魚門舍人一百韻

良友經年別，空山有客悲。爲憐新歲月，轉憶舊交期。袁粲通門日，程生傾蓋時。長淮淸口驛，古廟水仙祠。令尹猶靑鬢，司空已美髭。笑言何晏晏，風貌頗偲偲。態愛張長史，才憐江總持。潼陽儂綰綬，湖嘴爾乘騅。路過頻投宿，官閑輒枉綏。襟懷似膠漆，交好及壎篪。令弟璠璵器，賢兄虎豹姿。稱觴分笠日，折柳定連枝。雜珮同摩弄，巵言互詆娸。相看顏沃若，屢忘夜何其。經紀勞滕叔，資糧託趙熹。海疆爲政滿，琴鶴向南移。來下陳蕃榻，同看街彈碑。評量循吏傳，傾倒落花詞。臥疾煩秤藥，行藏代揲蓍。愛人眞以德，好爵不敎縻。予戊辰引疾，舍人勸之。此際先生富，豪名萬口推。丁年羅寶墨，甲貨擅鹽池。邅行賓朋集，虹霓鼻息吹。無交猶縞紵，未病已葰蓍。鄴架瑯嬛物，淹中稷下兒。搜羅窮亥豕，排列滿罘罳。漸見銅山削，遙聞粟廩卑。弃秦無晉盜，殲遂有齊師。張博空餘債，相如竟少貲。豐貂都解庫，素履欲騎危。拔宅才終訟，含英詎療飢？窮通奴僕換，肥瘦弟兄離。老妾捐釵珥，嬌妻爨扊扅。誰知遭索莫，不是累遊嬉。生性原通脫，爲儒好布施。行仁朝煦煦，履義暮跂跂。北上蘇秦轍，南征子重麾。噓枯鄰潤澤，溫卷禮委蛇。守藏頭須竄，持錢石氏欺。牢盆他手寄，軥錄此身疲。兩度鸞膠續，三年帶下醫。杳殤兒女累，楊楯友朋貽。河決流難塞，門開閉已遲。代人權子母，先自罄銖錙。朱慮船無底，歸墟水不支。八廚名太重，六虱病難治。且喜貧雖極，斯人總未知。九流談袞袞，百氏校孜孜。杵硯心成臼，焚膏日下帷。勤同夏侯勝，勇甚狄虒彌。七穆三桓問，千門萬戶疑。搖唇珠貫串，隸事錦參差。高可箋星象，低能畫地維。吟成銅鉢待，賦罷曉鐘催。瞿所詢方朔，錞于辨斛斯。苦心神自鑒，爲善福終隨。風順旃檀馥，文高黼黻宜。乘輿南駐蹕，多士例陳詩。獨上金天頌，頻領聖主頤。御屏標第一，海內賀相馳。覆試端門左，排班白玉墀。盈庭看舉首，斂步習朝儀。洗盡科名恨，欣霑雨露滋。髯飄長似戟，冠大稱如箕。薇省清嚴地，冰廳誥命司。聽人呼小鳳，頃刻駕文螭。連歲來江左，偏予接履綦。春深烟滿樹，秋老菊侵籬。大會夷門客，高傾河朔巵。燈光奪明月，花影動玻瓈。衆裏談尤密，更深枕尙欹。四愁分解脫，三樂共淋漓。犬熟先銜帶，僮馴慢捧匜。書探邊氏腹，酒習沈家脾。爲看泥金榜，先傾白接䍦。聞君上鰲背，勝我拔蝥旗。腸斷驪歌唱，年俱馬齒衰。班荆情宛轉，握手淚紛披。已向棲霞送，還從邗上追。淒淒同下拜，恨恨兩難辭。嗣後三山叟，眞同一足夔。漆園仙蝶化，羊館老龍癡。君子雖安雅，何人共振奇！皇皇喪家狗，霍霍失膺師。小減樓臺費，長甘水竹怡。巾車走吳會，蘭槳泛鴟夷。女嫁新孀矣，兒生且聽之。時兩姬懷孕。高堂猶健在，萬事等閒窺。想見彈冠客，公然向日葵。嗚珂趨殿陛，待漏喚僮廝。櫪馬初銜轡，雄雞豈憚犧！將無迷廣樂，孰與辨澠淄？王意撣人逃，民情計相咨。遭逢雖偶爾，公輔定從茲。白下常西笑，長安似弈棋。鱗鴻探信息，金玉憶鬚眉。史局班彪入，（開纂修通鑑。）除書常衮爲。勉旃犀兕角，永見豹留皮。吏隱鴻溝劃，人天萬里思。堪消一千字，舍子更貽誰？

苦囑

苦囑司閽叟，柴門莫漫開。有時推不去，一陣野鷗來。

題永竹岩雙美讀書圖

侍兒兩個女相如，管領牙籤逐蠹魚。供得年華消得恨，美人顏色古人書。

哭柴耕南

君家行之姪，交我方垂髫。因之得見君，如漆初投膠。君年過三旬，玉骨森清標。爛爛岩下電，温温席上瑤。我來才十八，墜地虎子驕。意氣欲摩天，落筆尤嘐嘐。樹無大根本，水有狂波濤。豎旗不書降，逢戰必欲鏖。武林老名宿，憎其年少佻。飛言如雨攻，赤舌將城燒。君喈曰否否，此子終凌霄。孤山梅花榻，西泠楊柳橋。爲渴置茗具，爲飢設膴膮。賢兄洪都來，卓犖人中豪。以愛及所愛，握手如同胞。我時賦西征，寒冬無敝貂。賢兄資我行，長江爲買舠。釣臺攜手登，滕閣同車遨。或聯韓孟韻，或賭舍人梟。高安官署中，諸語窮昏朝。此時燈燭光，至今如隔宵。贈我赤側金，才得揚征鑣。桂林金中丞，專章薦封敖。從此走長安，奮翮登金鰲。改戴惠文冠，鳴騶行江皋。君來助相理，除苛更解嬈。以我所贈資，却買吳娃嬌。亡何棄之去，南覩湘江潮。余亦賦遂初，小隱歸山椒。從此隔東西，芳訊久寂寥。丙子冬十月，忽寄書相招。代持戔戔帛，勸麾孑孑旄。余方奉老母，五斗難折腰。奚能擁皐比，遠走楚粵郊？此事竟掉磬，此心猶鬱陶。忽聞怛化去，同人先號咷。未知返櫬無，何處掩蓬蒿？未知有兒否，誰爲守宗祧？因之感我懷，掄指自抑搔。四十九年中，何者常忉忉？蒼生君相在，久已心中拋；文章身後名，於我浮雲飄；惟有數知己，恩深淚難消。傾蓋猶繾綣，矧乃弱冠交？問我推解情，已慚范叔袍；問我死生諾，又慚左伯桃。來生爲兄弟，此權非我操；泉路盡交期，此說終虛要。惟有託豪素，長歌一慟號。梗概略抒寫，風雨聲刁騷。

二月初八日生一女

墜地無人賀，遙知瓦在床。爲誰添健婦，懶去報高堂。妄想能招弟，佯懽且慰娘。江干好黃竹，打慣女兒箱。

左家詩料好，伯道老懷嗟。味似餐雞肋，情疑中副車。湔裙製文褓，醮面趁桃花。嫁恐非吾事，驚心兩鬢華。

刀

出匣一條水，寒光射眼來。非關報仇事，生就殺人才。斜月當空冷，秋蓮帶雪開。他年用君處，含笑請君猜。

筆

上手得風雲，花生處處新。天交三寸管，命作一朝人。非箭常穿札，如仙不染塵。思量與君絶，終要等麒麟。

寓目即書

禾熟頭低麥熟昂，眼前物理費參詳。蜘蛛網小如錢許，也展經綸據一方。

海棠下作

神女儼成行，蕭齋兩海棠。吹紅風亦軟，驚豔鳥先狂。置鏡傳嬌影，張燈助晚粧。料應香不得，業已斷人腸。

國色天原寵，東風盡力開。仙雲如海立，紅雨作潮來。消受難爲福，形容苦費才。遙知花命婦，魂尙赴瑤臺。

贈楊將軍　名崑

作虎須成斑，不戰難名將。國家承平百餘年，淩烟有閣無人上。楊公儒者今韋皐，起家西蜀征南苗。橫披囊瓦三千甲，斫折孤延十五刀。金川碉樓與天接，鳥飛不上猿猴絕。將軍目作蒼鷹視，騰身直上疾如矢。一甄兩甄鼓不止，雲梯隊隊銜其尾。三軍齊唱肉飛仙，半夜崑崙鬬奪矣。當空礮石雲雷奔，將軍見敵不見身。偶中金創色愈怒，殺賊遙看紅一路。捷書馳報甘泉宮，玉旨傳宣賞戰功。諸將喧爭公獨暇，閉口無聲大樹下。於今專閫來江南，雅歌投壺斜插簪。平生鏖極皐蘭事，酒罷微聞說二三。梅花開時山月明，手彈瑤琴招我聽。瀟湘雲水淸商老，彷彿沙場金鼓聲。

偶成

有寄心常靜，無求味最長。兒童擒柳絮，不得也何妨。

喜懷慶太守沈省堂過訪

故人久別忽相見，一笑道從天上來。驚指鬢霜幾時有，喜逢紅藥當庭開。二千石官車騎盛，三十年事風輪催。我欲班荆學聲子，泣下數行腸九迴。

記否參軍作馬曹，憐才學士有枚皋。旁妻酒勸西賓醉，遊子床聯夜月高。轉眼山陽聽玉笛，至今燈影憶宫袍。與君貧賤叨恩處，同欠喬公一太牢。謂春臺學士。

太行山色一官收，怪底新詩咏未休。立馬身當河內水，黄河決堰，公立水中三日。紀恩碑滿晉陽秋。相招小住聽黄鳥，幾個同年賸白頭。寄語南衙姚散騎，故人爲我好勾留。公寓姚觀察署。

偶作

一編書卷送華年，吟禿眉毫孟浩然。春水有時流舍下，雲山難得在尊前。青苔地濕連陰日，白紵衣涼細雨天。自覺心中無底事，且憑人喚作神仙。

燈舞歌

丁丁暖漏春無風，華堂地裹氍毹紅。清絲流管聲漸緊，催起明月來當空。仙伶一羣貌如雪，霞帔風鬟紅錦袜。裙下疑生五色雲，手中能把星辰活。一燈初出飄紅香，玉女微笑流電光。兩燈交竿相擊撞，釵影珠光共升降。千燈銜尾如雲流，陸渾山火勢不休。黄金鳧䴊水銀海，萬斛螢飛大業秋。斜穿側叠重起勢，太乙青藜作遊戲。長袖風回捲落霞，霓裳鵠立排成字。映來酒浪臉邊紅，照出歌塵梁上細。一聲清磬將終曲，燭龍隊隊銜珠伏。滿堂賓客眼生花，三日烟虹光繞屋。主人索我燈舞詞，我方惆悵有所思。當年却扇催粧日，正撤金蓮歸第時。

望山尙書以七十生辰作相仍督兩江奉賀四首

久遲枚卜識君恩，留與先生慶七旬。調鼎人來雙鳳闕，稱觴花滿一家春。韋平兩世黄扉業，伊吕三朝白髮身。同是祝公無量壽，自天傳下語才眞。

紫禁城頭駐玉車，青宮深處女兒家。萬釘寶帶天邊賜，十部笙歌宅裏譁。北面公侯爭把盞，東床帝子替簪花。休誇與佛同生日，轉恐光榮佛尚差。公生日四月八日。

生與南邦最有緣，四回江上月重圓。兒童竹馬頭成雪，官舍甘棠樹拂天。聽說相公還借寇，喜教士女更留仙。齊聲擬向君王奏，一個蒼生乞一年。

三公在外學張温，詩識眞如弟子言。新築沙隄迎使節，剛調梅雨到江村。西清趨侍身雖遠，故事：宰相上任仍至翰林衙門。枚愧不獲躬逢。東閣常登客亦尊。欣染名山一枝筆，他年還紀杖朝恩。

董暢菴守硯圖

先生守硯當守錢，手持片石山溪邊。松風吹衫雨絶天，濯以清露飲以泉。摩挲不釋相愛憐，劚於十五眞嬋娟。口稱南渡吾宗傳，隃麋膏沃生雲烟。非徒啓後兼承先，我更一言君囅然。人生何物堪纏綿？親如妻子良如田，東西南北難周旋。惟有囊中石一拳，死前不作離別緣。舟車水陸行坐眠，隨身到處無相捐。心所沉慮將渠研，口所不言仗彼宣。我髮白矣汝獨玄，紫雲容貌常華鮮，守之作殉非恩偏。先生大笑手拍肩，能得我意君其仙！速付圖畫徵詩篇，更願此身如石堅。藏墨足支三十年，染盡巴東九萬箋。

苔

白日不到處，青春恰自來。苔花如米小，也學牡丹開。

送省堂南歸

愁君有歸心，喜君無歸日。忽然君來辭，歸日又已決。憶昔與君交，垂髫雙白晳；今日與君會，頭顱鬭霜雪。其中三十年，竟成一世別。逝者已如斯，來者更難說。冉冉五十翁，茫茫東西轍。一鳥不停飛，一鳥永戢翼。升沉既已殊，雲泥空相憶。倘再如前期，人生非金石。

糧儲姚觀察，君家中表親。與僕少相狎，春秋同丙申。皇帝戊午科，三人充國賓。君官始於晉，予隱歸自秦。思廉爵最貴，驄馬長安春。吏隱既以隔，芳訊少通聞。忽然金陵風，吹聚雲龍影。南衙方開樽，西山又煮茗。班荊言未終，玩月燭重秉。如彼三珠樹，斷枝復交梗；又如三分國，鼎足竟合并。深情荷花知，高談仙鶴領。良會非偶然，誰能向天請。前生香火緣，毋乃有公等。

仕宦六百石，已足稱雄豪。況乃五馬驅，深院蝶愈嬌！公昔寄內詩云：「深院蝶嬌無語坐。」從前襲黃績，遠布趙魏郊；於今安石起，甘雨慰良苗。僕也抱區區，禱祀相招要。願君仕勿遠，祝君官勿高。仕遠與我隔，思君空鬱陶；官高與民隔，難以施恩膏。安得大江南，看君麾旌旄。我老當扶杖，來聽甘澤謠。

從來故人酒，不及石尤風。風能留人行，酒但澆顏紅。君昨寄書來，暑退吾將去。我乃祝西風，緩到留君住。果然秋陽增，行期屢改卜。家家祖餞君，日日同徵逐。炎涼天所司，爲我猶宛轉。車輪君所推，如何行竟遠！小住復小住，一日如千霜。問我相思情，江流共短長。

不寐

一雨百花休，三更萬籟寂。觸耳不成眠，風枝墮殘滴。

相公見贈素心蘭開而心赤飛章求易竟蒙諾允

事須過後眞才見，花到論心淡亦難。上相許將芳草換，空山重得瓣香看。明知華屋栽培久，恰稱幽人臭味寒。速抱靑琴彈白雪，爲蘭惆悵爲予懽。

步山下作

暑退風清步竹林，荷花枝上結層陰。憐他吹散閒雲影，曾抱爲霖一片心。

染鬢

隨園居士墨者流，持鬢日向染人謀。明知其白姑守黑，老聃此義吾能得。初將渠豆熏，繼用犀篦掠。一入再入爾雅詞，爲緇爲玄考工法。旁侵時笑面粧花，唇黑方知爲戲虐。人疑揚子註玄經，我道先生逃白學。當時漢武求神仙，金丹未必還朱顏。何如王莽一夕變鬢髮，六宮明日迎嬋娟？才看青青色，旋露星星貌。二毛不肯久欺人，時時將老來相告。我昔留鬚已惆悵，於今鬢也非前狀。碌碌空爲短尾刁，飄飄不作長鬣相。惜把丹青用此間，不教畫向淩烟上。西風拂袖秋雨涼，手持明鏡愁秋霜。且將黑水西河郡，賜作髯奴湯沐鄉。

病中贈內

宛轉牛衣臥未成，老來調攝費經營。千金儘買羣花笑，一病才徵結髮情。碧樹無風銀燭穩，秋江有雨竹樓淸。憐卿每問平安信，不等雞鳴第二聲。

賀雨林得侍衛

靑袍公子帝城陰，新得貂蟬耀羽林。使相門高燈報喜，山人耳冷鳥傳音。雲霞近日黃金色，鷗鷺當秋碧海心。我夢尋君難識路，綠楊園住萬花深。

得雨林塞外書

一封書共雁南征，紙上親標塞外成。想捲雕弓歸細柳，偶看故劍動深情。鵰驚落筆盤風下，馬感懷人繞帳鳴。知道江南君不忘，趨庭身向夢中行。

偶成

高枕等紅日，天陰屢悞人。辭賓宜小病，多夢惱深春。曉色水花靜，晚歸山鳥親。自知叔夜懶，臥佛久疲津。

溪上時獨釣，一絲牽藕花。閒鷗相對立，依水各爲家。落日未歸海，殘紅入斷霞。蕭蕭修竹裏，兩兩出啼鴉。

贈李鶴峯學使

天上台星月共明，人間金鑑水同清。十年江海旌旗色，半壁東南雅頌聲。入相屢教遲使者，求賢原本爲蒼生。珍珠網盡珊瑚老，秋雨瀟瀟戀闕情。

曾從物外散襟期，往歲衡門駐馬時。黃葉風涼牙纛舞，高軒人過水雲知。雙飛㶉鶒池邊識，九錫廬山扇上詩。只爲陽春太清絕，至今作答尙稽遲。乙亥秋，公過隨園，贈詩四章。

龍眠山人歌贈孫秋澗

龍眠山人孫思邈，結廬山中不知老。朝朝翠岫捲簾看，處處白雲呼鶴掃。春風吹山山漸靑，山人欲往前溪行。牧童高唱公無渡，落花塞斷行人路。

病起入謁相公夜歸有作

中秋一別鬢霜加，舊雨新寒共絳紗。高臥客原宜小病，晚香人自愛黃花。公手植菊如斗。月如潑水燈光澹，風正鳴條雁影斜。少婦不知聯句苦，尙疑身宿相公家。公命聯五律二首，歸四更矣。

十一月十八日又生一女

眞是庶人命，雌風吹不凊。緣何長至日，轉報一陰生？客厭來偏數，棋輸刼屢驚。呱呱雙瓦響，添作惱公聲。

相公和詩

屢盼徵蘭信，催詩記不凊。花雖衝雪發，子尙待春生。弄瓦新兼舊，聞啼喜又驚。勸君莫惆悵，雛鳳有先聲。

喜吳秀才模周秀才發春一時同舉明經

釆鳳雙飛出泮宮，公然魯國兩生同。我夸籍涅居門下，人數班揚在意中。貢到南金江左重，拔來騏驥馬羣空。明知才大科還小，且喜雲梯路已通。

臘月五日相公招同秦學士大士蔣編修士銓小集西園各賦四詩

小集平泉夜舉觴，春風座上不知霜。偶然元老開東閣，難得羣仙盡玉堂。棨戟光搖銀燭燦，盆梅花落酒盃香。遙聽宮鼓今宵綴，道有文人話正長。

平章坐次問科名，掄到袁絲忽自驚。白髮門牆登首席，青年詞館憶三生。雲龍遇合都歸命，師友淵源各有情。起看文昌星聚處，一輪卿月照階明。

劈錦燒蘭興未除，牙籤玉軸共相於。指將松竹時懷舊，對著笙歌尚論書。老圃氣清霜影後，宮袍紅濕酒痕餘。史官環坐同商榷，權把南衙當石渠。

出門我獨後諸賓，更與郎君話夜分。旗捲待飄殘臘雪，堂深留住遠山雲。通家問字燈重剪，歸路衝寒酒不醺。明日江城人側耳，詞林典故共傳聞。

相公和詩

前宵猶記共飛觴，客散歸遲滿路霜。花送春光開小院，雁橫寒影過西堂。每看遠岫雲難出，頻讀新詩口正香。燈下不辭呵凍筆，吟聲遙答漏聲長。

敢夸綠墅舊園名，滿座詞人鶴亦驚。四野連宵飛瑞雪，一堂兩代有門生。秦學士以弟子禮事子才，子才以弟子禮事予。追隨館閣當年事，商略文章此日情。莫負尊前好風景，金燈光映月華明。

漸漸韶光逼歲除，山中老伴孰相於？窗前日暖閒欹枕，竹裏燈明夜讀書。見面難如千里外，論交喜過卅年餘。小倉也倣棲霞意，闢又新添水一渠。子才非請不來。

知君日日作嘉賓，刻燭分題到夜分。爲惜韶光憐舊雨，屢敎塵市度閒雲。子才與莊、[illegible]諸君作消寒會。詩同白雪人難和，顔似紅梅酒半醺。明歲江城誰雅會？黄扉雖遠合傳聞。

錫壽堂公讌詩 有序

乾隆元年，余與王生同太守偕升名于鴻詞科。今年入都，領郡宣州。亞相劉繩庵率諸徵士餞諸錫壽堂，堂爲生同大父文恭公故第。三十年來，同人寥落，與者七人。庶子錢坤一爲寫七淸圖，各賦數詩。憶枚召試時，裁二十一歲，在徵士錄中，最居牘尾。今又以不與會之故，題詩亦居紙尾。豈有數存乎其間耶？卷中闕五律一體，爲續成之。

王粲同徵日，袁絲最少年。幾番隔江海，卅載過雲烟。皓首重相見，滄桑說舊緣。長安公餞者，落落曉星懸。

酒置平津閣，燈明錫壽堂。風前懷祖德，雨後對花光。人老衣冠古，園深水石蒼。分箋賡白雪，還似咏霓裳。

有客登黄閣，無人不白頭。八仙才咏罷，五馬復南遊。庶子丹靑妙，羣公翰墨留。蕭疏松菊意，莫忘歲寒秋。

盛典恩難再，交情老更敦。江村餘我在，海內幾人存？遭際前生事，文章舊雨痕。數行書紙尾，兩處付兒孫。

贈生同

雙旌小住子雲亭，名紙初看眼倍青。四海徵車人已盡，兩朝殘客話重聽。霓裳同憶遊仙夢，錦字分存感舊銘。君催粧詩、枚送行詩，兩册猶存。一笑入門先拍手，道儂也會鬢星星。

江南烟景一帆收，洗盡風沙宦海愁。循吏傳名多太守，詩人領郡慣宣州。雲間家近無鄉思，郭外山清足勝遊。同是大賢門下客，幾時立雪共閑鷗？公丁未進士，出望山公門。

俞楚江瀟湘看月圖

沙渚一聲雁，瀟湘秋滿天。幽人方獨往，空水共澄鮮。明月乍離海，輕雲欲化烟。魚龍聽竹笛，知是小游仙。

八月六日宴秋試者顧星橋等二十二人張燈樹上適學使梁瑤峯少宰亦來與會

八月龍魚赴上游，玉山高會草堂秋。九天星斗三更落，四海才人一座收。戲把青藜燃太乙，相期赤手占鼇頭。是誰來作諸生兆？梁灝花間擁八騶。

臘月五日相公再招觀劇命疊前韻

西園一月兩飛觴，細雨初飄冷似霜。游夏多年雖侍側，絃歌今夕始升堂。枚受業三十年，初次觀劇。來遲竊喜賓朋少，賞好頻添齒頰香。莫訝黃昏蓮幕捲，一聲檀板韻方長。

烟花南部舊知名，見慣司空鳥不驚。到眼悲懽憐往事，登場傀儡感浮生。豪吟每怪公無倦，微笑終知佛有情。報道周郎能顧曲，金燈須傍舞筵明。青原短視，故戲之。

風景蕭蕭歲欲除，師生難得共相於。閒來置酒先招隱，老去聽歌當讀書。玉笛聲涼殘臘後，梅花香撲捲簾餘。席間頗憶倪高士，教把新詩索向渠。公命澹山倪令亦和此韻。

野人連日作嘉賓，東閣憐才到十分。酒罷人驚窗外雪，山空鶴盼夜歸雲。每依絳帳心難別，但坐春風客自醺。不負彭宣生白髮，後堂絲竹此番聞。

小倉山房詩集卷十九 乙酉

題蔣苕生太史歸舟安穩圖

金仙侍香案，忽思歸去來。上堂告阿母，母曰與汝偕。聞住雞犬驚，聞歸妻孥喜。阿母更欣然，歌詩七章矣。

陸行風沙多，水行布帆穩。船頭酒一巵，船尾書千本。行行重行行，順逆隨風檣。雞得一家春，舟如小洞房。

婦見遠山佳，索郎把眉掃。兒見溪水清，呼爺垂釣好。篙工亦停槳，問公何所往。公笑指烟中，鍾山本姓蔣。

哭皖江方伯許公三十韻 諱松佶，福建人。

江左亡屏翰，中朝喪老成。官從流外起，人在上中行。好學分陰惜，憐才倒屣迎。計偕隨趙壹，幕府出匡衡。稅駕三吳地，褰帷百越城。神皐淸化雨，王路塞夷庚。荒政千村活，爰書萬獄平。張弓寬處矯，買璧厚邊爭。野有欒公社，家無羊侃箏。傷人還問馬，嗜雁不呼卿。小謫遭波累，崇朝雪聖明。鏡磨光愈白，風定水仍清。封罷三錢府，重揚五馬旌。皖江方伯始，布政司駐劄安慶，自公始。吳楚衆山迎。斗食籌邊急，牢盆握算精。掉頭雖白髮，舉念總蒼生。款款風常拂，謙謙谷不盈。只緣深閱歷，彌復造眞誠。與我同寅好，逢人說姓名。廿年如一日，每見必三更。視病蒙秤藥，投瓜愧報瓊。雲泥忘定分，縞紵極深情。往歲來招隱，空山共聽鶯。相看微覺老，永訣不勝驚。琴輟鍾牙響，舂停杵臼聲。善人爲世惜，駑馬向誰鳴？瞻望甘棠樹，淒涼宿草莖。九原懷士會，一慟感袁宏。遠寄詩三疊，聊當奠兩楹。重泉如識曲，衰淚也盆傾。

五十歲生日舟中作

三月歸未得，五旬忽在躬。晨興憶生辰，獨坐對孤篷。平生幸早達，歲月原從容。每見半百叟，夷然不界胸。自謂去之遠，相隔如十重。何圖遽自及，光陰來匆匆。古人服官政，到此成事功。翁子最晚遇，亦復夸遭逢。而我復何爲，雙鬢徒蒙茸。簪纓既了鳥，事業復籠東。來日欠亦少，去日積已空。旁人稱介壽，掩耳聽未終。頗如女新婚，言之兩頰紅。羨殺馮瀛王，生日俱朦朧。且喜揮羽扇，渡江唱阿童。稱觴無賓旅，擊楫有舵工。冉冉碧流水，蓬蓬遠山風。誰能指烟波，中有五十翁。

名言

名言誰與宋雞談，海上仙山可築龕。將乙比鴻身豈二，出遊騎馬影成三。中書肯把徵歌換，僕射何如飲酒甘？且逐蜘蛛充小隱，不隨牛象鬬江南。

東風

東風知我年將老，吹得楊枝如許長。偶過西溪小橋畔，向人學舞兩三行。

偶作五絕句

種樹成香國，關門作睡王。近來客解事，都不早升堂。

偶尋半開梅，閒倚一竿竹。兒童不知春，問草何故綠。

怕見有求客，不栽難畜花。無心作投贈，狂竹入鄰家。

月下掃花影，掃勤花不動。停帚待微風，忽然花影弄。

好學原爲福，無情不是才。吟詩推客去，開閣放山來。

姑蘇紀事

不負昇平有此身，姑蘇二月作遊人。燈篷綵勝迎鑾處，代插梅花掃路塵。

滸市嚴關徹夜開，雲階月地總樓臺。碧波兩岸清如鏡，照見紅粧海樣來。

一朵仙雲耀眼前，相思無路水如烟。桃花門巷渾忘記，崔護當時更惘然。

隊隊笙歌對落暉，紅裙不放酒人歸。消魂此日山塘路，七隻仙舟妓打圍。

但逢勝景便勾留，錦帳香燈汗漫遊。何處有花何處宿，果然蝴蝶勝莊周。

寒山空谷兩平章，穿出花樓上竹房。知是六龍才過處，雲璈水瑟尙宮商。

平生嘗遍五侯鯖，崔浩常思著食經。此日書空作唐字，金鹽玉豉總仙靈。唐廚精絕。

良友知儂怕寂寥，青樓苦勸伴嬌嬈。誰知小玉奄奄病，嚼蠟橫陳是此宵。

雙雙公子駐征驂，引入嫏嬛酒共酣。一夜羅幃傾海水，者番春色領江南。

袖得西湖嶺上雲，歸來重闢水犀軍。弟兄眞是皇華使，到處摳衣見小君。調樹齋、雨林。

妬女津邊一鴈飛，羽林郎別淚沾衣。惹他烏鵲橋頭笑，不信仙家有是非。

日暉橋下小銀河，匹馬黃昏獨自過。夢醒忽驚衫袖濕，阿侯分與乳痕多。

手種橫塘柳一枝，當年換馬別袁絲。今朝相見添惆悵，合浦珠還有所思。

金娘顏色照銀泥，一白能教衆卉低。七日春風等閒度，斷雲含雨又東西。

麗夢游仙記不淸，吾家大拾有風情。直須喚作宜春氏，同上高樓看月生。

二十年前鬢未華，曾披宮錦住唐家。而今賓主頭俱白，愁對紅梨日暮花。

賦別匆匆唱惱公，雲華重作主人翁。自憐隻履西歸客，尙有瑤池席未終。

再題生同公讌圖　有序

余題生同公讌圖畢，即往蘇州。生同捧檄來省，竟未交付。及余還山，而君已怛化於毘盧庵矣。展卷懷人，悽愴不已，重題二律，付令嗣紹曾、顯曾兩太史藏之。

屬題詩就君何在，老淚重添落卷中。聽捧羽書來白下，竟歸兜率泣春風。卅年見面交情畢，四品羈身宦局終。腸斷伯恭徵士頌，山河零落酒壚空。

追酬人日懷高適，重答遺書感孝標。半月宣州官草草，一燈僧寺雨瀟瀟。銘旌歸綴愁淸俸，公讌詩成當大招。難得瑯琊雙玉樹，已傳家學到丹霄。

送似村公子還長安

芳草綠未歇，公子歸忽忙。淸晨來辭我，雨泣沾衣裳。道是昔時歸，嚴君領南方。爲有趣庭職，思君便治裝。今歸非昔歸，使相入平章。全家還闕下，後會眞茫茫。我聞斯言畢，中懷惻以傷。長安三千里，飛鳥嫌路長。何況山中人，終身辭帝鄉？我心欲待君，南北永相望；我年不待君，垂垂鬢已霜。

君家瓊瑤枝，森森十三樹。偏君最有緣，十載江南住。袁浦初握手，玉質披烟霧；白下再題襟，賡歌更無數。每升夫子堂，先與郎君晤。談深月窺人，坐久竹垂露。官鼓測歸期，書燈引前路。欲起定苦留，相扶必同步。當時不知樂，此日空追慕。明知終有別，不料行當去。依依柳色新，冉冉春光暮。從此過西園，書窗怕回顧。

皇帝重眞才，科停六七載。養君晚成器，畜極將有待。今年秋闈開，出匣干將快。努力策修名，韋平業可再。我似識先幾，丹青將君畫。一卷隨園山，五人竹間話。誰知把畫圖，卽以送征蓋。君身雖已行，君貌依然在。身在青雲間，貌在白雲外。流傳千百年，知我兩相愛。

同梅岑送似村渡江同宿浦口別後却寄

送別到江盡，過江別更難。我不解此苦，搖槳登木蘭。愔愔梅岑子，與我同舟去。三人野店眠，纏綿到天曙。不願留君駕，只願留長夜。長夜永不明，君從何處行？雞聲忽喔喔，喂馬閘僮僕。僮僕慮人惱，詭言天尚早。恰恐行太遲，前途旅店稀。忍心勸君走，登車重握手。此手終要分，兩淚徒繽紛。君行淚不收，我歸淚更流。脈脈復登舟，滿江春水愁。

望山相公扈蹕南門墜馬損足賦詩奉懷

三公雖坐論，四海望行春。爭奈從龍日，翻驚墜馬身？履聲天聽急，轎解御醫頻。速報君王愈，馳詢已七人。

聽說扶宜祿，還能侍玉除。陽春眞有脚，緩步且當車。示健安朝野，懷歸畏簡書。王臣眞蹇蹇，一笑晚風餘。

早年

早年爲政早歸耕，別是人間一性情。老耻逃禪占定力，貧能行樂仗聰明。也知略有今生福，未必全無後世名。檢點殘書聊自慰，古來傳不盡公卿。

何秀才將售出園林畫圖屬題

烟雲一幅輞川圖，何點從前此讀書。樓外雨花當塔墮，溪邊風柳隔橋疎。山雖已賣空存畫，臥可常遊轉勝居。修葺不需題咏滿，子孫開卷即吾廬。

嘲眼鏡

眼光原自在，爭仗鏡爲能？縱使窮千里，終嫌隔一層。有繩先繫鼻，無淚已成冰。徐偃不亡國，瞻焉便可憎。荀子：徐偃王目可瞻焉。即近視也。

座主大廷尉鄧遜齋先生自蜀之長安泊舟白下恭送四章

萬里峨嵋月，吹來江上村。師生重握手，僮僕盡消魂。鬢髮霜如許，滄桑事莫論。攀裾難忍淚，二十七年恩。

臏有升堂客，王褒及李沖。門下士王發桂、李棠俱官白下。三人齊北面，一席坐春風。桃李花全老，金燈帳尚紅。先生應莞爾，吾道在江東。

欲慰蒼生望，全家蜀道還。衫痕巫峽雨，帆影白門山。木鐸三江舊，萊衣廿載斑。乾隆九年公宜論江南，還大廷尉，即乞終養。即論公出處，久已重人間。

繞屋花千樹，關門手一編。能教有今日，爭敢忘當年？路是長安近，書憑旅雁傳。只憐垂老別，白首拜江天。

送望山相公入閣詩

平章秋後入楓宸，消息愁教父老聞。朝裏自然需上相，人間未免戀慈雲。當時澤只三江占，此日恩同四海分。儘把嘉謨作宸告，遭逢難得聖明君。

金陵久住似家鄉，此別知公也斷腸。蕭寺鶯聲何處聽？棲霞山色為誰蒼？水寬魚忘遊時樂，春好花留過後香。卅載軍民如一夢，東風吹淚滿甘棠。

記從弱冠侍蓬萊，老去心情倍愛才。山徑偶然元老至，軍門常為野人開。牙旗月落宵傳簡，燕寢香凝晝舉杯。此後荒村好風雪，更誰騎馬送詩來。

驪歌一字一深情，唱到陽關結尾聲。黃閣人行秋萬里，青琴絃斷月三更。重披絳帳知何日，已傍龍門過半生。到底思公公不遠，中台星照大江明。

陶西圃從樂平遷司馬需次入都攜前所贈姬人及子女重過隨園

一枝花贈十三年，白首相逢倍黯然。難得雙雙人共至，呼兒挈女拜燈前。

太行山色雁門霜，半落琴堂半洞房。今日藍橋重過處，白雲猶鎖合歡床。

愛讀新詩見典型，怕聽流淚說家庭。人間竟有龍欄氏，願乞開皇賜孝經。

長安此去再登朝，定與羣仙話寂寥。道我閒身雖耐老，也陪公等鬢蕭蕭。四圖前至長安，道己未同年無不白頭者。

關河行色正逢秋，珍重加餐唱莫愁。彈指晨星能有幾，此身須爲故人留。

五言一百韻送高槐堂別駕還武康

作吏非作儒，而道實相須。讀律非讀書，而理實無殊。平生牧民時，曾抱此區區。從不向人道，慮人嗤我迂。亦不求諸人，其人今恐無。有賢者高公，玉貌何清臞！初見在邗江，行安而節舒。司馬青衫破，伍伯赤棒粗。拔豪如拔韭，用吏如用奴。常宿辛公廳，勸栽鄭公榆。奇服怪民風，一旦多驅除。止我而觴之，同席有唐衢。謂唐孝廉。其時興水政，史起治溝渠。草物十二衰，公獨窮根株。未幾來白下，朝夕親軒朱。精文與善法，耳聞且目濡。宅心最醇粹，視聽無陜輸。重典極蕭楯，寬心抱王鈇。蘇公不留獄，訟者舞于途。韓滉禁刑牛，五施土不蕪。小吏畏剔蠍，背面相揶揄；大吏愛精勤，徽徽嫌其拘。公乃莞爾笑：吾其病矣夫！人生過六旬，豈不知頭顱？玉佩而長裾，原不利走趨。投劾移病去，飄然賦遂初。父老一聞信，戚戚相欷歔。兒童及婦女，各各鼓嚨胡。道有此衙門，從無此大夫。願公車鑿互，願公馬契需。水歸海蕩蕩，民歸賢愉愉。我乃向民言，公賢止此乎？昔公在江右，循聲達帝都。初綰銀城綬，後剖潯陽符。所到士鳧藻，所治民知姝。司寤禁宵行，誰敢攖公羭？門匠稽黃籍，外繇無逃逋。門內方喝盧，門外已呼騶。前巷方盜驢，後巷已縛袪。一士陷于獄，臨死將公呼。道公尚在茲，我豈陷于辜？一孀爲盜篡，公誓取萑苻。不得竟不止，網密驚秋荼。秀才聞公來，書聲爭咿唔。各持其文章，啓戶迎雙鳧。農賈聞公來，利器而持鋤。弟知敬其兄，婦加孝于姑。宣尼大成殿，李渤甘棠湖。岳王金陀祠，周子蓮花居。一一加脩濬，簇簇新榱櫨。前賢同揖讓，後賢共相於。豈非仕與學，融成一貫歟？大府報治最，天子笑曰俞。擢之佐松江，以彰循吏譽。卓茂三公服，黃霸一丈車。陸績鬱林石，崇龜荔支圖。雍容將去矣，合郡大躊躇。曰豈惟民哉，邑乘未成書。良吏與良史，惟公一身俱。譬如婦持家，薪米牛羊豬。豈可無文簿，約略存規模。舊尹告新尹，交替毋模糊。先生俯而諾，此事良由余。敢不覩厥成，中道而棄諸？乃居西河館，大招文學徒。有筆大如椽，有墨珍如珠。亘不漏山川，小不遺村墟。厥田輕爨土，厥賦中下租。圭撮無訛差，羅縷窮錙銖。德化有邑乘，從公作權輿。至今班史筆，照耀江一隅。其時官廩薄，民供頗有餘。老者爭洒湝，幼者抱籧篨。前門擔娓鴨，後門饋生魚。家家推鶴都，戶戶獻犀渠。借公又一年，公駕才驅驅。江右既如此，江左當何如！歲星原周天，豈常照里閭。春風成功退，自然還太虛。民雖無大廈，公自有蓬廬；民雖愛保障，公亦思蓴鱸。勸民毋留公，公行于公娛。善人必有後，天道良非誣。不見公郎君，紫鳳翔高梧。謝家誇寶樹，穆氏號醍醐。頃刻翔青雲，餘光照三吳。今夕復何夕，秋風吹芙蕖。我同民送公，千金買須臾。愧無千里酒，爲公傾百壺；愧無四絃聲，爲公歌驪駒。且題陽城驛，當書何易于。

送滋圃新參入都二首

調羹貴新手，折柳愛故枝。新手惹人望，故枝惹人思。我送莊新參，誰能爲此詞。其詞多纏綿，卅載心相知。交公諸生日，送公作相時。諸生至宰相，迅若風輪馳。憶昔沈家園，隔花將公窺。也知公必貴，不料貴至斯。其時兩少年，結交惟恐遲。明年京兆榜，後年瓊林巵。聯鑣相追逐，直登蓬萊池。一朝我小謫，輪蹄遂參差。自道仙凡隔，重逢未有期。何圖一江水，天風吹聚之。我來訪烟柳，公來樹旌旗。雲泥雖不親，苔岑終相依。布衣情款款，舊雨談霏霏。黃扉一以去，白首何時歸！但見蒼生樂，誰知故人悲。鳳皇自高翔，閑鷗難遠飛。惟望台垣星，流光照幽栖。

尹公督兩江，公來撫三吳。我曾以書賀，韓歐一時俱。公乃謙詞答，僕也何敢居。誘而至于道，其在斯言歟。果然兩賢人，仁風溢里閭。忽焉雙雙去，江左咸欷歔。所喜同調元，八荒如庭衢。豈有到蓬山，而肯徒支吾？公贈尹公詩有「蓬山未到總支吾」之句。歷觀古賢相，衣鉢傳有餘！何況本師弟，用心不妨同，意見不妨殊。殊則非朋黨，同則相匡扶。如作遠猷告，此訏彼則謨。如歌卷阿詩，前唱後則喁。會見皐與夔，致君如唐虞。其道不可孤。魏相以嚴治，丙吉乃寬舒。如晦斷于後，玄齡謀于初。

相公眷屬先期入都枚入起居見白貓悲鳴公獨坐凄然因以詩乞

烏圓爲送主人行，似抱離愁宛轉鳴。繞座已無雲鬢影，聞呼還認相公聲。也同遺愛甘棠好，可許尋常百姓迎？小畜有靈應識我，絳紗帷裏舊門生。

貓來後又以詩謝

狸奴眞個賜貧官，惹得羣姬置膝看。鼠避早知來處貴，魚香頗覺進門歡。果然絳帳温存久，不比幽蘭服侍難。公賜素蘭萎矣。寄語相公休念舊，年年書札報平安。

送高南疇觀察貴州

秋日馬蹄輕，監司去石城。黔陽新使節，江左舊官聲。地僻刑書簡，風和瘴雨清。知公行色好，一路萬山迎。

愛我幽栖處，高軒幾度過。松花飄羽蓋，卿月照烟蘿。轉眼誰知別，深談悔不多。相思盼天末，江水有回波。

八月二日莊滋圃新參聞相公玉體有恙載酒延候拉枚同往

三江元老馳征輪，三吳新參訪故人。爲載酒尊趨絳帳，仰承師意召同門。十年不到舊山莊，處處亭臺换夕陽。笑指芙蓉夸野色，抱將嬌女拜平章。八騶先唱花間道，升堂隨後柴車到。赤也端章點也狂，夫子難禁莞爾笑。後堂人盡去長安，燕寢香消錦瑟寒。未免離愁成小病，白頭閒坐把書看。新參風義高前古，門生也作萊衣舞。只教諧語鬭瀾翻，不許驪歌唱酸楚。酒杯易盡意難窮，官鼓鼕鼕漏又終。千秋莫忘今宵宴，一個山人兩相公。

哭莊念農太守

八面才無敵，三生數忽終。大名君世上，小傳我胸中。鬱鬱匡時略，皦皦行己衷。神機堪肆應，主撮極明聰。決獄弦章善，均輸管子工。迎鑾四回事，借箸一人功。心力經營畢，榮華頃刻空。黄堂才綰綬，紫府遽鳴驄。學易年非老，當官氣正充。交情深廿載，佳話滿江東。愛我詩親寫，招人饌必豐。清光蕭寺月，丹葉攝山楓。酒翰千章和，挑燈一榻同。

每逢三令節，各還半英雄。擫笛春聲豔，藏花酒浪紅。可憐追往事，倏忽過春風。夢蝶莊周化，逢雞謝傅凶。公與夫人同夢白雞集胸，竟以酉年卒。青琴音渺渺，逝水去匆匆。雨急摧湘芷，霜高隕井桐。故人零落盡，孤殺一衰翁。

哭潘宇情

安仁愁裏過年光，纔領河陽便夭亡。老子生來居苦縣，召公到處有甘棠。花方得氣偏經雨，雪已禁寒可耐霜！破屋孤兒存幾個，一枝瓊樹又凋傷。公次子相繼而沒。

哭陸甥湄君

抱汝孩提看汝婚，悠悠三十五年春。病因傳代醫無效，姊夫康仲亦以瘵卒。詩已名家筆有神。半世撫孤成底事，他時送舅望何人！憑棺忍聽輪流哭，稚子孀妻白髮親。

聞梁瑤峯少宰解督學之任就按粵東寄詩奉懷

海角文星去，江東士子嗟。莫驚廷尉問，且看嶺南花。沙檢金纔出，霜消月更華。天心寬小過，早晚聖恩加。

記得高軒過，秋風八月淸。金燈千樹滿，玉笋一班迎。未極登臨興，先增搖落情。何時鴛鷺侶，重續女蘿盟。公到日正園中有多士之宴，皆公門下士也。有爲兩家議婚者，故及之。

九月六日送相公起程路上奉呈十首

恩在江南四十年，山光水色盡纏綿。行期偏近重陽日，剛趁黃花晚節天。

冠蓋依依送石城，相公謙甚下車行。長亭望斷旌旗影，相對唯聞歎息聲。

四次甘棠手自栽，韶光如水暗中催。尙存幾個皤皤叟，曾見公來第一回。

先生微笑出江關，先別蒼生後攝山。眞個精神似秋月，去時還照水雲間。

曾寫青山入奏章，曾開池水待君王。從今儘把經營意，付與閑人話夕陽。

光景留連兩日中，弓刀小隊去匆匆。只因染遍軍民淚，楓未經霜已半紅。

渡江時節正題糕，兩岸秋風送晚潮。恰似棲霞情未斷，最高峯影尙相招。

小艇追隨笑語親，揚州明月二分新。歐蘇遺跡平山在，如此師生有幾人！

此去秦郵有所思，當年曾此薦袁絲。而今同唱驪歌過，腸斷蘆花似雪時。公昔薦枚高郵牧，部議不果。

絳紗回首最消魂，半世因緣半世恩。且喜身閑堪遠送，燈前還有幾黃昏。

送相公渡淮尙未拜别而八騶忽駕遣使者來辭舟追不及愴然有作

晝戟飄霜去莫追，先生辭我我能知。爲憐終有分襟日，不忍重看下拜時。秋水連天合睇遠，孤雲離月獨歸遲。短篷細雨淸江路，白盡彭宣兩鬢絲。

錫山兩賢吏歌

錫山之水如錫明，錫山之官如水淸。一賢如此已難得，況復兩賢濟濟齊其名！我飮惠山水，人歌兩賢美。一爲吳季札，一爲韓宣子。吳公未見情何篤，先惠甘泉四十斛。韓公見我拉我遊，一船酒載靑山頭。山頭十月朔風爽，紅葉千林足幽賞。六龍才過御香留，雲璈水瑟琮琤響。三人相聚情不禁，談落霜花一寸深。舟中看我揮手别，岸上始聞騶唱音。我聞拄笏看山非俗吏，便覺西來有爽氣。又聞前有召父後杜母，兩人未必同時友。于今兩仙鳧，飛來集一邦。左琴旣彈右瑟應，玉簫才畢金鐘撞。還來合浦珠成對，種出甘棠樹必雙。郝子廉，吳隱之，當時都以飮水知。我今逢兩賢，亦願置一詞：安得公等落落布置天下滿，勿使廉泉讓水處處長相思。

雨過湖州

州以湖名聽已涼，況兼城郭雨中望。人家門戶多臨水，兒女生涯總是桑。打槳正逢紅葉好，尋春自笑白頭狂。明霞碧浪從容問，五十年來得未嘗！

竹墩訪沈永之同年不值其尊人留飲家釀惠六響一方

桑柘成陰處，芸香舊世家。沿村無異姓，繞屋有奇花。窗外玉蘭高三丈。御筆金泥冷，藏書玉册斜。桃源兼錦里，別自貯仙霞。

題鳳雖無主，儒林見丈人。當年曾拜謁，此日倍精神。話聽三朝舊，春開一甕新。石交風義重，清響贈蕤賓。

烟波如此好，底事出山忙！想爲家貧仕，兼酬海內望。官登二千石，婚到第三郎。三公子合卺有期。代作焚香禱，旌旗近故鄉。

仙源難久住，回艇板橋西。霜葉堆篷滿，溪雲壓檣低。小留愁日短，重訪怕花迷。暮雨南潯宿，聲聲凍雀啼。

到淮感故人寥落歸舟口號

當時丁令威，千年化鶴歸。山川城郭今猶昔，雞犬人民都已非。我離長淮十一載，重來絕少晨星在。西州馬過屋猶存，金谷花開春不再。晚甘園中水石新，當時主者營爲墳。蓴江。桂宧堂中萬卷書，于今寂寂他人居。魚門。程家諸郎俱長大，紛羅酒漿邀我過。各驚容貌類先人，不忍杯盤當舊座。山陽玉笛聽不休，銅狄摩挲我欲愁。那知浮世光陰改，只說前生夢裏遊。淮風蕭蕭催我行，淮水悠悠傷我情。我亦不知再來否，將欲登舟又回首。

常州月夜與劉繩菴相公話舊作

宮門作別九年寬，握手蘭陵夜已闌。上相位尊風義重，華堂燈暖月光寒。朝中盛業憑人說，袖裏新詩索我看。姚宋經綸燕許筆，一時雙取古來難。

江湖廊廟兩相憐，回首長安意惘然。召試彤廷同弱冠，追陪詞館僅三年。鶴書尙在徵車朽，馬齒雖輕白髮先。不覺纏綿情話久，出城鐘動曉霜天。

冬日寄懷望山公

去年此際雪花飛，正是傳箋聽馬蹄。金谷酒招香案客，霓裳人舞畫堂西。隨身文史同商榷，到處羹湯教品題。公命將羣官膳飲，戲加甲乙。今日龍門看不見，九重天遠五雲低。

長安消息最關情，傳說光榮歷九卿。白面郎君登少宰，青宮帝子喚先生。公子慶桂擢少宰，公總領上書房。園依上苑春應早，殿領文華品更清。未識門牆人似海，紀恩詩好是誰賡？

到蘇州孀女出見喪服將終而年才十九傷懷口號

漠漠風寒錦瑟絃，飄飄鬈髮尚垂肩。傷心三載成孀女，還是人家未嫁年。

十一月十三日韋嶹五副戎率公子虎丘餞別遣歌者張郎送歸白下別後却寄

平生踪跡等浮鷗，半世河梁在虎丘。誰泊燈船來置酒，姓韋人又領蘇州。

夜色溪光兩寂寥，山門同步可憐宵。千人石作瓊瑤色，坐久還疑雪欲消。

膝下郎君玉雪清，丹山久聽鳳雛聲。今朝省識青雲器，羊祜金鐶耳尙明。公子耳上有環。

難得張星結伴歸，霜篷同泛月明時。江心還似尊前坐，萬點烟波笛一枝。

師健尙書最忝宿眷來主武闈而枚還杭州不獲一見寄詩道歉

仰止心雖切，瞻依願屢違。春風江上至，遊子故鄉歸。北望雙旌遠，南征一雁飛。遙知明月色，空照釣魚磯。

尙書和詩

白下逢君日，金貂願已違。吳江開墅僻，太華抱雲歸。對酒月相照，揮毫花亂飛。數年不一見，搔首望漁磯。

過杭州貢院作

風簷官燭舊時遊，彈指人間四十秋。燒尾魚行三萬里，龍門重過尙低頭。

題淩香坪中吳雜記

五載皐橋字萬行，雲階月地苦平章。左思頗有吳都賦，不負繁華夢一場。

竹林人散管絃停，向秀重來淚欲零。月夜橫塘花似雪，笛聲孤坐酒樓聽。

鴻泥回首昔年緣，我亦金閶屢放船。底事酒旗歌扇地，不曾逢着杜樊川？

衾

裁縫合歡被，宛轉可憐宵。與汝眞無負，多年不早朝。

枕

鴻寶書何在，游仙曲已闌。只求無好夢，轉覺醒時安。

几

烏皮形兀兀，南郭隱騰騰。世上諸朋友，誰如君可憑？

席

青蒲涼自好，赤日始相求。容汝終宵卷，應知世上秋。

帚

驅塵君子意，愛好主人情。掃到落花雪，呼僮下手輕。

箸

笑君攫取忙，送入他人口。一世酸鹹中，能知味也否？

老僮

老僮空山歲月更，閒思物理最分明。青苔避日葵爭日，同領春風各性情。

小倉山房詩集卷二十 丙戌丁亥

正月八日雪

曉起羣籟低，有物當簷壓。知是新春雪，來補去年臘。果然纖塵無，一白天地合。空花萬重墮，羣玉兩山夾。更喜牆垣無，高下樓臺雜。羣窗皆玻璃，風拒景仍納。山沉亭立空，寺隱燈表塔。沙鳴冰溜和，竹拜松枝答。只恐斜陽來，銀海去狎恰。急披鶴氅衣，麻鞋滿山踏。

踏此兜羅綿，傾跌無不可。行則仙雲招，仆亦瓊瑤裹。離離珠彈冠，豔豔花沒踝。高枝屈復低，右榦拗而左。凍雀噤欲喑，深溝塡且頗。可惜柴門關，天加白玉鎖。清絕竟無客，孤行惟有我。老梅情不禁，銜寒香一朵。

周曼亭屋後得泉索詩

曼亭子，鬍茅作堂，稷稷而居，槃散行汲，意不知所如。一解。筮卦得蒙，曰山下出泉，在屋後不在屋前。二解。五剽之土，如芬以脤。蹄通之維，掘之潺潺。果然臣之所居，廉讓之間。三解。石兮磷磷，花兮灼灼。竹兮猗猗，柳兮嫋嫋。環泉而居，罔不咸若。四解。飲此水者，心和體輕。生女美好男聰明。上池讓其甘，瑶池輸其清。呼桑欽道元陸羽來補圖，來著經。五解。隣人許由，手持一瓢，盍往觀乎？二里而遥。戲語曼亭子，天之所生，非汝所獨。吾家袁隗，爲南陽守，命酈縣某月送甘谷水四十斛。六解。

曼亭畫牽衣圖送兒出門又索詩

垂老别兒，人情可知。兒行次且，牽父之衣。一解。父曰嗟，予子行役，稻粱之謀。豈不爾思，勢不可留。吾不能負劍辟咡，踦閭而語；又不能如影逐形，步步隨汝。二解。乃染我筆，寫牽衣狀；乃擊我缶，聽而翁唱。願江水湯湯，兒行無恙。尙愼旃哉！有白髮倚門而望。三解。不必陟岵，而開卷見父；不必趨庭，而如聞叮嚀。登思子之臺兮，何月色之皚皚兮！讀庭誥之文兮，寧若此之清且眞兮。四解。

太守沈硯圃有雙松甚古予乞其一而謝以詩

黄山之松黄堂舞，終日松濤亂官鼓。先生本抱歲寒心，對此益增毛髮古。山人一見驚且誇，稽首拜乞嘉樹嘉。先生贈松如贈劍，留其干將賜莫邪。一盆舁至滿庭綠，瘦蛟崛强蒼龍伏。頗似當年我挂冠，帶得紅塵入幽谷。滿山梅竹避下風，嫌渠曾受大夫封。我獨摩頂戒剪伐，當作甘棠憶召公。

惆悵詞二月二十八日作 有序

周氏姬待年女也。畜養吳門，爲友人索贈去。已而不安于室，仍以見還，則有身矣。爲賦惆悵詞四章，仍歸友人。

無計奈花何，匆匆細馬馱。珠才還合浦，笛又送回波。草色長亭雨，鶯聲子夜歌。關心小楊柳，生就受風多。

東君太游戲，一笑送春來。那料蘼蕪草，先含荳蔻胎。留仙裙宛轉，解珮月徘徊。到底樓羅曆，前生註幾回？

記否碧城坊，盈盈步畫堂。分箋教認字，剪鬌待成粧。蘭槳三江月，蓮燈五夜霜。今宵成底事？只剩縷金箱。姬留一箱。

老去江淹筆，飛花繞不休。尋春頻入夢，行樂轉生愁。落葉隨風去，垂楊逐水流。二姓。平生惆悵事，強半在蘇州。

記得

記得當年侍絳帷，春風楊柳共依依。一生不肯離花住，半醉常教踏月歸。東閣酒痕衣上在，西園燈影夢中違。如何白首傳經客，不及金堂燕子飛！

故人劉魯原起官甘肅以乘風破浪圖屬題

西涼地勢青天上，萬里長風沙作浪。劉侯將往索題圖，我未揮毫先惆悵。憶昔長安聽雨眠，彼此金鞍美少年。卷中鬚鬢何曾有，燈下杯盤尙宛然。揮手一爲別，蒼茫事難說。大海幾回波，落花萬重雪。君拖墨綬領橫塘，予亦尋春返故鄉。同談往事燒紅燭，代發仙符捉鳳皇。事見引鳳曲。此時面目圖中好，誰知人向圖中老。誤入桃源走逆風，船篷吹墮烟帆倒。捲浪重來氣轉雄，昆明劫後此心空。半生披髮橫磨劍，竟挂崆峒第一峯。男兒愛聽甘涼曲，全家飽啖黃羊肉。會看西域起班超，那羨南朝有宗慤！三十年來一故人，陽關不唱已沾巾。況今眞個陽關去，爭使歌成不斷魂！

賀熊滌齋先生重宴瓊林詩

東風吹老大羅天，雁塔題名六十年。聽說瓊林傳盛事，一杯春酒待神仙。

晝錦堂前笑口開，自鐫金字上牙牌。關心八座榮封貴，爭及三朝進士佳！

蒲輪擬向帝城行，銅狄摩挲眼倍青。扶杖曲江風裏立，開元說與後生聽。

半披半曳舊宮袍，回首鈞天夢已遙。一个貞元老朝士，杏花相見也魂消。

小劫華嚴事渺茫，一場春夢比人長。宮娥有認先生者，定戴麻姑兩鬢霜。

小西湖畔水鱗鱗，照影休驚白髮身。笑問當年馬蹄疾，紅裙看殺是何人？

如此科名有幾公？熙朝人瑞許誰同！玉堂銀管三千筆，好寫恩榮國史中。

三百霓裳出上林，靈光南望白雲深。大中丞是年家子，寫到名箋笑不禁。公長子巡撫浙江。

我亦瓊林折一枝，卅年未滿鬢先絲。他時倘有重來分，還乞先生數首詩。

題史閣部遺像 有序

像爲蔣心餘太史所藏，幷其臨危家書，都爲一卷。書中勸夫人同死，託某某慰安太夫人，末云：「書至此，肝腸寸斷。」

每過梅花嶺，思公淚欲零。高山空仰止，到眼忽丹青。勝國衣冠古，孤臣鬢髮星。宛然文信國，獨立小朝廷。

已斷長淮臂，難揮落日戈，風雲方慘淡，天子正笙歌。四鎮調停苦，三軍涕淚多。至今圖畫上，如盼舊山河。

且喜家書在，銀鈎字數行。凄涼招命婦，宛轉託高堂。墨淡知和血，篇終說斷腸。當時濡筆際，光景莫思量。

太師留畫像，交付得歐公。展卷人如在，焚香禮未終。江雲千里外，心史百年中。怕向空堂捲，霜天起朔風。

送嵇拙修大宗伯入都

尙書將還朝，招我遠爲別。道是再見難，一面千金直。我聞兹言悲，恨不生羽翼。又恐相送時，離愁轉難抑。不如賦驪歌，遠寄數行墨。下言鄙人懷，上言君子德。如彼車上鈴，有聲在公側。

我昔罷詞科，落魄長安街。橫山趙夫子，向公稱我才。公道人亦好，非獨其文佳。春宵許移榻，秋月同銜杯。獎借公卿間，掖我登蓬萊。贈以雙南金，資我走風埃。人生出身處，沒齒難忘懷。況乃大賢人，重叠加栽培？知恩心不老，報恩身已衰。豈徒我身衰，公霜亦盈腮。當時兩年少，朱顏如嬰孩。誰知三十年，風輪不停催。耿耿前情重，茫茫後會乖。

雪涕向公詢：可有來生來？

中天一卿月，皎潔紫微旁。海內數正人，錯落羣生望。公爲大宗伯，丰采冠巖廊。今將行赴都，如鳳來朝陽。宰相公家官，于漢爲平當。節鉞公家物，于唐爲贊皇。平生以識重，自許非尋常。當茲明良會，努力賡虞唐。玉性既縝栗，金心益老蒼。末路日以愼，晚節日以香。賤子甘丘壑，無能効匡襄。但見年穀豐，知公調陰陽。

平生授經者，公家一郎君。其時甫七歲，朝夕與我親。小字呼熹官，翩然獨角麟。果然入玉堂，高步青天雲。聞其好學甚，手不離典墳。古人于文字，所重在傳薪。我自挂冠來，著述窮朝昏。于詩兼唐宋，于文極漢秦。六經多創解，百氏有討論。八十一家中，頗樹一幟新。惜哉韶光逝，傳者無其人。未免思公子，吾意欲云云。王筠讀沈賦，李漢編韓文。庶幾師友事，垂輝映千春。待渠趨庭時，公爲語殷勤。

過丹陽船凍不行悶而有作

北風吹水水成石，波濤無聲兩槳直。天公欺人行不得，將船封入水晶域。長篙巨斧難摧堅，鑿之空空如下天。千檣柴立萬口唱，公無渡河聲接連。既無焦家丸，又無蜀井火，蹇前既不能，跋後又不可。望見東方一角紅，知有朝陽來救我。

答望山公見寄

兩年不聽簫韶響，千里吹來老鳳聲。三十六章珠一串，人間天上兩關情。
傳聞扈蹕侍君王，手挽強弓射白狼。惹得從圍三百騎，一齊驚看老平章。
勅賜平泉草木新，知公一到倍精神。千紅萬紫來如海，半是君恩半是春。
昇平無事早朝歸，定脫朝衫坐釣磯。可覺青山圖畫裏，旁邊少個野鷗飛。
記否西園夜氣清，商量文史坐三更。婆娑元老飄蕭客，相對常如兩學生。
淮浦依依送別秋，高軒臨去怕回頭。至今幾點彭宣淚，洒向黃河尚北流。
滄桑人事二年中，欲說頻教眼欲紅。惟有棲霞老松樹，平安如舊只思公。
柴門久不受人敲，今日傳箋馬又驕。留着門前馬蹄迹，鄰翁看見也魂消。

寄梅岑

衰年送少年，後會渺雲烟。況我升堂客，如君幾個賢？長河青雀舫，細雨菊花天。彼此臨歧淚，痕留絳帳邊。

開眼無餘子，甘心師老夫。鳳皇毛自異，才子貌尤都。立雪瓊枝映，看花鳩杖扶。六年談笑處，佳話滿江湖。別來勤學否？落筆有千秋。白髮高堂望，蒼生我輩憂。宮花待誰插？閬苑及春遊。莫負相期意，人間第一流。

荀令香才遠，蕭樓迹已陳。門關流水響，苔鎖落花春。每過頻回首，相思倍愴神。幾生修得到，天性少情人。

秋懷

西風吹我作衰翁，瓦上淸霜鬢上同。惆悵空階看落葉，樓臺一半夕陽中。落日空山何處行，猢猻贈與一枝藤。平生不說維摩法，爲覓黃花去訪僧。荷葉披披剩半塘，自尋紅樹步斜陽。誰知垂柳風流性，轉比高梧耐得霜。

客至

看山終日踏雲立，忽聞竹外叩門急。手整衣冠出見賓，鞋底還黏幾黃葉。厭聽人詢得子無，些些小事莫關渠。逍遙公有兒孫累，未必雲烟得自如。

除夕讀蔣苕生編修詩即倣其體奉題三首

除夕袁子歌不止，聲如爆竹震人耳。老親驚疑小妻視，案上一編蔣太史。問我胡爲愛若此，我道其詩竟莫比。白虹一道當空起，千流萬轉仍繞指。走入先生輔頰裏，片片蓮花開舌底，其大難摹幻難擬。天之蒼蒼海瀰瀰，前有蛟龍後虎兕。長繩三丈走若矢，縱得七尋橫九趾。倒拔鯨牙曳牛尾，五十三參智慧理，七十四變女媧體，都來供給管城使。遇小敵怯大敵喜，四海才人鼓聲死。先生大笑吾戲耳，眼前拈來說便是，非杜非韓亦非李。卿胡愕眙不敢睨？可惜老夫年衰矣，旗鼓相當頗有泚。但嗟奇才世有幾，如仲達按孔明壘。長安公卿半委靡，不解鈞天聽宮徵。許其掉頭歸田里，鍾山脚下寄妻子，與余相交情妮妮。果然四海習鑿齒，自信當如丁敬禮。轉笑當時陳無己，渾身只拍西江水。願讀千遍書千紙，明日元辰大利市，心香供奉從隗始。

仰天但見有日月，搖筆便知無古今。宣尼果然用韶樂，未必敷衍笙鏞音。俗儒硜硜界唐宋，未入華胥先作夢。先生有意喚醒之，矯枉張弓力太重。滄溟數子見即嗔，新城一翁頭更痛。我道不如掩其朝代名姓只論詩，能合吾意吾取之。優孟果能歌白雪，滄浪童子皆吾師。否則三百篇中嚼蠟者，聖人雖取吾不知。吁嗟乎！昆崙太華山自高，終日孤踞殊寂爹，其下瀟湘武夷亦足供遊遨。高君年少眼光好，能以縲牽律詩老。卷中丹書如蠶眠，抉摘瑕疵存異寶。曹瞞困周郎，爲少節制師。歐公畏後生，正恐某在斯。高君已獻潢汙芹，賤子更進蒭蕘言。勸君莫愛惜，欲表孤花先剪葉；勸君須愛惜，千餅黃金一點墨。西施亂頭粗服故自佳，何不橡飾嚴粧更增色？泥沙雜下夸黃河，何如大海無塵但見珊瑚木難萬怪相惶惑？俎豆終須刻苦爭，至味還從蘊釀得。君不見，太清之中一微滓，世間竟有離妻子；又不見，戟叉弓刀弄畢十八門，不如老僧寸鐵能殺人。

愁

白髮悄無語，青山忽自低。愁來如有路，慣在夕陽西。

相逢行贈徐椒林

酒杯愛共荆軻把，唾壺慣招處仲打。徐公三十恥讀書，原是長安殺人者。殺人何處敢橫行，白日青天紫禁城。輕生如作暫時别，放歸不感金吾情。金吾邏騎欺少年，書劵逼取青樓錢。公聞命召某某至，一重門入一重閉。匼肩在盆酒在尊，老拳如椎八十斤，請擇于斯一任君。鼠子佻佻驚且奔，讋服三日聲猶呑。君不見，徐次子，報仇甘爲吕母死；又不見，徐元直，被髮堊面曾作賊。家風如此傳雄豪，可肯毛錐換寶刀！千金贈與狡童馬，趨四宦。一麾出看廬江濤。廬江高城風蕩蕩，排衙權作千夫長。朝編史論挾風霜，暮品丹青寄蕭爽。湖海元龍氣已降，旁人猶惱次公狂。公乃笑吃吃，替人惜眼光。空看周處當官日，不見朱雲年少場。握手秦淮交肺腑，僧房小住聽鐘鼓。腦後偷將鐵彈看，燈前戲拔蛇矛舞。強予踏濕遊倡家，矗矗新樓大道斜。一片香心消不得，滿山代種幽蘭花。豪惠春蘭千本。吁嗟乎！相逢遲，相識早，世上英雄原不少，衰絲衰絲可惜老！

二月十六日蘇州信來道孀女病危余買舟往視至丹陽聞訃

哭婿才揩眼未乾，又教哭女淚闌干。半年合卺三生了，千里呼爺一面難。獨活草生原命薄，未亡人去轉心安。只憐白髮無兒叟，再喪文姬影更單。

廿歲成孀四載餘，輕塵短夢萬緣虛。登樓無復迎爺笑，理篋空存寄母書。雙槳歸遲猶懊惱，九原永訣竟何如！從今齊女門前路，一慟長回墨子車。

路上憶園中梅花

今年春色費相思，小別梅花看女兒。一路月明風定處，輸他寒雀占高枝。

曲檻疏籬小苑東，花應深惜主人翁。萬重香雪連雲起，爭不開窗坐上風！

再哭芷亭方伯

方伯葬後，盜發冢取衾綾含珠。其家適負官課未償，山陰令獲盜，即以其贓充抵。

宿草青青久失羣，佳城鬱鬱聽傳聞。摸金竟有曹瞞尉，上表誰修卞壼墳！底事長眠偏覺曉，想眞九死不忘君。玉魚銀雁輸官庫，還策尸臣未了勳。

謝茗生校定拙集

自愛詩如百煉金，多君辛苦賜神針。姓名敢作千秋想，得失先安一寸心。天上月高花照影，海邊絃絕水知音。如何六代江山大，夢裏空存二鳥吟。茗生夢贈予詩，有「三春花鳥都陳迹，六代江山兩寓公」之句。

永公子竹岩吳門花燭詩

公子三春打槳忙，秦樓甥館在橫塘。遙知一路簫聲好，先有紅雲護女床。

靈簫墨會本天親，空谷寒山正好春。珍重玉臺雙管筆，吳宫花草待詩人。
鏡檻珠簾十二重，畫眉分得讀書功。海棠紅雨酴醾雪，人在濃香淺夢中。
金字書銜玉篆牌，三公門第五雲開。幸虧郎有天人貌，多少吳孃看婿來。
丹青曾寫兩雲鬟，紅袖添香共倚闌。今日月宫眞個到，嫦娥不是畫中看。
紅豆同吟未一年，香車小別水如烟。南來倘有文鱗便，寄我房中曲一篇。

題嵇公子皇華册後

我昔適館尙書家，公子學語才牙牙。時拋竹馬來聽講，強斵先生代折花。我今來飲尙書酒，公子捧檄滇南走。一家珠玉咏皇華，萬里風雲生馬首。相逢不覺兩相驚，一句寒暄隔一生。回頭夢裏徵前事，脫口燈前喚小名。尙書服闋天家召，公子行將還六詔。一個留侯門下人，臥起商山成獨笑。磨墨題詩意惘然，祝君指日作南遷。者番一別儂衰矣，此後難禁三十年！

畫

處處種幽蘭，朝朝對牡丹。主人心未足，自畫一花看。

題畫蒲萄應硯圃太守命即以送行

廣文吳君筆墨超，不畫苜蓿畫蒲萄。太守得之興更豪，命我題句加寵褒。我乍展觀葉尚搖，嘆此神技渠獨操。厥草惟夭厥木喬，高者龍牽雲外飄，低者貉縮烟中條。欹者墮者紛相遭，勢或小斷影忽交。弱蔓踈莖蟠瘦蛟，艾藍染碧垂絲縧。露之湛湛風騷騷，大珠小珠天上拋。金丸萬點眼欲燒，疑坐華林朱雀橋，百七十株歌椒聊。又疑張騫大宛逃，手持奇樹來相招，權火初升井挈皋。誰知妙腕揮銀毫，筆花怒生東海潮。墨濃作果淡作梢，只可落紙生烟飈，無能登盤供老饕。恰如虎鬚緊且牢，松鼠欲偷空目勞。嚴霜驚風影不凋，奚須暮景愁邊橑！太守俸滿將入朝，請攜此幅馳丹霄。長途眼飽慰寂寥，長安贈客當瓊瑤。君不見，孟佗一斛遺巨貂，涼州頃刻麾旌旄。

六月望日蔣侍御用庵龔司馬雲若永竹岩鐵崖兩公子聽琴隨園得渡字

良友如青琴，知音最難遇。有友復有琴，芳辰忍虛度！當暑陳金尊，羣仙來玉步。泠泠七絃希，落落五星聚。通風撤重簾，置席傍高樹。曲外時聞鶯，酒中微墜露。忽然殷輕雷，疎雨洒薄暮。天知客欲遊，爲涼花間路。月出藕香歛，波明山影渡。

次日集公子瞻園觀藏鈎之戲待龔司馬不至與蔣御史用庵陳處士古漁伍理問敬堂嚴茂才懋堂分得下字

瞻園公子儒林亞，門第金張詩飽謝。堂高九仭召長風，飲集八仙消短夜。初將印篆考琳琅，雀籙雞碑堆滿架；繼將藻飫訓官廚，不許酸鹹略假借。脱略苛禮去冠巾，圓几團圞圍水樹。新荷媚客送花香，古樹爭天穿石罅。想緣賓主氣如春，竟使天公忘作夏。東臺御史帶詩來，北郭先生遣人迓。嚴助神交欣始接，伍舉班荆來更乍。可惜龔舍學蜘蛛，不降江州司馬駕。方敲銅鉢學詩鐘，突出幻人弄杯斝。秘戲堂前傀儡陳，高談舌底銀河瀉。五十餘鈎高映藏，千二百驍玉女詫。睽睽萬目躍鯈鯫，簇簇交兵闘甘蔗。仙老盤空取酒回，書生艢重將鵝御。非關技巧愛侜張，直爲文心通變化。挂角羚羊理可參，龍魚有路知誰跨。昨君飲我今飲君，晉文如繼齊桓霸。莫愁勝會傳江城，但恐洛陽高紙價。海內騷壇有幾人，努力兩郎君足下。

寶刀歌爲雲若司馬作

雲若司馬眞英豪，磨墨捉我題寶刀。此刀不許俗筆寫，也須筆健如刀者。拔鞘相夸風滿庭，將拔未拔刀先鳴。電光熒熒射窗冷，夫蓉飄飄上手輕。伸則鏗然屈則轉，從古英雄善舒卷。海上長鯨見汝愁，月中丹桂爲誰短。精鐵鎔成歷幾年，孟勞身分壓龍泉。可磨巴漢三江水，可走哥舒萬里天。摩挲擬叩金鐶問，吾戴吾頭不敢近。今年六月如秋涼，疑是刀來照此方。吁嗟乎！神農藥，堯舜法，一半生人一半殺。不如君家此物知恩仇，不報仇時繞指柔。

對菊睡去

白髮雙趺坐，黃花四面圍。夢爲蝴蝶去，猶繞冷香飛。

贈蔣用庵侍御五十韻

（侍御以揚州聽請事罷官，制府高公聘修南巡盛典。）

南巡修盛典，東觀聘名流。豈料烟霞客，相知三十秋。班荆方促膝，感舊轉回頭。往日雲龍逐，長安鐘鼓樓。僕裁簪筆笏，君未脫巾鞲。似玉葭初倚，非膠漆竟投。芳花飛滿齒，襍飾炫輕裘。藩邸招枚乘，儒林愛阮修。梁園乘馬出，陳榻剪燈留。魯酒同斟酌，吳歌各唱酬。清談兼晉魏，高論極商周。說士甘于肉，（今陳司馬長卿、劉少宗伯映楡皆公所薦士也。）攀花笑作籌。露臺人坐月，竹塢雨鳴鳩。漏盡僮先睡，賓歸帳未收。兩回送行客，佳句滿皇州。婚寫金蓮燭，官夸白板侯。情深雲宛轉，語妙玉雕鎪。賤子淹西陝，先生拜冕旒。蓬池追後步，柏府控前騶。合口椒非毒，知時鐵最優。聲華推鮑謝，汲引重韓歐。天上文星動，黔中使者遊。珊瑚歸密網，瘴嶺入清謳。前歲京江過，逢公宅母憂。長河齊解纜，舊雨喜聯舟。山好期同泊，風催不自由。誰知雙槳別，忽報一官休。悞跨揚州鶴，驚騎卽墨牛。陳湯雖匄貸，毛伯敢徵求？罪薄君恩重，名高衆口咻。未曾歌得寶，枉自嘆包羞。鞶帶終朝褫，龍華小劫周。長沙來賈誼，史局仗班彪。大府供儲偫，鴻文廣輯搜。省方周頌載，封禪漢廷諏。古奧三盤似，高華二典侔。勞寧妨嘯詠，暇可訪林丘。有子堪堂構，隨翁共拍浮。鍾山原姓蔣，江表且依劉。戲劉睦堂。水館涼先得，溪橋笛最幽。食經崔浩著，詩律老元偷。公善治具。久已忘三黜，從何咏四愁？松颸聽鼓瑟，薇署看藏鈎。不改憐才性，頻爲推轂謀。謂古漁。故人能有幾，宿疾可全瘳。老樹花應密，新秋雨太稠。銀河烟漠漠，身世事悠悠。安石終當起，斯言信我不？

秦磵泉學士見和前韻再倡四十二韻奉贈磵泉

萬樹秋風裏，千行珠玉飄。貞元老朝士，長慶好歌謠。肯把軒轅律，來賡嬴女簫。華星編作字，翠羽織成綃。角可羚羊掛，神如獅子超。長吟心欲折，感舊夢相撩。昔作吳公尹，曾將賈誼招。才原夸鸑鷟，賦每愛鷦鷯。魯國諸生隊，秦淮明月宵。有花皆宴會，無酒不攀邀。燕寢燒紅燭，康郎唱六么。學士舊贈有「忘是將軍門下客，公然仔細看康郎」之句。分箋同擊鉢，奪錦各藏標。楷法銀鈎劃，刀痕玉篆雕。至今諸手迹，猶自寶山椒。儂乞文園病，君揚冀北鑣。一聲雷拔地，雙翮塞盤鵰。斫桂方磨斧，投壺竟得驍。百花頭上立，匹馬殿前驕。漢策占廷對，唐詩重早朝。青宮召疏廣，丹禁走韋昭。禮樂三雍擅，文章六律調。不言温室樹，敢負侍中貂！斑管西清筆，牙璋東海軺。名經千佛選，驛路八閩遙。網得珠盈篋，鏘鳴玉在腰。祥金方躍冶，雛鳳更凌霄。同拜堯階日，齊聽舜樂韶。談遷眞父子，瓌頎兩宮僚。閶闔將飛入，雲天忽首搖。高堂八旬近，烏鳥寸心焦。乞養辭明主，歸裝趁早潮。潘輿扶宛轉，蜀纈舞飄颻。露柳啼鶯夕，風梧散葉朝。青溪新蠟屐，蓬海舊山樵。學士號蓬萊山樵。訪我來花塢，穿雲到板橋。廿年如水逝，一見倍魂消。喜說門生貴，驚看老鬢凋。古歡情耿耿，野步竹蕭蕭。坐久談詩細，山深引興饒。懽呼采蓮子，苦勸罯烟船。掃徑難忘蔣，謂用庵。閒情愛和陶。陽春聞郢客，焚研學君苗。難得琴相賞，何妨戰屢挑！投瓜如肯報，引領盼瓊瑤。

嘲雲

自我入山深，一椽少人借。可奈避風雲，偷宿茅簷下。

題高南澗哭筠兒詩後

筠兒姓薛，吳下人，貌美能吟，有「上馬不知身落後，貪看山色又回頭」之句。送南澗入都，卒于保定。

非關子晉愛吹笙，花底原難活一生。聽咏游仙傷往事，櫻桃紅似小星明。

曾熏龍腦護朝衣，曾走邯鄲馬似飛。半路落花風裏別，長安同去不同歸。

一編香墨剩遺珠，舞雪回風妙有餘。絕好齊梁詩弟子，不教來事沈尚書。

題葉花南庶子空山獨立小影

先生畫一叟，獨立空山中。自言不類我，恰是花南翁。花南自有貌，明妃自有容。秦鏡尚難描，畫者何能工？聊取丹青意，寫我蒼莽胸。六經三千年，人人相搜窮。誰能絕依傍，精思與聖通！此叟獨不然，立言開屯蒙。物高影自孤，人高境自空。有時仕于朝，獨擊虞廷鐘；有時使于外，獨揚先王風。今乃予告歸，立教教江東。所佩必芳草，所撫必喬松。

題像獨命我，不肯交凡庸。我亦自立者，愛獨不愛同。含笑看泰華，請各立一峯。

九月十一日夜

鵂鶹避燈上樹匿，霜葉驚風走窗入。人聲匝盡漏點明，秋色將歸蟲語急。五十初衰一老翁，月中照影空庭立。

和何南園閏七夕詩即以其姓爲韻

今年最是牛郎好，七夕佳期兩度過。烏鵲橋塡原有路，銀河秋老更無波。也知天上情難了，未免人間巧太多。我爲雙星慶遭際，比尋常會覺如何？

頌眼鏡　三年之中，忽嘲忽頌，傷老之速也。

老眼忽還童，雙睛出匣中。春冰初照影，秋月已當空。細字黃昏得，孤花薄霧融。今生留盼處，敢不與君同！

十月九日席武山別駕招同蔣用庵侍御姚雲岫觀察沈研圃太守高廟賞菊得秋字

洞庭席使君，招我蕭寺遊。其時十月霜，萬木風颼飀。高花忘是菊，低屋疑是舟。入屋花齊眉，攀花屋打頭。同來看花者，半是東陵侯。無官人自淡，有酒山更幽。異哉種菊僧，力與天公侔。層樓五雲起，四時花不休。坐中愛菊人，各各向僧求。我意殊不然，屬僧爲我留。待至赤日夏，來取黃花秋。薰風吹隱者，花中有巢由。晚香偏早聞，豈不高一籌？僧意以爲然，衆贈獨我不。歸途塔燈明，月華如水流。

答李氏兩郎見寄 一名煌，一名燧，河間人。

三秋別雛鳳，一夕得瑤章。詩學如斯好，身材幾許長？問年才典謁，開口即宮商。不信風騷運，隆隆起北方。

衰年傳道急，後起得人難。抱此千秋業，今朝一笑看。瓣香君問訊，老淚我闌干。來詩有「閉戶著書今幾許，瓣香心事屬何人」之句。莫忘門風好，遺文獨序韓。

哭王介祉

介祉名禔，常熟人。長于歌行，有梅村風格。爲人權記室，卒于漢陽。見贈有「重重著述皆千古，草草功名只十年」之句。

管輅原知夭，黔婁可奈貧！遠遊非得已，客死太酸辛。貌寢難兼福，才高轉累身。瀟湘一江水，從古弔騷人。

題朱南湖觀察學稼圖

作官須作大司農，作家須作積穀翁。養民養身原一事，世間達者惟朱公。先生再仕心再化，轉漕東南更學稼。開府見公棨戟前，開卷見公松樹下。遠山蒼蒼畎澮平，童子五六嬉春行。先生高坐頻指點，烟裏叱牛如有聲。自言家本山陰住，未曾弱冠爲官去。敢把三農忘故鄉？常將一飯思來處。我與公交三十年，知公種得好心田。有兒肯構堪終畝，有歲常豐可信天。前年被逮長安道，鐵鎖鋃鐺公不惱。有如飛雹過良苗，轉使疾風知勁草。從此行行總順帆，好風好雨住江南。一言我恰低聲問：官味何如穀味甘？

仲冬二十九日高制府招陪蔣侍御西園觀劇即席賦謝兼懷望山相公

風靜三江繡纛高，鶴書蒙把野人招。堂無漏鼓鐘能報，几上兩鐘自鳴。座有笙歌酒易消。一個詞臣談典禮，侍御修南巡盛典。千秋法物認瓊瑤。出貢玉，命加品定。更頒甘旨教遺母，勝捧仙雲下九霄。

取來詩扇席間看，十四年前墨未乾。舊物尚存驚我老，愛才如此嘆公難。想開東閣人何遠，忍醉西園歲又闌。一樣銜恩兩條淚，不禁根觸到眉端。

答人問隨園

想送隨園到汝前，商量圖畫與吟箋。畫來不若吟來好，元九曾夸白樂天。

北門橋轉水田西，路少行人鳥漸啼。遙望竹雲遮半嶺，此中樓閣有高低。

四圍有樹總無隣，孤塔臨風獨倚門。最是一株銀杏古，參天似表此山尊。

卍字長廊接綺寮，繞廊流水影迢迢。遊人知住杭州客，湖上雙堤又六橋。

夫容楊柳種千行，半拂溪流半繞塘。爲有池蓮開並蒂，水中亭子學鴛鴦。

澄碧泉清足浣紗，相公題作小棲霞。怪峯壓屋似堆浪，銜着幾叢丹桂花。

廿三間屋最玲瓏，恰好梅開坐上風。霧閣雲窗隨步轉，至今人不識西東。

五色玻瓈耀眼鮮，盤龍明鏡置牆邊。每從水盡山窮處，返照重開一洞天。

插架琳瑯萬卷餘，商盤周鼎鎮相於。時時縹帶琮琤響，風意如夸有異書。

一房才畢一房生，鎮日房中屈曲行。窗外風聲簾外雨，主人只是不分明。

綠淨軒中草色含，水晶域外露華酣。忽然四面空青色，第二重天號蔚藍。

紅雪嵰山四季紅，不開花日與開同。方知天下春歸處，都在先生此屋中。

此外經營力不支，儘將隙地變荷池。有時瀑布空堂走，臥着匡床理釣絲。

溪流南去板橋分，不住幽人只住雲。六角松亭半山望，丹青一幅李將軍。

烟波深處置輕航，掠水穿雲意自將。憑着春風吹上下，料應流不到他鄉。

戲點春燈挂樹梢，萬重星斗盪烟濤。魚龍出沒金銀海，那覺當頭碧月高！

闌鶴疏籬手自栽，更添鹿砦傍西齋。亭臺不厭千回改，畢竟文章老更佳。

愛將樓閣自家看，每上山巔獨倚闌。嘆息天心非草草，安排此處老衰安。

送用庵歸毘陵

自君來金陵，累我增僕夫。數日不相見，便欲呼肩輿。自我來君所，累君苛庖廚。一味不適口，主人先叫呼。金陵大都會，君來修官書。赫赫宮傅駕，雙雙仙令鳧。黌宮生徒秀，梨園子弟都。爭先博君歡，置酒爲君娛。僉曰先生賓，其惟隨園歟！隨園與先生，蛩蛩附駏驉。彈琴先置瑟，擊鼓方吹竽。迎君必我召，招我必君俱。其旁有老叟，乾笑大軒渠。道此兩人者，風裁亦頗殊。其一高傒亢，究究而居居；其一太丘廣，行潦納潢汙。胡爲投漆膠，不肯離斯須？我今送君行，歌詩慰長途。豈徒寫耿耿，借此明區區。我性愛華妙，不甚喜書迂。人生隙駒耳，何苦自囚拘？君善修容儀，玉佩而瓊琚。家貧潤其屋，人瘁澤其車。庋展必得所，製袍必光軀。咳我如主孟，好我如田蘇。片時得膝促，十日猶心愉。安能禁雙趺，不向君門趨？我性愛文章，刻苦窮錙銖。甘人刺要害，苦人獻浮譽。君能勤鉥摫，犀照分瑕瑜。有賞必搔癢，有攻必彈疽。自是君律細，非關我心虛。安能獨囁嚅，不共君唱喁？況溯締交始，實惟乾隆初。君頭始任冠，我頤未有鬚。虞山相公家，鎮日常相於。吾家狹廬中，絳帷時厝需。長安一爲別，芳訊沉雙魚。其間偶相逢，半面仍驅驅。今年大因緣，風吹聚一隅。豈非蒼蒼天，念此兩人孤？與以今年密，使補往年疎。邊橑增晚景，墜歡償春餘。一日當一年，猶恐難消除。如何無多日，君又歌驪駒。道已畢正臘，千金買須臾。豈不欲濡滯，未免思妻孥！我老畏聞別，淚落如連珠。三十年爲世，此義本先儒。人生有幾世，君其知也無？前別已然矣，後別能禁乎？痛定而思痛，石人應欷歔。今夕復何夕，小室圍金鑪。照窗驚積雪，照雪驚頭顱。明知君不飲，姑勸盡此壺。離腸兼老懷，不醉難模糊。

續詩品三十二首 有序

余愛司空表聖詩品，而惜其祇標妙境，未寫苦心，爲若干首續之。陸士龍云：雖隨手之妙，良難以詞諭。要所能言者，盡于是耳。

崇意

虞舜教夔，曰詩言志。胡今之人，多辭寡意？意似主人，辭如奴婢。主弱奴強，呼之不至。穿貫無繩，散錢委地。開千枝花，一本所繫。

精思

疾行善步，兩不能全。暴長之物，其亡忽焉。文不加點，興到語耳。孔明天才，思十反矣。惟思之精，屈曲超邁。人居屋中，我來天外。

博習

萬卷山積，一篇吟成。詩之與書，有情無情。鐘鼓非樂，捨之何鳴？易牙善烹，先羞百牲。不從糟粕，安得精英？曰不關學，終非正聲。

相題

古人詩易，門戶獨開。今人詩難，羣題紛來。專習一家，硜硜小哉。宜善相之，多師爲佳。地殊景光，人各身分。天女量衣，不差尺寸。

選材

用一僻典，如請生客。如何選材，而可不擇？古香時豔，各有攸宜。所宜之中，且爭毫蘆。錦非不佳，不可爲幘。金貂滿堂，狗來必笑。

用筆

思苦而晦，絲不成繩；書多而壅，膏乃滅燈。焚香再拜，拜筆一枝。星月驅使，華嶽奔馳。能剛能柔，忽斂忽縱。筆豈能然？惟吾所用。

理氣

吹氣不同，油然浩然。要其盤旋，總在筆先。湯湯來潮，縷縷騰烟。有餘于物，物自浮焉。如其客氣，冉猛必顛。無萬里風，莫乘海船。

布格

造屋先畫，點兵先派。詩雖百家，各有疆界。我用何格，如盤走丸。橫斜超縱，不出於盤。消息機關，按之甚細。一律未調，八風掃地。

擇韻

瞽百二甕，帝豈盡甘！韻八千字，人何亂探。次韻自繫，叠韻無味。斵險貪多，偶然游戲。勿瓦缶撞，而銅山鳴；食雞取跖，烹魚去丁。

尙識

學如弓弩，才如箭鏃。識以領之，方能中鵠。善學邯鄲，莫失故步；善求仙方，不爲藥惧。我有神燈，獨照獨知。不取亦取，雖師勿師。

振采

明珠非白，精金非黄。美人當前，爛如朝陽。雖抱仙骨，亦由嚴粧。匪沐胡潔，非熏胡香！西施蓬髮，終竟不臧。若非華羽，曷别鳳皇？

結響

金先于石，餘響較多。竹不如肉，爲其音和。詩本樂章，按節當歌。將斷必續，如往復過。簫來天霜，琴生海波。三日繞梁，我思韓娥。

取逕

揉直使曲，叠單使複。山愛武夷，爲遊不足。擾擾闤闠，紛紛人行。一覽而竟，倦心齊生。幽逕蠶叢，是誰開創？千秋過者，猶祀其像。

知難

趙括小兒，兵乃易用。充國晚年，愈加遲重。問所由然，知與不知。知味難食，知脈難醫。如此千秋，萬手齊抗。談何容易，着墨紙上！

葆眞

貌有不足，敷粉施朱；才有不足，徵典求書。古人文章，俱非得已。僞笑佯哀，吾其優矣。畫美無寵，繪蘭無香。揆厥所由，君形者亡。

安雅

雖眞不雅，庸奴叱咤。悖矣曾規，野哉孔罵。君子不然，芳花當齒。言必先王，左圖右史。沈夸徵栗，劉怯題糕。想見古人，射古爲招。

空行

鐘厚必啞，耳塞必聾。萬古不壞，其惟虛空。詩人之筆，列子之風。離之愈遠，卽之彌工。儀神黜貌，借西摇東。不階尺木，斯名應龍。

固存

酒薄易酸，棟撓易動。固而存之，骨欲其重。視民不佻，沉沉爲王。八十萬人，九鼎始扛。重而能行，乘百斛舟；重而不行，猴騎土牛。

辨微

是新非纖，是淡非枯；是朴非拙，是健非麤。急宜判分，毫釐千里。勿混淄澠，勿眩朱紫。戒之戒之，賢智之過。老手頹唐，才人膽大。

澄滓

描詩者多，作詩者少。其故云何，渣滓不掃。糟去酒清，肉去洎饋。寧可不吟，不可附會。大官筵饌，何必橫陳。老生常談，嚼蠟難聞。

齋心

詩如鼓琴，聲聲見心。心爲人籟，誠中形外。我心清妥，語無烟火。我心纏綿，讀者泫然。禪偈非佛，理障非儒。心之孔嘉，其言藹如。

矜嚴

貴人舉止，咳唾生風。優曇花開，半刻而終。我飲仙露，何必千鍾！寸鐵殺人，寧非英雄！博極而約，淡蘊于濃。若徒梟獿，非浮丘翁。

藏拙

晝贏宵縮，天不兩隆。如何弱手，好彎強弓？因謇徐言，因跛緩步。善藏其拙，巧乃益露。右師取敗，敵必當王。霍王無短，是以無長。

神悟

鳥啼花落，皆與神通。人不能悟，付之飄風。惟我詩人，衆妙扶智。但見性情，不着文字。宣尼偶過，童歌滄浪。聞之欣然，示我周行。

即景

混元運物，流而不住。迎之未來，攬之已去。詩如化工，即景成趣。逝者如斯，有新無故。因物賦形，隨影換步。彼膠柱者，將朝認暮。

勇改

千招不來，倉猝忽至。十年矜寵，一朝捐棄。人貴知足，惟學不然。人功不竭，天巧不傳。知一重非，進一重境。亦有生金，一鑄而定。

著我

不學古人，法無一可。竟似古人，何處著我？字字古有，言言古無。吐故吸新，其庶幾乎！孟學孔子，孔學周公。三人文章，頗不相同。

戒偏

抱杜尊韓，託足權門。苦守陶韋，貧賤驕人。偏則成魔，分唐界宋。霹靂一聲，鄒魯不閧。江海雖大，豈無瀟湘？突夏自幽，亦須廟堂。

割忍

葉多花蔽，詞多語費。割之爲佳，非忍不濟。驪龍選珠，顆顆明麗。深夜九淵，一取萬棄。知熟必避，知生必避。入人意中，出人頭地。

求友

游山先問，參禪貴印。閉門自高，吾斯未信。聖求童蒙，而況於我？低棋偶然，一着頗可。臨池正領，倚鏡裝花。笑倩旁人：是耶非耶？

拔萃

同鏘玉珮，獨姣宋朝；同歌苕花，獨美孟姚。拔乎其萃，神理超超。布帛菽粟，終遜瓊瑤。折楊皇華，敢望鈞韶？請披采衣，飛入丹霄。

滅迹

織錦有迹，豈曰蕙娘？脩月無痕，乃號吳剛。白傅改詩，不留一字。今讀其詩，平平無異。意深詞淺，思苦言甘。寥寥千年，此妙誰探！